KB200298

서정시가 있는 21세기 문학강의실

청동거울 문화점검 **⑰**

서정시가 있는 21세기 문학강의실

2002년 2월 25일 1판 1쇄 발행 / 2007년 12월 11일 1판 3쇄 발행

지은이 최동호 김수복 이숭원 신덕룡 박덕규 고형진 이희중 김수이 김문주
펴낸이 임은주
펴낸곳 도서출판 청동거울 / 출판등록 1998년 5월 14일 제13-532호
주소 (137-070) 서울 서초구 서초동 1359-4 동영빌딩 / 전화 02)584-9886~7
팩스 02)584-9882 / 전자우편 cheong21@freechal.com

편집장 조태림 / 편집 조은정 / 북디자인 우성남 / 영업관리 정재훈

값 15,000원

ISBN 89-88286-61-8

청동거울 문화점검 ⑰

현대시의 이해와 분석

서정시가 있는 21세기 문학강의실

최동호 김수복 이숭원 신덕룡
박덕규 고형진 이희중
김수이 김문주

청동거울

이 책을 내면서

 '서정'은 한국 시의 전통에서뿐 아니라 시의 정통적인 맥락에서도 빼놓을 수 없는 기본정서요 정신이다. 21세기라 하여도 문자문화의 총아인 문학의 효용은 상당할 것이라는 확신 속에서 우리는 다시 이 '서정'의 문제를 핵심 주제로 삼아, 문학을 벗삼아 인생을 설계하려는 이들에게 한국 현대시에 대한 포괄적인 지형도를 제시하고자 한다. 물론 우리가 그리는 시의 지형도는 지금 이 시대의 변화를 외면하지 않는다. 서정의 전통적, 정통적 맥락을 더듬으면서, 그것이 지금 어떻게 살아 우리의 삶과 조우하고 있는가를 살피는 중에도, 그것이 급격한 문명의 변화를 겪으면서 방법적, 질적 변동을 경험한 사실에 대해서도 아울러 성찰했다. 즉, 이 책은 서정시의 정통적 맥락과 현대적 변동 상황을 함께 읽을 수 있는 책인 셈이다.

 제1부의 글들은 주로 서정시를 전통적이고 정통적인 맥락에서 읽고 있는 것들이고, 제2부의 글들은 주로 현대문명의 황폐성에 대항하는 다양한 시적 변주를 서정성의 관점에서 읽고 있는 것들이다. 한국 서정시가 서정시 본연의 자리에서 출발해서 시대환경의 변화에 따라 자연친화적인 정서, 음악성, 민중주의, 정신주의, 식물적 상상력, 도시성, 페미니즘, 생태주의 등과 결합, 변주되어 온 과정을 1, 2부의 글들을 통해 확인할 수 있을 것이다. 제3부의 글들은 문학사에서 문제 제기적인 작품으로 평가되었거나 화제가 될 만한 주제의 대상이었거나 한 대표적인 서정시들을 현대적 관점에서 새롭게 해석한 것들이다. 제4부는 비교

4

적 근작에 해당하는 시들을 집중적으로 읽는 지면이다.

우리의 이 같은 작업이 자칫 잘못하면 실제 작품을 읽고 즐기려는 이들의 자유로운 상상력을 구속할 수도 있을 것이라는 우려도 지우지 않았다. 그런 때문에 문학이론이나 해설을 먼저 읽고 작품에 대한 선입견을 가지는 일을 되도록 미루고 문학작품을 먼저 읽고 스스로 작품감상법과 문학원리와 시작법 등을 깨닫게 하는 방법을 찾기에 이르렀다. 글 속에서 중요하게 언급된 작품들을 문면에서 두드러지게 돌출시키는 이유가 그런 데 있다. 또한 시작품을 되풀이해서 읽고 우리의 해석에 대해서도 다시금 숙고하도록 각 글 뒤에 몇 개의 질문을 적어둔다.

참고로 우리 중 몇몇은 지난 1998년에 『서정시가 있는 문학강의실』(유니스타)이라는 책의 저자로 참여했는데, 이 책은 그 책이 서정시와 그에 대한 해설을 통해 "한 권의 시집일 수도 있고, 한 권의 시론집일 수도 있으며, 나아가 시에 대한 대단히 참여적인 종합 학습장" 구실을 하겠다는 의도를 이어 살린 것인 반면, 그 이후의 격동의 시대를 지나면서 얻은 새로운 문학사적 경험을 두루 포괄하면서 내용상에서 완전히 다른 글들로 엮은 새로운 책임을 밝혀둔다.

2002년 2월
저자들이 함께 씀

차 례

수록 시인별 찾아보기

제1부 ── 서정시가 걷는 길

서정시의 성격과 한국의 현대시

고형진

1

우리의 현대시사에서 '서정시' 혹은 '서정성'이 특별히 문제적 용어가 되고 논란거리로 대두된 것은 대략 1970년대 무렵에 접어들어서부터라고 할 수 있다. 그 이전에는 '서정시'라는 용어는 '시'라는 명칭의 다른 이름으로 별다른 이의 없이 받아들여졌고, 그런 만큼 '서정시'라는 말과 개념이 특별하게 시단의 쟁점으로 떠오르지는 않았었다. 그러다가 1970년대에 접어들어 종래에 보아왔던 시의 형식과 규범에서 다소 이탈된 시들이 발표되고 주목을 받으면서 새삼 시의 본질에 대한 물음이 제기되고, 그에 따라 자연히 시와 서정시를 등가로 생각해왔던 기존의 인식에 회의가 일어나면서 '서정시'에 대한 문제가 논란거리로 떠오르기 시작하였다.

1970년대에 접어들어서 '서정시'를 새삼 하나의 논란거리로 만든 효시작은 신경림의 「農舞」와 「罷場」 같은 시라고 할 수 있다. 이 작품들은 종래에 보아왔던 서정시와 비교해볼 때, 서사성이 강한 것이 사실이다.

❝ 이 세계에 대한 표피적이고 단선적인 인식과 감각이 아닌, 삶과 세계에 대한 통합된 시각을 바탕으로 한 인간 삶과 세계에 대한 근원적인 통찰, 사물과 세계에 대한 섬세하고 깊이 있는 교감 능력, 인간의 정서에 호소를 하는 리듬을 외면하지 않는 점…… 등등은 시를 '시'답게 하는 데 없어서는 안 될 사항들이다. ❞

그래서 시와 서정시가 등가라는 인식에 회의를 불러일으킬 만하였다. 그리고 이 작품들에서 서사성의 표출은 당대의 첨예한 사회·현실 문제인 농촌의 피폐화된 삶의 제시와 깊은 관련을 맺고 있다. 바로 이러한 사실에 주목하여, '서정시'는 현실을 외면한 보수적 반동의 시로 폄하되는 조짐을 보이다가, 1980년대에 들어와 이른바 '민중시'라는 새롭게 명명된 시의 부류들이 득세하면서 '서정시'는 이제 '시'와 분리되고, 나아가 '시'로서의 효용가치를 상실한 장르로 외면당하는 지경에 이르렀다.

그런가 하면 1980년대 접어들어 '민중시'와 함께 이른바 '모더니즘 시' 또는 '해체시'라고 명명된 시의 부류들이 크게 성행하였다. 그런데 이러한 시들을 쓰는 시인과 그 시들을 옹호하는 문학 관리층들의 대부분 역시 '서정시'를 타기해야 할 장르로 간주하면서 시 형식과 기법의 혁신을 통해 사회와 현실의 모순구조를 성공적으로 드러낼 수 있었다고 강조하였다. 그리고 그러한 시의 이름을 바로 '해체시'라고 붙인 것이다. 이 '해체시'는 그 후 더욱 '발달'하여갔고, 때마침 불어닥친 서구의 포스트모더니즘 바람에 힘입어 마침내는 그들 자신이 원하던 그대로 '서정시'로부터는 완전히 멀어져갔다고 할 수 있다.

한편 '민중시'와 '해체시'가 막강한 위세를 떨치는 가운데서도 종래의 서정시에 맥이 닿아 있는 시들은 여전히 발표되었고, 그러한 전통적인 서정시를 옹호하는 그룹 역시 존재하였다. 이들은 '민중시'와 '해체시'가 시 본연의 가치를 훼손시키고 있다고 비판하면서, 전통적 서정시의 회복을 역설하였다. 그러나 이러한 서정시들은 시단에서 소외된 듯한 느낌이었고, 전통적인 서정시의 회복을 주장하는 목소리는 잘 들리지도 않을 정도로 극히 미약하였다. 그들의 목소리가 매우 미약하게 들렸던 것은 '민중시'와 '해체시'의 위력이 워낙 거세었기 때문이기도 하지만, 그와 함께 그들의 주장이 그만큼 논리적이지 않았고 설득력이 약했기 때문이었다는 점도 부인하기 어렵다.

1980년대 후반과 1990년대 초반에 접어들면, 우리의 시는 보다 복잡다단하게 전개된다. '도시시' '일상시' '생태시'라는 생소한 이름의 시들을 보게 되며, 그러한 시들이 전통적 서정시와는 차별성을 지닌다는 점을 은연중에 드러내 보이고 있다. 그러다가 다시 최근에는 '신서정시'라고 명명된 시들이 각별한 주목의 대상이 되고 있는 상황이다.

이러한 저간의 사정을 돌이켜볼 때, 1970년대 이후 오늘에 이르기까지 우리의 시는 일단 서정시라는 좁은 울타리 안에서 벗어나 다양하게 전개되어 나갔다고 말해볼 수 있다. 그러나 그 다양한 전개 과정 속에서 우리는 시와 시론에 대해 적지 않은 '혼란'을 느끼고 있다는 점을 지적하지 않을 수 없다. 그 '혼란'은 다음의 두 가지로 정리될 수 있을 듯하다. 하나는 용어와 개념의 혼란이다. 1970년대 이후 오늘에 이르기까지 우리는 그전에는 들어볼 수 없었던 새로운 용어와 개념들을 너무나 많이 듣게 된다. 그리고 그러한 새로운 용어와 개념들은 모두 종래의 '서정시'와는 차별성을 지니는 것임을 내세우고 있다. 그러나 막상 어떤 점에서 차별성을 지니는지에 대한 명확한 설명은 좀처럼 발견하기 어려우며, 새롭게 명명된 시의 명확한 개념과 실체는 무엇인지 막연하기만 할 뿐이다. 다른 하나는 시의 본질에 대한 혼란이다. 시와 서정시를 등가로 간주했을 당시에는 시의 본질과 실체에 대한 공동의 합의가 있었다. 하지만 여기서 서정시를 극복의 대상으로 간주하고, 종래에 볼 수 없었던 시의 형식이나 기법을 높이 평가하는 풍토가 조성되면서, 우리의 시는 점점 괴이한 형상으로 흘러갔다는 느낌이다. 그리하여 마침내는 '시란 과연 무엇이고, 어떠한 것인지'에 대한 근원적인 의문에 휩싸이는 지경에 이르렀다고 할 수 있다.

이러한 혼란을 바로잡기 위해서는 무엇보다도 혼란을 일으키기 이전의 상태, 즉 시와 서정시를 등가로 간주했을 당시로 되돌아가 '서정시'의 개념과 실체를 다시금 꼼꼼히 되새겨보는 일이 필요하다고 생각된다. 기초적인 개념 규정을 명확히 세우는 일이 이후의 혼란을 정리할 수 있는 첫번째 작업인 것이다.

2

서정시의 본질이 무엇인가라는 물음은 마치 인생이 무엇인가 하는 물음과 마찬가지로 단정적으로 답변하기가 곤란하다. 그것은 '서정시'라고 일컬어지는 시들을 쓴 시인들이 처음부터 어떤 정해진 개념이 있는 '서정시'를 이론적으로 학습하고 '서정시'를 쓰기보다는 일반적으로 '서정시'라고 불리어지는 시의 전통에 기대어서 시를 쓰고 있다는 창작 관행을 상기해보면 당연한 것이기도 하다. 그러므로 '서정시'의 본질과 실체를 규명하고자 할 때, 우리는 용어와 개념이 다양하게 나타나기 이전, 그러니까 1970년대 이전에 씌어졌던 시들을 대상으로 그 작품들에 부여됐던 일반적인 명칭의 구체적인 개념을 점검해보고, 그 작품들의 공통 속성을 밝히는 방식을 취해야 할 것이다.

　우리의 문학사를 돌이켜볼 때, 시 장르의 전통은 크게 보아 고대가요, 향가, 고려가요, 시조, 현대시로 이어진다. 여기서 일단 현대시 이전의 고대시만을 먼저 생각해보자. 그럴 때, 우리는 위의 고전시가들을 모두 별다른 이의 없이 '서정시'라고 지칭한다. 여기서 '서정시'라는 용어는 물론 서구의 문학 이론에서 수용된 것이다. 서구의 고대, 즉 그리스·로마 시대에는 크게 보아 세 개의 문학 장르가 존재했음을 아리스토텔레스는 그의 『시학』에서 밝히고 있다. 그 3대 장르란 서사시, 극시(비극시, 희극시), 디튀람보스이다. 여기서 서사시는 여러 단계의 사건구조를 지닌 양식이고, 극시는 대화 형식과 극적 전개를 지닌 양식이라고 할 수 있다. 그리고 디튀람보스는 디튀람보스 신을 위한 일종의 찬가, 즉 노래였다. 이렇게 보면, 아리스토텔레스는 당대의 문학을 논하면서 '서정시'라는 용어는 사용하지 않은 셈이다. 이것은 널리 알려진 바와 같이 아리스토텔레스가 자신의 문학관, 즉 모방론적 문학관에 적합한 양식인 서사시나 극시를 선호했기 때문이기도 하고, 또한 실제로 당시에 서사시나 극시가 상대적으로 압도적인 우위를 차지하는 장르였기 때문이었을 것이다. 그런데 훗날 문학연구자들이 이 디튀람보스, 즉 일종의 찬가를 바로 서정시라고 지칭한다. 그러니까 서정시의 원래 정의는 노래의 가사를 의미한다고 할 수 있다. 이러한 상황에서 이후의 문학사 전개에 따라 서사시는 소설로 발달되어갔고, 극시는 드라마로 발달되어가서 오늘날 고대에 볼 수 있었던 서사시와 극시의 존재는 매우 미약한 상황에 이르렀다. 그런가 하면 디튀람보스와 같은 노래는 그대로 이어져서 서구의 낭만주의 시대에 이르러 '서정시'로 꽃피우게 됐던 것이다. 그러니까 서구의 문학 전통에서 유래된 '서정시'라는 용어와 개념은, 고대에 노래의 성격을 지닌 것이었으며, 그것이 낭만주의 시대에 와서 크게 발달한 문학 양식이라고 할 수 있다. 그리고 서구의 낭만주의 시대에 크게 발달한 양식인 서정시는 그 후 일반적으로 '시' 개념으로 통용되고 있다. 이렇게 볼 때, 고대의 문학 장르를 서정시, 서사시, 극시로 분류할 때의 '서정시'의 용어 및 개념과 그 후 낭만주의 시대에 꽃피우고 이어 계속된 '서정시'의 용어 및 개념과는 사실상 크게 다르지 않은 것이라고 할 수 있다.

그러면 이제 이러한 '서정시'라는 것이 어떠한 성격과 특질을 지니는 시인가에 대해 규명할 차례이다. '서정시'라는 용어 자체가 서구의 문학 전통에서 수용된 것이므로 '서정시'의 성격과 특질도 역시 서구의 문학 이론에 기대어야 순리일 듯하다. '서정시'의 성격과 원리를 가장 잘 설명한 책으로 흔히 에밀 슈타이거의 『시학의 근본 개념』이라는 저서를 손꼽는다. 널리 알려진 바와 같이 이 저서에서 그는 서정시의 기본 원리를 회감(回感 : 자아와 세계의 동화)에 두고, 또 서정시의 원형을 음악에 두면서, 음악의 갖가지 특성, 예컨대 리듬, 정조, 분위기 같은 것을 서정시의 주요한 요소로 손꼽는다. 하지만 이 저서의 이론은 18세기 낭만주의 시대의 시, 그중에서도 몇 편의 작품을 대상으로 하고 있다. 그러므로 이 저서의 이론은 '서정시'의 특성과 원리를 이해하는 데 하나의 참고 사항은 될 수 있을지언정 그것이 서구의 모든 서정시 원리를 설명하는 절대적 기준이 될 수는 없다. 이 저서의 이론에서 밝힌 서정시의 특성과 원리에 부합되지 않는 시도 서구에서는 흔히 '서정시'라고 부른다. 그러므로 '서정시'의 특성과 원리를 제대로 밝히자면, 다양한 시각과 다양한 이론들을 취합해야 하겠는데, 여기서 그 모든 것을 밝힐 수는 없는 노릇이다. 다만, 여기서 우리는 서구에서 '서정시'를 지칭할 때 사용하는 일반적인 정의만을 살펴보는 데 그칠 수밖에 없다. 그 정의란 '일반적으로 단일한 화자가 자신의 내면 감정을 리듬의 양식을 빌려 표현한 비교적 짧은 형태의 문학 양식'이라고 요약해볼 수 있다. 필자의 과문한 탓인지는 몰라도 서구에서는 대체로 여기에 부합되는 시 양식이라면 보통 '서정시'라고 부르는 것으로 알고 있다. 그러므로 위에서 간단히 밝힌 서정시에 대한 정의는 그 자체로 충분한 것이라고 보아도 무방하다. 다만 개개의 작품에 따라 표현 형식과 기법이 다르게 나타날 뿐이다.

　이러한 서구에서의 '서정시'의 개념을 염두에 두고, 우리의 시적 전통을 바라볼 때, 고대가요, 향가, 고려가요, 시조 등은 모두 서구에서 생각하는 '서정시'의 성격과 유사하며, 따라서 별다른 이의 없이 '서정시'라고 불려왔던 것이다. 다만 여기서 우리의 시적 전통을 서구와 비교해볼 때, 서구에서는 '서정시'의 존재가 고대에는 미약했다가 낭만주의 시대 이후에 크게 발달한 반면, 우리의 경우는 고대로부터 그 이후 계속해서 '서정시'의 전통이 이어져왔음을 지적할 수 있다. 그리고 이러한 '서정시'의 전통은 현대시에 들어와서도 거의 그대로 계승되었던 것이다. 즉, 1910년대 이후부터 1970년대 이전까지의 시기에 발표된 시다운 시의 대부분은 기본적으로 볼 때, 고대시가의 특성과 원리와 크게 다를 바 없는 것이다. 그래서 현대시를 일컬을 때 보통 '서정시'라고 말하는 것이며, 그것은 매우 합당한 용어라고 할 수 있다. 다만 현대시에 와서 표현 기법과 형식이 보다 세련되었고 심화되었다는 차이가 있을 뿐이다. 그런데 현대시 가운데서 '서정시'의 범주에 넣기 어렵거나, 혹은 논란의 여지가 있는 시들이 있다. 가령, 김동환의 「국경의 밤」과 같이 길이가 길고, 시 속에서 여러 인물이 등장하며, 그 인물들이 서로 갈등을 일으키는 작품의 경우, 그리고 서정주의 「질마재 신화」와 같이 산문성이 강한 이야기시의 경우, 또 이상의 「오감도」와 같이 시적 자아의 내면 감정의 표출이 희박하고 극단적인 형식 실험에 치중한 시와 같은 경우들을 들 수 있다. 이 밖에 이와 유사한 성격을 드러내는 몇 편의 작품들을 제외한다면, 대부분의 우리 현대시들은 모두 '서정시'에 속한다고 할 수 있다.

3

이러한 우리의 '서정시' 전통은, 매우 다채로운 표현 기법과 깊이 있는 시적 인식을 보여주었음을 우리는 다시 한번 되새겨볼 필요가 있다. 1970년대 이후에 새로운 시 장르의 용어들을 만들어낸 논자들이 흔히 기존의 '서정시'는 음풍농월의 유희시이고 몽상적인 비현실적 시라고 비판하며, 또 새로운 삶의 변화에 대응할 수 없는 골동품적 양식이라고 폄훼한다. 하지만 우리의 서정시 전통을 조금만 되돌아본다면, 가령 누구나 잘 알고 있는 바와 같이 이상화, 한용운, 윤동주, 이육사 등의 '서정시'는 치열한 현실 인식을 보여주고 있으며, 또한 김기림, 정지용, 김광균 등의 '서정시'는 새로운 감수성을 바탕으로 한 참신한 표현 기법을 보여주고 있다는 것을 확인할 수 있다. 그러므로 1970년대 이후의 상당수 논자들이 새로운 시 장르 용어들을 만들어내면서, 기존의 '서정시'를 폄훼하고 자신들이 만들어낸 새로운 시 장르의 개념이 기존의 '서정시'와 차별성을 지닌다는 주장은 매우 허위적이다. 물론 문화와 삶의 변화에 따라 소재와 주제의 측면에서는 많은 변화를 보여왔다. 그러므로 내용상으로 볼 때, '서정시'를 다시 분류할 수는 있다. 그러나 우리의 경우는 새롭게 만들어진 그 다양한 용어와 개념들이 마치 기존의 '서정시'와 차별성을 지닌 시 장르라는 인식을 줌으로써 혼란을 가중시키고 있다고 생각된다. 여기서 우리는 오세영 교수가 '서정시'라는 명칭이 정치투쟁시나 민중시 그리고 모더니즘 시와 별개의 개념이 아니라, 이야기체시, 장시, 파격적인 실험시가 아닌 이상은 기실 같은 용어라는 지적을 되새겨볼 필요가 있다(「리리시즘의 회복과 최근 우리 시」, 『문학정신』, 1991년 3월호).

아마도 1970년대 이후에 새로운 시 장르의 용어들을 만들어낸 논자들이 기존의 '서정시'와 차별성을 지닌다고 주장했을 때, 그들이 그 대상으로 삼은 '서정시'는 모든 '서정시'를 염두에 둔 것이 아니고 다음의 두 가지 부류의 서정시를 그 대상으로 삼은 듯하다. 그 하나의 부류는 1920년대 초기의 감상적 낭만주의 시에 맥이 닿아 있는 감상에의 탐닉과 관념에 매몰되어 있는 시이고, 다른 하나는 향가, 고려가요, 시조 등의 고대시가에 그 뿌리가 닿아 있는 김소월, 김영랑, 박목월, 서정주, 박재삼 등의 시와 같은 전통적 서정시라고 할 수 있다. 이 가운데에서 전자의 경우는 물론 그것이 서정시이기는 하나, 그러한 시들은 이미 모든 문학연구자들이 진정한 서정시가 아님을 인정하고 있는 터이다. 뛰어난 다수의 서정시 전통을 애써 외면하고, 일부의 왜곡된 서정시만을 대상으로 전체의 '서정시'를 개념 규정하고, 폄훼하는 것은 논리적 횡포다.

이제 문제는 전통적 서정시들의 경우이다. 사실상 1970년대 이후에 새로운 시 장르의 용어들을 만들어낸 논자들이 기존의 '서정시'를 폄훼하면서, 자신들이 새롭게 만들어낸 장르 용어들이 기존의 '서정시'와 차별성을 지닌다고 주장했을 때, 그 구체적인 대상은 명시적이든, 아니면 암묵적이든 바로 이러한 전통적 서정시를 겨냥하고 있는 듯하다. 이 점에 대해서는 일면 수긍되는 면이 있다. 이러한 전통적 서정시는 대체로 현실 문제를 외면하고 또 복고적 시 양식에 상당 부분 기대어 있는 것이 사실이다. 그런데 이러한 논자들의 논거 중에는 몇 가지의 함정이 있으며, 이로부터 오늘의 우리 시가 괴이한 형상을 보이게 됐다고 생각된다. 즉, 위의 논자들은 우리의 전통적 서정시가 현실 문제를 외면하고 초월적 세계만을 지향하며 협소한 개인적 문제에만 치중한다고 비판한다. 그런데 이러한 전통적 서정시는 우리 시 전통의 핵심이므로, 따라서 기존의 모든 서정시—즉, 위의 전통적 서정시의 형식, 기법, 세계는 물론이고 기타의 모든 서정시의 형식, 기법, 세계—는 모두 혁신의 대상이라는 논리적 비약을 하게 된다. 그러나 앞서 살펴본 바와 같이 우리의 '서정시' 전통은 개인의 협소한 개인적 문제에서부터 사회, 현실의 문제에까지 다양하게 펼쳐져 있고 기법도 다양하다. 그러므로 이것 역시 일부와 전체에 대한 논리적 혼동을 보이는 것이다. 또 한 가지는 위의 논자들의 논거에 이처럼 논리적 결함을 지님에도 이 주장에 잘못 함몰되어 기존의 서정시적 기법과 혁신에서 벗어나는 과감하고 실험적인 표현을 일삼으면 그것이 마치 당대의 현실 문제를 잘 드러낼 수 있고 변화된 문화와 삶에 대응할 수 있는 유일한 시작 방법이라는 그릇된 시적 태도가 널리 퍼져서 마침내는 우리의 시를 심각한 지경에 빠뜨렸다는 점이다.

그러므로 오늘날의 혼란되고 왜곡된 시적 경향을 바로잡기 위해서는 오히려 전통적 서정시가 간직하고 있는 '시성(詩性)'을 새삼 음미하고 되살려야 할 필요가 있다. 즉, 이 세계에 대한 표피적이고 단선적인 인식과 감각이 아닌, 삶과 세계에 대한 통합된 시각을 바탕으로 한 인간 삶과 세계에 대한 근원적인 통찰, 사물과 세계에 대한 섬세하고 깊이 있는 교감 능력, 인간의 정서에 호소를 하는 리듬을 외면하지 않는 점…… 등등은 시를 '시'답게 하는 데 없어서는 안 될 사항들이다. 물론 전통적인 서정시의 형식과 기법만으로 오늘날의 변화된 삶과 문화, 그리고 그에 따른 감수성의 변화를 모두 감당할 수는 없다. 문학이 인간의 삶과 시대와 관련을 맺는 양식이라고 할 때, 삶의 변화와 시대의 변화에 따라 문학의 모습이 변화하는 것은 필연적인 것이다. 그러나 그렇더라도 우리의 전통적 서정시는 타기해야 할 대상이 아니라 발전적으로 계승해야 할 소중한 시적 유산인 것이다.

| 더 생각해봅시다 |

1. 서정시, 민중시, 해체시, 도시시, 일상시, 생태시, 신서정시의 개념을 정리해보자.
2. 『논어』에 나오는 시 관련 부분을 찾아보고 아리스토텔레스의 『시학』의 디튀람보스와의 차이를 생각해보자.
3. 향가, 고려가요, 시조 등의 고대시가와 전통적 서정시인(김소월, 김영랑, 서정주, 박목월, 박재삼)들의 작품을 읽어보고 전통적 서정시의 범주에 대해 논해보자.

서정시의 위력과 광휘

이숭원

이준관 부엌의 불빛 | 신경림 묵뫼 | 고형렬 참외 저녁 | 나희덕 누에 | 안도현 깃털 하나 |
고재종 綿綿함에 대하여

몇 해 전 『서정시의 힘과 아름다움』(새미, 1997)이라는 책을 내면서 그 머리말에서 당돌하게도 나는 다음과 같은 말을 했다.

> 나는 이 책에서 고집스럽게 서정시의 가장 서정시다운 모습을 옹호하고 그것이 지닌 가치를 강조하려고 노력했다. 세상이 어떻게 변하든 서정시의 유구한 흐름은 변하지 않으리라는 신념을 드러내려고 애썼다. 서정시라고 해서 감정을 노래하는 얄팍한 소품만을 생각해서는 곤란하다. 서정시는 인간의 삶을 반영하기도 하고 현실을 비판하기도 하고 아름다운 세상의 모습을 먼저 제시하기도 한다. 서정시는 사람의 마음을 변화시키고 세계를 변화시킬 수 있는 힘을 지니고 있다. 그와 아울러 거기 담긴 언어와 정서의 아름다움은 상처받은 인간의 영혼을 위무하고 그것을 더 높은 차원으로 고양시키는 승화의 기능도 함유한다. 문학에 뜻을 둔 사람들은 인간 부재, 인간 상실의 시대에 맞서서 이러한 서정시의 힘과 아름다움을 옹호하는 데 더 큰 관심을 가져야 할 것이다.

이준관
1949년 전북 정읍 출생.
1974년 『심상』을 통해 등단.
시집 『황야』 『가을 떡갈나무 숲』 『열 손가락에 달을 달고』 등.

　도대체 서정시의 가장 서정시다운 모습이란 무엇인지, 서정시는 어떻게 해서 현실을 비판하고 더 나아가 세계를 변화시키는 힘을 지니게 되는지 명확한 근거도 제시하지 않은 채 흥분한 듯한 어조로 나는 위와 같은 말을 털어놓았다. 아마도 원고 교정을 끝내고 머리말을 쓰던 순간의 고양감 때문에 그러한 말이 거침없이 흘러나왔을 것이다. 그 머리말을 쓴 지 몇 년이 지난 지금 『시와사람』으로부터 서정시에 대한 글을 쓰라는 말을 듣고 머리말을 다시 읽으며 나는 심한 부끄러움을 느낀다. 그리고 그 부끄러움을 떨쳐내기 위해 머리말에서 구호처럼 외친 내용을 차분하게 풀어서 말해야 한다는 의무감에 사로잡힌다. 과연 '서정시의 힘과 아름다움'이 무엇인지 만인이 공감할 수 있도록 구체적으로 이야기하지 않는다면 일 년 전에 쓴 머리말뿐만 아니라 그 책 전체가 휴지조각이 되고 말 것이라는 절박한 위기의식까지 밀려든다. 이럴 때는 자신의 논리를 정당화해야 한다는 조급한 생각 때문에 오히려 일을 망치기 쉽다. 그래서 나는 어깨에 힘을 빼고 아주 느슨한 기분으로 서정시에 대한 생각을 풀어가기로 마음먹었다. 처음부터 '서정시의 힘과 아름다움'을 강변하지 않고 이야기의 흐름을 통하여 내가 생각하는 바가 자연스럽게 우러나도록 논의를 전개하려 한다.

서정시에 해당하는 영어 단어 'lyric'은 현악기를 지칭하는 'lyre'라는 말에서 파생되었다고 한다. 그러니까 원래 서정시는 현악기를 탄주하며 음송하던 노래에서 나온 것이었다. 그런데 고대 희랍의 경우 서사시인 'epic'도 악기를 연주하며 음송하던 것은 마찬가지였다. 따라서 악기의 반주가 따른다거나 음악적 선율이 있다든가 하는 것은 서정시와 서사시를 구별하는 근본 요인이 되지 못한다. 서정시와 서사시는 전달 내용의 차이에 의해 구분된다. 서정시는 흔히 감정이라고 통칭되는 마음의 움직임을 전달하는 양식이다. 여기에 비해 서사시는 어떤 이야기를 전달하는 것이 목적이다. 악기의 반주나 음악적 선율은 전달하고자 하는 내용이 효과적으로 전달될 수 있도록 보조하는 역할을 했다. 근대 이후 운문 양식이 산문으로 바뀌면서 서사시는 소설로 변모되었다. 그러나 서정시는 원래의 운문 양식을 그대로 보존하면서 현재에 이르고 있다.

이렇게 보면 서정시는 고대로부터 현재에 이르기까지 양식의 변화를 거의 일으키지 않은 문학갈래라고 할 수 있다. 그것은 서정시가 본질적으로 공유하고 있는 양식상의 특징에서 말미암았을 것이다. 위에서 말한 대로 서정시는 마음의 움직임을 전달한다. 그런데 마음의 움직임이라는 것은 지역이나 시대에 따라 크게 달라지는 것이 아니다. 예를 들어 애인을 잃은 슬픔은 옛날 사람이건 오늘날의 사람이건, 서양 사람이건 동양 사람이건 거의 비슷하게 느끼게 된다. 이것을 흔히 정서의 보편성이라고 말하거니와, 사정이 이러하기 때문에 동서고금의 서정시는 대동소이한 양상을 지니게 된다.

문명이 발달하고 현대사회가 복잡해지면서 시의 영역에도 적지 않은 변화가 일어난 것은 사실이다. 그것은 서정시의 완고한 보수성을 허물어버리려는 해체의 전략으로 돌출되기도 했다. 그러나 그런 움직임이

전력투구의 모험적 양상을 지닌다는 사실부터가 서정시가 내장하고 있는 위력이 만만치 않은 것임을 역으로 드러낸다. 서정시가 완강한 보수성을 유지하려 들면 들수록 그것에 도전하는 반서정적 이탈의 몸부림도 더욱 가열해진다. 시에 서사성을 끌어들여 서정성을 중화시키려는 시도에서부터 서정시의 기본 형식을 해체하고 새로운 스타일을 창조하려는 전위적 실험에 이르기까지 그 도전의 양상은 다양하고 다채롭다. 서정시의 전통적 틀에서 벗어나려는 시도를 벌이는 사람들이 내세우는 주장 또한 다양한데 그것을 크게 둘로 묶으면 이렇게 요약된다.

첫째, 서정시는 현실의 역동적인 모습을 반영하기에는 역부족이다. 특히 현실을 객관적으로 인식하고 현실의 모순을 비판하는 데 서정시는 무능하고 무력하다. 현대사회에서 시가 살아남으려면 현실 반영이나 현실 인식, 현실 비판의 정신을 수용해야 한다. 그렇게 되려면 어쩔 수 없이 시는 서정성의 고루한 영역에서 벗어나 서사적 요소나 객관적 인식의 명석성을 수용해야 한다.

둘째, 현대 산업정보사회에서 인간의 사고체계나 인식의 틀은 현저히 변모되었다. 모든 것이 변하는 만큼 예술 양식의 변화도 필연적이다. 어느 시대고 참된 예술은 모험과 실험정신에서 비롯되었다. 예술사에서 새로운 변화는 그 시대의 이단아에 의해 창출되었으며 새롭게 돌출된 실험적 양식은 당대에 인정받지 못했다 하더라도 후대에 가치 있는 작업으로 평가받았다. 새로운 스타일을 창조하는 것은 예술정신의 살아 있음을 증명하는 일이다. 기존의 형식에 안주하는 것은 정신의 자유를 억압하는 제도의 금기, 관습의 멍에를 그대로 수용하는 것이다. 예술 창조에서 새로운 것은 가치 있는 것이다. 시 창작이라고 해서 예외일 수는 없다.

이러한 두 가지 주장은 그 나름의 타당성이 있으며 새로운 시의 가능성을 통하여 시의 영역을 넓힌다는 의의가 있다. 그러나 그 두 주장이 극단화되면 그것은 중대한 오류를 빚어낸다.

　첫째 주장의 경우 현실 인식이나 현실 비판의 측면이 강조되면 그것은 마음의 움직임을 표현한다는 시의 기본축을 망실하게 될 우려가 있다. 엄격히 얘기하면 객관적 현실 인식이나 엄정한 현실 비판에 적합한 장르는 시가 아니라 소설이다. 따라서 그런 방면에 관심을 기울이는 사람은 굳이 시를 쓰면서 그런 방도를 도모할 것이 아니라 손을 툭툭 털고 소설을 쓰면 된다. 시의 영역 내에서 그런 주제를 표현하고자 한다면 현실 인식과 서정성이 어떻게 조화를 이룰 수 있으며 그것이 시적 성취로 어떻게 연결될 수 있는지를 모색해야 할 것이다. 그런 쪽의 모색을 게을리 한다면 그의 시 창작은 실패를 면치 못할 것이다.

　둘째 주장의 경우 실험정신이 강조되면 새로운 것은 모두 좋은 것이라는 망집에 사로잡혀 실험을 위한 실험에 골몰하기 쉽다. 예술사의 변화는 물론 실험정신을 가진 전위부대에 의해 생겨났다. 그런데 범위를 시로 축소시키면 시 양식 자체 내에서의 실험은 그렇게 전면적인 변화를 일으키지 못했음을 보게 된다. 20세기의 실험적 시 양식은 이미지즘과 초현실주의 정도인데 그것은 시에 근본적인 변화를 가져오지는 못하였고 시의 표현이라든가 시의식의 측면에 부분적인 변화를 가져옴으로써 시의 영역을 풍요롭게 하는 선에 머물렀다. 이미지즘과 초현실주의는 그 자체의 생명력은 쇠진해 사라지면서 자신의 가치 있는 부분을 후세에 남겨주는 것으로 자신의 역사적 존재를 마감했다. 문학사에 돌출된 실험적 양식은 그 자체로는 생존력이 약하며 문학사의 커다란 흐름에 작은 변화의 족적을 남기는 정도에서 겨우 그 존재 의의를 찾을 수 있는 것이다. 따라서 지금 전위적 실험에 골몰하는 사람은 자신의 실험이 최선의 경우 작은 변화의 자취 정도로 남게 될 것이라는 사실을 분명히 깨달아야 한다. 그것도 운동이 집단화되거나 천재적 능력이 발휘되는 최선의 경우에 그러하고 그렇지 못한 대다수의 실험은 아무런

족적도 남기지 못한 채 비생산적인 일과성의 시도로 끝나게 된다는 점도 알아야 할 것이다.

이 두 주장과 더불어 우리에게 던져지는 서정시에 대한 부정적인 질문은 우리 시대에 서정시가 무슨 효용이 있는가 하는 것이다. 흔히 서정시는 세계까지도 자아화하여 정서를 주관적으로 드러내는 독백의 양식이라고 한다. 그러한 서정시가 현대사회의 복잡다변한 문제에 부딪쳐 해결할 수 있는 일이 과연 무엇인가? 서정시가 언어나 정서의 아름다움을 전해준다는 것은 이해가 되지만 어떻게 그 주관적 표현 양식이 현실을 비판하고 세계를 변화시킬 수 있단 말인가? 고속으로 전진해가는 현대사회의 도발적인 위세에 대처하기에 서정시는 너무나 허약한 양식이 아닌가? 이러한 종류의 부정적 질문이 제기될 수 있다. 이러한 질문을 염두에 두고 이준관의「부엌의 불빛」을 읽어보자.

「부엌의 불빛」은 서정시의 전형적인 모습을 취하고 있다. 부엌의 불빛을 어머니의 무릎처럼 따뜻하다고 보며 부엌의 온기와 어머니의 사랑을 동일화한 수법은 세계를 자아화하여 정서를 주관적으로 드러내는 서정시의 특징을 잘 보여준다. 현실주의적 시각에 치우친 사람은 이 시가 복잡다단한 삶의 문제를 해결하는 데 무슨 효용이 있겠느냐고 반문할지 모른다. 시골도 이젠 도시화되어 따뜻한 불빛이 새어나오던 부엌도 사라진 지 오래며 고양이와 개가, 또 어머니와 아이가 하나의 공간 속에 화합을 이루는 장면도 이제는 보기 힘들다고 말할지 모른다. 차라리 도시문명의 침윤에 의해 파편화되어가는 농촌의 삶을 비판적으로 묘사한다든가 인간의 본원적 모습을 상실해가는 인간 부재의 정황을 고발하는 것이 시인이 할 일이 아니겠느냐고 생각할 것이다.

그런 비판적 시각을 가진 사람이라도 이 시의 전체적인 분위기가 부드럽고 따뜻하고 자애롭다는 점은 인정할 것이다. 이 시의 정황은 우리가 지금 살아가는 실제적 삶의 국면과 상당한 거리를 두고 있는 것이

부엌의 불빛 / 이준관

부엌의 불빛은
어머니의 무릎처럼 따뜻하다.

저녁은 팥죽 한 그릇처럼
조용히 끓고,
접시에 놓인 불빛을
고양이는 다정히 핥는다.

수돗물을 틀면
쏴아 불빛이 쏟아진다.

부엌의 불빛 아래 엎드려
아이는 오늘의 숙제를 끝내고,
때로는 어머니의 눈물,
그 눈물이 등유가 되어
부엌의 불빛을 꺼지지 않게 한다.

불빛을 삼킨 개가
하늘을 향해 짖어대면
하늘엔
올해의 가장 아름다운 첫별이
태어난다.

사실이다. 그러나 이 시에 묘사된 장면이 일상적 삶의 국면에서 전혀 접할 수 없는 것인가 하면 그렇지는 않다. 비록 사라져가고는 있지만 우리들 삶의 일부분에 분명 존재하는, 그래서 그 사라짐이 오히려 희소 가치와 부재에의 그리움을 낳는 그런 장면을 이 시는 보여준다. 사라져가기 때문에 아름답고 보기 힘들기 때문에 의미 있는 그런 장면을 복원하는 데 시인의 상상력이 기능적으로 작용한 것은 물론이다. 그런 점에서 시인의 상상력은 아주 중요하다. 그것은 과학자의 정밀한 분석력이나 집중적 탐구력 이상의 가치를 지닌다. 시의 상상력은 소설이나 희곡 등 다른 문학갈래에서 볼 수 없는 본질에의 육박성을 갖는다. 그것은 과거가 현재로 회감하고 자아와 세계가 융합하는 신화시대의 본원적 체험을 우리에게 안겨준다.

　근대 이후 신화적 세계관은 붕괴되고 우리의 의식에는 과학적 세계관이 터를 잡았다. 생의 모든 국면에 있어서 우리는 계량적이고 분석적인 시각으로 사물과 세계를 대한다. 세상 형편이 이러하기 때문에 누구도 이것을 거부하지는 못한다. 과학적 세계관의 논리를 거부하는 사람은 현대사회에서 미친 사람 취급을 받거나 사회의 외곽으로 밀려나버린다. 그러면 과학적 세계관의 반대쪽에 자리잡고 있는 신화적 세계관은 현대사회에서 무가치한 것인가. 절대로 그렇지 않다. 지금도 텔레비전에 불가사의한 이야기를 소재로 한 다큐멘터리 프로가 많이 방영되고 있는 것을 보면 일반인들이 신화적 세계에 얼마나 많은 관심을 갖고 있는지를 짐작할 수 있다. 아무리 과학이 발달하고 계량적·분석적 사고가 우리를 지배하고 있어도 과학으로 설명될 수 없는 영역이 있다는 우리의 생각은 바뀌지 않는다. 그리고 과학으로 설명되지 않는 미지의 영역에 우리의 영혼을 위무하는 어떤 요소가 있을 것이라는 생각도 그대로 유지된다. 그 미지의 영역을 흔히 종교나 영적인 문제에 속하는 것으로 치부하는데 그렇게 되면 그것은 우리의 일상적 삶과는 아주 다른 차원에 속하는 것으로 넘어가버린다. 그런데 묘하게도 시는 현실의 차원에서 현실의 언어로 신화적 세계관을 펼쳐낸다. 영적인 신비주의로 넘어가지 않으면서 인간과 세계가 합일을 이루는 모습을 우리 앞에 현현해내는 것이 바로 시다.

　위의 시에서는 신화적 상상력이 작용하여 사물이 재구성되는 모습을 볼 수 있다. 과학적 시각으로 보면 부엌의 불빛과 어머니의 무릎은 분명 다른데 시에서는 그것을 동일화하였다. 저녁이 팥죽처럼 끓는다고 했고 고양이가 접시의 불빛을 핥는다고 했다. 수돗물에도 불빛이 쏟아지고 어머니의 눈물이 등유가 되어 부엌의 불빛을 계속 밝힌다고 했다. 부엌의 불빛을 삼킨 개가 하늘을 향해 짖으면 하늘엔 올해의 가장 아름

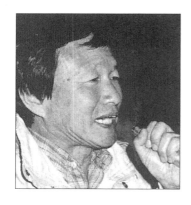

신경림
1935년 충북 충주 출생.
1956년 『문학예술』을 통해 등단.
시집 『농무』 『새재』 『남한강』 『가난한 사랑노래』 등.

다운 첫별이 태어난다고 했다. 일상의 맥락으로 보면 이런 생각은 정신병자의 착란된 의식처럼 보인다. 그러나 인간과 세계가 분리되지 않은 합일의 시각으로 보면 이 모든 것은 진실이다. 그것은 과학적 계량성에 파편화되어버린 우리의 의식을 화평의 온기로 감싼다. 어머니로 표상되는 인간의 자애로움 속에 부엌의 모든 사물은 온화한 불빛을 나누어 갖는다. 고양이가 핥는 작은 접시에서부터 하늘의 별에 이르기까지 어머니의 마음이 두루 퍼진다고 생각하는 경지는 인간과 인간의 갈등, 인간과 세계의 갈등을 모두 무화시키는 경지다. 이것은 갈등의 존재를 처음부터 부정하는 시각이 아니라 존재하는 모든 갈등이 합일의 공간에서 해소되어야 한다는 염원을 형상화하는 경지다. 그 염원은 갈등에 시달리는 현재의 곤고한 삶에 위안을 준다. 그런 갈등의 사라짐과 관련하여 신경림의 「묵뫼」를 또 읽어보자.

이 시에는 약간의 서사적 요소가 곁들여 있다. 그것은 6·25를 전후로 한 우리의 비극적 연대기와 관련이 있다. 이 시를 제대로 읽기 위해서는 사전을 펼쳐놓고 낯선 말의 뜻을 알아보아야 한다. 그만큼 이 시는 말 배우는 재미도 갖게 해준다. 그 낯선 말을 통하여 지난 시대의 사람들이 거쳐갔던 삶의 형편도 파악하게 된다. 제목인 '묵뫼'는 묵은 묘,

즉 오래 거두지 않아서 거칠게 된 무덤을 말한다. 요령잡이란 상여가 나갈 때 요령을 흔들며 선소리를 하는 사람을 말하며 물거리란 손으로 꺾을 수 있는 땔나무를 말한다. 말강구란 말감고(監考)가 원래의 말인데 추수 때 마름을 대신해 곡식 되는 일을 하는 사람을 일컫는다. 말감고가 되질로 눈속임을 하여 소작농들에게 못된 짓을 많이 했기 때문에 청년단장에게 죽음을 당했을 것이다.

돌보는 사람 없는 오래된 묘에 여러 사람들이 묻혀 있다. 팔자 험한 요령잡이에서부터 다리를 잃은 소년병, 서로 죽이고 죽은 청년단장과 말강구에 이르기까지 많은 사람이 묻혀 있다. 그들 중에는 철천지원수로 악연을 맺은 사람이 있는가 하면 생전에 아무 관계도 없었던 사람들도 있다. 살아서의 관계가 어떠했건 간에 그들은 무덤 속에 하얀 뼈로 누워 다정한 친구인 양 이마를 맞댄 채 잠들어 있다. 미움도 원한도 살아서의 갈등도 죽음의 세계에는 들어오지 못한다. 세상의 갈등은 죽음의 세계에서 무화되고 승화된다. 오히려 그것은 철 따라 갖가지 꽃을 피우고 열매를 맺게 하면서 온갖 새들을 불러모으는 화합과 공존의 터전으로 변화한다. 그것은 함께 숲을 만들고 산을 만들 뿐만 아니라 '세상을 만드는' 이적(異蹟)을 실현한다. 이것은 살아서 부딪치는 갈등의 세계 속에서는 꿈도 꾸지 못했던 일이다. 그러나 하얀 뼈로 누운 다음에는 이런 화합이 가능하다. 여기 묘사된 죽음의 세계는 바로 서정시의 세계와 같다. 그것은 세계의 갈등을 부정하는 것이 아니라 대립의 칼날을 갈아 다툼을 무화시키는 역할을 한다. 갈등을 갈등대로 인정하면서 갈등을 넘어서는 길을 모색하는 것이다.

이처럼 서정시는 삶의 국면을 압축적으로 보여주면서 갈등을 넘어서는 길이 무엇인가를 탐색한다. 갈등을 넘어서는 길은, 서정시의 바탕을 이루는 신화적 상상력, 표면에 드러나는 암시와 상징의 어법에 의해 비로소 열린다. 압축과 생략으로 말을 엮어가기 때문에 서정시의 짧은 형

묵뫼 / 신경림

여든까지 살다 죽은 팔자 험한 요령잡이가 묻혀 있다
북도가 고향인 어린 인민군 간호군관이 누워 있고
다리 하나를 잃은 소년병이 누워 있다
등너머 장터에 물거리를 대던 나무꾼이 묻혀 있고 그의
말더듬던 처를 꼬여 새벽차를 탄 등짐장수가 묻혀 있다
청년단장이 누워 있고 그 손에 죽은 말강구가 묻혀 있다

생전에는 보지도 알지도 못했던 이들도 있다
부드득 이를 갈던 철천지원수였던 이들도 있다
지금은 서로 하얀 이마를 맞댄 채 누워
묵뫼 위에 쑥부쟁이 비비추 수리취 말나리를 키우지만
철 따라 꽃도 피우고 열매도 맺으면서
뜸부기 찌르레기 박새 후투새를 불러 모으고
함께 숲을 만들고 산을 만들고

세상을 만들면서 서로 하얀 이마를 맞댄 채 누워

식 속에는 무량한 의미내용이 함축될 수 있다. 한순간에 포착한 마음의 움직임이 시의 형식으로 정착되는 순간 그것은 공간적으로 무한하고 시간적으로 영원한 상징체로 우리 앞에 떠오른다.

고형렬의「참외 저녁」은 어느 여름 저녁의 정경을 보여준다. 짧게 스쳐가는 한 장면을 포착한 것인데 그 장면을 포착하여 우리에게 들려주는 시인의 이야기는 우주시대를 넘어서는 영원성을 지닌다. 과일장수 부부가 손수레 한쪽에 저울을 올려놓고 노란 참외를 가득 담고서 시장 골목으로 달려간다. 너무 급히 달려가기 때문에 손수레는 마치 팔자걸음을 걷는 듯 좌우로 흔들린다. 손수레를 끄는 과일장수 부부의 내력을 그냥 이야기해도 될 터인데 시인은 그 손수레와 관련된 세 가지 사항을 우리에게 일러주는 것으로 장황한 이야기를 대신하였다. 과일장수 부부의 삶을 암시해주는 단서는, 시계저울이 손수레 한쪽에 올려져 있다는 것, 손수레에 쌓여 있는 참외들이 여자들이 낳은 아기와 같은 인상을 준다는 것, 손수레 바퀴 옆에 판자가 붙여져 있다는 것 등 셋이다. 이 세 지적을 통하여 우리는 과일장수 부부의 삶의 국면을 떠올릴 수 있다.

손수레에 실린 참외는 그 부부의 살림 밑천이다. 어떤 점에서 그것은 생계를 이어가는 수단에 불과할지 모른다. 그러나 그 부부에게 참외와 손수레는 단순한 생계 수단이 아니라 인간의 온기가 담긴 생명의 등가물로 인식된다. 손수레는 그 부부의 분신이며 손수레에 담긴 참외는 그들의 귀여운 아기 같다. 이처럼 두 부부는 그들을 둘러싼 삶 전체를 사랑으로 받아들인다. 시계저울 역시 그들의 삶과 떼어놓을 수 없는 존재다. 참외를 무게로 달아 팔 때는 반드시 저울이 필요하기 때문이다. 노란 아기참외를 자기의 아이처럼 생각하는 부부이기 때문에 저울눈을 속인다거나 하는 것은 상상도 할 수 없다. 오히려 저울은 그 부부의 정직하고도 넉넉한 삶의 모습을 연상시킨다. 이렇게 하루하루를 성실하게 살아가는 부부에게 손수레는 아주 귀중한 물건이다. 참외의 무게 때

참외 저녁 / 고형렬

시계저울을 한쪽에 올리고 해가 지는 거리를 뛰어가는 손수레. 여자들이 낳은 듯한 노란 아기참외들이 소복이 쌓여 있는 손수레. 바퀴 옆으로 판자를 붙인 손수레는, 팔자걸음으로 뛴다. 해지기 전, 시장 길목으로 달려가는 부부. 어떤 우주시대가 와도 저 과일장수는 사라지지 않을 것이다. 선선해지는 늦여름 저녁도 같으리라고. 시계바늘 어둠쪽에 조금 기운 유리창 밖. 새빨간 노을 한 마리, 푸드덕 날아간다

문에 귀중한 손수레가 무너질까봐 바퀴 옆에 판자를 대서 손수레를 튼튼하게 했다. 이처럼 세심한 부분에까지 마음을 쓰는 데서도 그들의 건실한 삶의 자세를 엿볼 수 있다.

이렇게 그들 삶의 세부가 모두 담겨 있는 손수레를 끌고 과일장수 부부는 뛰어간다. 혹시 조금 늦어 그들의 자리를 잃을까 염려해서인지 모른다. 조금이라도 먼저 가서 하나라도 더 팔려고 손수레를 끌고 달려갈 것이다. 그러나 이 행동은 돈을 더 벌겠다는 탐욕의 행동으로 보이지 않는다. 오히려 그것은 열심히 살겠다는 의욕의 행동으로 보인다. 과일장수 부부의 움직임을 지켜보며 시인은 부지런한 삶이 주는 마음의 평화를 느낀다. 그처럼 건실한 삶의 모습은 시대가 어떻게 바뀌어도 사라지지 않을 것이라고 시인은 생각한다. 어느새 서쪽 하늘에는 노을이 물든다. 그것을 시인은 새빨간 노을 한 마리가 날아간다고 표현했다. 노을이 퍼져가는 것을 새의 날아감으로 표현한 이유는 무엇일까? 그것은 노을의 신비로운 아름다움과 그 부부의 삶의 모습이 동질적이라는 것을 나타내기 위함일 것이다.

고형렬
1954년 생. 속초에서 성장.
1979년 『현대문학』을 통해 등단.
시집 『대청봉 수박밭』 『해청』 『사진리 대설』 『성에꽃 눈부처』 등.

　그러한 시인의 표현에서 아름다움을 느끼고 안 느끼고 하는 것은 그
리 큰 문제가 아니다. 문제는 삶의 건실한 국면을 고도의 압축에 의해
형상화했다는 점이다. 시의 전체 분량과 위에서 내가 설명한 부분을 비
교하면 시는 십분의 일의 분량도 안 된다. 그러나 그것은 내가 설명한
것 이상의 많은 것을 암시하고 환기한다. 이것이 산문의 서술성을 넘어
서는 시의 강점이다. 시가 지닌 이 엄청난 잠재력 때문에 어떤 우주시
대가 와도 시는 사라지지 않을 것이다. 인간의 평범한 삶의 국면이 아
름다움을 자아내고 그 아름다움이 시대를 넘어서는 영원성을 지니는
것처럼 서정시도 영원하리라는 것을 이 시는 은밀히 암시하고 있다.
　나희덕의 「누에」는 참으로 독특한 체험을 다루었다. 두 딸과 함께 길
을 걷는 꼽추 엄마. 시인은 그들을 세 자매인 줄 알았다. 세 자매가 아
니라 엄마와 그의 두 딸인 줄 안 시인은 그 엄마를 누에에 비유한다. 등
에 짊어진 혹에서 아름다운 비단실이 풀려나와 두 아이가 되고 다시 두
가닥 비단실이 누에고치를 감싸고 있을 것이라는 생각이다. 꼽추 엄마
에게서 나온 생명의 가닥이 딸에게로 이어지고 그 생명의 실이 사랑의
비단이 되어 다시 그 엄마에게로 향하는 인간적 유대의 정경은 아름답
다. 인간의 유대가 여기서 그치지 않고 사랑의 비단실이 나에게까지 이

나희덕

1966년 충남 논산 출생.
1989년 중앙일보 신춘문예 시 당선.
시집 『그 말이 잎을 물들였다』 『뿌리에게』 『어두워진다는 것』 등.

어져 만삭의 배를 쓸어안게 되는 마지막 장면도 감동적이다. 그것은 생명의 소중함과 신비로움을 영원히 잊혀지지 않을 뚜렷한 시각적 영상으로 각인시켜놓는다.

이처럼 아름다운 화폭이 우연히 창조되는 것은 아니다. 그것은 오랜 시간에 걸쳐 지속적으로 이어진 생명에 대한 각별한 애정과 관심에서 창조된다. 문명과 과학은 생명을 살린다고 하면서도 생명을 죽이는 결과를 가져온다. 물질문명의 혜택으로 우리 생활이 표면적으로 편리해

누에 / 나희덕

세 자매가 손을 잡고 걸어온다

이제 보니 자매가 아니다
꼽추인 어미를 가운데 두고
두 딸은 키가 훌쩍 크다
어미는 얼마나 작은지 누에 같다
제 몸의 이천 배나 되는 실을
뽑아낸다는 누에,

진 것은 사실이다. 그러나 편리함의 반대급부로 우리가 겪어야 하는 것은 심각한 환경 파괴 현상이다. 근래에 우리 주위의 생활용품에서 환경 호르몬이 검출되었다는 보고가 있었다. 그 환경 호르몬은 남자의 정자 수를 급격히 감소시키거나 여자의 임신 조건을 악화시켜 인류의 종언을 예고하고 있다. 결국 편리만 좇고 실리만 따르다가 인류의 생존이 위기에 몰리는 국면에 봉착한 것이다. 이 위기에서 벗어나기 위해서는 생명을 보는 눈이 새롭게 열려야 한다. 생명의 비단실이 꼽추 엄마에게서 나와 두 딸아이를 감싸고 다시 그 실이 꼽추 엄마에 대한 사랑으로 이어지는 장면, 그 비단실이 나에게도 넘어와 뱃속의 아기에게까지 이어지는 장면을 볼 수 있는 생명의 투시력이 회복되어야 한다. 서정시는 일상성에 퇴화되어가던 우리의 시력을 회복시켜 현상 저편에 있는 본질의 세계를 통찰하게 한다.

이번에는 안도현의 「깃털 하나」를 살펴보자. 일상적 관념으로 보면 들비둘기는 작은 산새에 불과하고 거기 떨어진 깃털은 그냥 깃털일 뿐이다. 그런데 시각을 달리하여 생각해보면 작은 새 한 마리도 자신의 세계를 갖고 있다. 그것은 알을 낳고 새끼를 기르며 그 자신의 생존법칙에 따

저 등에 짊어진 혹에서
비단실 두 가닥 풀려 나온 걸까
비단실 두 가닥이
이제 빈 누에고치를 감싸고 있다

그 비단실에
내 몸도 휘감겨 따라가면서
나는 만삭의 배를 가만히 쓸어안는다

깃털 하나 / 안도현

거무스름한 깃털 하나 땅에 떨어져 있기에
주워 들어보니 너무나 가볍다
들비둘기가 떨어뜨리고 간 것이라 한다
한때 이것은 숨을 쉴 때마다 발랑거리던
존재의 빨간 알몸을 감싸고 있었을 것이다
깃털 하나의 무게로 가슴이 쿵쿵 뛴다

라 생명의 공간을 확장해간다. 인간이 감지하지 못하는 새만의 어떤 세계가 자연 공간 속에 펼쳐져 있다. 따라서 인간과 들비둘기는 그 거주하는 공간과 생존 방식에 차이가 있을 뿐 생명이 깃들인 터전이라는 점에서는 동질적이다. 인간이 하나의 소우주라면 들비둘기도 하나의 우주다. 생명 가진 존재라는 점에서 들비둘기와 인간은 조금의 차이도 없다.

시인은 들비둘기가 떨어뜨리고 간 거무스름한 깃털을 땅에서 줍는다. 그 깃털은 너무나 가볍다. 그런데 그 깃털이 들비둘기의 몸을 감싸고 있었다고 생각하자 가슴이 쿵쿵 뛴다. 이 시의 요체는 '너무나 가벼운' 깃털이 "가슴이 쿵쿵 뛸" 정도의 무게로 변화하는 데 있다. 그 변화의 계기는 이 깃털이 "존재의 빨간 알몸을 감싸고" 있었다는 사실에 대한 자각에서 온다. 생명의 무게만이 아니라 생명을 감싸고 있었던 깃털의 무게도 이렇게 전율을 일으킨다. 작은 생명의 일부에서도 이렇게 전율을 느낄 때, 그 전율이 모두의 것으로 퍼져가기를 기원하며 시를 쓸 때, 그리고 그 전율을 담은 시를 우리가 읽을 때 우리에게는 새로운 시야가 열린다. 아무리 환경 호르몬이 기승을 부려도 인간의 미래는 그렇게 암담하지 않으리라는 믿음을 갖는다. 어떤 우주시대가 와도 생명의 전율은 여전히 느껴질 것이고 그것을 기록하는 시도 있을 것이라고 우리는 믿는다. 서정시는 바로 그런 구원의 메시지를 우리에게 전한다.

우리는 고재종의 시 제목이 왜 「綿綿함에 대하여」인가를 생각해볼 필요가 있다. 면면함이란 그치지 않고 계속 이어지는 상태를 뜻한다. 그것은 이 시가 담고 있는 주제를 함축한다. 이 시는 느티나무의 푸르른 울음소리가 이파리에 전이되고 그것이 생생한 초록의 광휘로 솟아나면서 북소리까지 우렁차게 울려나오는 전환의 과정을 보여준다. 그 전환의 양상은 지금 울려나오는 북소리가 다시 흐느끼는 울음소리로 꺾일 수도 있다는 위험성까지 내포한다. 그러나 더 큰 시련이 밀려와도 결국은 허리를 펴고 초록빛 이파리를 다시 우러르게 될 것이라는 것을 자연의 이법을 통해 우리에게 깨우쳐준다. 이것이 바로 이 시의 제목인 '면면함'이 갖는 의미다. 면면함이란 시련을 한번 극복하고 일어서는 것을 의미하는 것이 아니다. 그것은 우리의 삶이 시련의 연속이라는 것, 끊임없이 닥치는 시련을 그야말로 면면하게 이겨낼 수밖에 없는 것이 우리의 숙명이라는 사실을 의미하고 있다.

지난 겨울 휘몰아친 삭풍에 나무는 온갖 시련을 다 겪었다. 가지 끝에 별 하나도 드리우지 못했던 나무는 온몸에 상처를 입으며 처절한 울음소리를 터뜨렸다. 그러나 봄이 오고 여름이 오자 그 상처투성이의 몸에 다시 잎이 돋아나 생생한 초록의 광휘를 눈부시게 펼쳐낸다. 농촌 사람들 중 이제 잔치는 끝났다고 짐을 싸들고 농촌을 떠나버린 사람들이 많다. 그래도 남은 사람들은 지킬 것은 지켜야 한다고 소리 죽여 흐느꼈다. 그 흐느낌은 흡사 삭풍에 시달리던 느티나무의 울음소리와도 같았다. 모두들 떠나버린 마당에 아직도 농촌에 남아 허리 굽혀 모를 내는 사람. 그들은 삭풍에 시달리던 상처투성이의 느티나무가 초록빛 광휘로 다시 피어나는 것을 본 사람들이다. 그들은 상처투성이의 그

綿綿함에 대하여 / 고재종

너 들어 보았니
저 동구밖 느티나무의
푸르른 울음소리

날이면 날마다 삭풍 되게는 치고
우듬지 끝에 별 하나 매달지 못하던
지난 겨울
온몸 상처투성이인 저 나무
제 상처마다에서 뽑아내던
푸르른 울음소리

너 들어 보았니
다 청산하고 떠나버리는 마을에
잔치는 아직 끝나지 않았다고
그래도 지킬 것은 지켜야 한다고
소리 죽여 흐느끼던 소리
가지 팽팽히 후리던 소리

오늘은 그 푸르른 울음
모두 이파리 이파리에 내주어
저렇게 생생한 초록의 광휘를
저렇게 생생히 내뿜는데

앞들에서 모를 내다
허리 펴는 사람들
왜 저 나무 한참씩이나 쳐다보겠니
어디선가 북소리는
왜 둥둥둥둥 울려나겠니

들 몸에 언젠가는 초록빛 이파리가 생생하게 돋아나리라고 믿는 사람들이다. 그 초록빛 이파리들은 이렇게 그들에게 속삭이는 듯하다. 생명은 원래 이렇게 면면하며 삭풍의 상처를 뚫고 솟아오를 때 생명은 더욱 생생한 광휘를 띠게 된다고.

우리는 이 시에서 절망을 희망으로 바꾸는 구원의 북소리를 듣는다. 상실의 끝판에서 울려나오는 부활의 북소리를 듣는다. 둥둥둥 울려나오는 그 북소리에 이끌려 우리는 휘어진 허리를 펴고 생생한 초록의 광휘를 본다. 그리고 거기서 삭풍의 시대를 견뎌낼 수 있는 힘을 찾는다. 이것이 바로 서정시가 우리에게 주는 힘이다. 이러한 서정시의 면모는 일제 강점기 어둠의 공간에서 시를 쓰던 우리의 선배 시인들이 보여주던 것이기도 하다. 비단 우리의 경우만이 아니라 어느 나라 어느 시대에서건 어둠에 봉착했던 사람들이 하늘의 별을 그리며 토해내던 서정적 표출의 양식에서 쉽게 엿볼 수 있는 것이기도 하다. 서정시의 전통은 이처럼 유구하고 면면하다. 과거에 그러했던 것처럼 미래에도 서정시는 상처받은 영혼을 위무하고 우리를 더 높은 자리로 고양시킬 것이다. 서정시의 위력과 광휘는 그렇게 면면할 것이다.

| 더 생각해봅시다 |

1. 서정시의 전통적인 틀을 벗어나려는 문학적 시도의 의의와 한계를 설명하라.
2. 이준관의 「부엌의 불빛」을 예로 들어 시적 상상력의 특징을 설명하라.
3. 신경림의 「묵뫼」의 시적 상황을 토대로 한 에세이 또는 엽편소설 한 편을 써보자.
4. 고형렬의 「참외 저녁」에서 진술된 "새빨간 노을 한 마리"라는 표현이 얻는 효과를 설명하고, 다른 시에서 이와 유사한 표현들을 찾아보자.
5. 이 글에서 말하는 서정시의 가치를 간단히 요약해보자.

삶의 소용돌이와 풍경시

최동호

김윤성 산책길에서 | 황동규 어떤 풍경 | 오규원 오디와 전화 | 박태일 인각사 | 류수안 석류 |
임선기 그 나무 | 김명인 무료의 날들 | 이기철 언제 삶이 위기 아닌 적 있었던가 | 나희덕 천장
호에서·어떤 항아리 | 안도현 겨울 강가에서 | 이시영 새벽

1

세 상의 소용돌이 소리가 높다. 온갖 소음들로 들끓는 세상에서 아무 소리도 들리지 않는 것 같다. 대통령 선거를 앞둔 정치권의 폭로전과, 불황에 시달리는 경제계의 주름살이 국민들의 일상적 삶에 심한 압박을 가하고 있다.

어디를 둘러봐도 무엇 하나 기댈 곳이 없다. 국민들에게 희망과 보람을 느끼게 하는 일은 쉽게 찾아지지 않는다. 문화계를 둘러보아도 광적인 청소년 문화가 신문 방송 등을 지배하고 있는 것처럼 느껴진다. 문화의 성숙이란 애초에 기대할 수 없는 찰나적이고 즉흥적인 음악과 쇼가 방송 매체의 황금시간에 공연되고 있다. 한국인들의 격정성은 오래전부터 지적되어온 바이지만, 상황이 악화될수록 더욱더 과격해지는 것이 아닌가 싶다.

격변의 소용돌이가 심해질수록 불꽃놀이에서의 화려한 불꽃처럼 명멸하고 싶은 충동에 사로잡히기 쉽다. 그러나, 이러한 추세에 편승하기

김윤성
1926년 서울 출생.
1946년 『백맥』으로 작품 활동.
시집 『바다가 보이는 산길』 『예감』 『자화상』 『돌의 계절』 등.

보다는 이를 유심히 지켜보고 진정시키려는 지적 노력이 시 본연의 일이라는 것이 필자의 생각이다. 고무하고 선동하는 일 또한 시의 첨단적인 기능 중의 하나지만, 한 걸음 물러서서 담담하게 삶을 응시하는 것 또한 시의 중요한 기능인 것이다. 어떤 주의주장을 내세우는 것이 아니라 가급적 이를 배제하고, 언어를 절제하면서 삶을 돌이켜보아야 한다는 것이다.

이럴 경우 우선 떠오르는 예가 풍경시다. 풍경화처럼 담담하게 풍경을 그려내는 시는 온갖 소음에 들끓고 있는 우리들의 심성을 진정시켜 줄 뿐 아니라 내일의 진로를 예비케 하는 통찰의 기능을 갖는다. 그날그날에 봉사하는 시란 그날그날의 용도로 사라져버리기 때문이다. 휴식과 유예가 없다면, 소외된 감정은 결코 건강한 생명력으로 회복될 수 없을 것이다.

2

풍경시의 첫 출발은 범박한 자연을 있는 그대로 표현하는 것이다. 새로운 것도 신기할 것도 없기에 독자들의 주목을 쉽게 받기 어렵다. 그러나 범상한 풍경시는 어쩌면 자연시의 최고의 경지일 수도 있다. 마음을 비우고 있는 그대로 보기 때문이다.

1
깊은 산골짜기에도 길은 있었다.
그 길의 끝은 어데일까 궁금하여 끝까지 따라가본다.
처음 걷는 길이라 나의 걸음은 흥분된 기대와 야릇한 해방감이 있었다.
마침내 길은 외딴 농가 앞에 와서 끊어진다.
가느다란 골짜기 물이 웅덩이 앞에 와서 머물 듯이.

이런 집엔 과연 누가 살고 있을까.
가슴 두근대며 울안을 들여다본다.
아무 기척도 없는 빈 뜰에 빨간 칸나 꽃 피어 있다.
한낮의 뜨거운 햇볕 속
빨간 빛깔 너무나 선명하여 오히려 서늘해 뵈는……

나는 좀더 걸을 양으로 새 길을 찾아본다.
새 길은 어디에도 보이지 않았다.
나는 한참 동안 집 주위만 빙빙 돌다 발길을 돌린다.
돌아오는 길은 모든 게 그저 친숙하여
낯익은 나의 정원 안을 걷는 것 같았다.

—김윤성, 「산책길에서」에서

김윤성의 「산책길에서」는 담담하지만 여러 가지 시적 장치를 담고 있는 시다. 별달리 새로울 것은 없다. 그러나 그가 더 이상 나아가지 못하고 돌아오는 길에서 느끼는 자연의 친숙함은 그렇게 단순한 것이 아니다. 외딴 농가에서 그가 비록 사람을 만나지 못했다 하더라도 빨간 칸나 꽃이 피어 있음으로 인해 누군가 살고 있다는 암묵적 전제가 가능하고, 그것은 이 시를 매우 인간적인 것으로 만들 뿐만 아니라 자연을 친숙한 것으로 만든다. 어쩌면 이는 전통적 자연관을 반영하는 것일 터이며, 우리들의 삶 또한 그러한 둘레에서 크게 벗어나는 것은 아닐 터이다.

이 시에서 화자는 더 이상 새로운 길을 찾지 못했지만, 내일의 산책길에서는 또다시 새로운 길을 찾아 나설 것이다. 그러므로, 일상이 일

어떤 풍경 / 황동규

성긴 눈발 속에 주춤주춤 바다로 가던 길이
모퉁이를 돌며 멈춘다.
돌 몇 개를 층으로 박아
좁은 층계 만든 길
그대 마지막으로 지나간
잎 진 나무 하나
앙상한 팔을 들어 눈을 맞고 있다.
팔등에 새파랗게 얼어 있는 겨우살이도.
그 옆에는 마른 우물
들여다보면
가랑잎 얼굴들이 모여 있다.
가장자리가 온통 톱날인 얼굴도.

나무 하나
마른 우물
모퉁이를 돌다 문득 멈춘 길
돌기 전엔 성긴 눈
돌고 나면 밴 눈
앞길이 온통 하얗게 질려……

상이 되지 않는다는 사실까지 우리에게 깨우쳐주는 것이 이 시의 묘미다. 친숙한 것에서 낯선 것으로의 동경이 바로 그것이다. 그리고 낯선 것을 친숙한 것으로 만든다. 황동규의 「어떤 풍경」은 구체적이고 날카롭게 자연을 다음과 같이 부조시키고 있다.

'나무 하나/마른 우물'이 이 시의 중심 풍경이다. 마른 우물 속의 가랑잎을 투시하는 화자의 시선은 선명하고 구체적이다. 이 시를 읽는 독자들은 일단 후반부의 시적 변주에 흥미를 가질 것이다. 그러나, 전체적 짜임새를 깊이 고려한 시이지만 범박한 풍경시로 끝내지 않으려는 지나친 의욕으로 인해 조금 무리가 느껴진다. "가장자리가 온통 톱날인 얼굴도"와 "앞길이 온통 하얗게 질려……"가 서로 호응하고 있기는 하지만 아무래도 후자의 표현에 지나치게 힘이 들어가 있다. 관찰의 구체성을 지나치게 압축시키려는 과정에서 일어나는 어색함이 느껴진다. 두 번 반복되는 "온통" 때문일까. 아마도 이는 종래의 풍경시를 뛰어넘으려는 강한 의욕의 표현이고, 여기서 한 걸음 나아가는 것이 황동규에게 부과된 몫일 것이다.

오디와 전화 / 오규원

바람이 불고 전화가 왔다
바람이 부는데도 수화기를 드는 순간
전화가 툭 끊어졌다
바람이 불고 전화가 오지 않았다
집이 혼자 서 있다
울타리 너머 바람이 뽕나무에서 불고
오디가 까맣게 익는다

오규원의 「오디와 전화」는 크게 욕심 부리지 않은 아담한 풍경시다.

　　이 시에서 문명과 자연의 변증법은 전화와 바람의 변증법으로 풀이된다. 오디를 익게 하는 것은 전화가 아니라 바람이다. 뽕나무에서 불어오는 바람을 바라보며 나는 오디가 익는 것을 본다. 전화가 오지 않더라도 바람이 불면 오디는 익는다. 집 속의 나는 혼자다. 혼자인 나는 바람 속에서 오디가 까맣게 익는 것을 본다. 전화로 전달되는 인간의 목소리보다 더 근원적인 것이 자연에 있다는 것이다. 나는 혼자지만 오디를 까맣게 익게 하는 바람과 하나이다. 수화기를 드는 순간 툭 끊어지는 전화가 아니라 자연의 바람은 쉬지 않고 불어와 오디를 익게 만든다. 나란 그 속에서 익어가는 존재가 아닐까. 크게 욕심내지 않았으므로 소품으로 깔끔하다.

　　박태일의 「인각사」 또한 깔끔하고 정갈하다.

　　군더더기가 제거된 이 시에서 '뻐꾸기/나비/구름/잔기침' 등으로 이어지는 시적 전개는 자연물에 대한 유기적 연상을 통해 천년 전 일연스

인각사 / 박태일

인각사 아침 법문은
뻐꾸기 뻐꾹 제 전생 얘기
소복 단장 나비는 기왓골만 남실거리고
비 실러 떠나나
물밥같이 말간 저 구름
고려 적 일연스님
잔기침 소리.

박태일
1954년 경남 합천 출생.
1980년 중앙일보 신춘문예 시 당선.
시집 『그리운 주막』 『가을 악견산』 『약쑥 개쑥』 등.

님의 기침 소리를 오늘에 되살려 부른다. 그런데 화자는 왜 하필이면
일연스님의 잔기침 소리를 떠올리는 것일까. 이 시의 배면을 지배하는
것은 무엇일까 생각해보지 않을 수 없다. 아마도 화자는 『삼국유사』를
저술하던 시절의 일연스님을 생각했을 것이며, 그 『삼국유사』가 빌미
가 되어 들르게 된 '인각사'에서 인연이란 무엇이고 삶이란 무엇인가를
생각해보았을 것이다. 이렇게 본다면 무심하게 시작했을 것 같은 뻐꾸
기의 울음소리에서 그 전생 이야기를 떠올리는 것은 결코 우연이 아님
을 알게 된다. "물밥같이 말간 저 구름"에서는 맑고 깨끗한 아침의 공복
이 담겨 있을 법하고, 시를 쓰는 자신의 삶에 대한 성찰이 일연스님의
기침 소리로 전환되었을 법하다. 아마도 그가 군더더기를 제거한 것은
이런 유기적 연관성을 강조하고자 했던 탓이 아닐까. 풍경시라면 젊은
시인들의 솜씨도 만만치 않다. 류수안의 「석류」와 임선기의 「그 나무」
등이 그것이다.
　류수안의 시 「석류」를 구성하고 있는 것은 풍경시의 전형적 수법인
회화적 구도다. 처음은 주변의 자연 풍경, 다음이 법당 앞 뜰, 그 다음
이 방 안, 마지막으로 촛불빛 등으로의 전개가 그러하다. 이 시를 남다
르게 만든 것은 마지막 "실금"이다. 촛불의 심상을 실금으로 포착한 것

석류 / 류수안

먼 산, 가까운 산
울리던 우레 소리 멎어
문 열어보니

빈 뜰
저만큼

함께 선정에 들었던 중은 어디로 가고
붉은 촛불빛만 외로이 남아
선방 벽 뚫고 나가려 사방찬 벽에 온통
실금을 내가고 있었네.

은 상당한 선방 체험 없이는 불가능한 것이 아닐까 짐작된다. 특히 "선방 벽 뚫고 나가려"는 실금이기 때문에 힘을 갖는다. 그러나 전체 구도로 보면 처음 도입 부분에서 설명적인 측면이 많다. 좀더 단칼에 잘라내는 이미지는 없을까 아쉽다.

임선기의 「그 나무」는 후반부가 주목된다. 처음의 자연스런 도입을 바탕으로 시적 심상을 확대시키고자 시인은 매우 고심했을 것이다. 그럼에도 "몇 조각"이 무엇인지는 분명치 않다. 그것이 이 시의 약점이다. 지나치게 축약하고자 했기 때문에 이런 결과가 빚어졌을 것이다. 전후 문맥에서 보자면 "금바다"에 이어지는 것이 아닌가 싶다. 그렇다 하더라도 "헤엄치는 시늉"이 모호하다. "몇 조각"이 그런 것인지 "나무"가 그런 것인지 분명히 알기 어렵다. 왜냐하면 첫 행에 "나무는"이 있기 때

그 나무 / 임선기

박수근의 나무는
금바다 속에서
말이 없다

몇 조각은 나무에 스미고

헤엄치는 시늉을 하며

저녁 속을 살아간다

문이다. 물론 전체적으로 잔잔하게 퍼져가는 저녁노을 속의 나무를 누
구나 연상할 수 있다. 그러나 그것이 박수근 때문인지 이 시 때문인지
생각해보아야 한다는 것이다. 여기 풍경시의 어려움이 있다.

제대로 된 풍경시란 그림의 값을 정하기 어려운 것처럼 그 값을 논하
기 어렵다. 대개 고금을 통하여 명시라고 하는 것의 상당수가 풍경시에
서 비롯되었다면 지나친 말일까. 풍경시가 인간적 고민을 녹여들인 것
이 김명인의 「무료의 날들」이다.

희망과 절망을 함께 묶으면 비닐 봉지 속의
채소 같은 걸까, 누군가 숨쉬기가 거북하다고
지금 막바지라고,
마을 버스를 기다리며 두 사람이
나직하게 이야길 주고받는다

한 사람은 비닐 봉지를 들고 섰고
다른 사람은 그의 어깨에 손을 얹었다

무료의 날들, 슬픔도 엿듣고 보면
너무나 사소한 것들!

―「무료의 날들」에서

화자는 낮잠에 들었다 깨어난다. 아마 여름날 오후가 아닐까 싶다. 햇볕 든 마당가에서 그늘 쪽으로 개를 옮겨 매기 때문이다. 비가 올 거라는 일기예보를 듣고 시골집에 전화를 걸어 안부를 묻고, 길가에서 마을 버스를 기다리는 사람들의 이야기를 듣는다. 풍경 사이에 다른 사람들 이야기가 개입된다. 한 사람은 다른 사람을 위로하기 위해 어깨에 손을 얹어주지만 화자에게는 별다른 절망이나 슬픔으로 받아들여지지 않는다. 희망도 절망도 없는 무료한 내면 풍경은 그 솔직성으로 우리를 놀라게 한다. 단순한 냉소주의가 아니다. 엿듣는 슬픔은 진정한 슬픔이 아니기 때문이다. 슬픔에 대한 불감증의 풍경화란 실상 김명인만의 것이 아니다. 슬픔이나 절망에 대한 우리 내면의 자화상이라는 점에서 김명인의 풍경시는 사실적이다. 숨쉬기가 거북해 죽어간다는(아마도!) 사람의 이야기가 슬픔이나 절망의 느낌을 불러일으키지 않는 풍경시란 사물과 인간이 접합되는 지점에서 불화된 자의식의 반영으로 읽힌다.
　이런 경우 우리는 흔히 이기철의 「언제 삶이 위기 아닌 적 있었던가」와 같은 인생론적 시에 이끌리기 쉽다.

언제 삶이 위기 아닌 적 있었던가
껴입을수록 추워지는 것은 시간과 세월뿐이다
돌의 냉혹, 바람비 칼날, 그것이 삶의 내용이거니

삶의 소용돌이와 풍경시 51

생의 질량 속에 발을 담그면

몸 전체가 잠기는 이 숨막힘

설탕 한 숟갈의 회유에도 글썽이는 날은

이미 내가 잔혹 앞에 무릎 꿇은 날이다

슬픔이 언제 신음 소릴 낸 적 있었던가

고통이 언제 뼈를 드러낸 적 있었던가

목조 계단처럼 쿵쿵거리는, 이미 내 친구가 된 고통들

—「언제 삶이 위기 아닌 적 있었던가」에서

이 시가 전달해주는 것은 고통이나 위기의식에 대한 위안이다. 거기에는 인생에 대한 깨달음과 위기를 위기로 인식하지 않으려는 자기 화해의 포즈가 깃들여 있다. 설명적인 진술들은 고통받는 사람들에게 전하는 복음의 메시지로 들린다. 그러나, 문제는 거기에 진정한 위안이 있는가이다. 차라리 다른 사람의 슬픔을 풍경으로 넘겨다보며 사소한 것으로 처리하는 김명인의 시각이 솔직한 것이 아닌가 하는 생각도 든다. 왜냐하면 언제나 삶이 위기라면, 우리의 삶에는 위기가 없다는 식으로 읽힐 위험이 있기 때문이다.

필자가 말하고자 하는 요지는 풍경시에서 인생시로의 전이는 그만큼 어렵다는 것이다. 풍경을 바라보고 있을 때 사람들은 비교적 객관적인 거리를 취하기 쉽다. 그러나 그것이 자신의 문제로, 그리고 다른 사람의 고통으로 뒤바뀌었을 때 그 객관성을 확보하기 어렵다는 것을 지적하고자 하는 것이다. 내면을 객관화하는 시적 시각을 확보하기 힘든 소용돌이에 빠져 있을 때 풍경시를 통해 언어의 절제와 감정의 통어력을 배우는 것 또한 난관을 헤쳐나가는 하나의 방법이 되리라 믿는다.

3

이런 시각에서 뜻깊게 생각되는 시집들이 간행되었다. 이시영의 『조용한 푸른 하늘』, 안도현의 『그리운 여우』, 나희덕의 『그곳이 멀지 않다』 등이 그것이다. 나희덕의 시집에서 우선 눈에 띄게 읽히는 시는 「천장호에서」이다.

> 얼어붙은 호수를 아무것도 비추지 않는다
> 불빛도 산그림자도 묻어버렸다
> 제 단단함의 서슬만이 빛나고 있을 뿐
> 아무것도 아무것도 품지 않는다
> 헛되이 던진 돌멩이들.
> 새떼 대신 메아리만 정정 날아오른다
>
> 네 이름을 부르는 일 그러했다

단단함의 서슬만 빛나고 있는 겨울 호수 '천장호'에서 우리는 안이한 타협이나 세속의 더러움을 단호하게 거부하는 강력한 정신을 본다. 그러나, 그의 시집을 통독하고 나면 그리움도 하소연도 다 거부하는 이 단단함 속에는 삶의 아픔을 껴안으려는 부드러운 시심이 담겨 있다는 것을 알게 된다. 나희덕의 시적 미덕은 시끄럽고 요란한 시대에 삶의 고통을 맑게 가다듬어 단정하게 시로 만들어내는 데 있다. 그의 시는 '고통의 즙액'을 다음과 같이 달이고 걸러낸다.

> 무엇이든 다 담을 수 있지만
> 간장만은 담을 수 없는,

뜨거운 간장을 들이붓는 순간
산산조각이 나고 말 운명의,

시라는 항아리

─「어떤 항아리」에서

고통의 즙액만 알아내는 감식안을 가진 항아리가 바로 그의 시이고, 그의 시는 고통을 달이고 걸러서 응축된 정갈하고 아름다운 언어로 빛나고 있다. 나희덕의 「천장호에서」가 모든 것을 부정하는 단단한 서슬을 품고 있다면, 안도현의 「겨울 강가에서」는 눈발을 포용하면서 고통을 끌어안으려는 시적 자세를 보여준다.

살얼음이 가장자리에서부터 얼기 시작하는 강과 눈발을 연결시킨 착상도 뛰어나지만 무엇보다 강의 '안타까움'을 적절히 표현하고 있다는 점에서 뛰어난 풍경시라 할 만하다. 누구나 볼 수 있는 심상한 풍경에서 자연과 자연의 상관성을 발견하고, 거기에 인간적 체취를 자연스레 부여하고 있다. 나희덕이 거부를 통해 긍정의 길로 나아간다면, 안도현의 경우 이질적 자연물들이 연상작용을 매개로 인간의 긍정으로 전개된다는 점에서 이 둘은 서로 다른 시법을 갖지만 귀결점은 하나로 통한다.

풍경이 풍경이 아닌 것은 풍경 속에 인간의 의식이나 제도를 담지하고 있기 때문이다. 풍경을 그리고 있는 것은 인간의 손이지만, 그 손을 지배하는 것은 인간의 정신이기 때문이다. 인간의 정신이란 그가 처한 상황이나 제도에 의해 얼마나 속박되어 있는 것인가.

필자가 이와 같이 길게 풍경시를 논한 이유는 무엇일까. 그것은 가라타니 고진(柄谷行人)의 『일본 근대문학의 기원』(박유하 옮김, 민음사, 1997)에서의 '풍경'에 대한 남다른 언급을 의식하고 있기 때문이다. 그

겨울 강가에서 / 안도현

어린 눈발들이, 다른 데도 아니고
강물 속으로 뛰어내리는 것이
그리하여 형체도 없이 녹아 사라지는 것이
강은,
안타까웠던 것이다
그래서 눈발이 물위에 닿기 전에
몸을 바꿔 흐르려고
이리저리 자꾸 뒤척였는데
그때마다 세찬 강물소리가 났던 것이다
그런 줄도 모르고
계속 철없이 철없이 눈은 내려,
강은,
어젯밤부터 눈을 제 몸으로 받으려고
강의 가장자리부터 살얼음을 깔기 시작한 것이었다

는 메이지 20년 이후 확립된 일본의 '국문학사' 그 자체가 '풍경의 발
견' 속에서 형성된 것이라고 말하고 있다.

　필자의 생각으로는 '풍경'이라는 것이 일본에서 발견된 것은 메이지 20년
대다. 물론 발견될 것도 없이 풍경은 이미 존재했다고 말해야 옳을지 모르겠
다. 하지만 풍경으로서의 풍경은 그 이전에는 존재하지 않았으며 그렇게 생
각해야만 '풍경의 발견'이라는 것이 얼마만큼 중층적 의미를 띠고 있는가를

볼 수 있는 것이다. —가라타니 고진, 『일본 근대문학의 기원』, 28쪽

'풍경'의 출현에 의해 인식틀의 구도 자체가 뒤바뀌었다고 보는 그는 계속해서 다음과 같이 말한다.

> 풍경이 일단 성립되면 그 기원은 잊혀져버린다. 그것은 처음부터 외부에 존재하는 객관물(object)처럼 보인다. 그러나 객관물이라고 불리는 존재는 거꾸로 풍경 안에서 성립한 것이다. 주관 또는 자기 자신 역시 마찬가지다. 주관(주체)/객관(객체)이라는 인식론적 공간은 '풍경'에 의해 성립된 것이다. 즉 처음부터 존재한 것이 아니라 '풍경'에서 파생한 것이다.
>
> —가라타니 고진, 『일본 근대문학의 기원』, 48쪽

'풍경'에서 인식틀의 전모를 파악하고 거기서 나아가 일본 근대문학의 기원을 추적하는 그의 논지는 선명하고 날카롭다. '풍경'을 떠올릴 때 필자는 이미 오래 전에 착안했던바 정지용의 '산수시(山水詩)'를 생각지 않을 수 없으며, 한국 현대시사의 전개에서 李箱을 또한 생각지 않을 수 없다. 그러나 지금 이 자리에서 보면, 1930년대적 전환에 대한 천착의 중요성과 더불어 1990년대적 우리 시의 전환이라는 문제의식의 현장성도 절박하다. 그런 점에서 '풍경시'의 의미는 중층적이라고 하지 않을 수 없다. 절박하다고 해서 성급하게 서두를 필요는 없다. 그러므로 이시영의 「새벽」이라는 시를 천천히 음미해볼 필요가 있다.

이 시가 우리의 인식틀 자체를 뒤바꾸게 하는 것은 아니다. 그러나 새로운 변혁에 대한 예감을 전해주고 있는 것은 아닐까.

풍경시를 단순한 자연시로 이해해서는 안 된다는 것이 필자의 생각이다. '소월'에서 '지용'으로 나아간 것이 한국 근대시의 대전환이라면 그들의 자연시(또는 풍경시)의 차이를 어떻게 변별할 것인가. 아마도 답

새벽 / 이시영

이 고요 속에 어디서 붕어 뛰는 소리
붕어의 아가미가 카 하고 먹빛을 토하는 소리
넓고 넓은 호숫가에서 먼동 트는 소리

습되는 '풍경시'는 지루한 것이리라. 그럼에도 '풍경시'를 통해 변하는
인간들의 내면을 꿰뚫어본다는 것 또한 통쾌한 자기 확인이 될 것이다.

변별하기 힘든 소음의 소용돌이 속에서 풍경시에 주목하는 것 또한
무의미한 일은 아닐 것이다. 새벽 먼동 트는 소리를 '풍경' 속에서 듣는
다.

더 생각해봅시다

1. 문학작품에서 풍경의 출현이 의미하는 바를 생각해보자.
2. 풍경시와 자연시의 차이점에 대해 설명해보자.
3. 풍경과 시각적 이미지의 차이는 무엇인가.
4. 황동규의 「어떤 풍경」과 류수안의 「석류」를 중심으로 풍경시의 가능성과 한계에 대
   해 생각해보자.

서정의 힘

김수복

임영조 강화도 시첩 3 | 정진규 사진들을 찢으며 | 이문길 바위 | 안도현 오래된 우물 |
양은창 장작을 패며

1

지금 우리는 '산문의 시대'에 살고 있다. 우리 삶의 현실을 휩쓸고
있는 산문적 담론들이 우리를 쓸쓸하게 한다. 정치 논리, 과학
논리, 정보 논리 등으로 위장된 가치들이 인간의 따뜻한 인문학적 사고
들을 위협하고 있는 상황 속에서 존재론적 자아는 점점 존재의 의미를
상실하게 되는 위험한 현실을 겪고 있다. 우리는 이러한 '산문의 시대'
라고 하는 세속적 삶을 향한 욕망의 시대에 길들여져 우리의 저 깊은
존재의 우주를 잊고 살아가는 것은 아닌가 자문해본다. 시가 현실의 외
재적 삶보다는 인간의 근원적인 세계를 자아화하여 현실을 초월하고
우주와의 일체를 이루는 주체적인 존재의식을 추구하는 장르 중의 중
심이라는 것은 이미 널리 알려진 일일 것이다.

따라서 이러한 시대일수록 우리는 인간의 저 깊은 원초적인 고향이
나 삶의 질서를 꿈꾸는 시적 위상을 염원할 수밖에 없다. 인간의 근원
적인 정서를 통하여 인간 존재의 절대적 세계를, 혹은 그리움이나 추

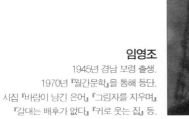

임영조
1945년 경남 보령 출생.
1970년 『월간문학』을 통해 등단.
시집 『바람이 남긴 은어』 『그림자를 지우며』
『갈대는 배후가 없다』 『귀로 웃는 집』 등.

억, 현재적 삶을 뛰어넘을 수 있는 시간의 저편을 향한 존재의 모습을 시적 정서로 끌어안으려는 까닭도 여기에 있지 않을까. 서정의 힘은 현실에서 이룰 수 없는 자아의 완전한 꿈을, 세계와의 일체화를 통해 존재의 근원적 세계를 인식할 수 있는 상상력이라 할 수 있다. 이러한 서정의 힘을, 이 거친 산문적 홍수와 세속의 세계에서 느낄 수 있다는 것은 여간 다행한 일이 아니었다. 한 세기의 상황이 조장하는 자아의 불안한 풍조가 만연하는 가운데서도 이 서정의 힘은 세계를 자아화하여 현실의 얽매인 삶을 화해하는 의식 지향을 추구한다. 이러한 자아의 서정적 인식을 통한 존재의 근원적인 세계를 꿈꾸는 시들로서, 임영조의 「강화도 시첩」 연작, 정진규의 「사진들을 찢으며」, 이문길의 「바위」, 안도현의 「오래된 우물」, 양은창의 「장작을 패며」 등이 주목을 끈다.

1-1

임영조의 「강화도 시첩」 연작은 현실을 벗어나 절대적 세계를 지향하고자 하는 서정적 인식을 담고 있는 시들이다. 이들 연작 중 「강화도 시첩 3—참성단에 오르다」는 "그대 깊고 푸른 중심을 사를/필생의 불씨 하나 얻으러" 참성단에 오르는 절대적 세계를 지향하고자 하는 서정적 인식이 돋보이는 작품이다.

　여기서 시적 자아는 산문 밖에서 물소리로 세속의 귀를 헹구고 절대적 세계인 하늘과 가장 가까운 마니산 참성단에 올라 그대의 깊고 푸른 중심을 사를 불씨를 얻기 위한 존재론적 인식을 보여준다. 마니산 참성단을 오르는 자아의 의식 지향은 '구절양장'과 '가파른 관념'의 세계를

강화도 시첩 3
—참성단에 오르다 / 임영조

산문 밖 물소리로 귀를 헹구고
사람 대신 나무와 들꽃에 눈맞추며
호젓한 구절양장 언덕길을 오른다
하늘은 또 왜 언짢으신가
온하루 비구름만 자욱이 풀어
山色을 지우고 길을 감춘다
오르기 전의 산은 은유였으나
오를수록 가파른 관념이었다
안 보이는 길을 더듬어 오르는
초행은 더러 설레고 불안했으나
내 마음의 외딴 성지에 닿기까지
나는 무려 쉰 해 남짓 까먹고 왔다
숨이 가빠 잠시 너럭바위에 앉아
오던 길 뒤돌아 보면 그 끝머리는
빈 낚시 같은 물음표로 휘어져 있다
안개비에 젖어 더욱 조신한 숲이

벗어나, '청정한 향기'로 천상으로 가는 길만 층층이 터주는 숲과 '은유'의 세계로 나아가는 존재론적 절대화의 세계 인식을 담고 있다. 이 존재의 절대적 세계로의 지향은 안 보이는 길을 더듬어 오르는 불안과 비구름이 자욱이 풀어 길을 감추는 세속적 삶을 벗어나, 존재의 새 세계로의 상승을 추구하고자 한다. 절대적 세계로의 존재 인식은 세속의 말을 버리고, 나무와 들꽃과 새들의 이름을 외우며 산을 오르면, 머릿속도 온통 초록으로 물들고 귀도 순해져 절대적 자아의 세계로 접어들

천상으로 가는 길만 층층으로 터줄 뿐
청정한 향기로 산을 치켜세우는
강화도 마니산에 오른다, 말을 버리고
나무와 들꽃과 새 이름을 외우며
오르노라면 저절로 입안까지 싸하다
머리 속 온통 초록 물들고 귀도 순해져
바람의 농지거리쯤 예사롭게 듣는다
저 안개 속 방파제를 넘보는 파랑
끝내 넘치지 않는 소리까지 보인다
그럼에도 나는 왜 이 높은 산을
힘겹게 오르는가? 스스로 자문하면
답은 궁한데 더 멀어진 봉우리여
그대 깊고 푸른 중심을 사를
필생의 불씨 하나 얻으러
나는 지금 하늘 가장 가까운
마니산 참성단에 오른다.

정진규
1939년 경기도 안성 출생.
1960년 동아일보 신춘문예 시 당선.
시집 『마른 수수깡의 평화』, 『연필로 쓰기』, 『별들의 바탕은 어둠이 마땅하다』, 『몸시』 등.

게 된다. 이러한 산을 오르는 절대적 자아는 이제 바람의 농지거리를 예사롭게 들어 넘길 수 있으며, 저 세속의 안개 속 방파제를 넘보는 파랑의 넘치지 않는 소리까지 볼 수 있게 된다. 그러나, 이러한 절대적 자아화로의 과정에서도, 화자는 "나는 왜 이 높은 산을/힘겹게 오르는가? 스스로 자문하는" 세속의 의문에 휩싸이면 절대적 세계의 상징인 봉우리는 더 멀어짐을 느낀다. 결국 화자는 마니산 참성단에 오르는 절대적 세계로의 산행이 그대의 깊고 푸른 중심을 사를 불씨 하나를 얻기 위한 존재론적 지향임을 인식하게 된다.

1-2

임영조의 「강화도 시첩」이 현실적 삶의 자리를 벗어나 존재의 절대적 세계 지향의 서정적 인식을 담고 있다면, 정진규의 「사진들을 찢으며」는 지나온 삶이 멈춰 있는 사진들을 '찢어버리'고자 하였으나, 생각대로 하지 못하고 그간의 '슬픈 자존'들과 '부끄러운 사랑의 온기'들을 확인하는 자아의 존재론적 인식을 보여주는 작품이다. 지나온 삶의 기억을 담고 있는 사진들을 하나씩 들추면서 먼동이 틀 때까지 밤을 밝히고 찾아낸 지나온 삶의 기억을 소중히 담고 있는 존재의식을 보인다.

사진들을 찢으며 / 정진규

　모조리 찢어버리자는 처음의 생각대로는 하지 못하고 찢는 동안 다시 살아난 욕망들을 달래가며, 이게 무슨 무덤 속에 묻어둘 나의 誌石일 수 있을까를 의심하며, 혹은 그간의 내 슬픈 자존들을 혹은 어쩌다가는 내 부끄러운 사랑의 온기들을 가만히 만져보기도 하였다 부연히 먼동이 트고 있었다 밤을 밝혔다 그 중의 하나는 이러했다 분명히 내가 직접 셔터를 눌렀을 것이다 네가 홀로 서 있는 아득한 제주 들판, 왜 그랬을까 불어가다 멈추어버린 바람, 서풍이었을까 모든 풀들이 모로 누워 있는 그 풀들의 침묵이 찍혀져 있었다 우리들의 그날이 그렇게 멈추어 있었다 그렇게 오늘까지 멈추어져 있는 그날의 풀밭 한 장은 찢어버리지 못했다.

　여기서 화자는 지나온 삶의 기억을 담고 있는 한 장의 사진 속에서 불어가던 서풍이 멈추어 있고, 모든 풀들이 모로 누워 있는 풀들의 침묵이 찍혀 있고 우리들의 그날이 그렇게 멈추어 있음을 발견한다. 이러한 존재의 발견은 화자로 하여금 처음 모든 사진을 찢어버리고 자신의 지나온 삶의 기억을 지워버리고자 했으나, 그렇게 오늘까지 멈추어져 있는 그날의 풀밭 한 장은 찢어버리지 못한다. 사진 속의 풀밭 한 장 속에는 바로 화자의 '그날이 그렇게 오늘까지 멈추어져 있는 그날'이 있기 때문이다. 따라서 화자는 처음 모든 사진들을 찢어버리고자 했으나 이를 찢지 못하는 존재 인식을 보인다. 이는 자아의 그날과 오늘까지 지나온 존재의 기억을 담고 있는 사진을 통하여 지나온 그날과 오늘의 존재를 잇는 자아 인식의 존재론적 태도를 담고 있다.

1-3

이문길의 「바위」는 그가 그동안 시집 『허생의 살구나무』『불끄는 산』 등에서 일관되게 추구해온 동양적 삶의 사유와 직관이 함축적으로 제시되어 있는 작품이다.

그의 시가 단아한 어조로 그려내는 대상들은 대부분 자연의 세계의 일부에 속해 있지만, 이 자연의 대상들은 인생론적 삶의 사유와 직관을 담고 있다. 이문길은 자연이 자연 그대로 존재하는 객관적 세계가 아니라, 동양적 세계관이 바탕이 된 인생론적 은유의 세계로 주관화되어 존재한다. 따라서 그의 시 속의 자연관에는 인생론

바위 / 이문길

산밑에서
비 맞은 늙은 바위의
얼굴을 본다

너무 수척하여
눈이 안 보인다

가까이 가서 보니
입도 없고 코도 없다

얼마나 청천이
보고 싶었으랴

땅속에서 나와
할 일 없이 늙었다

비 다 젖었다
저승버짐 검다

적 은유를 통하여 우리 삶의 오묘한 이치를 생동적으로 각성케 하는 서정적 힘이 내재되어 있다. 그만큼 그의 시는 우리 시의 전통에 밀착되어 있으면서도 그 전통적 자연 정서는 우리 삶의 저변에서 인생론적 은유의 새로운 각성으로 다가온다. 시 「바위」에서도 '바위'는 너무 수척하여 눈이 안 보이는 늙은 바위로서, 저승버짐이 비에 다 젖어 검은, 인생의 한 모습으로 은유되어 있다.

1-4

다음은 안도현의 「오래된 우물」이다.

이 시에서 '우물'은 집의 어머니이자 눈동자이다. 그러나 우물이 딸린 빈집을 얻어 수리하다가 우물의 깊이를 알게 된 화자는 불안해져 우물의 입구를 막아버리기로 작정한다. 오래된 우물은 땅 속의 쓸모없는 허공이므로 빗방울처럼 퉁퉁거리며 뛰어다니는 아이들을 생각하니 슬그머니 불안해졌기 때문이다. 인부를 부를 필요도 없이 눈꺼풀을 쓸어내리듯 함석으로 덮고 베니어 합판으로 덧씌우고, 그 위에다 돌덩이 몇 개까지 얹어 누른다. '눈꺼풀을 쓸어내리듯' 우물의 입구를 막아버렸기 때문에 우물은 죽었다. 화자는 우물이 죽었다고 생각하자 눈앞이 갑자기 캄캄해진다. 그때서야 우물이 두레박이 내려올 때마다 젖을 짜주던 이 집의 '어머니'였을지도 모르며, 별똥별이 지는 밤하늘을 밤새 올려다보다가 눈물을 글썽이기도 했을 이 집의 '눈동자'였을지도 모른다고 생각하게 된다. 그래서 화자는 우물의 눈알을 파먹은 몹쓸 인간이 되어버린 한탄을 소리치지만 우물은 아무런 소리도 받아주지 않는다.

안도현의 이 「오래된 우물」의 상상력의 구조에는 '우물'의 깊이를 알 수 없었던, "아, 하고 소리치면/아, 하고 소리를 받아주는" 행복했던 우물의 우주론적 화해의 상상력이 우물의 깊이를 알고 오래된 우물은 땅 속의 허공이라고 생각하여 불안해져 우물의 입구를 막아버린 자신의 행위가, 우물의 눈알을 파먹은, 곧 우물을 죽인 우물의 현실적인 세계를 대비한 낭만적 아이러니의 구조로 되어 있다. 낭만적 아이러니가 환상과 화해의 세계를 동경하다가 그것이 현실 속에서 존재하지 않음을 깨닫고, 현실 속의 도달할 수 없는 인간적 이상과 화해의 세계를 절감

오래된 우물 / 안도현

뒤안에 우물이 딸린 빈집을 하나 얻었다

아, 하고 소리치면
아, 하고 소리를 받아주는
우물 바닥까지 언젠가 한 번은 내려가보리라고
혼자서 상상하던 시절이 있었다
우물의 깊이를 알 수 없었기에 나는 행복하였다

빈집을 수리하는데
어린것들이 빗방울처럼 통통하며 뛰어다닌다
우물의 깊이를 알고 있기에
나는 슬그머니 불안해지기 시작하였다
오래된 우물은
땅속의 쓸모 없는 허공인 것

나는 그 입구를 아예 막아버리기로 작정하였다
우물을 막고 나서는
나, 방안에서 안심하고 시를 읽으리라
인부를 불러 메우지 않을 바에야 미룰 것도 없었다
눈꺼풀을 쓸어내리듯 함석으로 덮고

케 하는 기법이었다. 이「오래된 우물」의 우주론적 환상의 우물과, 현실
적으로 불안해져 우물의 입구를 막아버리는, 즉 넘치도록 젖을 짜줄 수
있는 두레박도 내려올 수 없고, 눈물을 흘리며 밤하늘의 별똥별을 올려
다볼 수 없는 현실적 죽음의 우물의 대비가 그것이다.

쓰다 만 베니어 합판을 덧씌우고
그 위에다 끙끙대며 돌덩이를 몇 개 얹어 눌렀다

그리하여
우물은 죽었다

우물이 죽었다고 생각하자
나는 갑자기 눈앞이 캄캄해졌다
한때 찰박찰박 두레박이 내려올 때마다
넘치도록 젖을 짜주던 저 우물은
이 집의 어머니,
별똥별이 지는 밤하늘을 밤새도록 올려다보다가
더러는 눈물 글썽이기도 하였을
저 우물은
이 집의 눈동자였는지 모른다

나는 우물의 눈알을 파먹은 몹쓸 인간이 되어
소리친다
아, 하고 소리쳐도
아, 하고 소리를 받아주지 않는
우물에다 대고

1-5

최근에 나온 양은창의 두번째 시집 『내 그리운 운문의 시대』(도서출판 세림)는 우리의 근원적인 존재의 내면을 향한 상상력이 역동적으로 펼쳐져 있다. 그의 시들은 표제에 상징적으로 함축된 바와 같이 '운문의

장작을 패며 / 양은창

며칠 몸이나 누이며 법화사 행자로 쉬어 가겠다는 게으른 늦잠에 이순의 스님은 밥값이나 하라며 도끼를 냈다. 마른 팔을 걷어붙이고 운동 삼아 달려든 도끼질이 번번이 빗나가 마당을 찍어댈수록 오기에 힘을 실어 무거운 신음과 함께 나이테를 겨냥하지만 마냥 찍어대는 토막은 상처만 남긴 채 도무지 속이 드러나지 않는다. 무딘 날을 나무라며 손바닥에 침을 뱉고 용도 써 보지만 만신창이 토막이 남기는 건 끈끈한 향기로 뭉쳐진 송진뿐이다. 분에 못 이긴 도끼날이 허공을 가를수록 온몸은 땀에 절어 숨조차 제대로 가누지 못할 즈음 어깨 너머 스님의 도끼날에서 튕겨 나가는 나무의 속살이 봄 햇살에 유난히 밝다. 여태 젊다는 믿음으로 산 세상 이젠 그것도 잃었구나. 어디 세상을 힘으로만 살까만은 한낱 도끼질에도 도가 있음을 보란 듯이 보란 듯이 스님은 나무를 가른다. 정교한 리듬으로 난무하는 폭과 깊이를 알 수 없는 살생의 법도가 엄숙한 절도의 매듭에서 풀려 나오는 산사의 뒷마당에 주저앉아 우주가 물리적 법칙으로만 존재하지 않음을 본다. 오직 정신의 한 가닥 줄에 매달려 세상을 조율하는 경이로운 힘을 본다.

양은창
1963년 경남 산청 출생.
1990년 『한국문학』을 통해 등단.
시집 『이어도는 서울에 있다』 『내 그리운 운문의 시대』.

시대'를 그리워하고 있다. 세속적 현실의 세계가 존재의 '밖'의 세계라
면, 그리운 운문의 세계는 존재의 '안'의 상상력의 세계일 것이다. 따라
서 그는 세속의 '밖'의 쓸쓸하고 거친 산문적 현실을 그리면서도 그의
상상력은 '안'의 존재의 근원적 삶의 질서를 갈구하고 있다. 그가 인식
하고 있는 '밖'의 세계는 세속적 삶의 가치들이 횡행하는 세계다. 인간
의 원초적인 관계가 해체된 현실을 고통스럽게 인식하고, 해체된 현실
을 회복하려는 상상력의 구체적 노력들이 '안'의 세계를 향한, 존재의
근원적인 설화적 상상력이나 삶의 내면적 질서를 꿈꾸는 태도로 나타
나 있다. 다음의 「장작을 패며」를 보자.

　여기서 시적 화자는 산사의 뒷마당에서 우주가 물리적 법칙만으로
존재하는 것이 아니라, 정신의 경이로운 힘에 있음을 깨닫는다. 이러한
세계와의 화해가 물리적 현상으로 존재하는 것이 아니라 세계와의 일
치를 이룰 수 있는 정신의 경이로운 힘에 있다는 존재론적 인식을 담고
있다. 그것은 이순의 스님과 함께 장작을 패면서, 스님의 도끼질을 보
며 도끼질에도 절도가 있으며, 세상을 조율하는 정신의 경이로운 힘을
보고 알게 되었다는 진술로 나타나 있다. 스님보다 젊은 화자는 힘을
실어 나이테를 겨냥하지만 장작 토막은 상처만 남기고, 도끼날은 허공

만 가를 뿐이다. 아무리 힘을 써보지만 나무의 속살은 보이지 않는다. 세상을 힘으로 살 수 있다고 믿은 자신을 모두 잃었다고 느낀다. 그러나 이순이 된 스님의 도끼날에는 나무의 속살이 봄 햇살에 유난히 밝게 빛남을 보고 한 가닥 정신의 힘으로 조율하는 경이로운 힘에 의해 우주의 법칙이 있다는 것을 깨달았다는 것이다.

이러한 장작을 패면서 화자는, 우주의 움직임이 물리적 힘에 있지 않고 정신의 힘에 있다는 각성은 그의 존재론적 인식을 보여준다. 그의 많은 시들이 고통스런 현실과 마주하면서도 현실의 고통을 이겨내고 세계와의 화해로운 관계 지향을 추구하는 것도 이러한 인식의 기초 위에 있기 때문이다. 앞에서 그의 시가 '밖'의 일상을 그리면서도 존재의 따뜻한 시선을 하고 있다고 한 것도 이러한 바탕 위에 있다는 것이다. 따라서 그는 '밖'의 일상의 중압감과 고통의 현실을 '안'의 세계로 내면화하여 현실을 초월하거나 극복하고자 하는 태도를 보인다. 그의 많은 시들이 '밖'의 스산한 삶의 정경들을 그리면서도, 따뜻하고 인간적인 그리움과 진실을 담아내려는 상상력은 그의 시적 진정성을 확인할 수 있는 덕목이다. 바슐라르가 그랬듯이 '안'을 향한 존재의 인식은 인간의 원초적인 삶의 질서를 회복하는 상상력인 것처럼 그의 시들은 우리를 거친 세속의 삶의 현실로부터 존재의 근원을 응시할 수 있게 하기 때문이다.

2

이제까지 세계를 자아화하여 존재의 절대적 세계, 혹은 세계를 존재론적으로 인식하려는 시적 지향을 살펴보았다. 이러한 인식들은 대체로 자아의 서정적 인식을 바탕으로 대상을 자아화하는 태도를 보인다. 세계를 존재론적으로 인식한다는 것은 그만큼 인간성을 중심으로 한 인문학적 상상력의 세계가 바탕이 되는 것이다. 오늘의 현실과 같은 거친 담론의 시대에 이러한 서정적 인식이 풍부한 시들을 읽는다는 것은 그만큼 존재의 신비한 숲을 거니는 것처럼 완전한 존재론적 기쁨을 느끼게 한다. 자아의 불안과 자아의 상실에 휩싸이게 하는 세기의 짙은 안개 속에서, 자아의 존재론적 인식을 확인케 하는 서정의 힘은 우리를 맑게 하리라.

| 더 생각해봅시다 |

1. 임영조의 「강화도 시첩 3」의 실제 무대인 곳의 역사적 배경을 알아보자.
2. 정진규의 「사진들을 찢으며」에서 결국 찢지 못한 것은 무엇이고, 왜 찢지 못했는가에 대해 설명해보자.
3. 안도현의 「오래된 우물」에서 "그리하여 우물은 죽었다"는 표현의 의미를 설명하라.
4. 양은창의 「장작을 패며」를 근거로 에세이 한 편을 써보자.

역사의 전위와 후위에 선 시의 두 길

—박노해와 최하림을 중심으로

김문주

박노해 그해, 겨울나무 | **최하림** 겨울 精緻 · 아침 유대 | **김수영** 사랑의 변주곡

1. 진정한 시정신의 회복을 위하여

" 견고한 것은 모두 녹아 사라지고, 거룩한 것은 모두 더럽혀지며, 마침내 인간은 냉정을 되찾고 자신의 실제 생활 조건, 자신과 인류의 관계에 직면하지 않을 수 없게 된다." 1848년 1월 마르크스와 엥겔스가 공동으로 작성한 「공산당선언」의 한 대목은 이미 우리 모두가 목도해버린 자본주의의 집요한 욕망을 역설적으로 상기시킨다. 그 폭식적 욕망을 순화시키고자 했던 해방의 현실적 기획들이 비판적 대상의 무차별적이고 거침없는 욕망의 구렁 속으로 '녹아 사라지'면서, 이른바 '거대 담론'과 공존했던 수많은 내용들이 우리 주변에서 실종되고 있다. 불과 이삼 년 전만 해도 미만하던 세기말의 암울한 전망과 우려가 새로운 세기의 도래와 함께 말끔하게 제거되고, 더 큰 경제적 풍요를 충족시키는 정체(政體)만이 체제 선택의 유일한 기준으로 자리잡아가는 작금의 현실은 이타적인 희생과 헌신의 감동을 가르쳐준 지난 연대를 우리의 머리와 가슴에서 빠른 속도로 지워가고 있다. 20세기 정

박노해
1956년 전남 고흥 출생.
1983년 『시와 경제』 제2집에 시 발표하며 등단.
시집 『노동의 새벽』 『참된 사람』 『겨울이 꽃핀다』 등.

신의 핵심인 진보 사상의 원천이 인간의 윤리성과 인간 사이의 정의의 발전 가능성에 대한 질문과 가설이었다는 점을 고려할 때, 진보적 이데올로기의 현실적 붕괴가 초래한 정치적 허무주의와 이념의 진공 상태는 역사 이래 인류가 고투 속에 모색해온 이상사회에 대한 기대와 그 과정 속에 힘겹게 지키고 쌓아온 도덕적 심성들을 근원적으로 허물어버릴 뿐만 아니라, 도덕적 본성을 제도화하려는 인류의 이성적이고 윤리적인 노력을 원천적으로 봉쇄할 가능성이 있다는 점에서 문제적이다.

자본의 자기 증식 욕망이 자동화된 기술권력의 지원을 받아 고립의 조건들을 강화해가는 현 상황과 달리, 사적(私的) 욕망의 인간적 통제와 그 실천적 가능성을 줄기차게 천착해온 지난 세기는 공동체의 윤리성이 현실을 격동시킨 열정의 시대였다. 도덕적 보편성과 공동체적 연대, 그리고 무엇보다도 현실 변혁에 대한 강렬한 욕구는 반성적 사유를 전제로 하는 문학을 이 시기의 가장 중추적인 예술로 부각시키는 좋은 토양이 되었다. 언어 매체의 특성상, 문학은 피상적이고 기만적인 현실을 체계적으로 회의하고 비판하는 이데올로기와 유사한 기능을 수행한다. 급격한 근대화 과정으로 인해 사회적 제 관계의 심한 착종과 왜곡을 경험한 우리의 경우, 문학은 현실의 질곡을 구체적 형상을 통해 비판하고 그 변혁의 방향을 모색하는 예술 형식으로 기능해왔다. 문학에 대한 사회적 관심은 역으로 현실에 대한 비판과 교정의 욕구를 의미하는 것이었으며, 나아가 공동체적 이상에 대한 정치적 상상력의 열기를 반영하는 것이었다. 그러한 상상력 속에는 개인적 이기심을 초월한 공동체의 윤리와 보편적 가치에 대한 암묵적 동조가 내재되어 있었다. '문학의 위기'라는 문구가 별다른 충격을 전하지 못하면서도 여전히 문학 담론의 공간에 부유하는 작금의 상황 이면에는 공동체적 가치와 희망으로 뜨겁게 달아오르던 이러한 과거, 즉 문학 전성기의 시대적 열기에 대한 향수가 담겨 있다. 아울러 그 속에는 인간의 비판적 개입을 불허하며 절망마저도 실종시킨 완강한 현실에 대한 체념이 잠복되어 있다. 문학의 위기는, 한편으로 현실의 위기이기도 하다.

현실사회주의권의 투항과 개혁 가능성에 대한 거듭된 좌절로 인해 진보 사상에 기반한 실천적 기획들이 실종되고 마르크스주의에 대한 고해성사식 비판이 도처에서 벌어지는 현재의 상황은 우리로 하여금 역사에 관한 진지한 통찰의 기회를 박탈하고 있다. 우리의 지적 조루증과 철학적 허약성을 웅변적으로 보여주는 이러한 분위기 속에서 그동안 현실과 역사의 문제를 치열하게 고뇌하던 문학의 공간은 권태로운 일상과 나른한 정신분열증적 언어들에 점령당하면서 점차 사적(私的) 영역으로 전락하고 있다. 기술자본주의의 지칠 줄 모르는 광란의 질주에 도취되어, 그것에 저항하고 개입할 의지를 포기한 오늘의 문학의 풍경은 현실과의 길항 관계 속에서 심미적 본성을 발휘하는 문학의 존재 의의를 스스로 부정하는 자기 소모적 양태이다. A. 하우저가 밝힌바, 예술작품은 그것의 심미적 성질 못지않게 역사적 흐름과의 역동적 얽

힘을 통해 창조되며 그 영향력을 발휘한다. 시대를 초월하는 심미적 본성뿐만 아니라 구체적인 역사 현실과의 관계 속에서 탄생하고 가치가 부여되는 문학작품은 역사적 흐름 속에서 그 주체적 역동성을 갖지 못할 때 생명력을 유지할 수 없다.

격동의 한국 현대사를 통과하면서 시인들은 다양한 방식으로 현실에 대응해왔다. 개인과 사회가 같은 보조로 발전하고 상호 의존 속에서 변화한다는 사실을 고려할 때, 시인들의 시적 작업은 우리 정신사의 지리를 반영하는 한 지표라 할 수 있다. 박노해와 최하림은 굴곡 많은 우리 시대의 사회적 현실을 줄기차게 천착해오면서도 시의식이나 형상화의 방식에 있어서 뚜렷한 차이를 보여주는 시인들이다. 여기서 두 시인의 시세계를 살피고자 하는 것은 이들의 궤적 속에서 역사적 현실에 대응하는 우리 시의 정신사적 특징을 확인하고, 이를 통해 현상과 사건만이 난무하며 가치와 의미에 대한 통찰이 부재한 오늘의 현실에서 진정한 시적 정신과 역할을 반성적으로 점검하기 위함이다. 허무주의가 만연한 현 상황이야말로 심오한 자기 성찰이 절실하게 요청되는 순간이며 예술적 개성이 보다 주체적으로 발휘되어야 할 창조의 시간이다.

2. 현장과 풍경

한 평론가로부터 '하나의 문학사'라고 평가받을 만큼 우리 문학사의 중요한 결절점이 된 박노해는 1983년 동인지 『시와 경제』 2집에 「시다의 꿈」 외 6편의 시를 발표하고, 이듬해 『노동의 새벽』을 출간하여 문단에 혜성처럼 등장하였다. 고독한 실존적 개인으로서의 모습을 제거하고 철저히 노동계급성을 구현한 박노해의 시세계는 노동현장의 체험을 투철한 계급적 당파성과 완벽하게 통합함으로써 노동자

문학의 가능성을 제고시켰다. 1980년대라는 저항의 시대에 자본주의의 모순구조가 가장 집약적으로 표출되는 노동 현장의 갈등을 생생하게 형상화한 박노해의 시는 민중해방이라는 당대의 정서를 가장 극적으로 표현한 문학의 하나였으며, 그의 문학에 대한 관심 속에는 억압의 시대를 살아온 당대인들의 보편적인 해방의 욕망과, 질곡의 조건들을 타파하고자 하는 꿋꿋한 의지의 상상력이 내재되어 있다. 그동안 지식인의 전유물로 인식되어오던 시단에 노동하는 인간의 건강성을 불어넣어 시문학의 지평을 확대한 박노해의 시는 구체적 현장성과 실천적 운동성을 갖춘 노동문학으로서의 의의 이외에, 현실 속에서 자기 정위하는 격동기 문학의 특징을 선명하게 보여준다는 점에서 각별한 의미를 지닌다. 따라서 보통명사로서의 성격을 갖는 박노해 문학에 대한 점검은 현실 지향적 문학의 참된 방향을 모색하는 기회가 될 것이다.

먼저, 박노해 시의 가장 뚜렷한 성격은 노동자의 구체적 현실을 시의 직접적인 형식으로 삼고 있는 점이다. 채광석이 『노동의 새벽』의 해설에서 "흩어지면 독립체요 모아 놓으면 하나의 서사적 장시"라고 지적했던 것처럼, 박노해의 초기 시는 노동자의 현실 자체를 나열·축조하는 형식으로 이루어져 있으며 개별 시들은 전체 시작(詩作)의 의도를 축소한 형태로 구성되어 있다. 노동의 현장을 묘사의 대상으로 삼고 있는 만큼 그의 시세계는 매우 소박한 언어 형식을 취하면서도 강렬한 체험의 밀도를 바탕으로 하고 있어서 작품의 의미나 작가의 의도가 명확하게 드러난다. 그런데 이러한 선명성은 현장의 정서나 언어적 형식에서라기보다 노동의 현실을 바라보는 시인의 세계관에서 연유한 것으로서, 노동 현장의 갈등과 절망에도 불구하고 그의 시세계가 강렬한 혁명의 동력으로 역전될 수 있던 것은 종말론적 역사의식을 내면화한 시인의 세계 인식 때문이다. 표면적으로는 구체적 현실이 지배하고 있는 듯한 박노해의 시세계는, 사실상 관념적 의식에 의해 조성된 세계이다.

이는 다양한 상황과 여러 유형의 화자가 등장함에도 불구하고, '열악한 노동의 현장 제시→현실에 대한 분노→저항과 혁명의 의지'로 이어지는 도식 구도가 그의 대다수 작품들 속에 반복적으로 나타나는 데서 분명하게 입증된다. 뚜렷한 선악의 구도, 미래에 대한 신념, 결연한 대결 의지, 비장미와 엄숙미 등 박노해 시의 핵심적인 정서는 실제로 현실 자체에서 촉발된 것이라기보다 시인의 신념에 의해 유발된 것으로서, 노동의 현실은 결국 이런 구조화된 도식성의 의도에 복무하는 형식이며, 그의 문학은 노동 대중의 의식을 혁명의 정서로 고양시키려는 의도가 구체적 현장이라는 소재를 빌려 드러난 세계라 할 수 있다. 여기에 공동체에의 헌신과 소외 계층에 대한 사랑 등 다분히 종교적 성격을 띠고 있는 심성이 역사주의적 사고에 윤리적 낭만성을 부여하면서 박노해 시의 자의식을 형성하는 주요 요인으로 작용한 것이다.

박노해 시의 주요 형식인 열악한 현실 이면에는 관념적 의식을 통해 모든 노동자의 현실을 바라보고, 그들을 대변하며 선도해야 할 책임을 느끼는 시인의 의식이 놓여 있다. 절망적 현실을 극복하거나 자기 희생의 심리적 원동력이 되었던 이러한 의식은 박노해 문학이 암울한 시대를 견인(堅忍)할 수 있는 지지대 역할을 수행하였다. 그러나 이러한 선도적 의식이 주로 계몽적인 성격으로 발전하고 철저히 타자의식적인 성향을 띰으로써 박노해 문학은, 성찰의 토대가 되어야 할 현실 자체나 자기 자신을 사유의 세계에서 제거하는 방향으로 진행된다. 따라서 진정한 의미의 자기 반성은 상실하게 되는 것이다. 박노해 문학이 현실추수적인 경향으로 전환하게 되는 근본적 원인이자, 운동권 문학이 흔히 노정하는 지양의 조건인 자기 반성의 불철저함은 현실주의 문학이 되새겨야 할 중요한 대목이다.

아울러 여기에서 하나 주목할 점은 박노해의 시에서 이러한 외부 지향적인 시선이 화자 자신을 향할 때는 자기 감상과 연민의 정서로 화한다는 사실이다. 제2시집에 이르러 본격적으로 노정되기 시작하는 이러한 태도는 대열 속에서의 자신의 위치에 대한 자의식과 결합하여 낭만적이고 감상적인 소영웅주의로 발전하게 된다. 그의 시의 저류를 흐르는 비장미는 바로 이러한 자의식에서 비롯된 것이다. 이렇게 볼 때 박노해 문학이 진취적 낙관주의의 성격을 지닐 수 있던 것은 전위적 위치에 대한 시인의 자의식과 종말론적 역사의식이 그의 시를 추동하였기 때문이다. 따라서 현실사회주의권의 붕괴가 박노해 문학의 방향 전환의 계기가 된 것은 지극히 당연한 것이었다. 격동기의 한 문학적 대응을 보여준 박노해의 시는 역사적 대열의 전위에 선 문학이 현실과 자기 자신을 사유의 출발점으로 삼지 않고 외부적 관념과 타자 지향적인 의식으로 무장할 때, 어떠한 변모 속에 놓이는지를 실천적으로 보여준다. 질곡의 현실과 온갖 수난에도 꺾이지 않던 시인의 신념은 그 원천이 외부에 있었기 때문에 자기 부정적인 방식으로 변모하게 된다.

1964년 조선일보 신춘문예를 통해 등단하여 다섯 권의 시집 —『우리들을 위하여』(1976), 『작은 마을에서』(1982), 『겨울 깊은 물소리』(1987), 『속이 보이는 심연으로』(1991), 『굴참나무숲에서 아이들이 온다』(1998) —을 상재한 바 있는 최하림은 역사와 현실에 대한 부단한 사색과 존재에 대한 깊은 성찰을 절제된 시형식을 통해 형상화해왔다. 사회와 존재의 문제에 대한 그의 집요한 응시 속에서 우리는 지나온 역사의 의미와 그 현실을 통과한 한 개인의 정신의 풍경을, 그리고 몸을 받은 존재로서 고독한 실존을 끈질기게 천착하는 한 인간의 고단한 삶의 역정을 보게 된다. 고전적 시정신의 한 모범을 보여주는 최하림의 시는 우리 시사에 연면히 흘러온 지사적 시 전통의 주요 특징을 잘 보여준다.

제1시집인 『우리들을 위하여』를 중심으로 최하림의 초기 시에 나타

최하림
1939년 전남 목포 출생.
1964년 조선일보 신춘문예 시 당선.
시집 『우리들을 위하여』 『겨울 깊은 물소리』
『굴참나무숲에서 아이들이 온다』 『풍경 뒤의 풍경』 등.

난 가장 두드러진 성격은 비극적 이미지와 들끓는 고뇌의 정서이다. 혹독한 겨울과 일렁거리는 바다의 이미지로 요약할 수 있는 그 시세계는 반복되는 소재들이 불러일으키는 정서들에 힘입어 일정한 고뇌의 분위기로 미만해 있다. 구체적 현실을 직접적인 소재로 취택하지 않음에도 불구하고 최하림의 시는 역동적인 이미지와 고뇌에 찬 어조, 그리고 겨울 배경의 소재들로 인해 고통의 현실을 암시한다. 하나의 구체적 풍경으로 형상화된 최하림의 시는 시인의 의식 속에서 재구성된 관념의 세계로서, 시인의 주관적 관념에 의해 조성된 시의 상황은 실제 현실을 소재로 한 시보다 더욱 강렬한 정서로 채색되어 형상화된다. 역사적 현실을 날것으로 시에 수용하지 않고 자신의 내면을 통과한 관념의 정경으로 그려내는 최하림의 시는 현실 자체보다 더 비극적이며 생생하다. 구체적 현장성에 기반한 박노해의 시보다 최하림의 시에 더 강렬한 고통이 부과되어 있는 것은 그의 시적 풍경이 시인의 고뇌 속에서 한층 더 비극적인 정서에 의해 덧입혀져 있기 때문이다. 응시와 성찰의 정신이 내재된 이러한 풍경의 형식은 최하림의 핵심적인 시의식의 발현 방식이다.

겨울 精緻 / 최하림

큰 나무들이 넘어진다 산과 산 새에서
강과 강 새에서 마을 새에서
길을 벗어난 사람이 어디로인지 달리고
길러진 개들이 일어서서
추운 겨울을 향하여 짖는다

한 방향으로 흐르는 작은 강을 따라
우리들은 입을 다물고 걸어간다
저녁 그림자처럼 걸어간다 마을도
나루터도 사라지고 과거도 현재도
보이지 않는다 날아가는 새들의
불길한 울음만 공중에 떠돌며
얼어붙은 겨울을 슬퍼하고

　　암담한 시대적 상황이 구체적인 풍경으로 형상화된 작품이다. 시 전
체를 물들이고 있는 음울한 절망의 정조가 '우리'라는 대명사와 결합되
고 등장하는 소재들이 암울한 시대적 상징으로 수렴되면서, 시는 비극
적 현실을 환기하는 한 반영으로 읽힌다. 산에서는 숲을 숲이게 만드는
"큰 나무들이" 사라져 가고 "한 방향으로 흐르는 작은 강을 따라" 사람
들이 "그림자처럼" "입을 다물고 걸어가는" 상황은, 미래에 대한 전망

언덕도 상점도 폭설에 막히고
거리마다 바리케이트 쳐져
사람들이
어이어이어이 울부짖고
갈색 옷을 입은 사내 몇, 들리지 않는 소리로
진정하라고 말하고 또 다른 소리로
진정하라고 말하고 그 소리들이 모여
겨울나무를 넘어뜨린다
꽁꽁 언 새벽 여섯 시, 地靈처럼 걷는
사람들 새로 우리들은 걸어간다
살얼음의 아픔이 여울마다 일어나고
흰 말의 무리가 하늘의 회오리 속으로
경천동지하며 뛰어올라 갈기를 날리고,
우리와는 다른 방향으로 일단의 사내들이
사냥개를 끌고 온다 개들이 짖는다
이제는 얼어붙은 우리들의 꿈이여
눈과 같은 결정체로 三韓의 삼림에 내리어오라

이 몰수된 황폐하고 암담한 현실이다. 폭설로 봉쇄된 암담한 겨울, 새의 울음과 숨죽인 통곡만이 가득한 강제와 감시의 현실을 시인은 "地靈처럼 걷는/사람들"이라는 섬뜩한 죽음의 형상으로 그리고 있다. "경천동지하며 뛰어올라 갈기를 날리는" 듯한 것으로 생생하게 경험되는 현실의 고통은, 출구에 대한 욕망의 절실함만큼이나 격렬한 것으로 감각된다. 꿈마저 얼어붙은 전망 부재의 현실 속에서 '우리들'은 눈을 부르고 있다. 하늘을 향해 '내리어오라'고 주술처럼 되뇌는 사람들의 바람 속에는 일말의 가시적인 가능성이라도 확인하고자 하는 절박함이 담겨 있다.

우리의 암울한 질곡의 현대사를 최하림의 시는 이렇게 묘사한다. 당대 현실에 대한 아무런 직설적 비판이 없는데도 이 시가 보여주는 암담하고 폭압적인 상황은, 강한 정서적 감염력을 동반하며 상황 그 자체로서 이미 현실에 대한 강력한 비판을 수행한다. 하나의 풍경으로 형상화된 현실은 그것이 그리는 대상 자체보다 생생하고, 그것의 문제적 국면은 증폭되어 표출된다. 현실을 날것으로 시 속에 차용하지 않고 풍경화하고 있는 이 시에는 시인의 현실 인식뿐만 아니라 역사에 대한 의식과 태도가 형상화되어 있다.

최하림의 역사의식을 보여주는 시들의 가장 중요한 특징 중 하나는 시 속의 인물들이 어딘가를 향해 가고 있거나, 혹은 걷는 것이 운명지어져 있다는 점이다. '가다' '걷는다' '건너다' '넘어가다' 등의 진행형 동사가 빈번한 최하림 시의 동화(動畵)에는, 인간은 역사적 존재이며 역사는 진보한다는 시인의 인식이 담겨 있다. 암울한 강제의 현실을 묘사하고 있는 위의 시에서도 인물들은 통곡하면서 강을 따라 걷고 있다. 그런데 우리가 여기서 주목할 점은 화자의 시선의 위치와 정서적 상태이다. 노동의 현실을 묘사한 박노해의 경우, 시적 화자의 시선은 노동동지들의 고통스러운 현장을 향하고 있으면서도 정서적으로는 그 현장을 고발하고 그들의 의식을 추동하는 선도적 위치에 놓여 있는 데 반해, 최하림의 경우 시선은 대열 전체를 응시하는 위치에 있으면서 그 정서는 대열 속에 놓여 있다. 열악한 현장의 구체를 묘사한 박노해의 시보다 최하림의 시가 더욱 비극적인 정경을 띠는 이유는 시인이 대열 전체의 암담함과 고통을 그 후미에서 자신의 고뇌 속으로 떠안고 있기 때문이다. 박노해가 절망적인 현실 속에 있으면서도 역사적 이상에 대한 강인한 신념과 전위적 자의식으로 인해 진취적인 태도를 취하는 데 반해, 최하림이 지식인의 고뇌 속으로 현실을 수용함으로써 실제보다 더 비극적으로 현실을 인식하고 형상화하는 것은, 시인이 바라보는 대상과 정서적 위치가 상이한 데서 연유한 것이다.

역사적 대열의 후미에 선 자의 성찰을 보여주는 최하림의 시는 현실 사회주의권의 몰락과 함께 변모의 계기를 만드는 박노해와 달리, 광주민주화항쟁으로 인해 내면으로 깊이 침잠한다. 박노해와 최하림의 시세계 변모의 계기가 되는 역사적 사건들은 우리로 하여금 두 시인의 시세계가 밭딛고 있던 토대가 무엇이었는가를 뚜렷하게 시사해준다. 현장에서 출발한 박노해의 시가 관념적 세계에 뿌리를 두고 있는 데 반해, 관념적 성격이 강한 것으로 보이는 최하림의 세계는 현실을 사유의 토대로 삼고 있다는 점이다.

운동의 시대가 그 전투력을 고양시킬 수 있던 '광주'라는 기지(基地)를 최하림은 역사의 본질적 의미를 사유하고 그것을 개인적 윤리의 문제로 육화시키는 성역(聖域)으로 삼는다. 최하림 시에 출현하는 수많은 자학적인 이미지와 죄의식, 상처의 기억은 그가 '광주'를 개인의 내면으로 소환했음을 보여주는 고통의 흔적들이다.

전위적 의식으로 시대를 견인하고자 했던 박노해와 달리 최하림은 폭력적인 역사의 현실을 내면적인 윤리의식 속으로 육화시킨다. 물론 이러한 역사의 내면화는 개인과 역사의 변증법적 발전이라는 차원에서 새로운 역사적 삶을 개척하는 동력으로 작용한다. 역사적 대열의 전위에서 목표를 향해 전진하는 박노해의 시세계와 대열의 후위에서 역사의 의미와 대열의 고통을 개인적 고뇌로 소환하는 최하림의 시세계는 현실에 대응하는 한국시사의 두 가지 흐름을 잘 보여준다. 두 시인의 이러한 특징은 이후의 시적 전개의 핵심적 계기가 되는데, 한쪽은 집단을 반성적 사유의 강박적 타자로서 의식하고, 다른 한쪽은 정화된 내면을 역사적 사유로 발전시키는 방식으로 진행된다.

3. 상인적 상상력과 농부적 상상력

19 90년대 초 현실사회주의권의 몰락은 대안사회를 꿈꾸던 비판 세력들의 변혁 욕구를 꺾어버린 충격적 사건이었다. 변혁 운동의 이정표였던 사회주의권의 붕괴로 현실적 좌표를 잃어버린 운동 세력들은 구심력을 상실하고, 그 사회적 비판력은 급격하게 위축되면서 반독재 민주화 투쟁과 함께 축적되어온 사회적 가치들은 점차 자본주의적 욕망에 식민화된다. 현실사회주의권의 해체는 고통스러운 노동의 현실을 해방의 계기로 추동시키고자 했던 박노해에게 있어서도 깊은 충격을 주면서 전환의 결정적 계기로 작용한다. 1990년대 초 수감된 처지에서 세계사적 사건을 맞이한 박노해는 「그해, 겨울나무」를 통해 뼈저린 고뇌의 내면을 탁월하게 형상화한다.

1990년대 초 우리 정신사의 내면 풍경을 생생한 형상으로 그려내고 있는 이 시는 격랑의 1980년대를 통과한 변혁 세력들의 절망과 고뇌를 긴장된 어조로 표현하고 있다. "숨막히게 쌓이는 눈송이마저 남은 가지를 따닥따닥 분지르고/악다문 비명이 하얗게 골짜기를 울렸다"로 압축되는 앙상한 내면의 고통은 현실을 상징하는 황폐한 배경을 통해 매우 절박한 것으로 전달된다. 하나의 전향서 같은 비장함을 담고 있는 이 시에는 박노해 시의 원형질을 보여주는 의식의 단초들이 내재되어 있다.

위의 시는 '겨울나무'로 상징되는 화자의 의식세계에 집중해 서술되고 있다. 초기 시의 주된 형식인 현장성이 휘발된 자리에, 수감된 처지에서 구소련의 몰락을 맞이한 시인의 심경이 겨울나무라는 우의적 풍경을 통해 형상화되어 있다. 주목할 점은 이 정신의 풍경 속에 그간 시적 성찰의 대상에서 배제되었던 시인 자신에 대한 자의식이 담겨 있다는 사실이다. 우선 작품에 나타난 가장 중요한 시의식은 "나의 시작은 나의 패배였다"라는 진술이 함축하고 있는 끊임없는 전진성이다. 그동안 자신의 생활과 의식세계를 견인(牽引)하던 '절대적이던' 사회주의 이데올로기를 '남의 것'으로, 그리고 그것의 몰락을 '정해진 추락'으로 규정하고도, 다시 새로운 시작을 도모하는 의식은 고통스런 노동의 현실을 혁명의 의지로 고양시킬 수 있었던 역전의 동력이었다. 박노해의 어떤 시도 좌절과 탄식으로 종결되지 않는다는 사실은, 그의 문학세계가 이러한 전진적(前進的) 의식 속에서 구축된 것임을 보여준다. 자신을 포함해 수많은 사람들의 피와 땀으로 이루어온 이상사회로의 도정을 과거 부정이라는 방식으로 해소하고 그것을 또 다른 시작의 발판으로 삼는 이러한 전진의 에너지는 박노해 시 전체를 관통하는 핵심적인 시의식이다.

끊임없이 전방을 향하는 이 의식 속에는 대열의 선두에 선 자의 자의식만이 남아 있고 자신에 대한 성찰은 배제되어 있다. '후회는 없지만 부끄러움뿐'이라는 모순된 진술의 괴리는, 주체에 대한 진지한 반성이 누락된 과거 성찰에서 연유한다. 모든 것을 '다 떨궈주고' 완전히 '발가벗은 채 빛남도 수치도 아니'라는 고백은, '후회는 없고 부끄러움만이 있다'는 진술 속에 실종된 자신에 대한 반성을 소영웅적 자기 연민의 정서로 채우고 있는 박노해 시의 내면을 드러내준다. 연민의 정서로 자신을 바라보는 화자의 의식은 자신을 상징화한 겨울나무의 형상—"애착의 띠를 뜯어 쿨럭이며 불태우고" "살점 에이는 밤바람에" 빨갛게 언 채로 서 있는 겨울나무—속에도 잘 그려져 있다.

반성의 형식을 취하고 있는 이 시의 포즈는 결과적으로는 또다시 대열의 방향을 규정하는 계기가 되고 말았다. 전진적인 의식과 소영웅적

그해, 겨울나무 / 박노해

그해 겨울은 창백했다
사람들은 위기의 어깨를 졸이고 혹은 죽음을 앓기도 하고
온몸 흔들며 아니라고도 하고 다시는 이제 다시는
그 푸른 꿈은 돌아오지 않는다고도 했다
세계를 뒤흔들며 모스크바에서 몰아친 삭풍은
팔락이던 이파리도 새들도 노래소리도 순식간에 떠나보냈다
잿빛 하늘에선 까마귀떼가 체포조처럼 낙하하고
지친 육신에 가차없는 포승줄이 감기었다
그해 겨울,
나의 시작은 나의 패배였다

후회는 없었다 가면 갈수록 부끄러움뿐
다 떨궈주고 모두 발가벗은 채 빛남도 수치도 아닌 몰골 그대로
칼바람 앞에 세워져 있었다
언 땅에 눈이 내렸다
숨막히게 쌓이는 눈송이마저 남은 가지를 따닥따닥 분지르고
악다문 비명이 하얗게 골짜기를 울렸다
아무 말도 아무 말도 필요없었다
절대적이던 남의 것은 무너져내렸고
그것은 정해진 추락이었다
몸뚱이만 깃대로 서서 처절한 눈동자로 자신을 직시하며
낡은 건 떨치고 산 것을 보듬어 살리고 있었다

땅은 그대로 모순투성이 땅
뿌리는 강인한 목숨으로 변함없는 뿌리일 뿐
여전한 것은 춥고 서러운 사람들, 아
산다는 것은 살아 움직이며 빛살 틔우는 투쟁이었다

이 겨울이 언제 끝날지는 아무도 말할 수 없었다
죽음 같은 자기비판을 앓고 난 수척한 얼굴들은
아무데도 아무데도 의지해서는 안된다는 것을 잘 알고 있었다
마디를 긁히며 나이테를 늘리며 뿌리는 빨갛게 언 손을 세워 들고
촉촉한 빛을 스스로 맹글며 키우고 있었다
오직 핏속으로 뼛속으로 차오르는 푸르름만이
그 겨울의 신념이었다
한점 욕망의 벌레가 내려와 허리 묶은 동아줄에 기어들고
마침내 겨울나무는 애착의 띠를 뜯어 쿨럭이며 불태웠다
살점 에이는 밤바람이 몰아쳤고 그 겨울 내내
뼈아픈 침묵이 내면의 종울림으로 맥놀이쳐갔다
모두들 말이 없었지만 이 긴 침묵이
새로운 탄생의 첫발임을 굳게 믿고 있었다
그해 겨울,
나의 패배는 참된 시작이었다.

자의식으로 무장한 박노해의 성찰은 그 일차적 대상이 되어야 할 자기 자신을 제외하고 외부 대상 세계를 지나치게 의식함으로써 진지한 자기 반성에 도달하지 못한다. 따라서 "나의 시작은 패배였다"는 초반부의 진술이 시의 종결부에 이르러 "나의 패배는 '참된' 시작이었다"로 귀결되는 것은 반성이 자의식의 관성을 넘어서지 못한 결과라 할 수 있다. 자기 반성의 내용을 스스로 가치 평가하는 태도 속에는 소영웅주의적 무류성(無謬性)이 담겨 있으며, 대열의 선두에 선 자의 심리구조만이 그대로 보존되어 있는 것이다. 박노해 시 속에 담긴 이러한 강박적 전위의식은 제3시집 『겨울이 꽃핀다』에 오면 대단히 위태로운 지경으로까지 발전한다. 자신의 변모를 역사적 인물이나 성자, 나아가 부처(「회향」)나 예수의 행동(「가만히 두 손 모아」)에 은근히 견주는 의식 속에는, 역사의 격동기를 전면에서 맞서다 갇힌 자들에게서 때때로 보이는 '시대 앞서기'에 대한 초조와 강박의 정서가 잠복되어 있는 것이다. 시 세계의 원천이 외부적 관념에서 기인하고 자기 자신에 대한 본질적 반성이 수행되지 못한 채, 현실이 휘발되고 집단의 감수성이 실종되면서 그 자리에는 전위에 대한 자의식만이 남은 셈이 된다. 그가 한 수상집에서 "1.지는 싸움은 하지 않겠다. 2.돈이 되는 운동을 하겠다. 3.즐거운 운동을 하겠다"라고 했던 진술은 『겨울이 꽃핀다』의 시의식을 함축적으로 보여준다. 그가 그토록 적대시했던 자본주의적 심성을 자신이 고스란히 내면화했음을 보여주는 이러한 과거 전면 부정의 모순은 박노해 시가 발딛고 있었던 사유의 깊이를 다시금 돌아보게 한다. 더욱이 출소 이후 펴낸 여러 권의 수상집이나 시집을 통해 자신의 초심이나 첫사랑을 반복해서 강변하는 태도는 그의 외부 지향성과 정신적 허약함을 반증한다. 변화 자체의 의미나 본질에 대한 성찰 없이 속도에의 적응과 추수를 보여주는 이러한 시적 상상력을 우리는 상인적 상상력이라 명명할 수 있을 것이다.

역사적 현실을 집요하게 응시하며 그것을 하나의 풍경으로 형상화하는 최하림의 시세계는 반성의 정신 위에 기초해 있다. 거리두기의 미학정신이 지배하는 그의 시적 풍경 속에는 개인적 삶과 역사적 현실을 삼투적인 관계 속에서 인식하는 시인의 의식이 담겨 있다. 최하림의 시세계에서 현실은 인식의 대상으로서 외부에 머물러 있지 않고 시인의 의식 속에 내면화되어 하나의 형상으로 시적 표현을 얻는다. 반면 개인은 고독한 실존으로서의 의미를 보존하면서 동시에 역사 전체를 구성하는 개체적 삶이라는 차원에서 인식된다. 삶과 역사의 문제에 관해 정서적으로 과장하지 않으면서도 그것을 삼투적인 관계로 인식하는 최하림의 시에서 어느 한쪽의 문제에 경도되거나 정서적 극단을 지향하는 모습은 거의 보이지 않는다. '광주'라는 폭력적인 역사를 개인의 윤리적인 차원으로 육화시키면서 고통과 자학의 이미지로 내면화하는 방식은, 최하림이 추구하는 두 개의 축인 역사와 개인의 문제를 결합하는 그의 시적 특징을 잘 보여준다. 균형과 성찰에 기초한 최하림의 시는 존재를 추동시키거나 인식의 지평을 파격적으로 열어젖히지 않는다. 그의 시는 삶을 깊게, 그리고 오래도록 반추하게 하는 사유의 세계이며, 실존과 역사의 문제를 집단이 아닌 개인의 내면에서 사유하게 하는 반성의 세계이다.

개인의 내면으로 소환된 역사의 상처는 오랜 응시의 시간을 통해 하나의 순화된 경지에 도달한다. 그리고 정결한 풍경을 통해서 최하림은 다시 역사적 삶의 매력을 펼쳐 보인다. 시집『굴참나무숲에서 아이들이 온다』에 집중적으로 등장하는 아침 이미지는 새로운 역사에 대한 시인의 인식과 염원을 담고 있다. 절망적인 현실 속에서도 시인이 새로운 역사적 삶을 모색할 수 있던 것은, 역사적 존재로서의 인간의 숙명을 포기하지 않는 견인주의적 시정신이 그의 시를 지탱하고 있었기 때문이다.

인용된 시는 『굴참나무숲에서 아이들이 온다』에 담긴 최하림의 역사
의식을 함축적으로 보여주는 작품이다. '가다' '건너다' '넘어가다' 등
의 진행형 동사가 빈번하게 등장했던 최하림의 시들은 '바라본다' '듣
는다' '돌아보다' '생각한다' 등의 사유형 서술어들의 세계를 거쳐, 맑
고 환한 용언들의 세계로 전개된다. 위의 시의 인용 부분에는 그동안

아침 유대 / 최하림

숲속에서 아이들이 온다
아이들은 이 나무에서
저 나무로 포르릉포르릉
날며 이른 아침 들판으로
햇빛을 몰고 온다

아이들은 두 손으로 가지를
휘어잡고 가지들이 튀어오르는
탄력으로 공중에 무지개 뿌리며
저 하늘은 무엇일까? 저 나무들은?
꽃들은? 벌레들은? 이라고
의문 부호를 붙이면서

아이들은 떼지어 온다
푸른 숲으로부터 온다
사립문 새로 속살이 희게 드러난
길이 열리고 어머니가 가리마 탄
머리를 들고 온다

어머니와 아이들의 눈이 마주친다

거의 출현하지 않았던 '온다'라는 동사가, 짧은 두 개의 연에 총 6회나 등장한다. 이 '온다'라는 동사는, 역사적 사유와 관련된 시들에 빠지지 않던 '가다'라는 동사를 대체하는 서술어로서, 시인의 역사 인식을 단적으로 반영한다. '가다'라는 동사가 어딘가를 향한 주체의 전진을 가리킨다면, '온다'라는 동사는 서술의 주체가 이미 어떤 지점에서 대상

어머니와 아이들이 입을 벌리고 웃는다
어머니와 아이들은 무어라고 감정을
소리 높여 표현하지만 햇살의 강도
때문에 소리들은 날아가버리고
우리에게는 미소밖에 보이지 않는다

미소 속으로 아버지가 쇠스랑을 메고
온다 이슬 젖은 잠방이 바람으로 온다
(오오 고통스런 세상으로 오시는 아버지!)
노동으로 빛난 얼굴을 하고 아버지는
사립으로 온다 우리 가족은 모두
아침의 유대 속에서 아침의 빛을 뿌리며

온다 새로운 아이들이 따뜻한 유대 속으로
온다 무성한 시간의 숲을 헤치고
이 나무에서 저 나무로
포르릉포르릉 날며

의 행동을 기다리고 있음을 의미하는 서술어이다. '가다'가 미래 지향적 동사인 데 반해, '온다'는 현재 지향적 서술어이다. 이는 지난 세기를 통과하면서 '역사의 진보'에 대한 시인의 믿음이 미래 중심에서 현재로 전환하고 있음을 암시한다. 역사적 현재를 사유의 대상으로 삼는 것은 현재를 미래에 종속된 과정으로서의 시간이 아닌, 그것 자체를 하나의 행위의 순수 대상이자 목표로 삼는 것을 의미한다. 최하림이 「즐거운 딸들」에서 "그들의 춤은 목적이 없고 관객이 없으므로 그들 자신이 춤이고 즐거움"이라고 했던 것처럼 역사로서의 현재는 그것 자체가 '춤'이자 '즐거움'인 자율적 시간이어야 한다는 것이다.

그런데 이렇게 역사적 현재로 '오는' 건강한 아침의 역사는 "고통스런 세상으로 오시는" 아버지의 '쇠스랑'의 노동을 통해서 온다. 암담한 역사의 밤을 통과한 아버지들이 "이슬 젖은 잠방이 바람으로" 새벽을 헤치며 오는 모습은 끊임없는 자기 부정을 통해 굳건한 주체로 선 개인들의 역사적 삶을 보여준다. 황폐한 대지를 갈고 고르는 노동을 통해서 이룩되는 역사, 그 노동으로 다져진 아버지의 "빛난 얼굴"은, 고통을 통해 새로운 전망을 열어가는 역사의 변증법적 운동력을 상징한다. 역사는, 아니 역사적 삶은 성취되는 것이 아니라 패배 속에서 다시 꿈꾸는 것임을, 최하림은 새벽을 여는 농부들의 힘찬 발걸음을 통해 전하고 있는 것이다. '아침의 빛을 뿌리며 오는 새로운 아이들', 즉 새로운 역사의 지평은 이렇게 고통스럽지만 지침 없는 아버지의 노동의 역사(役事)를 통해서, 그리고 역사의 구성원들의 '따뜻한 유대'를 통해서 성취되는 것이다.

과거의 역사 자체를 부정하고 새로운 시작을 선언한 박노해의 경우와 달리, 최하림은 역사를 고통과 반성을 통해 이어가야 하는 대상으로 인식한다. 박노해의 최근 시들에서 시인이 부각되고 집단의 정서가 점차 사라지는 데 반해, 최하림의 시들은 역사와 개인의 고통을 집요하게 함께 응시하면서 그 둘을 삼투적인 관계로 사유한다. 순화된 서정의 세계를 노래하고 있는 듯이 보이는 최근 시집의 경우에도 자연을 소재로한 대부분의 시는 자연을 아름다움의 대상으로 묘사하는 데 그치지 않고, 삶과 역사의 의미를 추출하는 공간으로 삼고 있다. 역사적 상황을 하나의 풍경으로 형상화한 것처럼, 자연세계를 정신화하는 최하림의 시에서 우리는 전환기(轉換期)의 한 시적 모범을 본다. 쉽게 낙관하지 않으면서 줄기차게 길을 모색하는 강인한 사유의 힘은 '건강한 아침의 아이들'을 이 '무성한 시간'으로 오게 하는 방법이다. 고통스런 노동을 통해 '아침의 역사'를 개척하고자 하는 최하림의 시세계를, 우리는 대지에 붙박인 '농부적 상상력'이라 명명할 수 있다.

4. 사랑의 밤을 이어가는 시의 정신

대안사회와 보편적 가치들에 대한 '집단적 망각'이 심화되는 오늘의 현실은 우리를 고통스럽게 한다. 개인의 내면과 생활세계 전역으로 확대되는 윤리적 허무주의와 속도 중심의 경제 제일주의가 인간적 가치에 대한 사유를 변방화하고 있는 현 상황은, 문학으로 하여금 현실에 대해 보다 치열하고도 집요한 싸움을 수행할 것을 요구한다. 현실과의 길항 관계 속에서 인간과 사회에 대한 인식을 심화시키고 이를 통해 보다 나은 삶을 꿈꾸는 문학은 이제, 그 본연의 사유 능력을 회복해야 한다. 언어를 매체로 한 문학의 힘은 사유의 능력에서 나오며, 그 힘은 현실과 삶에 대한 진지한 성찰과 깊은 애정에서 비롯된다. 변화하고 있는 현실의 조건들을 주시하면서 자본주의의 허구적 전략에 맞설 비판정신을 탐색하는 것은 문학예술에 절실히 요청되는 과제이다. 문학의 위기를 논하면서도 현실과 투쟁하지 않는 오늘의 문학인들에게

혁명의 시대와 그것의 좌절을 지켜본 김수영의 고뇌는 많은 것을 시사해준다.

> 왜 이렇게 벅차게 사랑의 숲은 밀려닥치느냐
> 사랑의 음식이 사랑이라는 것을 알 때까지
>
> 난로 위에 끓어오르는 주전자의 물이 아슬
> 아슬하게 넘지 않는 것처럼 사랑의 節度는
> 열렬하다
> 間斷도 사랑
> 이 방에서 저 방으로 할머니가 계신 방에서
> 심부름하는 놈이 있는 방까지 죽음같은
> 암흑 속을 고양이의 반짝거리는 푸른 눈망울처럼
> 사랑이 이어져가는 밤을 안다 〔……〕 아들아 너에게 狂信을 가르치기 위한 것이 아니다
> 사랑을 알 때까지 자라라

—「사랑의 변주곡」에서

시 전체에 '사랑'이라는 어휘가 무려 17회나 나오는 이 '사랑의 찬가'에는 좌절된 혁명 이후의 시간을 '사랑'으로 변주하는 김수영의 '사랑의 상상력'이 담겨 있다. 사랑이 좌절된 '죽음 같은 암흑의 시간'을 '간단(間斷)의 공간'이라고 명명하면서 절망을 희망으로 역전시키는 시인은, 암흑의 시간을 사랑의 매개 공간으로 만드는 것은 "끓어오르는 주전자의 물이 아슬/아슬하게 넘지 않는 것"과 같은 열렬하면서도 절도 있는 사랑이며, '고양이의 푸른 눈망울'과 같은 생생한 응시임을 강조한다. 즉 사랑이란 사랑에 대한 열정과 그것을 이어가려는 현실적인 지혜에서 나온다. 따라서 '사랑의 음식은 사랑'이며, 사랑은 한순간에

성취되는 것이 아닌 우리 속에서 부단히 자라가는 것이다. 사랑은 '광신(狂信)'이 아니며, 사랑을 알 때까지 자라난 개인들의 연대—즉 '사랑의 숲'을 통해 밀려오고 이어가는 것임을 시인은 말한다. 혁명에 대한 사랑을, 사랑의 열정을 지닌 지혜로운 견인주의에서 찾고 있는 김수영에게서 우리는 오늘의 시적 정신이 지향할 하나의 길을 본다.

1960년대 현실을 "고양이의 반짝거리는 푸른 눈망울처럼/사랑이 이어져가는 밤"으로 명명하고 사랑의 변주곡을 부르던 김수영의 생생한 희망과, "굴뚝새들은 문밖에서, 밤새도록 죽지를 눈에 박고 졸며 혼몽 속을 헤맨다, 굴뚝새의 잠은 멀고 멀다"라는 표현으로 오늘의 현실을 형상화한 최하림의 고통의 견인주의 사이의 거리는, 바로 우리 시대 문학의 고뇌이자, 우리가 건너야 할 크레바스(crevasse)이다. 역사의 미래가 보이지 않고 대열 자체도 파악되지 않는 지금이야말로 진지한 통찰이 절실히 요청되는 기회의 시간이다. 공동체의 보편적 가치들이 사라져가는 시대적 현실 속에서 문학은 냉소주의와 자기 아집에 대항하는 투쟁으로서의 진지한 탐침이어야 한다. 역사가 아무 데나 가는 것을 거부하고 '행복한 결말'의 이중적 함정을 배척하는 자세에서 수행될 이 싸움은, 현실에 대한 집요한 응시와 사유를 통해 그 길을 개척해갈 것이다. 사랑의 열정을 내재한 집요함이야말로 이 황폐한 시대와 싸움 걸기를 힘차게 해낼, 시의 본연의 마음인 것이다.

| **더 생각해봅시다** |

1. '시와 역사'의 관계를 다룬 글들을 찾아 읽어보고 자신의 입장을 정리해보자.
2. 이 글에서 말하는 역사의 전위(박노해)와 후위(최하림)에 선 시의 특징을 각각 설명해보자.
3. '풍경'이 그려진 시들을 찾아보고, '풍경'의 시적 기능을 생각해보자.
4. 박노해의 시들을 더 찾아 읽어보고, 그 시적 구조와 특징을 설명해보자.

지속과 변화에 대한 성찰

김수이

김춘수 **葉篇 二題** | 고재종 방죽가에서 느릿느릿 | **천양희** 썩은 풀 | 이윤학 얼굴 |
문병란 곰내 팽나무

1

21세기의 첫해는 20세기의 마지막 해와 크게 다르지 않았다. 문
학의 경우, 갖가지 예측과 판단들은 역설적이게도 '삶은 오래
지속되는 것'이라는 명제를 새삼 확인하게 해주었을 뿐이다. 언제나 문
학은 지속되는 삶의 한가운데 존재한다. 미래를 내다보는 날쌘 사람들
은 디지털 시대의 문학을 이야기하고, 문학과 컴퓨터 혹은 문학과 다른
예술·문화의 결합을 예견한다. 그러나 아직 많은 사람들은 자연의 풍
경과 시골의 정취와 한줄기 바람에 사로잡힌 마음을 노래하고 있다. 느
리고 미묘한 것에 먼저 마음을 주어버린 사람들은 빠르고 정확한 것에
쉽게 적응하지 못한다. 변화와 발전이 한 시대와 사회를, 무엇보다도
인간을 통째로 바꿀 수는 없는 까닭이다. 새로운 패러다임이 바꾸는 것
은 주로 사회의 중심이나 선두에 위치한 부분이다. 주변부는 적은 힘으
로나마 버티면서 과거와 현재를 지속시켜 나간다. 시대와 사회는 중심
부의 변화와 주변부의 지속이 공존하는 가운데 전개되는 것이다. 만약

김춘수
1922년 경남 충무 출생.
1946년 해방1주년기념 사화집 『날개』에 시 발표하며 등단.
시집 『구름과 장미』, 『늪』, 『旗』, 『처용단장』, 『타령조, 기타』,
『라틴 점묘, 기타』 등.

변화의 속도가 매우 빠르다면 변화하는 부분과 지속되는 부분의 격차
는 점점 커지게 된다. 오늘의 문학에 있어 글쓰기의 방식을 상기해보
자. 문학적 감각이 디지털 코드로 전환되어 컴퓨터 자판을 두드리지 않
으면 글을 못 쓰는 사람이 있는가 하면(얼마 후에는 '글쓰기'가 '글치기'로
바뀌어야 할지도 모른다), 여전히 미색 원고지에 손에 익은 만년필로 정
성스럽게 한 글자 한 글자를 새기는 사람도 있다.

 사회의 변화는 지나가며 사라지는 것이 아니라, 그 사회와 삶의 방식
속에 차곡차곡 누적된다(물론 그중에는 변형되거나 완전히 사라지는 것들
도 있다. 그러나 이 경우에는 역사·문화적/상업적 차원의 '보존 시스템'이 작
동된다. 박물관, 인간문화재, 천연기념물, 토속음식점 등). 특히 지난 1세기
동안 한국사회가 경험한 근대는 '변화의 누적'으로 집약될 수 있다. 그
대표적인 예는 서울 강북의 거리 풍경이다. 종로의 큰길에는 휘황찬란
한 첨단의 빌딩이 서 있지만, 골목 하나를 접어들면 80년대, 70년대,
50년대의 풍광이 차례로 나타난다. 산업화가 한창 진행되던 때에 무질
서하게 들어선 가게도 성업 중이고, 일제시대의 적산가옥도 남아 있다.

조선시대부터의 전통을 자랑하는 피맛골과 저만치 점잔을 빼고 있는 옛 궁궐도 목하(目下) 건재하다. 적잖이 에둘러왔지만, 다시 한국문학에 초점을 맞추자. 한국문학, 그중에서도 시는 근대 한국사회의 '변화의 누적'을 선명히 보여주는 장르이다. 지금도 근대 초기의 김소월, 서정주, 이상, 김수영 등의 시는 현재진행형으로 지속되고 있다. 이들은 젊은 시인들의 시쓰기의 실질적 모델이며, 오늘날 씌어지는 대부분의 시들은 이들이 마련한 문학적 범주에서 크게 벗어나지 않는다. 하지만 소설은 상황이 많이 다르다. 이광수, 염상섭, 채만식, 손창섭 등의 전시대 소설가들의 문학적 위상은 평가받고 있지만, 더 이상 소설쓰기의 모델이 되지는 않는다. 젊은 작가들의 소설은 심지어 불과 20여 년 전의 1980년대와도 많은 부분에서 결별했다. 하지만 21세기가 된 지금도 시는, 전통 서정에서 첨단의 실험에 이르기까지 역대의 변화를 전시하기라도 하듯 한꺼번에 펼쳐 보인다. 이렇다 할 중심이 없이 전개되어온 최근 몇 년간의 문학 상황은 이러한 양상을 더욱 두드러지게 했다.

한 가지 안타까운 점은 최근의 시에서 전위와 실험의 정신을 발견하기 어렵다는 사실이다. 1980년대와 1990년대 전반에 해체시, 도시시, 신서정 등의 물결이 지나간 후 여성시가 새로운 출구의 역할을 했지만, 여성시는 여성(성)을 주체와 대상으로 한 시일 뿐 독립된 장르도 유파도 아니라는 점에서 하나의 단위로 보기 어렵다. 1990년대 중반 이후 시는 새로움보다는 안정 지향의 자세를 취해왔다. 최근의 시에서 이러한 경향은 조용한 성찰과 '작은 자연'의 서정으로 나타난다. '작은 자연'이란 말은, 일상세계에 섞여 있는 자연이나 여행지에서 만난 자연, 혹은 추억 속의 자연을 지칭하기 위한 편의상의 수식어이다. 이 글에 나오는 시들은 대체로 '작은 자연'의 경계에서 그리 멀리 있지 않다.

2

무 의미와 부재를 언어로 쓰는 것은 어디까지 가능할까? 김춘수의
시는 마치 단순과 투명의 한계를 실험하는 것처럼 보인다. 「처용
단장」 이후의 김춘수는 구석구석을 깨끗이 치우고 정히 필요한 것들만
을 남겨놓은 생(生)의 집에서 산다. "세계의 끝"에 위치한 거의 텅 빈
집에 놓인 몇 개의 소품들, 이것이 바로 김춘수의 시라 할 수 있을 것이
다. 그의 시는 실제로 단아한 소품처럼 소박하며 깔끔하다. 죽은 족제
비의 "죽어서도 눈이 가 있는/거기가 어딜까"를 생각하는 시 「눈의 기
억」, "너무 어려서" "걷다 걷다/발가락의 티눈 보고/울어버린" 유년을
떠올리는 「티눈과 난로와」는 모두 김춘수 시 본연의 간결한 소품에 해
당한다. 이 소품들은 김춘수의 다른 시들처럼 잔잔한 무조음(無調音)의
음률을 들려준다. 「葉篇 二題」는 보다 깊은 상징성을 드러내는데, 최소
한의 언어로 최대한의 것을 말하고자 하는 김춘수의 시적 지향이 잘 나
타나 있다. 김춘수의 시가 소품이라는 말은 이런 맥락에서이다. 덜어내
고 덜어낸, 절제된 소품.

이 시에서 '늪'은 이무기의 승천(꿈)과 놋쇠 항아리의 침몰(일상) 사
이에서 자잘한 풀꽃을 피운다. 그리고 존재하지도 않는 '산'은 "없는 것
의 무게"로 시인을 누른다. 풍경이 상상을 유발하는 것이 아니라, 상상
이 풍경을 만들어내고 있는 중이다. 김춘수의 내면은 오래 전부터 목전
의 세계를 압도한 상태에 있어왔다. 어쩌면 김춘수는 자신의 내면의 과
잉을 다스리기 위해 더욱 간결한 시를 추구하는 것인지도 모른다. 김춘
수의 무의미시의 실체가 '무대상시'라는 점을 환기하면 이러한 심증은
더욱 깊어진다. 단적으로 말해, 김춘수의 진정한 시적 관심은 단 하나,
자신의 '자아'에 있다고 할 수 있다. 세계를 지운 자리, 혹은 세계의 부
재를 증명한 자리에서 그가 투명하게 드러내고 싶은 것은 바로 이것,

葉篇 二題 / 김춘수

늪

眉壽 지난 이무기는 죽어서
용이 되어 하늘로 가고
놋쇠 항아리 하나
물먹고 가라앉았다. 지금
개밥 순채 물달개비 따위
서로 삿대질도 하고 정도 나누는
그 위 아래.

산

그가 그려준 산은
짙은 옻빛이다.
그런 산은 이 세상 어디에도 없는데
볼 때마다 지긋이 내 어깨를 누른다.
없는 것의 무게다.

순수한 형태의 자아이다. 그러나 "없는 것의 무게"를 느낄 때만 완전해지는 자아란 부서지기 쉬운 또 하나의 '위험한 짐승'일 수도 있다. 김춘수 시가 지향하는 투명함이 어디까지 나아가게 될지 새삼스레 궁금해진다.

고재종의 「방죽가에서 느릿느릿」은 청정하면서도 차진 서정의 품새와 읊조림의 묘미가 뛰어난 시이다. 이 시에는 전통 서정의 새로운 틈새가 살짝 엿보이고 있다. "하늘의 청정한 것"과 "꿩꿩 장닭꿩"의 신비와 토속이 어우러진 풍경은 낯설면서도 친근하다. 시어 구사에 있어서도, 미래의 의지를 나타내는 어미 '~겠다'가 빚어내는 옹골차면서도 산뜻한 맛 또한 각별하다. 이 시를 읽다 보면 "요요하겠다" "아득하겠다"라는 구절에서 숨을 잠시 멈추고 그 똑 떨어지는 차진 맛을 음미하게 된다.

하늘의 청정한 것이 수면에 비친다. 네가 거기 흰구름으로 환하다. 산제비가 찰랑, 수면을 깨뜨린다. 너는 내 쓸쓸한 지경으로 돌아온다. 나는 이제 그렇게 너를 꿈꾸겠다. 草露를 잊은 산봉우리로 서겠다. 미루나무가 길게 수면에 눕는다. 그건 내 기다림의 길이. 그 길이가 네게 닿을지 모르겠다. 꿩꿩 장닭꿩이 수면을 뒤흔든다. 너는 내 외로운 지경으로 다시 구불거린다. 나는 이제 너를 그렇게 기다리겠다. 길은 외줄기, 飛潛 밖으로 멀어지듯 요요하겠다. 나는 한가로이 거닌다. 방죽가를 거닌다. (……) 나는 이제 그렇게 아득하겠다. 그 향기 아득한 것으로 먼 곳을 보면, 삶에 대하여 무얼 더 바래 부산해질까. 물결 잔잔해져 氷心이 깊어진다. 나는 네게로 자꾸 깊어진다.

—「방죽가에서 느릿느릿」에서

자연의 생명력 앞에 무한히 숙연해지기만 하던 고재종의 시에서 이런 탄력을 발견하게 되는 것은 기쁜 일이다. 이 시에 묻어 있는 전통적

썩은 풀 / 천양희

썩은 흙에서 풀이 돋고
썩은 풀이 반딧불을 키운다
썩은 것이 저렇게 살다니
썩은 풀의 소신공양!
썩고 썩은 풀이여, 마음은
너무 빨리 거름이 되는구나
나는 아직
속 썩은 인간으로 냄새를 풍긴다
풀밭은 또 저만치서
썩은 풀을 피운다

나에게 썩은 것이 있다면
썩지 않아도
살 수 있다는 것이다

천양희

1942년 부산 출생.
1965년 『현대문학』을 통해 등단.
시집 『신이 우리에게 묻는다면』 『하루치의 희망』
『마음의 수수밭』 『오래된 골목』 등.

인 해학성, 쓸쓸함과 표연함을 함께 거느린 느림의 미학은 고재종 시의
새로운 출발점이 될 수 있을 것으로 여겨진다.

　마종하의 「문외한」은 마음의 깨달음을 그린 시이다. 이 시에는 두 인
물이 등장한다. "꿀벌 치고 찌개 끓이고/아이 기르는" 소경 김씨와, 시
장에서 수세미와 칼을 파는 귀머거리 양씨이다. 마종하는 이들에게서
"틀림없고 어김없는 관음의 세계"와 "참으로 깊고 그윽"한 "빛을 듣는
눈"을 본다. 소리를 보는 관음(觀音)과 빛을 듣는 청광(聽光)은 불립문
자(不立文字)의 경지에 속한 덕목이다. 소경 김씨와 귀머거리 양씨는
문자의 세계를 넘어선 '문외한', 불립문자를 몸으로 실현하는 사람들인
것이다. 마종하는 이들처럼 "눈감은 관음, 귀 열린 청광의 집"에 이르기
를 소망한다. 그 역시 '문외한'이 되고 싶은 것이다. 이처럼 마종하는
관음과 청광의 경지를 높은 곳에서 찾지 않고 일상의 결핍 속에서 발견
한다. 이 발견은 끊임없이 육화(肉化)되어야 할 과제로 그의 앞에 남아
있다. 이 시에 형상화된 발견이 순간의 발견으로 그치지 않기 위해서는
더욱 몸을 낮춘 일상과 세속의 시선이 요구된다.

　천양희의 「썩은 풀」 역시 성찰의 서정을 담고 있는 시이다. 성찰의 대
상인 '썩은 풀'은 '썩은 흙'에서 자라 "반딧불을 키운다". 자식을 위해

자신의 모든 것을 희생하는 모성이 연상되는 장면이다. 천양희에게 '썩은 풀'의 모습은 '소신공양!'이라는 숭고한 의미로 각인된다. 앞서 마종하가 눈과 귀가 먼 사람들에게서 불립문자의 경지를 보았다면, 천양희는 너무나 보잘것없는 썩은 풀에서 불성(佛性)을 찾아낸다. 문제는 인간인 '나'인데, 이 시에서 "속 썩은 인간으로 냄새를 풍기"는 '나'는 썩은 풀에 훨씬 못 미치는 무가치한 존재로 그려진다.

냄새만 펄펄 풍기는 인간인 '나'와는 달리, "썩고 썩은 풀"의 "마음은/너무 빨리 거름이 된"다. 다른 존재와 생명을 위해서이다. 이 부분에서 불성이 모성과 하나임을 읽어낸다면 지나친 해석이 될까. 반짝이는 반딧불이 '썩은 풀'의 집에서 자란다는 천양희의 전언은 생명과 아름다움이 어디에서 오는가를 돌이켜보게 한다. 하지만 2연에서 과도하게 의미를 비튼 진술은 1연의 평이한 진술의 미덕을 반감시킨 듯한 아쉬움을 남긴다.

이윤학은 독특하게 '뱀딸기'를 향해 성찰의 시선을 발휘한다. 곱고 섬세한 감성의 이면에 짙은 허무와 자폐의 그늘을 지니고 있는 이윤학은 '혹독한 자기 부정'과 '자기로부터의 탈출'을 시의 화두로 삼아왔다. 바닥 없는 자학과 파괴의 위험성마저 보이던 이윤학의 시는 최근 1, 2년간 더 차갑고 건조해진 감마저 든다. 이 점에서 「얼굴」은 긍정적이고 따뜻한 느낌을 주는 반가운 작품이다. 자신을 통째로 부정하던 이윤학은 이 시에서는 "더럽고 부끄러운 안엣것들"만을 버리고 거듭나고 싶은 열망을 드러낸다. 전부가 아닌 버릴 것만을 버린 후 "텅 빈" "둥근 속"을 갖는 것, 동그랗게 오므린 뱀딸기의 빈 속을 들여다보며 이윤학은 존재의 방식에 대해 생각하는 것이다.

뱀딸기를 딴 적이 있었다.
뱀딸기의 둥근 속은

천장으로 달라붙어
텅 비어 있었다.

(……)

더러워
부끄러워
안엣것들을 내다버린

뱀딸기 열매에서는
붉게 익어터진 부분에서도
하얀 즙이 나왔다.

까슬까슬
뱀딸기 열매에서는
무수한 舍利가 나왔다.

—「얼굴」에서

'뱀딸기 열매'의 알맹이는 꽉 찬 속이 아닌, 속이 텅 빈 외피이다. 이 뱀딸기의 외피＝알맹이는 붉게 익어 '하얀 즙'마저 흘린다. 이윤학은 '하얀 즙'을 가리켜 '무수한 사리(舍利)'라고 표현한다. 깨끗하게 속을 비운 텅 빈 존재는 이미 성스러움을 자아내기 때문이다.

장석남의 「살구를 따고」는 미적 순간의 정점을 묘사한 작품이다. 그는 살구나무에 올라 살구를 따며 "이 세상에 나와서 내가 가졌던 가장 아름다운" "나무 위의 저녁을 맞"는다고 노래한다. 그 살구씨 속의 "노랫소리, 행렬, 별자리를 밟"고 땅 위에 내려왔을 때 "나는 이 세상을 다시 시작하고 있는 것은 아닌가?"라고 말하는 그는 질문이 아닌 감동을 풀어놓고 있다. 서정주의 심미주의적 어법을 닮아 있는 이 시는, 살구를 따는 대단할 것 없는 행위를 통해 아름다움의 극한까지 비상한 후 다시 지상에 내려앉는, 천상 시인일 수밖에 없는 자의 내면 스케치라 할 수 있다.

이윤학과 장석남의 시가 최근 시단의 한 흐름인 식물적인 상상력에 기대고 있다면, 젊은 신인 이영광의 시는 사물적인 심상을 주로 활용한다. 이영광이 주목하는 사물은 순수한 자연의 사물이다. 그의 시 「氷瀑」은 얼어붙은 폭포를 통해 정신의 휘발성이 육체의 물질성과 일체화된 장면을 그려낸다. 정신의 휘발성을 뜻하는 '끓음'과 육체의 물질성을 뜻하는 '얼음'은 "끓으면서 얼어드는 폭포"에서 온전히 하나가 된다. "분명하다, 어떤 極寒은 火焰이고/어떤 물질은 정신인 것이"라고 단언하는 이영광은 물질과 정신의 화합을 극과 극의 통합으로 이해하고 있다. 데뷔 때부터 '폭포'를 정신적 의미로 형상화해온 이영광은 부드러운 성찰보다는 견고한 성찰의 방식을 택한다. 정신화된 육체와 육체화된 정신을 성취하기 위해 그가 선택한 것은 견인주의이다. 이 점에서 이영광은 조정권의 영향권 아래 있는데, 사물과 현상을 정신의 외화(外化)된 형태로 판독하는 작업은 격조와 기품을 얻는 대신 자칫 장엄한 경구나 논리로 화할 수 있음을 경계해야 할 것이다.

성찰이 항상 풍요로움이나 내적 의지와 결합하는 것은 아니다. 신경림은 「떠도는 자의 노래」에서 일생을 휘감는 상실감을 이야기한다. 살아온 날들 내내 항상 "무엇인가를 놓고 온 것 같"고 "누군가를 버리고 온 것 같다"고 말하는 노시인의 모습은 그저 쓸쓸할 뿐이다. 그러나 신경림은, 장석주의 표현을 빌리면 "간장을 달이"듯 "생을 달이고 있는" 중에 있는 것일 터이다. 간장 달이는 냄새에서 생의 냄새를 맡는 미세한 감각을 지닌 장석주 시의 원문은 이렇다. "간장 달이는 냄새가 진동

문병란
1935년 전남 화순 출생.
1962년 『현대문학』을 통해 등단.
시집 『죽순밭에서』 『땅의 연가』 등.

하는 저녁이다/아직도 간장을 달여 먹다니!/그렇게 제 생을 달이고 있
는 자도/한둘쯤은 있을 터".

　남도의 정서가 그야말로 뼛골까지 스며 있는 문병란에게 전라도는
고갈되지 않는 시의 광맥이다. "썩고 썩어도 썩지 않는 것/썩고 썩어서
맛이 생기는 것/그것이 전라도 젓갈의 맛이다/전라도 갯땅의 깊은 맛
이다"로 시작되는 「전라도 젓갈」은 마치 모진 세월을 견딘 전라도에 바
치는 헌사처럼 느껴진다. 「곰내 팽나무」는 임진왜란의 역사적 유물인
'곰내 팽나무'를 두고, 조선의 역사 자체인 이 나무와 벌이는 황홀한 에
로스, 접신의 순간을 노래한다. 수많은 "남편과 자식"을 잡아먹은 거대
한 여성인 팽나무(역사)와, 이 역사와 혼연일체가 되고 싶은 웅대한 남
성인 시인은 격렬한 교접의 행위를 통해 "눈부신 역사의 오르가즘"에
도달한다.

　　천하 장정들 다 오라
　　그 넉넉한 무당각시의 품을 열고
　　아랫도리 성한 왜놈들 한 부대쯤 모조리 삼키고
　　이 세상 남편과 자식 줄줄이 거느리고

그 수천 수만 개의 남근이 주렁주렁 매달리듯
저 용트림하는 장려한 나무의 풍만한 끼를 보라

내 나이 67세,
아직은 젊고만 싶은 수컷으로
열오른 이마 가까이 다가가 접신하니
신의 계시일까, 내 몸뚱이 속에
일진광풍이 회오리치고
내 어깻죽지 위에 이파리가 돋아나고
꿈틀거리는 아랫도리 속에 가지가 죽죽 뻗어
남해바다 용궁의 훈향내 한줄기 풍겨나면서
6월 한낮의 눈부신 무지개가 피어올랐다
오 싱그러워라, 춤추는 곰내 무당각시나무
눈부신 역사의 오르가즘이여

　역사를 이야기하는 것이 지나간 유행쯤으로 취급받는 시대에 문병란
의 시는 한 그루 거대한 팽나무로 우리 시단을 지키고 있다. 「곰내 팽나
무」는 과거와 현재, 역사와 무속, 여성과 남성, 나무(자연)와 인간의 결
합을 시도하는 가운데 장대한 시적 기상을 유감 없이 발휘한다. 문병란
의 시가 이 아름다운 장엄함과 거대함을 계속 이어나가기를 기대한다.
박영근의 「월미산에서」도 6·25의 포화가 남아 있는 월미산에서 비극
적인 역사를 다시금 되새긴다. 역사란 기억 속에 현존할 수 있는 것임
을 반성하게 해주는 작품이다. 빚에 시달리는 농부들의 삶을 다룬 최하
림의 「겨울 월광」은 도탄에 빠진 오늘의 경제 상황을 묘파한다. 최하림
특유의 담담한 어조가 현실의 비극성을 더 깊이 와 닿게 한다.
　극히 사소한 일상 속에서 삶의 비의를 읽어내는 윤병무의 「음악 감

상」도 주목해볼 만하며, 단풍이 물드는 산의 풍경을 그린 최창균의 「단풍」의 묘사력도 음미해볼 만하다. 통사적 어법을 파괴하여 의미의 혼란을 야기한 김준규의 「지나가는 해」는 상황과 이미지의 현란한 나열에 그친 느낌이 있지만, 시도는 참신하다고 생각된다. 이승하의 「생명의 질서―인간 유전자 지도(게놈) 프로젝트가 완성되던 날」은 매우 드물게 과학의 대혁신이 가져올 미래의 변화를 문제삼고 있다. 이승하의 진단은 희망보다는 절망에 가까우며, 그는 자신이 살아갈 미래에 대해 두려움을 감추지 못한다. 짐작하건대, 우리 문학은 당분간 변화하는 현실의 속도를 따라가기 위해 분분해야 할지도 모른다. 과학의 속도가 감각과 정신의 속도를 능가해버린 지금, 아니 인간의 감각과 정신에 속도라는 새로운 틀을 부여한 과학의 놀라운 성과(?)를 주시할 때 이승하의 두려움은 단지 그만의 문제로 남지 않는다. 현실에 대해 문학의 두 가지 역할, '반영'과 '대응'은 디지털의 시대에도 계속 유효할 것이며, 또 그러해야만 한다. 시대를 선점하려는 젊은 시인들의 패기에 찬 시도는 지금보다 훨씬 활발히 행해져야 한다. 미래의 시간은 더욱 빠르게 흐를 것이며, 이미 시간이 많지 않기 때문이다.

| 더 생각해봅시다 |

1. 이 글에서 김춘수의 시를 두고 "풍경이 상상을 유발하는 것이 아니라, 상상이 풍경을 만들어"낸다고 한 말이 어떤 의미일까.
2. 천양희의 「썩은 풀」에서 "마음은 너무 빨리 거름이 되는구나"라는 표현이 의미하는 바를 설명하라.
3. 장석남·이윤학 등 여러 시인들의 시에 발현되는 '식물적인 상상력'을 구체적으로 시를 예로 들어 설명하라.

탐색하는 정신과 새로운 서정적 인식
—정신주의 시와 젊은 세대 시의 정신주의적 가능성

박덕규

황지우 눈보라·내장산 | **황동규** 시인은 어렵게 살아야 1·미시령 큰바람 | **김지하** 아이들 | **박용하** 대관령의 자작나무는 괜찮은 듯이 서 있다·춘천 悲歌 2 | **이선영** 짤랑짤랑 흔들린다, 내 인생 | **장석남** 진흙별에서·風笛 1

후 기 산업사회의 표피문화적 현실에 직면한 이 시대에 크게 회복되어야 할 보다 궁극적이고 보편적이며 초현상적인 가치를 지향하고 있는 시적 태도를 일컬어 최근 일각에서는 '정신주의'라 부르고 그에 대한 논의를 문학사적 쟁점으로 삼아가고 있는 듯하다. 그 용어 쓰임이야 어떻든 그러한 시적 태도를 중시하고 그 실례를 문학 현장에서 도출해내는 정신주의 시 논의가 활발해진 것은 이전까지 포스트모더니즘이라는 이름을 뒤로 달고 반인간적 문명 양상을 주목하는 세태주의적 시류가 득세하는 듯이 보였던 문학 현장을 감안해서 보면 매우 고무적인 현상으로 여겨진다. 물질적 가치 지향의 삶이 어쩔 수 없는 시대적 표상이 되고 있는 때이니만치 그 삶을 반성케 하고 보다 정신적 가치 지향의 삶을 끝내 신뢰하도록 인간성을 유화시키는 것이 문학의 변치 않는 큰 기능임을 쉽게 감지하게 해주는 정신성의 시들은 기꺼울 수밖에 없다. 그러나 우려하고 있는 바와 같이 엄연한 물질적 삶을 눈앞에 두고 무턱대고 삶의 본질이 물질문명 이전의, 현실과 유리된 자연 환경 속에 있음을 노래하는 '초시대적 정신주의'는 경계되어야만 한다.

박용하
강원도 사천 출생.
1989년 『문예중앙』 신인상 시 당선.
시집 『나무들은 폭포처럼 타오른다』 『바다로 가는 서른세번째 길』 등.

기실 오늘날 당당하게 거론되는 정신주의에는 그런 유의 재래적 서정주의나 신비주의가 짙게 채색되어 있는 듯하다. 그리하여 말은 정신주의이되 실제로는 종래의 전통 서정시의 양식에서 거의 벗어나지 않은 자연친화적인 서정이나 현실의 합리적 추론 과정을 무시하고 그 결과적 인식만을 감싸안는 짐짓 달관적인 어투 등이 옹호되고 따라서 진정 우리 몸 가까이 있는 도시적 일상이나 자본주의적 욕망 등에 대한 진지한 고뇌 따위는 아예 저속한 내용으로 치부되기까지 한다. 더구나 이런 유의 정신주의 시 논의가 거의 젊은 세대들에게는 행해지고 있지 않다는 점도 중요한 문젯거리일 것 같다. 시대를 뛰어넘는 본질적 가치야말로 언제나 시대의 중심을 관류하는 것임을 인식하는 때라야 진정한 정신주의 시를 문학사의 중심으로 끌어올 수 있는 것이라면 현실적 삶을 외면해서도 안 될뿐더러 현실적 삶에 가장 민감하게 대응하고 있는 젊은 세대들의 움직임과도 깊게 교감해야만 할 것이다. 그러한 이유에서 이 글은 최근 정신주의 시 논의의 주된 대상 시들을 주목하면서 무엇보다 그것이 서정시나 초월주의 등의 이름과 변별스럽게 '정신주의'로 내세워져야 하는 보다 선명한 이유를 되새기면서 사회구조의 심각한 변동기의 주 세력이 되는 새로운 세대 시들의 정신주의적 가능성에 대해서 살피게 된다.

주지하다시피 근자에 정신주의 시 논의에서 자주 거론되는 주목되는 시인은 황동규, 정현종, 김지하, 조정권, 황지우, 최승호, 이성복 등이다. 이들은 사실 어떤가 하면 대부분 정신주의가 표면적인 관심으로 떠오르지 않을 시기에 그 시기를 대표하는 다른 논의의 표적이 되어 이미 웬만큼의 명망을 쌓아올린 시인들이라 볼 수 있다. 이를테면 김지하는 민중주의적 관점에서, 황동규와 정현종은 시대적 양심과 자유정신과의 관련하에서, 이성복과 황지우는 정치문화적 억압과 그 방법론적 해방 사이에서, 최승호는 후기 산업사회의 병폐에 대한 시적 양식화라는 측면에서(이렇게 보면 1970년대부터 선적 세계와 깊이 관련맺어온 조정권은 예외가 되겠지만) 각각 시사의 중심에서 벗어나지 않던 시인들이었다. 이들이 왜 이즈음 와서 정신주의 시를 논하는 자리의 선두주자로 부각되고 있는가. 물론 그들 시의 성취도가 밑받침되는 까닭일 것이다. 더 중요한 것은 그들 시가 주도적으로 삶에 대한 어떤 뚜렷한 정신적 각성 또는 지향을 내재하고 있다는 점이다. 가령,

이제는 괴로워하는 것도 저속하여
내 몸통을 뚫고 가는 바람 소리가 짐승 같구나

—황지우, 「눈보라」에서

에서의, 반성하는 삶에조차 안주하는 속된 제 삶에 대한 명백한 인식에 서부터

가장 높은 정신은 가장 추운 곳을 향하는 법.

—조정권, 「산정묘지 1」에서

에서의, 명백한 지향의식까지가, 또는

어려운 삶!
일찍이 호머는 눈이 멀어
지중해를 온통 붉은 포도주로 채웠고
굴원은 노이로제에 시달리며
양자강 상류를 온통 흑백으로 칠했다.
저 어려운 색깔들!

—황동규, 「시인은 어렵게 살아야 1」에서

라고 말할 때의, 그 어려운 삶을 스스로 행하고 있지 못하고 있다는 자각과 더불어 하는, 보다 더 어려운 최상의 시인의 삶을 살아야 한다는 지향의식이 분명하게 내재되어 있다.

이 각성과 지향 사이에는 거의 필연적으로 세 가지 공통적인 기질이 개입되게 된다. 하나는 선적이거나, 노장적이거나, 기독교적이거나, 지사적이거나 하는 정신사적 성향이고, 그와 더불어 다른 하나는 자연친화적인 정황이며, 셋째로 궁극적으로 인간성에 대한 깊은 신뢰를 담고 있다는 점이다. 즉 이들 정신주의 시들은 다소간의 예외도 있기는 하지만 대개

우주 전략 핵이라고
큰 놈이 말하자
우주 전술 무기라고

작은 놈이 받는다
동백은 얼어 시커먼데
반가운 매화는 어느 골에 피었는고

—김지하, 「아이들」에서

에서처럼, 속세에서부터 자연 쪽을 향하여 열리면서

내가 바람 속에 들어가
바람 속의 다음 세상을 엿들을 때
얼마나 더 커야
큰 산은 속에다 감추는가

—황지우, 「내장산」에서

에서처럼, 천의무봉한 자연의 세계로부터 얻어낸 존재의 구경적 원리를 속세의 삶을 반성하며 흔들리는 가치관을 가다듬는 내적 계기로 삼고 있다. 그런데 여기서 주목하고 넘어가야 할 것은 이들의 시가 자연 친화적인 것에서 진리를 감지하는 형식이더라도 우리의 서정시 양식에서 자주 보아온 것과 같은 섬약한 감성이 주도하는 정태적이고 자연 묘사적인 시적 정황을 별로 옹호하고 있지 않다는 점이다. 오히려 이들의 시에는 현실의 물질적 움직임마저 재현하는 가벼움이 있다. 이들 시가 자연을 선택하는 것은 정서적 귀결이 아니라 적절히 의도되고 통어된 정신성의 귀결이다. 현실세계에 대한 명료한 이성과 지적 통찰이 어우러지는 자연친화가 이들 시를 정신주의 시의 성공적인 사례로 끌어올리고 있는 것이다. 사실을 말하면, 이들이 물질 세태보다 정신을 앞세우는 보다 명백한 사상적 기틀을 마련하고 그것을 근거로 하고 있는 인문학주의자가 아니었던들(이들 시를 넘나들고 있는 무수한 불교적·노장적 또는 기독교적 성찰과 사고는 최근 몇몇 비평가에 의해서 매우 깊이 있는 것으로 확인되고 있다. 특히 최동호의 '정현종론', 김주연의 '조정권론' 등은 그것을 말하는 선도적인 글이다) 아마도 정신주의 시에 대한 실증적인 논의는 한낱 희망 사항이 되고 말았을 것이다. 다시 말해 이들 주목받는 정신주의 시들의 정신적 각성 또는 지향에는 다른 무엇보다 자연과 현실과의 관련을 인식하고 통어하는 한결 결 높은, 그러니까 세계에 맞서는 자아에 대한 무엇보다 명징한 인식 태도가 내재된, 인문학적 인식이 개입되고 있었다는 것, 그것 때문에 이들 시가 최근 또 자주 쓰이는 용어인 '신서정' 등으로 분류되기보다 '정신주의'로 불리면서 문학 현장의 핵심 텍스트로 떠오르게 된 것이다(그렇다면 우리 시대의 서정시, 그중에서도 자연친화적인 서정시에는 어떤 평가를 가해야 할까 하는 과제가 따로 남게 된다. 이 점에 대해서는 이성선, 이준관, 박태일, 문인수 등을 중심으로 해서 정신주의와 유사하면서도 다소 다른 차원의 서정시 부류가 조명되었으면 한다는 것이 필자의 견해이다).

  앞서 말한 대로 정신주의 시 논의는 두 가지 문젯거리를 담보로 하고 있다. 하나는 현실을 몰각하고 자연 현상에 탐닉하는 초시대적 서정시가 정신주의 시의 범주 안으로 편입되기 쉽다는 점, 다른 하나는 앞으로 시대의 주역이 될 젊은 세대들의 세대적 감수성과의 연대감이 거의 피력되고 있지 않다는 점. 특히나 물질문명 그 자체가 하나의 자연이던 급진적인 산업화 시대의 아들딸에게 과연 자연 속에서의 깨달음이라는 정신주의의 특질이 어떤 식으로 전승될 수 있을까 하는 문제는 앞으로 교환가치가 두드러질 사회구조로 보면 아주 심각한 숙제로 떠오를 공산이 크다. 더욱이 그것은 시가 과연 인간의 정신성을 고양시킬 그 무엇일 수 있는가라는 장르의 존폐 문제와도 결부되는 본질적인 것일 수도 있다.

산업화 시대와 더불어 성장기를 바쳐온 세대들의 시에서 정신주의적 면모를 엿본다는 것이 전근대적인 발상이라고 여기는 사람이 있을지는 모르겠다. 그러나 시대를 뛰어넘어 시의 맥 속에 이어 전하는 서정적 분위기, 도시화된 일상이나 세속화된 삶의 모습을 담으면서도 여전한 자연친화적인 빛깔들 등이 여전히 자주 간파되는 것처럼, 이들 새 세대에게도 자연 속에서의 깨침에 비견되는 여러 요소를 찾기란 그리 힘든

대관령의 자작나무는 괜찮은 듯이 서 있다 / 박용하

시계 불명의 대관령을 오른다, 안개는 구름보다 낮게 흘러서
더 육체적인 황홀감을 가져다 준다
백 미터 이백 미터…… 팔백 미터의, 해발의 나무들은
덜 먹고 자란 아이들처럼 키가 작다, 몸집이 작다
하지만 산의 정상에 서 있는 나무와 풀들은 그 가냘픔으로도
산의 정상을 지킨다
작은 것의 엄청남. 나는 그런 것들을 사랑하다 망할 수 있을까
나는 그런 것들을 열심으로 즐거워하다가 취해버릴 수 있을까
새들은 죽은 휴지처럼 나무에 가끔 걸리고 이곳은 구름이 가깝고
도시는 먼 곳, 나는 거기서 오래 호흡하여도 좋았다
나는 거기서 빨리 살아도 좋았다
하지만 산의 정상은 사람들을 오래 허용하지 않는 곳
이 고개를 드나드는 차들처럼 점점이 이동하여 점점이 흩어지고
대관령의 자작나무는 더 강한 폭풍에 시달릴수록

일이 아니다.

　박용하의 시「대관령의 자작나무는 괜찮은 듯이 서 있다」를 이끄는, 산의 정상에 있는 나무와 풀들에게서 '작은 것의 엄청남'을 배우는 자아의 내적 독백은 속세와 대비되는 자연(고개를 드나드는 차들에 대비되는 자작나무의 청수한 얼굴 등)에서 진리를 얻고 삶의 위치(자연의 신성에 취해 살지 못하고 세속적인 삶을 지리하게 살아야 한다는 예감)를 확인한다

더 청수한 얼굴을 보여준다
햇살은 안개를 투과해 내려올 것이다
그리고 여긴 스스로를 견디는 시간이 오랜 추억이 될
나무들 풀들, 사람들이 금세 여기를 떠나듯이 쉽게
대관령의 자작나무는 표정을 바꾸지 않는다
견딤의 눈물을 바꾸지 않는다
우리가 정상을 향해 오른다고 하는 이 열망은
바람을 헤치며 안개를 통과하며 폭설 속에서 걸어 나와
하나의 햇살과 마주치는 일
하나의 흔적과 마주치는 일
대관령의 자작나무는 괜찮은 듯이 서 있다
그러나 이 나무들은 전육체의 중심을 다해
산 정상에 눈물 보이지 않게 서 있다
나는 오래 죽어갈 것이다

는 점에서 정신주의의 일단을 쉽게 보여주고 있는 셈이다. 얼핏 보면, 일상과 자연 사이를 자유분방하게 넘나드는 황동규의 여행시편을 연상 케도 하고, 지향의 정점을 향해 달려가는 조정권의 「산정묘지」 연작도 생각키우는 이 젊은 시인의 시가 그렇다면 위에서 말해온 그런 유의 정 신주의 시라 볼 수 있는가. 여기서 특히 어떤 점을 유의해서 보아야 하 는가 하면, 선배들이 자랑 삼는 자연과 현실을 통어하는 인문학적 인식 과 견주어 이 젊은 시의 정신주의에는 보다 명료한 자의식이 내재되어 있지 않다는 점이다. 말을 바꾸면 '작은 것의 엄청남'을 인식하는 그 인 식적 전환에 자아의 내적 체험의 무게가 실리지 않고 있다는 것이다. 선배 시인 조정권이 "칼을 입에 물고 노래하는 가인"(「산정묘지 5」)을 노래할 때는 말할 것도 없고, 황동규가

> 아 바람!
> 땅가죽 어디에 붙잡을 주름 하나
> 나무 하나 덩굴 하나 풀포기 하나
> 경전(經典)의 글귀 하나 없이
> 미시령에서 흔들렸다.
>
> 풍경 전체가 바람 속에
> 바람이 되어 흔들리고
> 설악산이 흔들리고
> 내 등뼈가 흔들리고
> 나는 나를 놓칠까봐
> 나를 품에 안고 마냥 허덕였다.
>
> ─「미시령 큰바람」에서

라고, 삶의 시간을 전복시키는 자연의 힘에 대해 노래하는 사이 그 안에 어느새 내재되고 있었던 것은 그 흔들리는 자아의 크기 이상으로 그 흔들림마저도 온전히 내 것이라고 소리치는 명백한 자의식이었다. 기실 그 인문학적 성찰로 무장된 자의식이야말로 자연의 불변하는 힘을 제시한 다음 도리어 인간성의 크기를 믿게 해주는 정신주의 시의 정점을 이룬 것이다. 그에 비하여 위의 젊은 박용하의 시는 의외로 그 자의식에 관해서 크게 내세울 정황을 만들지 못하고 있다. "나는 거기서 빨리 살아도 좋았다"에서 "나는 오래 죽어갈 것이다"로 이어지는 주목할 만한 반어법은 다만 시적 재능과 관련 있는 것일 뿐, 자연이 가르쳐주는 진정한 가치를 '나'는, 보다 적극적으로 지향 삼거나 생을 반추하는 거울로 인식하지 못하고 있다. 바로 '나'에 대한 분석이 미흡했던 것, 그러나 그것은 주목받는 한 젊은 시인의 한계로 보기보다 세대적 한계 또는 특징으로 보아야 마땅할 것이다.

그리하여 이제 젊은 시인들에게 요구되는, 또는 몇몇 젊은 시인들이 선도적으로 가고 있는 정신주의적 성향은 우선 세계 속의 나를 인식하려는, 보다 분명하게는 현실과 자연의 관련을 나의 인식세계 안에서 통어해내려는 자기 탐색의 정신으로 두드러져 나타난다. 더욱이나 이 정신은 대자본의 논리로 영위되는 사회구조 안에서 정체성을 상실해 버린 우리 세대의 문화적 세태로 보면 그 정체성 회복을 위한 지침으로 자리잡을 가능성이 크다. 가령 위의 젊은 시인 박용하가

안개가 안개의 등을 밀며 밀리는 한밤이면
내가 펼치던 노트 속에 띄엄띄엄 박혀 있던 뾰족한 나무들
그 나무들 사이로 헤엄치듯 죽어 나자빠지던 나뭇잎들
내가 썼던 열망, 내가 불렀던 노래들

안개에 가려 읽을 수 없다.

—「춘천 悲歌 · 2」에서

라고 절규하는 모습은 1980년대 후반 "나를/한번이라도 본 사람은 모
두/나를 떠나갔다. 나의 영혼은/검은 페이지가 대부분이다. 그러니 누
가 나를/펼쳐볼 것인가."(「오래된 서적」)라고 '자기 텍스트'에 대한 탐색
을 시적 중심으로 삼던 기형도의 목소리에 뒤이어지면서 자기 탐색의
면모를 두드러지게 한 경우가 되겠다. 이 탐색이 해독되지 않는 자기,
자기 중심을 상실한 자기에 대한 정체성 회복 열망과 다름없음은 물론
이다.

　여기서의 자기 탐색이라는 말의 의미를 보다 포괄적으로 이해할 필
요가 있다. 정체성을 상실한 자기 존재에 대한 탐색이란 말은 곧 자기
와 더불어 쌓여온 깊은 시간층, 특히나 정체성을 위협해온 무수한 삶의
관계들에 대한 탐색을 동시에 의미한다. 나에게 내재된 나의 역사성이,
현실에 내재된 현상의 역사성이 이 탐색의 범위 안에 포괄되는 것이다.
이와 관련한 젊은 시인들의 시적 관심이 피력되고 있는 글이 있으니 우
선 주목해보자.

　우리의 관심은 '현실'에 있지만, 그것은 외부적 현실이 아니라, 우리의 육
체를 거쳐나온, 혹은 그 육체 속에 살고 있는 현실이다. 육체는 몸이라는 순
수 물질과, 유인원 이래로 진화되어온 욕망과 본능, 공포와 불안 등의 유전
적인 요소와, 끊임없이 육체에 스며들고 있는 현실적 폭력, 갖가지 공해. 대
중문화의 중독성 단맛 등이 결합된 복합적 유기체이다. 그러므로 현실과 만
나 기형화되고 변질된 우리의 육체야말로 추상적이고 관념적인 거대한 외부
현실보다 더 선명하고 구체적이며 나의 삶에 가깝게 닿아 있는 현실인 것이
다. 역사란 바로 이 수많은 육체들 속에 살다간 현실들의 집적이며, 전망이

란 앞으로의 수많은 육체들이 지나갈 현실인 것이다. 우리가 인식하고, 드러내고 말하고자 하는 현실은, 나의 육체를 통해 역으로 확인된, 관념이나 말이나 글이 아닌, 나 자신의 현실인 것이다.

—『지상의 울창한 짐승들』(시운동 동인시집 14) 머리글 중 '현실' 편 전문

인류의 현실을 가장 온전하고 집중적으로 증거하는 존재가 우리의 육체라는 것, 그 육체 안에 인류의 내적·외적 조건이 고스란히 쌓여 있다는 것, 따라서 '나의 육체를 통해 확인된' 그 많은 시간층을 드러내는 것이 시적 과제라는 것 등, 자기 탐색을 통한 세계 재현을 꿈꾸는 젊은 시인들의 노력은 반드시 정신주의 시의 정신성이나 자의식 문제와 관련짓지 않더라도 매우 중요한 것으로 보인다. 이렇듯 '나'를 거점으로 하는 두텁디두터운 시간층을 더듬으며 자기다운 시세계를 엮어가는 시인들은

> 이제 나는 날개 밑에 그 추억의 비행을 접어두어야 한다
> 나의 발톱은 낡고 날개는 이 공기를 저항할 수 없다
> 우뚝 선 건물들
> 입을 쫙쫙 벌리고 떨어지기를 기다리는 창문들
> 질주하는 냄새들 아 눈빛들
> 시력은 그것을 담아내지 못하고
> 부리는 그것을 가늠하지 못한다
>
> —권대웅, 「솔개는 없다」에서

에서처럼, 다만 '추억의 시간'을 반추하며 그 시간을 무화시키는 도시환경 속의 절박한 실존으로 자신을 인식하게 되면서, 보다 적극적으로는 그 사라지는 시간에 대한 탐색의 자세를 견지하고 나선다.

몸무게가 되기 위하여 물이 살 속으로 들어온다

살과 뼈와 핏줄 사이 가볍고 푹신한 빈틈들을
힘센 무게들이 빽빽하게 채워 버린다
차에 매달아 한 시간이나 끌고 다니며 만든
갈증 속으로 물은 끊임없이 들어오고 있다

—김기택, 「소 2」에서

　여기서 묘사되는 '물먹임당하는 소의 현장'이야말로 나의 삶과 조건 지었던 다양한 현실 조건이 이뤄놓은 시간층에 대한 극적 해부도이다. 따라서 주로 그 시간 탐색은 비극적 세계와 만난다. 기형도, 송찬호 같은 시인들의 자기 탐색에서 엿보이던 가족사적 비극이나 더 나아가 실존적 비극도 그렇거니와 자기 삶의 층을 현재의 시간 위에서 재구성하는 김기택, 권대웅의 시, 또

내 몸의 태반은 동전들로 채워지기 일쑤였고
나는 내 일생의 태반을 동전들의 뒤치다꺼리에 바쳤다

—이선영, 「짤랑짤랑 흔들린다, 내 인생」에서

등의 시들이 좋은 예다. 그렇다면 이 젊은 시인들의 탐색하는 정신에 깃들여 있는 비극적 인식과, 지금껏 말해온 정신주의 시 논의의 핵심 시인들이 가지는 강력한 자의식적 인문성 사이의 빈자리를 어떤 식으로 정리해야 하는가라는 물음에 부딪치게 된다. 그것이야말로 세대적 가름이 될 만한 일이거니와, 앞으로 젊은 세대로서의 당대성을 견지하는 가운데 세계와 화해하는 길을 끊임없이 모색하는 더욱 열린 정신성이 젊은 세대들이 쌓아올릴 몫이다. 또는, 손쉽게 위의 박용하가 자연 속으로 난 길을 걸으며 때 전 속물근성을 반성하려 하듯이,

버텨 온 수천년을 허물며 바위들

죽은 껍질들을 감아 허무하게 굴러내릴 듯하지만
담배를 피워도 연기는 산이 토해 내고
샘물을 떠마셔도 산의 혈관이 꿈틀거리는 것 같아

—강윤후, 「가을 화계사」에서

에서처럼 일상에서 자연 쪽으로 열리면서 현상적 시간을 감싸안는 자
연의 넉넉한 힘을 깨쳐가는 자아의 움직임을 주목하듯이, 자연으로 향
하는 정서적 기질을 선명한 자의식으로써 탐사하는 일을 주목할 수 있
겠다.

　자연친화적인 정서적 기질을 선명한 자의식으로써 탐사하는 일은 물
론 우리 시의 전통적인 '서정성'과도 짙게 교류하고 있는 내용이 된다.
그러나 우리의 전통적 자연친화에는 자연 속으로 몰입되는 자아가 중
시될 뿐, 정신성과 관련된 자의식적 자아가 존중되지 않는다. 대상 속
으로 몰입되는 자아, 대상과 혼융되는 자아는 대체로 초시간적 세계 인
식을 갖고 있으며 현실 현상적 사실에 대한 언급을 회피하게 마련이다.
정신주의 시는 현실 현상적 사실이 무가치하고 따라서 현실 현상적 사
실을 뛰어넘는 세계를 자의식을 앞세워 탐색함으로써 보다 궁극적인
가치가 세계 내에 현존하고 있음을 확인하려 할 뿐 현실살이를 고려하
지 않는 것이 아니다. 만약 정신주의 시가 현실 도피적이라면 그것은
곤고한 정신성의 추구라는 점에서 속성적으로 채색되는 '현실 외면 성
향'일 것이다.
　이렇게 볼 때 젊은 세대의 볼 만한 서정적 인식은 어떤 것인가. 자연
친화적인 정서적 기질만으로 보아도 이들 세대의 시에는 자아가 직접
참여한 자연세계가 그려지지 않는다. 가령 유소년 시절의 체험을 사실
주의적인 어법으로 재현하고 있는 정화진의 시를 보면

철쭉은 뚝뚝 지고 아버지는 붉은 글씨 행간 사이로 다시 끼어들어 갔다

쌓인 탄더미를 때리는 폭풍우가 천변으로 끌고 가는 검은 강, 검은 아버지 본다

아버지는 긴 복도, 유년의 회랑을 빠져 나가는 길고도 황량한 강물 소리 듣는다

─「긴 복도, 검은 강」에서

에서처럼 과거 시간을 극적 상황으로 제시하고 뒤로 물러나 있는 자아의 독립적 입장은 명백하다. 그 과거는 자연의 순환 체계 안에서 화해로운 시간으로 놓이게 되지만 그것을 객관화하는 자아의 현재성에는 다시 현재의 비극적 인식이 채색된다. 유년으로 향하고 과거로 향하고 그 시공의 자연으로 향하고는 있으되 그 자아는 여전히 답답한 현실을 맴돌고 있는 이러한 독특한 서정적 인식이 그 자의식성과 관련, 정신주의의 일단으로 볼 수 있을 것이다.

요즘은
바람 불면 뼈가
살 속에서 한쪽으로 눕는다

꽃잎이 검은 무늬를 쓰고
내 눈에서 떨어져
발등을 깨친다

나는 안 보이는 나라를 편애하는 것이 틀림없어

이 진흙별에서 별빛까지는 얼마만큼 멀까

─장석남, 「진흙별에서」 전문

자연의 움직임을 몸 안에서 받아내는 이 유약한 감성의 자아는 필시 바람과 꽃잎과 별빛에 취해 도는 서정시인의 면모를 잘 지켜내고 있지만 "나는 안 보이는 나라를 편애하는 것"이라는 유별스런 자의식이 '진흙별에서'의 현재적 무게를 싣고 전혀 다른 비극적 서정을 일구어낸다. 물론 위 시인의 시적 개성이야 '눈에서 떨어지는 꽃잎'에서 보듯이 두드러진 식물적 이미지 변용을 앞세워 한껏 발휘되는 것이지만, 보다 당대적으로는 정서적 기질을 자아에 대한 분명한 인식과 더불어 통어하는 새로운 서정적 인식을 보유하는 데서 시사적인 자리매김을 받을 처지가 된다. 이를 두고 '신서정'이라 말했다면 아주 타당하다. 이 새로운 서정의 모습은 때로는 전통적이기도 하고 때로는 위에서 인용한 바 있는 이선영의 시처럼 일상의 허위성을 반성하는 거점 제시로 쓰이기도 하고

> 그녀의 거리는 일어선다
> 저물 무렵이면 변함없는 그녀의 발소리를 기다리기도 했던 거리
> 어스름 속에서 일어나 그녀를 부축해준다
> 마치 키 큰 애인이기나 한 것처럼
> 그녀의 우산과 가방을 대신 든 그녀의 거리는
> 정답게 그녀의 어깨를 감싼다
> 그녀의 거리도 그녀도
> 하루 낮 동안의 고된 빗소리를 끄덕이며 넘는다
>
> ―이진명, 「그녀의 거리」에서

에서처럼 사물과 자아가 뒤섞이는 일상적 삶의 무의미성을 드러내는 서정적 상황으로 구체화되기도 하면서 끝내 자아의 행적을 놓지는 않는 자의식 때문에 새 세대의 시적 인식을 주도하게 된다.

風笛 1 / 장석남

네 눈동자 속 마른 나뭇잎
네 눈동자 속 때 절은 내
청춘의 숙박부
네 눈동자 속
느닷없는 우박떼

허공 가득 한꺼번에 두리번두리번, 토란잎들

　　현실적 삶에 길든 자아가 하나의 허깨비일 수 있다는 것, 자아에 대한 그 명료한 깨달음, 그리하여 그들의 서정적 인식은 현재로부터 과거로 유년으로 자연으로 무시간적 현재로 열리면서 허깨비 삶을 성찰하고 반성하는 그 본원적인 가치에 대한 열망을 뒤로 거느리는 정신주의적 자아에 의지하게 된다. 이들 정신주의적 자아에 의해 의지되는 서정적 인식이 앞서 말한 대로, 선배들의 정신성과 젊은 세대의 탐색하는 정신이라는 두 유사한 정신주의적 기질들의 세대적 가름을 다시금 연계시키는 시사적 증거가 되고 있으니, 탐색하는 정신에 뒤이어 눈여겨볼 우리 세대의 한 가능성으로 평가해야겠다.

┃ 더 생각해봅시다 ┃

1. 이 글에서 전제되고 있는 '정신주의' 시의 성향과 특징을 다른 책에서 조사해보자.
2. '초시대적 정신주의'를 경계해야 하는 이유는 무엇이라고 보고 있는가?
3. 1970~80년대에 중요하게 언급되고 있던 몇몇 시인들의 시들을 '정신주의' 시의 일단으로 명명할 수 있는 근거를 글 중에서 찾아보자.
4. 이 글에서 언급된 '젊은 세대'들의 시들이 보여주는 '정신주의' 경향은 그들 선배 시인들의 '정신주의' 경향과 어떤 차별을 보이는가?

─제2부─ 새로운 문명과 현대시의 방향

황폐한 세계에서 살아남기
—우리 시에 나타난 문명과 인간

신덕룡

이영진 구절초 | 범대순 불도오자 | 고진하 나무와 기계의 마음 | 오규원 원피스 | 최승호 공장
지대 | 김명인 밤의 주유소

1. '불'을 캐내는 인간

우리 민족에게 불을 가져다 준 이는 고시씨(高矢氏)다. 그는 환웅
(桓熊)과 함께 인간세계에 내려와 농사짓는 법을 가르쳤다고 한
다.

고시씨는 백성들이 풀과 채소나 나무열매를 따먹고 날고기와 생피를
빨아 먹는 모습을 보고 걱정했다. 농사짓는 법을 가르쳤으나 불이 없음
을 아쉬워하던 그는 우연히 깊은 산중에 들어가게 되었다. 산 속에는
나뭇잎이 떨어져 줄기와 가지만 남은 큰 나무들이 빼곡히 들어서 있었
다. 갑자기 바람이 거세게 불어와 고목의 줄기와 가지가 서로 부딪혀
불꽃을 일으켰다. 그는 문득 깨달은 바가 있어, 깡마른 괴목나무를 서
로 마찰해보았다. 어렵게 불을 얻을 수 있었지만 완전하지 못했다. 그
래서 다음날 다시 그 숲 속에 가서 서성거리며 생각에 잠겨 있었다. 갑
자기 뒤에서 살기가 느껴졌다. 놀라 뒤를 돌아보니 큰 호랑이가 으르렁
거리며 달려들고 있는 것이 아닌가? 고시씨는 큰 소리로 범을 꾸짖고

고진하
1953년 강원도 영월 출생.
1987년 『세계의문학』을 통해 등단.
시집 『지금 남은 자들의 골짜기엔』 『프란체스코의 새들』
『우주배꼽』 『얼음수도원』 등.

돌을 집어 던졌다. 그러나 호랑이는 잽싸게 피했고, 돌은 바위 모서리에 부딪치고 말았다. 불이 번쩍 일어났다. 고시씨는 기뻐하며 돌아와 돌끼리 쳐서 불을 얻었다. 이로부터 백성들은 음식을 익혀 먹었다. 뿐만 아니라 쇠붙이를 달구어 연장을 만드는 기술도 익히게 되었다.

 이 신화는 18세기에 씌어진 『규원사화』에 실려 있는 내용이다.[1] 전세계에 퍼져 있는 모든 불에 관한 기원신화(起源神話)가 그렇듯이 불의 획득이 곧 문화의 발생이었음을 말해준다. 위의 신화에서도 자연의 동·식물은 불을 거쳐 식량이 되었으며, 흙이나 광석은 그릇이나 금속기가 되었다. 또한 불은 맹수를 막는 무기가 되기도 했으며, 숲을 경작지로 바꾸었다. 인간의 불에 대한 호기심과 이해 그리고 불의 효용성을 얻기까지 수많은 시간이 필요했었음은 두말할 나위도 없다. 이런 과정을 통해 인간이 자연과 야생의 상태에서 문화의 상태로 이행했으며, '불'은 문화적 존재자로서의 상징이 되었다. 즉, 야생의 상태에서 '불'

---

1) 北崖, 『揆園史話』 태시기(신학균 역), 명지대출판부, 1983.

을 발견하고 '불'을 이용할 수 있었던 인류만이 문화를 형성할 수 있었던 셈이다.

인간의 불을 얻기 위한 노력은 지금도 계속되고 있다. 불은 자연이 인간에게 제공하는 기본적인 에너지원이기 때문이다. 그중에서도 화석 연료에서 불의 효용성을 극대화시킨 것은 산업혁명을 계기로 한다. 산업혁명 이후 20세기 중반까지 석탄은 절대적인 에너지원으로 여겨져 왔기 때문이다.

이영진의 「구절초」는 한때 번창했던 탄광촌을 배경으로 소멸되고 있는 것들의 쓸쓸함을 보여준다. 수몰지 안에 잠겨버린 마을, 폐광이 되어 황량하기 그지없는 광산 주변, 생의 마지막까지 여기서 생계를 이어가는 광부, 길가에 무심히 피어 있는 구절초—모두 더 이상 쓸모없어진 탄광의 풍경이다. 이런 쓸쓸함 속에서 우리가 주목하는 바는 광부가 "어둔 땅 속으로 불을 캐러 간다"는 인식의 내보임이다. 불이 문명의 기

구절초 / 이영진

화순 적벽 가는 길 가에 구절초 피고 수몰지 물그림자 단풍저 붉다. 낡은 자전거에 도시락을 얹고 페달에 힘을 주며 폐광이 다 된 광산을 향해 광부 하나 하얗게 가고 있다. 불이었던 옛 사내, 어둔 땅 속으로 불을 캐러 간다. 푸른 하늘가, 농창 익은 연시가 불송이보다 더 밝은 대낮, 화순 적벽 가는 길가에 구절초 피어 저 홀로 한세상 깊어만 가고.

초임을 의미하는 것이고, 이를 '캔다'라는 행위는 인간과 자연과의 관계를 보여주는 것이기 때문이다. 다시 말해서 인간은 자연에서 불을 얻는 방법을 배웠고 삶에 필요한 불을 얻고 있다. 또한 문명의 발달과 더불어 더 많은 '불'을 얻기 위해 노력해왔다. 그러나 불을 캐내고 난 "폐광이 다 된 광산"의 황량함은 다른 것으로 '불'이 대체되고 있음을 말해준다. 효율성의 극대화를 추구해온 결과다. 그렇다면, 스스로 '불'이 되어 '불을 캐낸다'라는 인식의 이면에는 '불'을 만들 수 있는 어떤 것이든 무한정으로 사용할 수 있다는 믿음이 깔려 있는 셈이다.

2. '불'의 신화를 위하여

인간이 불을 사용할 수 있었던 것과 17세기 이래 자연을 무한정 이용할 수 있다는 믿음의 확산은 인간에게 새로운 신화 만들기가 시작되었음을 의미한다. 새로운 신화를 향한 믿음과 그 의지를 구체화하기 위한 수단으로서 기계의 발달은 서로 맞물려 있다. 우선 그 믿음의 연원을 보자.

현대인의 자연관이 서구 근대사상에 등장한 기계론(機械論)에서 비롯하였음은 주지하는 바다. 기계론적 자연관에서는 자연에서 일어나는 모든 현상을 법칙에 의해 설명할 수 있다고 믿는다. 마치 공예사들이 서로 다른 재주를 인식하는 것과 같이 인간을 둘러싸고 있는 물, 공기, 별, 천체들과 다른 여러 가지 물체들의 힘과 작용을 인식하면서, 이것들을 이용할 수 있기에 인간 자신이 자연의 소유자요 주인이 되었다는 것이다.[2] 인간이 주체화·절대화한 상태에서 자연의 대상화·도구화는

---

2) 데카르트, 『방법서설』(김형호 역), 삼성출판사, 1985, 107쪽.

당연한 것이다. 더 이상 숭배와 신비의 대상이 아닌 상태에서 자연은 한갓 도구적 존재에 지나지 않는다. 자연을 인간화·문명화하는 작업 역시 변형과 파괴를 전제로 하고 있었다. 인간은 자신의 상상 속에 이상적인 모델을 만들고 그것을 현실화할 준비를 하게 된 것이다. 자연의 인간화 작업에 필수적인 수단이 기계요, 기계를 돌리는 것은 '불'이었다.

도구는 처음부터 자연을 파괴하거나 지배하기 위해 만들어진 것은 아니었다. 자연과 조화를 이루기 위해, 보다 친근하게 자연 속에 살기 위해 만들어졌고 인간 자신을 변화시켰다. 도구를 사용함으로써 인간

불도오자 / 범대순

다이너마이트 폭발의 5월 아침은 快晴
아카시아 꽃 향기, 그 미풍의 언덕 아래
황소 한 마리 입장식이 투우사보다 오만하다.

처음에는 여왕처럼 조심스레 주위를 살피다가
스스로 울린 청명한 나팔에 氣球는 비둘기
꼬리 처들고 뿔을 세우면 홍수처럼 신음이 밀려 이윽고
바위돌 뚝이 무너지고.

그것은 희열
사뭇 미친 폭포 같은 것
짐승 소리 지르며 목이고 가슴이고 물려 뜯긴 신부의 남
쪽 그 뜨거운 나라 사내의 이빨 같은 것

그리하여 슬그머니 두어 발 물러서며

은 진보와 성취감을 맛보았던 것이다. 그러나 이런 성취감은 자연관의 변화와 과학기술을 통해 자아를 완성한다는 사명감과 맞물리면서 보다 효율적인 '불'의 사용을 가속화하였다. 특히 과학기술을 바탕으로 한 근대 산업사회의 등장은 이런 움직임을 문명사의 주도적 흐름으로 바꾸어놓았다. 불의 이용가치를 극대화시켜 도구는 거대한 기계로 발전했다. 기계는 인간의 수고를 더는 것에서 나아가 인간의 행복에 종사하도록 자연을 변형시키는 활동 그리고 물질적 풍요를 누리기 위해서 존재한다. 이런 의미에서 기계는 한없는 동경과 찬사의 대상이 된다.

범대순의 「불도오자」는 1965년에 발표된 작품이다. 굳이 발표시기를

뿔을 고쳐 세움은
또 적이 스스로 무너짐을 기다리는 지혜의 자세이라.

파도 같은 것이여
바다 아득한 바위 산 휩쓸고 부서지고 또 부서지며 봄 가을 여름내내
파도 같은 것이여

BULLDOZER.
正午되어사 한판 호탕히 웃으며 멈춰 선 휴식 속에
진정 검은 대륙의 그 뜨거운 발목은 화롯불처럼 더우리라.

다이너마이트 폭발의 숲으로 하여 하늘은 환희가 자욱한데
내 오래도록 너를 사랑하여 이렇게 서서 있음은
어느 화사한 마을 너와 더불어 찬란한 화원
찔려서 또 기쁜 장미의 茂盛을 꿈꾸고 있음이여.

범대순
1930년 광주 출생.
1958년 『문학예술』을 통해 등단.
시집 『흑인 고수 루이의 북』 『연가 Ⅰ·Ⅱ 기타』
『아름다운 가난』 등.

밝히는 것은 기계에 대한 동경과 선망의 모습이 시대적 배경을 담고 있다는 의미에서다. 잘 알다시피 우리의 1960년대는 바야흐로 농촌사회에서 자본주의적 근대 산업사회로의 이행기였다. 근대 산업사회가 보다 문명화된 상태로 여겨졌고, 그것은 기계의 힘을 이용하는 능력에 바탕을 두고 있었다. 과거 수십 명이 삽과 곡괭이를 사용해 몇 달이 걸렸던 일이 불도저 한 대로 하루면 끝낼 수 있는 것임을 절감하던 때이기도 했다. 따라서 기계는 인간의 힘든 노역을 대신할 수 있는 것이었고 그렇기에 이런 기계의 능력에 무한한 찬사를 보낼 수 있었다. 이런 찬사는 '투우사'의 오만함과 '여왕'의 우아함으로 나타난다. 기계가 없었다면 그만큼 인간의 작업량은 늘었을 것이요 이에 따른 고통도 한없이 컸을 것이다. "곡괭이가 없어서/그 늙은 남자는/마치 제 무덤을 파듯이/삽 하나로 굳은 땅을 판다"(김명수, 「곡괭이가 없어서」 제4연)라고 하듯, 인간의 노역에 대한 안타까움을 일거에 걷어내는 것이기도 했다. 이런 기계의 속성은 인간이 원하는 만큼 무슨 일이든 해낸다는 데 있다. 시인이 불도저에서 '오만함'과 '우아함'을 동시에 발견해내는 것도 기계에 대한 믿음 때문이다. 여기엔 기계가 인간의 수고를 덜어준다는 고마움과 이를 이용해 새로운 세계를 만들 수 있다는 믿음이 깔려 있다. 기계를 통해 "어느 화사한 마을 너와 더불어 찬란한 화원/찔려서 또 기쁜 장미의 무성을" 꿈꾸고 있는 것이다. 이런 꿈은 기계를 통해 보다 인간화된 마을, 인간화된 세계를 만들 수 있다는 소박한 믿음 위에 존재한다.

그러나 기계가 인간이 원하는 만큼 무엇이든 할 수 있다는 믿음에 균열이 생기고 있다. 인간이 원하는 모든 것이 자연으로부터 나온다는 것과 자연을 인간화시켜야 한다는 생각이 하나하나 실현되면서부터다. 이런 인식은 두 가지 형태로 인간의 내면에 자리하게 되는데, 그 하나는 문명에 대한 무조건적인 믿음이다. 즉 자연의 모든 것들을 변형시켜야 한다는 생각에서 과학기술에 보내는 무한한 신뢰다. 또 하나는 기계의 힘으로 이루어내는 문명이 '비둘기'(김광섭, 「성북동 비둘기」) 둥지는 물론 '이불 보따리'(정해종, 「변두리 역사」) 싼 생활의 터전을 떠날 수밖에 없는 상황과 연결되면서 그 폭력성에 대한 공포로 나타난다. 이유는 단순하다. 인간의 욕망이 투영된 자연은 야성의 것이고, 욕망의 실현이 곧 인간화된 세계를 만드는 것임에도 이 과정 속에 자신이 피해자일 수도 있다는 두려움이 싹트고 있기 때문이다. 따라서 기계를 바라보는 인간의 내면에는 이율배반성이 자리잡게 된다. 기계에 대한 동경과 신뢰/공포와 미움의 감정이 그것이다. 여기에는 공통적으로 기계가 지닌 폭력성이 자리해 있다. 따라서 인간을 위해서 효율성을 극대화하던 기계는 '우아함'을 넘어 '거만함'으로 나타난다.

오늘 또 그가 나타났다./네거리 한복판에/입술이 없는 입을 벌리며/그는 우뚝 섰다./거만하게 손을 내밀었다./굵은 쇠스랑이 달린/골리앗 같은 손을.//모두 엎드렸다./네거리엔 긴장의 일순이 흘렀다./허공이 스스로 내려와/가슴을 벌렸다./몸을 잔뜩 오그린 지붕들은/잿빛 기침소리를 내며/그 앞에 잽싸게 무릎을 꿇었다./가진 것들을 전부/식은땀 흐르는 이마 앞에 벌리면서.
　　　　　　　　　　　　　　　　　　　—강은교, 「포클레인을 위하여」에서

이 도시의 시민들은 아무도 죽지 않는다/어제 분명히 죽었는데도/오늘은 또 거뜬히 살아나서/조간 신문을 펼쳐든 스트랄드브라그 씨의 아침/그것은 위대한 생명공학의 승리/인공합성의 디엔에이주사 한 대가/시민들의 영생 불사를 확실하게 보장하고 있다/교통사고로 머리가 깨진 채/오토바이의 엑셀레이터를 밟아대는 젊은 폭주족/온 몸에 암세포가 퍼져서/수술한 배를 그냥 덮어버린 노인이/내기 장기를 두다가 싸운다

—이형기, 「죽지 않는 도시」에서

강은교의 「포클레인을 위하여」에서 보면, 기계에 대한 인식은 30여 년이 흐르면서 두려움과 공포로 바뀌고 있음을 알 수 있다. "오늘 또 그가 나타났다"라고 하듯, 이런 공포는 새삼스러운 것이 아니다. 이미 시인은 포클레인의 존재나 그 힘앞에 질려 있는 상황이다. 그렇기에 포클레인이 "골리앗 같은 손을" 내밀자, 그 아래 있는 모든 것들이 "잽싸게 무릎을 꿇"는 모습을 본다. 포클레인의 거대한 힘을 이미 보아왔기 때문이다. 이런 기계 작업과 더불어 인간이 하는 일이란 무엇인가? 한마디로 기계의 보조자에 그치고 만다. 크고 힘든 일을 기계에 맡기고 그 뒷정리나 하는 것이다. 기계가 거만한 주인이 되고 인간은 보조자나 하인의 위치에 선다. 범대순의 시에서 보았던 황소 같은 '오만함'이나 여왕 같은 '우아함'은 사라지고, 이제 기계는 거만하게 인간 앞에 버티고 서 있다.

기계에 대한 인간의 두려움은 기계가 이제 단순한 도구의 차원에서 과학기술의 발달과 더불어 생명 현상의 보조자로 인식되는 데서도 찾을 수 있다. 과학의 이름으로 생명에 대한 도덕적·윤리적 차원을 뛰어넘어 인간 자신의 무한한 욕망을 실현하고자 한 이형기의 「죽지 않는 도시」를 보자. 여기서는 오만함과 폭력성을 지닌 기계뿐만 아니라 유전공학, 생명공학을 소유한 인간의 삶이 드러난다. 과학기술에 대한 과신

은 죽음조차도 극복할 수 있다는 생각으로 나아간다. 따지고 보면, 죽음이야말로 인간이 자연의 일부라는 사실을 가장 확실히 증거한다. 우주에 존재하는 어느 무엇도 생성과 소멸을 반복한다는 것, 인간은 죽음으로써 다시 자연의 일원이 된다는 것은 회피할 수 없는 진실이다. 그러나 인간은 자신의 능력을 창조자의 능력으로 오판하고, 자연을 지배하고 파괴함으로써 행복을 얻을 수 있다고 믿었으며 자연의 일부이기를 거부해왔다. 죽음은 이 모든 능력과 행복을 일거에 빼앗아가는 것이기 때문이다. 이런 이유로 인간의 모든 지식은 과학기술을 통한 생명연장의 꿈에 바쳐지고 있다. '위대한 생명공학의 승리'와 '인공합성의 디엔에이 주사 한 대'가 이런 인간의 꿈을 실현할 수 있다고 믿는다. 그렇기에 "교통사고로 머리가 깨진 채" 오토바이를 타는 폭주족, "암세포가 퍼져서 수술한 배를 덮어버린 노인"은 생명공학의 덕으로 죽지 않고 살아가는 것이다. 죽을 수도 없는 처지에 놓인 인간의 운명에 대해 지독한 풍자를 보여주는 이 시는 인간의 오만함을 적나라하게 고발하고 있다. 불을 발견하고, 불을 이용해 기계를 움직이고, 과학기술을 바탕으로 죽음이라는 생물학적 필연성조차 부정하려는 인간의 욕망이 비참한 결과를 가져올 것이라는 경고의 메시지를 담고 있는 것이다.

자연을 지배하고, 인간의 운명조차 극복하겠다는 인간의 욕망 속에는 과학기술에 대한 무한한 신뢰와 공포가 함께 존재한다. 문제는 공포를 느끼는 것은 일시적이라는 사실이다. 공포를 오랫동안 간직할 정도로 인간은 단순하지 않다. 인간의 이기적인 욕망은 그 공포조차 자신의 능력으로 극복할 수 있다고 믿는다. 또한 공포를 이기기 위해 과학기술에 매달린다. 그리고 그 능력을 증명하기라도 하듯, 매일 새로운 기술을 개발하는 자신의 위대함에 경탄을 보내고 있다. 자신의 능력으로 죽을 수밖에 없는 존재라는 사실조차 바꿀 수 있다고 믿는 것이다. 이런 믿음은 우리의 삶 곳곳을 변화시켰고, 그 변화에 자신을 적응하면서 행복하게(?) 살고 있다. 자연과 대지에서 벗어나 스스로 자연과 도시를 건설하여 인간의 세계를 만들어 나가고 있다. 이런 세계 속에 살아가는 인간의 모습을 보자.

3. '인공 정원'에서 살아가기

인간이 기계를 이용해 만들고자 하는 것은 무엇인가? 복지 실현을 위한 수단들을 만들어 보다 편리하고 풍요롭게 살고자 함이다. 기술문명의 차원에서 볼 때, 문명 자체는 자연 극복의 과정에서 출발했으나 극복과정이란 다름 아닌 자연의 파괴와 변형을 기반으로 했다. 기계란 이런 파괴와 변형을 보다 효율적으로 수행하기 위한 수단으로 존재한다. 그 첫 작업은 자연(야만)의 상태에서 벗어나 인공의 세계를 만드는 것이다. 인공의 세계를 건설하기 위해 인간은 스스로 창조자가 되어 자신에게 필요한 모든 것들을 만들어낸다. 자연에 조작을 가하기도 하고 이것을 통해 새로운 것을 만들기도 한다. 그리고 이 모든 것은 기술문명의 집합인 도시를 통해 구체화되고 있다.

자연을 인간화시키는 작업이란 본질적으로 대지로부터 벗어남을 전제로 한다. 생활 양식도 자연의 상태에서 보여주었던 것과 달라졌고 사고방식 또한 인간 중심으로 되어간다. 더 이상 숲과 산과 강을 꿈꾸지 않는다. 이 모두는 야만의 상태이기 때문이다. 이런 생각은 자본주의적 삶의 양식과 맞물리면서 보다 많은 인공의 세계를 만들어간다. 인간은 더 이상 자연의 아들이요 딸이 아닌, 자연을 지배하는 존재다.

고진하의 「나무와 기계의 마음」에서 자연은 이미 존재하지 않는다. 산과 물과 숲 속에서 "가파른 성품을 다독여 흐르는 물처럼" 순리에 따르는 삶을 살았던 나무도 더 이상 존재하지 않는다. 인간은 이미 대지와 자연의 법리에 따르는 삶을 버렸기 때문이다. 자신의 구상에 맞춰 자연을 이용하고 나아가 변형시키면서 살고 있다. 자신의 필요에 의해 나무숲을 도심 속에 만든다. 나무숲은 과거의 향수를 말해주는 증거이 자 장식에 지나지 않는다. 도시 자체가 '인공 정원'이기에 도시를 구성하는 요소들은 자연히 장식물일 수밖에 없다. 나무로 상징되는 자연의 모습은 이미 인간의 욕망에 의해 변형된 장식물에 불과할 뿐이다. 장식물이란 그 시효가 지나면 교체되거나 버려져야 할 것에 지나지 않는다. 또 다른 필요에 의해 그 자리에 다른 것을 갖다 놓으면 되기 때문이다. 따라서 "색유리와 시멘트의 도시/거대한 빌딩 반질거리는 대리석 바닥에" 심어진 나무가 점점 "검붉게 변색되어" 간다고 해서 걱정할 것은 없다. 그 자리에 다른 나무를 심으면 되기 때문이다. 자연과 더불어 살던 인간의 심성은 없어졌다. 인간은 이미 "날카로운 機械들의 굉음 속에서 불꽃 튀는 마찰을 일으키며" 살아가는 데 익숙해 있다. "흙 한줌 안 보이는" 도시에서 "그악스레 機心을 품고" 아무렇지도 않게 살아가고 있는 것이다. 주지하다시피 '기심(機心)'이란 '기계에 사로잡힌 마음'이다. 이 시에서 말하는 바와 같이 "물과 산에 깃들인 德을 버리고/안팎으로 소용돌이치는 욕망의 물결을 따라" 사는 것이다. 이런 삶 속에 자신이 자연의 일부이며, 자연의 순리에 따라 살아가야 한다는 순정·결백한 마음이 있을 수 없다. 철저하게 자연을 이용하려는 마음 그리고 여기에 익숙해진 삶이 있을 뿐이다.

순리를 벗어나 오히려 자연을 이용하여 만든 인공 정원에서 삶의 내용은 어떠한가? '색유리와 시멘트' '거대한 빌딩'과 '대리석', 누구도 벗어날 수 없는 '황색 차선'과 질주하는 '검은 사신(死神)' 속에서의 삶이다. 결국 인간이 자신의 구상과 욕망에 따라 도시를 건설하여 속도의 법칙에 따라 살고 있지만 그 앞에는 죽음의 그림자가 짙게 깔려 있다. 자연이 아닌 인위, 조화가 아닌 파괴의 법칙에 의거해 살아가고 있는 것이다. 시인은 이런 인간의 이미지를 "작디작은 톱니바퀴"로 보여주고 있다. 자연을 인간화시켜 그 위에 군림하고 있다고 믿었지만, 결코 "그 누구도 벗어날 수 없는" 문명의 굴레에 갇혀 살아가는 것이다. 이런 세계에서 인간이 지주목에 기대어 마지막 가쁜 숨을 내쉬는 나무와 같은 운명을 맞이할 것은 당연하다. 인간 역시 나무와 같이 "물과 산에 깃들인 德"을 지니면서 살아야 할 자연의 일부이기 때문이다.

그렇다면 인위의 세계에서 벗어나 있는 농촌의 모습은 어떠한가? 산

나무와 기계의 마음 / 고진하

깊은 山 협곡에서 山짐승과 山사람의
가파른 성품을 다독여 흐르는 물처럼 순치시키던
나무들이,
천지사방 눈 씻고 보아도 흙 한줌 안 보이는
색유리와 시멘트의 도시
거대한 빌딩 반질거리는 대리석 바닥에
移植되어 있다 때아닌 돌풍이라도 몰아치면 쓰러질세라
몇 개의 지주목에 단단히 허리를 묶인 채.

쌩쌩, 양옆으로 질주해가는
날카로운 機械들의 굉음 속에서 불꽃 튀는 마찰을 일으키며
그악스레 機心을 품고 살던
나는 문득 저 검붉게 변색되어가는 나무들에서
눈길을 뗄 수 없다 색맹의 눈알을 껌벅이며 회전을 멈춘

업사회의 거대한 물결에 몰려 한없이 피폐했으나, 오히려 대지적 삶을 보존할 수 있다고 믿었던 농촌을 보자.

자고 나서 둘러보면/저 깨꽃피던 산밭자락에/궁전 같은 별장이 둥실 뜨고/이제 그쯤에서 해종일 김을 매다/서산 봉우리 바라보는 아낙은 없다/논두렁 풀 베다 고개 들면/저 산영 잠기던 저수지 언덕에/오색 칠색 만국기 펄럭여대는/러브호텔이 우뚝하니/밤이면 그 질탕치는 불빛 속에/하늘의 별들도

이 도시의 해와 달처럼 그 어디, 지향처가
보이지 않는다 물과 산에 깃들인 德을 버리고
안팎으로 소용돌이치는 욕망의 물결을 따라
거대한 인간 뗏목에 동승한 내가 가 닿아야 할 곳은

도대체 어디일까 목발을 짚고 선 듯
지주목에 기대어 마지막 가쁜 숨을 헉헉 몰아쉬는 저 가련한 길벗은
차라리 은둔하라, 은둔하라, 일러주는 듯싶지만
그 누구도 벗어날 수 없는 황색의 차선에 이미 들어선
나는, 쌩쌩 검은 死神의 위세에 맞물려 돌아가는
작디작은 톱니바퀴가 되어 구르고
잠시 품어본 나무의 마음엔 목마른 톱밥만 가득 내려 쌓이고.

눈을 감고/노인들은 일찌감치/삼십촉 흐린 등불을 꺼버린다/남은 것은 우리
에게 쓸쓸함뿐/차마 막막한 마음/저기 신작로 쪽에다 눈을 주면/거기엔 또
주유소며 가든 음식점
　　　　　　　　　　　　　　　　　　—고재종, 「풍경에 대하여」에서

　　농촌이란 본질적으로 자연의 순환 질서에 맞춰 생명의 법칙에 의거
해 살아가는 곳이다. 사람들은 사계절의 변화에 맞춰 씨를 뿌리고, 가
꾸고 거두어들이며 우주의 법칙에 동화하여 살아간다. 자신의 필요에
따라 자연을 변형시키거나 파괴하지도 않는다. 그 속에 둥지를 틀고 살
아간다. 여기서 벗어날 수도 없다. 벗어나는 순간, 생존 자체를 위협받
는 것은 물론 죄의식에 시달리게 된다. 인간이란 자연의 일부이며, 조
화롭게 살다가 자연의 품으로 되돌아가야 할 존재라고 믿기 때문이다.
이런 점에서 자연은 인간의 근원이자 목적이 된다.
　　오늘날의 농촌에서는 이런 삶이 불가능하다. 이제 "깨꽃피던 산밭자
락에"서 "해종일 김을 매다/서산 봉우리 바라보는 아낙은 없다". 자고
나면 산자락엔 "궁전 같은 별장"이 우뚝 서 있고, 저수지 언덕엔 '러브
호텔', 신작로 근처엔 '주유소'며 '가든 음식점'이 들어서고 있다. 젊은
사람들이 떠나고 노인들만 남은 빈 벌판에 생명들 대신에 인공의 건물
이 자라나고 있는 것이다. 생명을 기르고 거두며 살아야 할 사람들은
떠나고 오히려 인공의 자연을 만드는 사람들이 몰려오는 상황에서, 이
미 농촌은 자연과 더불어 살아가야 할 터전이 아니다. 아침이면 둥근
해 대신 '둥실 뜨는' 궁전 같은 별장과 밤이면 별빛 대신 러브호텔의
"질탕치는 불빛", 막막한 마음으로 바라보면 다가오는 주유소며 가든
음식점이 오늘의 농촌 풍경이다. 문명의 본산인 도시는 자기 증식을 통
해 거대한 욕망의 덩어리가 되어 삶의 전 영역을 잠식하고 있는 것이
다.
　　그렇다면 '인공 정원'을 만든 인간 자신은 그 속에서 어떻게 살고 있

는가? 우선, 도시의 성격을 보자. 도시는 모든 재화와 생산이 집중된다는 의미에서 삶의 편리를 보장해주는 곳이다. 그러나 이 편리는 온갖 만남과 자극, 유혹과 욕망 속에 보편화된 경쟁이라는 원리를 바탕으로 이루어진다. 그 어떤 행위도 최소의 노력으로 최대의 이윤을 이끌어내기 동기 위에 출발하는 것이다. 이런 도시적 삶을 지배하는 문화는 대중소비문화라고 할 것이다. 대중소비문화, 즉 소비문화는 물질적 행복의 신화가 구체화한 것이다. 인간이 자연을 지배하고, 자연을 이용하면서 물질적 풍요를 구가해온 것은 인간의 행복을 물리적 척도로 측정할 수 있다는 신념이 있었기 때문이다. 그러나 순간순간 떠오르는 기계문명으로부터의 소외감과 공포는 과거의 삶—자연과의 조화와 안정감을 떠올리게 된다. 나아가 도시 속에서의 불화와 불안감을 벗어나려는 욕망에 시달리게 된다. 불안으로부터 벗어나기 위한 출구의 하나가 소비행위요, 이를 통한 욕구 충족이라는 심리적 위안이다. 따라서 소비 욕망의 집합체인 "슈퍼마켓에서 구매할 수 없는 것은 없다고 믿는/우리의 눈동자는 황홀하게 열려 있고/물건을 집는 손은"(장석주,「슈퍼마켓」) 떨릴 수밖에 없다. 소비란 불안한 세계에서 자신의 존재를 확인하는 행위가 된 것이다. 더욱이 도시적 감각을 겉모습으로 한 소비문화는 처음부터 사물의 교환가치 체계 위에 성립하고 있다. 효용이 아닌 불안감 해소를 위한 단순한 소비재로서 전락한 상품의 가치는 이미 자기 과시나 열등감의 보상이라는 수준을 넘어 자기 실현의 수단으로 전락하게 되었다. 더욱이 사물의 교환가치가 우선된 사회에서 정보의 홍수와 상업주의의 유혹은 무한한 거짓 욕망을 창출해내고 있다. 인간은 소비를 부추기는 거짓 욕망에 매달려 자신의 고유한 가치—주체로서의 자유를 잃은 채 부유하고 있다.

오규원의 「원피스」에서 시인은 여자가 지나간다고 말하면서, 그 여자를 인간으로 보지 않는다. 여자는 물론 길거리를 지나가는 모두는 이미

원피스 / 오규원

여자가 간다 비유는 낡아도
낡을 수 없는 生처럼 원피스를 입고
여자가 간다 옷 사이로 간다
밑에도 입고 TV 광고에 나오는
논노가 간다 가고 난 자리는
한 物物이 지워지고 혼자 남은
땅이 온몸으로 부푼다 뱅뱅이
간다 뽕뽕이 간다 동그랗게 부풀어
오르는 땅을 제자리로 내리며
길표양말이 간다 아랫도리가
아랫도리와 같이 간다
윗도리가 흔들 간다 차가 식식대며
간다 빈혈성 오후가 말갛게 깔리고
여자가 간다 그 사이를 헤집고 원피스를 입고
낡은 비유처럼

오규원
1941년 경남 삼랑진 출생.
1965년 『현대문학』을 통해 등단.
시집 『왕자가 아닌 한 아이에게』 『이 땅에 씌어지는 서정시』
『토마토는 붉다 아니 달콤하다』 등.

인간이 아니다. 논노, 뱅뱅, 뽕뽕, 길표양말이 걸어가고 있다. 인간은 없고 그 육체 위에 걸친 상표들만 있다. 상표는 이제 육체를 반영하는 동시에 육체의 상품가치를 투영한다. 논노를 입은 여인의 우아함, 뱅뱅을 입은 젊은이의 활동성과 길표양말을 신은 이들의 세련됨을 사서 입고, 자신의 이미지를 드러낸다. 그 상품이 환기시키는 이미지를 사는 것이다. 이미지를 사고 기호로 자신을 장식하는 이면에는 육체의 사회적 가치가 내포되어 있다. 자본주의 사회에서 육체의 가치는 한마디로 사유재산이면서 동시에 소비의 대상이 아닌가? 이미 타인의 시선으로 고정되고, 욕망의 대상으로 공인된 상표를 사서 몸에 걸치는 것 자체가 육체의 가치를 높이는 일이다. 그렇기에 남과 같기를 원하는 동시에 남과 다르고자 하는 욕구는 소비시대 인간의 보편적 심리인 셈이다. 여기에 인간 자신의 아름다움이나 정신적 가치는 끼어들 틈이 없다.

사물화되고 상품화한 인간을 바라보는 시인의 시선은 참담하다. 인간뿐만 아니라 도시의 길거리인 '땅'도 이미 "온몸으로 부푼다"고 할 정도로 도시 전체가 욕망으로 들끓고 있기 때문이다. 이러한 삶을 시인은 '낡은 비유'로 말하고 있다. 비유란 무엇인가. 사물이나 사상의 참된 모습을 참신하고 구체화된 무엇으로 바꾸는 일이다. 그러나 이것조차도 이미 낡을 대로 낡아버렸다. 사물화되고 상품화된 인간의 삶을 이야기하고 걱정하기에는 이미 그 정도를 넘어선 것이다. 이제 인간은 자연과 세계의 지배자로서의 위치가 아니라 스스로 만든 사물의 세계와 거짓된 욕망에 매달려 사는 존재가 되었다. 세계를 만드는 주인이고 주체이고자 했지만 오히려 하나의 객체로서 인공의 정원에서 떠돌고 있는 셈이다.

4. 포장된 꿈의 이면

문명의 발달과 도시적 삶의 일상화는 인간의 사물화를 가져왔다. 그리고 그 배후에 자리한 무한한 생산의 증대는 환경 오염과 생태계 파괴 뿐만 아니라 인간 자신도 상품의 하나로 전락시켜놓았다. 인간의 상품화와 사물화를 조장하는 문명의 배후에는 "검은 몸빛 번들거리며 도시를 빠져나온 하수"(채호기, 「거대한 성기로 열려있는 도시」)와 같은 욕망의 찌꺼기와 온갖 공해와 오염 물질로 뒤덮인 공장 지대가 놓여 있다. 산업혁명과 기술의 발달, 이로 인한 인구의 도시 집중, 도시의 화려함 뒤에는 욕망 충족을 위해 존재하는 또 다른 세계가 있다. 이 세계는 문명의 화려함 뒤에 감추어진 생존의 세계다. 철저하게 소외되고 은폐된 이곳—도시의 뒷풍경에서는 인간적 삶의 가치는 물론 내일에 대한 꿈조차 꿀 수 없는 상황이 펼쳐진다.

　　무뇌아를 낳고 보니 산모는/몸 안에 공장지대가 들어선 느낌이다./젖을 짜면 흘러내리는 허연 폐수와/아이 배꼽에 매달린 비닐끈들./저 굴뚝들과 나는 간통한 게 분명해!/자궁 속에 고무인형 키워온 듯/무뇌아를 낳고 산모는/머릿속에 뇌가 있는지 의심스러워/정수리 털들을 하루종일 뽑아댄다.

최승호의 시 「공장지대」의 화자는 충격적인 현실을 한 발 물러나서 보여준다. 그 자신의 주관적 판단이나 감정의 개입 없이 끔찍한 현실의 한 장면을 제시하고 있는 셈이다. 그렇기에 현실은 더 충격적으로 다가온다. 그가 제시한 우리 삶의 모습을 보자. 우선, 이 시는 자연의 질서를 거부하고 진전되어온 물질문명 속에 살아가는 인간의 비극적 운명을 '무뇌아'를 통해 보여준다. 자신이 낳은 아기가 뇌가 없는 기형아라는 충격적인 사실 앞에 산모의 심정은 어떠했을까? 자신이 낳은 아기가 사람으로 살아갈 수도 없는 기형아라는 사실을 알게 되었을 때, 산모의 충격은 말로 표현할 수 없었으리라. 그 충격은 죄책감으로 이어진다. 산모의 죄책감은 "저 굴뚝들과 나는 간통한 게 분명해!"라는 것으로 나타난다. 여기서 공장의 굴뚝이 상징하는 바는 비교적 뚜렷하다. 무한한 생산을 계속하는 공장의 표상이고, 그 형상이 '남성'과 연관되기 때문이다. 무뇌아를 낳게 된 원인이 공장의 '굴뚝'과 간통했기 때문일지도 모른다는 상상을 하고 있는 것이다. 화자가 제시하는 산모의 내면은 결국, 인간에 의한 자연의 지배, 그 수단인 기계문명의 공격성, 무차별성 그리고 무한한 생산력 위주의 삶이 가져온 피해자로서의 인식이 깔려 있다. 인간은 기계문명과의 '간통'(?)으로 무한한 욕망을 생산했고, 그 결과 인간 자신의 파괴로 이어졌기 때문이다. 따라서 산모가 생각하는 기형아의 모습에서 젖과 폐수, 탯줄과 비닐끈, 자궁과 공장의 비유는 자연스럽게 우리가 처한 삶의 모습으로 연결되는 것이다. 이런 상황에서 우리가 할 수 있는 일은 무엇인가? 절망한 산모가 "머릿속에 뇌가 있는지 의심스러워/정수리 털들을 하루종일 뽑아"대고 있듯, 자신의 운명을 한탄할 수밖에 없다. 인간이 인간의 자리에서 쫓겨나 자신의 운명을 선택할 수조차 없는 상황—이것은 미구에 닥쳐올 인간의 모습인

황폐한 세계에서 살아남기 147

셈이다.

공장 지대의 오염이 무뇌아를 낳은 원인이고, 이러한 끔찍한 현실 앞에 인간은 절망할 수밖에 없다는 사실은 오늘날 우리가 처한 상황을 반영하고 있다. 그러나 우리는 이런 현실을 외면하려 한다. 아니 부정한다. 인간의 육체가 소비의 대상이 되었듯, 몸 안에 '공장 지대'가 들어서서 끊임없이 '고무인형'을 생산해야 하는 사물의 세계에 속해 있다는 사실을 부정하는 것이다. 실개천에서 "등 굽은 물고기를 건져 올리고" 그 고기를 "농약으로 얼룩진 상추"(신경림, 「이제 이땅은 썩어만가고 있는 것이 아니다」)에 싸먹고 있으면서도, "산성눈 하얗게 온 세상 덮고 있"(이문재, 「산성눈 내리네」)어도 자신의 삶과 무관하다고 믿고 싶어한다.

밤의 주유소 / 김명인

밤 두시의 주유소는 몇 개 가등으로
제가 잠들지 않았음을 알린다. 검은 고요가
이미 오래 전에 길을 끊었는데 가끔씩은
졸음에 겨운 주인을 흔들어 깨우는 목마른 고객이 있다
도대체 새벽 두시란 어떤 식욕이 피곤을 이기는
밤참의 시간이란 말인가,
다만, 잠긴 가겟문을 두드리는 늙은 주정꾼
처럼 그렁거리며 차가 멈춰 설 때
열대여섯, 그쯤일까, 하품을 가득 문 사내아이가
주유구 깊숙이 남성을 들이민다
미로의 자궁까지 석유가 가 닿는 동안 차는 여성성이다
그가 나를 채웠으므로 기관은 이내
작동을 시작하리라
하지만 너무 먼 길을 돌아왔으므로 저 경광

이렇듯 현실을 외면할 수 있는 무감각은 어디서 나오는가? 보다 많은 것을 생산해서 보다 행복한 삶을 살 수 있다는 믿음과 욕망, 과학기술이 이런 세계에서 자신을 구원할 것이라는 막연한 기대감에서 온다.

탐욕과 폭력의 얼굴을 지닌 문명과 '무뇌아'의 출산에서 보듯, 자신의 불길한 미래를 외면하면서 우리는 어떻게 살고 있는가. 생명의 현장을 파괴하고 자신이 만든 세계에서조차 내몰려 스스로 사물화된 비극적인 현실을 감지하고 있음에도 불구하고 인간은 자신의 운명을 어떻게 받아들이고 있는가.

김명인의 「밤의 주유소」에서 인간은 출발지도 목적지도 없는 여행을 하고 있다. 아니 계속해야 한다. 잠깐의 휴식으로 "잠시 잊었던 너의 방

표지등 아래 잠시 동안 속도를 부리고 선
쇠의, 노곤한 피로, 검은 몰약으로 닦아내는
적막을 깨뜨리며 밤의 주유소는 있다
그러므로 어떤 속도로도 아직 경험되지 않은
캄캄한 시간을 향해
낡은 차는 다시 기운을 차려 떠나야 한다
흑암의 심연을 파먹는 흡반, 헤드라이트 꺼지기 전
나는 노래한다, 모든 문명의 운명인
검은 석유의 꿈을, 그 정거장인 밤의 주유소조차!
저 흐릿한 이정표가
잠시 잊었던 너의 방향을 이끌리라
멈추기 전까지는 가야 하므로 누구도
이 밤의 미아는 아니다, 이곳 또한
종착이 아니었으므로,

향"을 향해 함께 가야만 하는 운명이다. 인간은 '낡은 차'와 함께 "검은 석유의 꿈"을 찾아 떠나야 하기 때문이다. "검은 석유의 꿈"은 무엇인가? 불길이 꺼지기까지 끊임없이 타오르는 것이다. 더 타려야 탈 수 없을 때까지 스스로를 불태우겠다는 꺾을 수 없는 의지다. "멈추기 전까지는" 이 의지에 매달려 있어야 하는 '낡은 차'의 운명도 마찬가지다. 이 의지 앞에는 휴식의 시간인 밤도 피곤한 일상도 의미가 없다. "밤 두 시의 주유소는 몇 개 가등으로" 제 존재를 알리고 섰고, 길은 끊어졌지만 가야만 할 여행자가 있고, "미로의 자궁까지 석유"를 채우고 달려야 할 자동차가 있다. 이제 밤은 더 이상 기계나 인간에게 휴식의 시간이 아니다. 낮과 밤의 경계는 사라져 버렸다. "흑암의 심연을 파먹는 흡반, 헤드라이트"에 의존해서라도 길을 가야만 한다.

어떻게 가야 할 길인가? 동반자로서 가야 할 길이다. 우리는 이 시에서 '목마른 고객' — '늙은 주정꾼' — '낡은 차' — '너'로 변화·발전해가는 '낡은 차'와 '나'의 관계를 보게 된다. 이미 '너'로 명명되듯 자동차와 나와의 관계는 떼려야 뗄 수 없는 상태에 와 있다. 밤 2시에 '너'를 이끌고 있는 것은 '나'이기 때문이다. '너'와 '나'가 공동 운명이라는 것은 현재는 물론 미래도 함께 해야 한다는 사실을 말해준다. 이제는 헤어지려야 헤어질 수도 없다. 오로지 밤길을 헤치고 앞으로 나아가야 한다. 문명의 논리와 속도에 따라가야 한다. 문명의 속도와 논리는 무엇인가? 앞서 언급하고 있듯, 제 스스로 소진할 때까지 달리는 것이다. 이런 성격은 인간과 문명과의 본질적인 관계를 함축하고 있다. 그리고 문명과 인간이 함께 하는 관계 속에 "검은 석유의 꿈"이 깃들여 있는 것이다.

이와 같은 문명과 인간의 운명은 철저하게 자연의 원리에서 일탈해 있다. 이미 문명이 끊임없이 가속도를 더해가며 자연을 파괴하는 여정에 있듯, 인간 역시 여기에 동승하고 있는 것이다. 인간의 힘에 의해 만들어진 문명은 스스로의 힘으로 움직이고 있는 셈이다. 인간은 여기서 벗어날 수 없다. 비록 '무뇌아'의 출산에서 보이듯 미구에 닥쳐올 자신의 불행을 알고 있더라도 그것은 미래의 일일 뿐이다. 인간에게는 오로지 지금, 여기 즉 현재만 존재한다. 여기서 벗어나는 순간 그의 존재는 파멸한다. 죽음조차도 이제 자연으로 돌아가는 순환의 과정이 아니다. 폐차장에 쌓여 녹슬어가는 자동차의 운명과 같이 죽음은 단지 파멸일 뿐이다. 새로 만든 정원에서 인간의 처지와 운명은 돌이킬 수 없는 지경에 처해 있다. 또한 자신의 의지와 꿈으로 살아갈 수 없게 되었다. 스스로가 만든 문명에 떠밀려 꿈조차 함께 해야 하는 동반자가 되었다. 자신의 '낡은 차'가 필요로 하는 주유소, 헤드라이트, 석유의 꿈 그리고 "멈추기 전까지는 가야" 하는 운명—모두 삶의 조건이 된 것이다. 현재의 파멸을 피하기 위해 끊임없이 나아갈 수밖에 없는 처지에 놓여 있다. 자신이 만든 세계 속에 더 이상 주체가 아닌 객체가 되어 있을 뿐이다. 그리고 시인은 이를 우울하게 노래하고 있다.

5. 글을 맺으며

오늘날의 인간은 스스로 신화를 만들고자 한다. 스스로 신이 되어 창조자로서의 자신을 끊임없이 확인하고자 하는 욕망에 빠져 있다. 그러나 운명은 예상하지 못했던 방향으로 나아가고 있다. 이유는 간단하다. 신화는 인간의 이야기가 아닌 신들의 이야기이기 때문이다. 신화 속의 신들은 전지전능하고 우주의 법칙을 지배하거나 보조한다. 신들의 운명 또한 우주와 자연의 법칙 속에 존재한다. 그렇기에 신화는 우주의 시작, 인간을 비롯한 모든 존재의 기원에서 문명의 발상까지 비유를 통해 보여준다. 비유 속에 숨은 의미를 이해하고, 이를 수용했던 시대의 인간은 어떠한 고민도 갈등도 없었다. 자신의 모든 행위가 우주의 법칙에 따른 것이었고, 그렇기에 의미 있는 것이었다. 세계와 자아 사이에 어떠한 균열도 없었기 때문이다. 신이 인간에게 자리를 물려준 뒤 자연 속으로 그 모습을 감춘 이후에도 마찬가지였다. 인간은 자신을 둘러싸고 있는 모든 것에서 신의 존재와 생명의 숨결을 느낄 수 있었기 때문이다. 문제는 신이 선사한 '불'을 통해 자신의 꿈을 실현하고 성취감에 도취되면서부터 시작되었다. '불'을 이용해 자신들의 신화를 만들고자 한 것이다. '야만'(신화)을 변화시켜 '문화'(현실)를 만드는 행위가 시작된 것이다.

'불'을 이용한 인간은 자연을 변형시키고 파괴하면서 자신만의 현실을 만들어왔다. 최소의 노력으로 최대의 행복을 추구하는 삶의 대열에 뛰어든 것이다. 자연은 무수히 파괴되었으며, 목전의 이익을 좇기에 급급해 내일을 생각하지 않았다. 여기에 자연과 인간 사이에 있어야 할 조화와 균형, 절제와 겸양이라는 도덕이나 윤리가 끼어들 여지는 없었다. 신화를 만들겠다는, 스스로가 신적 존재라는 오만이 눈을 가렸기 때문이다. 이 오만은 죽음조차도 지연시키거나 극복할 수 있다는 허황함으로 나타나기도 했다. 스스로 창조자가 되어 모든 것을 만들 수 있다고 믿었고, 지금도 그 믿음은 계속되고 있다. 이런 상황은 이성에 대한 믿음조차 사라지고 욕망만이 지배하는 삶을 만들어놓았다. 욕망의 논리는 무한한 소유와 대규모의 파괴로 구체화되면서 자연이나 도시 모두를 "흡사 꿈 속에서나 볼 수 있었던 삼악도"(윤성근, 「소돔城의 끝」) 같이 만들어버렸다.

오늘날의 인간은 행복을 추구하는 존재가 아니라 다가올 불행을 막기 위해 걱정하는 존재가 되었다. 이런 비극적 현실에서 벗어날 수 있는 길은 있는가? 그 실마리는 '삼악도' 같은 세상을 스스로 만들었다고 인정하는 일에서 찾아질 것이다. 이런 세계과 내가 분리되어 있지 않다는 것을 스스로 고백하고 인정해야 한다. 여기엔, 세계를 바꾸는 것은 자신의 운명과 밀접하게 관계된다는 인식이 전제되어야 한다. 이제, 인간이 지닌 현실적 영민함을 다시금 생각해야 할 시점에 있다. 비록 늦긴 했지만, 인간이 자연의 일부로서 존재한다는 것과 세계와 함께 공멸할 수밖에 없는 존재라는 사실을 인정하고 타자에 대해 윤리적 책임을 느끼는 존재로서 다시 태어나는 일이다. 인간의 역사와 문명사를 꼼꼼히 되돌아보고, 전체 속에 속해 있는 존재로서 자신의 위치를 겸허하게 받아들여야 할 때다. 다시 시작할 시간은 남아 있다.

| 더 생각해봅시다 |

1. 이영진의 「구절초」에서 '불'이 상징하는 바를 이 글의 주제와 관련해서 다시 설명해 보자.
2. 기계문명에 대한 사람들의 이율배반적인 감정을 범대순의 「불도오자」와 이형기의 「죽지 않는 도시」를 비교해서 설명하라.
3. 이 글에서 말한 '인공정원'을 그림으로 그려 설명하라.
4. 오규원의 '상품광고 시'들을 찾아 「원피스」와 비교해보자.
5. 기계문명에 예속된 인간 세계의 불모성을 극복할 만한 대안을 이 글은 어디에서 찾고 있는가?

하이테크 디지털 문화와
현대시의 존재 전환

최동호

김소월 초혼 | A. 유팡키 바람의 노래 | 유종호 시는 죽었다

1. 인쇄문화에서 전파문화로

요즘 우리 시대의 문화적 화두는 디지털 문화이다. 디지털 문화는 일단 시에서 구술성과 문자성의 문제를 제기한다. 시적인 것이란 무엇일까. 기존의 선입관으로는 오래 생각해보아도 쉽게 풀리지 않을 만큼 시적인 것이 무엇인가라는 의문은 새롭게 제기된다.

구술성을 배제한 현대시는 결코 텍스트에서 벗어나지 못할 것이고, 인쇄된 종이 위의 글자에 사로잡혀 있는 한 시는 우리들에게 생명력을 잃어버리고 말 것이다.

인쇄된 문자로서의 시의 텍스트가 더 이상 나아갈 길이 없을 때 우리는 해체시에 필연적으로 직면하지 않을 수 없었으며, 이제 이에 대한 새로운 대안이 제시되어야 할 것이다.

'시가(詩歌)'의 전통이 강력하게 이어져오던 우리 시에서 '시(詩)'와 '가(歌)'의 분리는 근대성이 거론된 이후의 일이다. 모더니즘과 리얼리즘을 두 축으로 현대시가 추동되어왔던 것이 사실이지만, 포스트모더

김소월(1902~1934)
평북 정주 출생.
1920년 『창조』를 통해 등단.
시집 『진달래 꽃』 『소월시초』 등.

니즘 이후 부딪친 해체시라는 자기 부정의 시들 앞에서 우리들은 새로운 길을 모색하지 못하고 있다.

디지털 문화가 광범위하게 확산되어 나가는 상황하에서 텍스트에만 집착하는 경우 그 심오한 논리적 정밀성에도 불구하고 우리는 끝내 시적인 것을 상실하고 말 것이다. 어쩌면 텍스트주의란 시의 역사를 지나치게 단절적으로 본 결과가 아닐까. 과학적 엄밀성을 내세우지만 텍스트의 신비화가 그 최후의 종착점이다. 이 신비화로부터 탈출하는 것이 오늘의 위기를 극복하는 길이 될 것이다.

활자문화 이전의 시대에도, 아니 오히려 더 직접적으로 문자 이전 시대의 사람들이 시를 노래하고 즐기는 생활을 누렸다고 해도 과언이 아니다. 시와 노래가 분리되기 이전의 원시 예술이 갖는 미적 역동성은 텍스트에 집착하는 우리들이 상상하기 어려운 일일 것이다.

구술성과 문자성의 역동성에서 시적 활로를 찾는 것이 텍스트 파괴로 인한 괴기스러운 자의식 앞에 직면한 시인들이 나아갈 길이라는 것이다. 구술문화에서 문자문화로의 역사적 이행은 거기에 머무르지 않

고 이제 디지털 시대의 전자문화로의 진행이라는 대전환을 맞이하였
다. 월터 J. 옹은 『구술문화와 문자문화』(이기우·임명진 옮김, 문예출판
사, 1995)에서 '전자문화'를 '2차적인 구술성'(205쪽)이라고 부르면서
다음과 같이 말하고 있다.

　　전자기술은 전화, 라디오, 텔레비전, 가지각색의 녹음 테이프에 의해서 우
　리를 '2차적인 구술성'의 시대로 끌어넣었다. 이 새로운 구술성은 다음의 점
　에서 예전의 구술문화와 놀랄 만큼 유사하다. 즉, 2차적인 구술성은 그 속에
　사람들이 참가한다는 신비성을 가지며, 고유한 감각을 키우고, 현재의 순간
　을 중히 여기는 한편, 나아가서 정형구를 사용하기조차 한다. 그러나 이 구
　술성은 그 본질에 있어서는 한층 의도적이고 스스로를 의식하는 구술성이
　며, 쓰기와 인쇄의 사용에 끊임없이 기초를 두고 있는 구술성이다. 쓰기와
　인쇄는 이 구술성의 요구를 제조하고 기능을 발휘하는 데는 물론이고 그것
　을 사용하기 위해서도 없어서는 안되는 것이다.

　전자문화에서 쓰기와 밀접한 구술성이란 바꾸어 말하면 구술성과 밀
접한 쓰기라고 말해도 과언이 아닐 것이다.
　근대 이후 한국의 현대시는 구술성보다는 글쓰기를 앞세운 텍스트
주의에 더 강하게 지배받은 것이 사실이다. 지금에 돌이켜보면 이 텍스
트주의 배면에서 모더니즘과 리얼리즘은 얼마나 강력하게 우리 문화를
지배하던 이데올로기였던가. 그리고 얼마나 강력한 관념의 통제 수단
이었던가. 신비평이나 구조주의의 화려한 논리적 완벽성 앞에 얼마나
많은 시인들이 주눅들어했는가. 우리 모두 20세기적 지적 패권주의에
속수무책이었던 것이다.
　텍스트의 폐쇄성으로부터 벗어나, 구술적 연행의 개방성을 확보하는
것이 난관에 처한 우리 시에 절대적으로 요구되는 사항이라고 말하지

않을 수 없다.

시적인 것은 말로 불리고, 공동으로 참여하는 청중들과 함께 이루어 내는 하나의 하모니를 통해 성취된다.

인쇄된 활자들을 살아 있는 것처럼 배열하고 뒤틀고 해체하는 작업으로서의 시는 더 이상 살아 있는 사람들의 마음에 감동을 불러일으킬 수 없다. 뿐만 아니라 그것은 우리들이 보고 듣고 느끼는 실제 삶의 감각을 반영한 것도 아니다. 텍스트에 밀폐된 자의식이란 이성주의의 틀에 갇힌 창백한 인텔리겐치아의 것일 뿐이다.

2. 기계적 메커니즘과 시가의 전통

도시문명에 탐닉한 시인들은 자연 지향의 시들에 대해 심한 거부감을 갖는다. 신경질적인 불편함이 그들의 일차적 반응일 것이다. 문명의 이기들이 가져다 주는 안락과 쾌락을 선뜻 떨치기 힘든 것이 사실이다. 기술문명의 예찬이 무엇 때문에 비판되어야 하느냐. 둘러보라. 빌딩과 지하철과 컴퓨터와 엘리베이터 등등에 의해 우리들 삶이 안락하고 효율적으로 영위되고 있다. 오늘날 우리가 전화와 TV 없이 어떻게 생활할 수 있느냐고 반문할 것이다. 그렇다.

그러나, 좀더 생각해보아야 할 것은 TV의 화면이 전하는 자연은 다음과 같은 A. 유팡키의 시 「바람의 노래」가 들려주는 자연과 다르다는 것이다.

벌판 너머, 숲 너머 그리고 산 너머 끝 모를 바람이 분다. 보이지 않는 커다란 자루에 바람은 땅에서 솟아나는 모든 소리, 말, 중얼거림을 모아 담는다. 절규, 노래, 휘파람, 기도 등 인간과 산과 새들이 부르거나 혹은 우는 모든 진실은 바람의 커다란 마법 주머니 속에 빨려들어간다.

하지만 때때로 그 자루는 너무 무거워져 그만 바늘땀이 터지고 말 때가 있다.

그때 하늘 가득히 쏟아져내린다. 멜로디 한 조각, 한 소절의 후렴구, 우아한 휘파람 소리, 속담 한마디, 구성진 창(唱) 속에 숨어 있는 쓰린 심장 한 조각, 민요 가락 끝에 묻어나는 날카로운 소리의 공명 등이…….

그리고 바람은 지나간다. 풀잎 위엔 잃어버린 소리 조각들이 남아 이슬처럼 맺힌다. 간절한 기도의 염주알 같은 그 조각들은 시간과, 망각과, 폭풍을 견뎌낸다. 개중에는 말라버리거나, 부서지거나, 땅속에 묻히는 것도 있다. 혹은 견뎌내는 것도 있다. 어떤 것은 빛깔이 더 영롱해지는 것도 있다. 기적처럼, 시간과 망각은 하늘의 연금술에 의해 가끔 그 조각들을 찬란한 보석으로 빚어낼 때도 있다.

그러다 가끔 그 조각들은 씨알(민중)의 영혼의 눈에 뜨일 때가 있다. 어느 날 누군가가 그것을 발견한다.
(……)
시간이 흐르고 꼬마들과, 어른들과, 새들과, 기타들이 목청을 돋운다. 혹은 고독한 아르헨티나의 밤에 혹은 청명한 아침에 혹은 생각에 잠긴 듯한 오후에, 그렇게 그들은 잃어버린 소리 조각들을 바람에 되돌려준다.
그래서 바람과 가까운 친구가 되어야 한다. 바람 소리를 들어야 한다. 이해해야 한다. 사랑해야 한다. 쫓아야 한다. 꿈꿔야 한다. 바람의 방향과 언어를 이해할 수 있는 자, 그 목소리를 듣고 운명을 읽을 수 있는 자, 그는 세상의 흐름을 알고, 시를 받아 적으며, 노래를 뚫고 들어갈 수 있으리라.
　　　　　　　　　　　　　—A. 유팡키, 『바람의 노래』(김홍근 옮김)에서

TV 화면에서 보는 '동물의 왕국'은 야생의 것이라고 할 수 없다. 가공되고 처리된 자연이다. 꽁치 통조림 속의 꽁치와 같은 자연이라면 지나친 비유일까.

인간은 꽁치가 아니다. 기계적 메커니즘에 의해 절단된 자연을 자연이라고 인식한다면, 그 스스로 얼마나 자기 기만에 빠진 것인가. 시인은 그러한 자기 기만에 빠진 인간의 삶을 일깨우는 자이다. 잃어버린 소리의 조각들에 영혼의 눈을 뜨게 하는 자가 시인이다.

바람과 친구가 되고, 바람의 목소리를 듣고 운명을 읽을 수 있는 자이다. 그는 가상이 아니라 진실을 노래하는 자이다. 그러므로 과학기술 문명이 발달할수록 그의 운명은 비극적이다. 통조림 속의 꽁치가 아니라 살아 헤엄치는 바다 속의 꽁치가 되고자 하기 때문이다.

바람의 노래를 거부하면서 인간은 문명의 진보를 거듭해왔고, 드디어 그 막다른 벼랑에 선 것이 오늘의 우리들이 아닌가. 인간들에 의한 자연 파괴와 환경의 파탄으로 자연의 재앙을 그 어느 때보다 심각하게 경험하고 있는 것이 작금의 현실이다.

20세기 초반 김소월은 「초혼」에서 산산이 부서져 파편화된 인간의 목소리를 다음과 같이 전한 바 있다.

> 부르는 소리는 비껴가지만
> 하늘과 땅 사이가 너무 넓구나
>
> 선 채로 이 자리에 돌이 되어도
> 부르다가 내가 죽을 이름이여!
>
> —「초혼」에서

산산이 부서져 허공 중에 헤어진 이름이란 삶의 경계선 저편에 있는 죽은 자의 혼을 부르는 것이요, 인간과 자연이 도저히 접근할 수 없는 간극을 경험한 자의 것이다. "부르는 소리"는 살아 있는 자가 죽은 자를 부르는 소리인 동시에 삶과 죽음의 경계선에서 사랑과 죽음을 동시에 인식한 자의 목소리이기도 하다.

이 목소리가 이제 21세기를 맞이하여 기술문명에 종속된 노예가 되어가고 있는 인간을 부르는 소리라면 지나친 비약이 될지 모르겠다.

김소월이 비탄의 목소리를 격정적으로 전해주고 있다면, 한용운은 「알 수 없어요」나 「찬송」에서 읽을 수 있는 것처럼 "시냇물의 노래"나 "얼음 바다에 봄바람"과 같은 생명의 목소리를 전해주고 있다. 한용운 시의 공감력은 그 난해성에도 불구하고 생명 원천에 대한 탐구를 담고 있기에 획득된 것이다.

윤동주 또한 「서시」에서

잎새에 이는 바람에도
나는 괴로워했다

고 고백하고 "별을 노래하는 마음으로" 죽어가는 모든 것을 사랑하겠다고 말한 바 있다. 죽어가는 모든 것을 사랑한다는 것은, 살아간다는 것을 그리고 살아 있음을 사랑한다는 뜻이다. 이처럼 사랑과 생명을 갈구하는 목소리를 전하는 김소월이나 한용운 그리고 윤동주 시에서 우리 근대시의 절정을 경험한다는 것은 결코 우연이 아니다. 우리가 잃어버린 소리의 조각들을 그들의 시가 되살려내고 있다는 것이다. 박두진의 「해」가 절창이 되는 것 또한 그의 시가 읽는 이 모두에게 힘찬 생명의 약동을 느끼게 하기 때문이다. 화자가 해에게 명령투로 말하는 독백 형식이지만 그 배면에는 둘만의 대화가 아니라 시적·산문적 율동으로 인해 읽는 이 모두가 살아 있는 것들과 더불어 희망찬 생명의 향연에

초대받게 됨을 느낄 수 있기 때문이다.

돌이켜보면, 우리 시가에는 구술적 전통이 강력하게 계승되고 있었다. 판소리나 시조창은 물론이고 서사 무가나 민요에서 우리 시가의 생명적 동인으로서 구술적 전통을 확인할 수 있다.

이러한 구술적 전통은 20세기 서구 과학기술문명의 유입과 더불어 그 활력을 크게 상실하였지만, 그럼에도 이러한 흐름은 현대시에서도 끊이지 않고 이어져 크게 보아 다음 두 가지 정도로 대별된다. 민요시인이라 불린 김소월에서 김영랑, 박목월, 박재삼 등으로 이어지는 민요적 서정시적 계보, 서사민요·판소리에서 서정주, 김지하, 신경림 등으로 이어지는 사설적 서사시적 계보 등이 그 주요한 흐름이라 요약할 수 있을 것이며, 앞으로 우리 시의 활로는 여기서 찾아야 한다는 것이다.

3. 시적인 것과 살아 숨쉬는 인간들

육 체와 정신이 분리될 수 없는 역동성을 갖고 있는 것처럼 구술성과 문자성 또한 분리될 수 없는 역동성을 갖는다.

해체를 위한 해체란 시를 막다른 파국에 다다르게 만든다. 해체와 생성의 변증법이 문자성에서 구술성으로의 전환에서 비롯된다는 시각이 요구되는 것은 바로 그러한 이유 때문일 것이다. 구술성과 단절된 텍스트나 텍스트와 단절된 구술성은 앞으로 존재하기 어려울 것이다.

현대 시인들이 텍스트 위에서 단어들을 배열하면서 그가 상정한 미지의 독자들에게 고독한 메시지를 전하고 있을 때, 텍스트를 박차고 나아간 시인들은 바람의 노래를 살아 있는 목소리로 다수의 청자들에게 구연하게 될 것이다.

서정시인이란 바람과 친구가 되고, 바람의 목소리를 듣고 그 운명을 읽을 수 있는 자이다. 그 운명의 막다른 지점에 도달하기까지 그가 기뻐하고 슬퍼했으며 그리고 즐거워했던 일들을 살아 있는 인간의 목소리로 전하는 것이 그의 임무일 것이다.

대부분의 시인이나 비평가들이 텍스트주의에서 벗어나지 못하고 있는 오늘의 현실을 돌이켜보면서, 우리는 『시경』의 최초 주석서인 『毛詩』의 '서(序)'를 다시 한번 음미할 필요가 있을 것 같다.

시(詩)는 뜻이 가는 것을 나타낸 것이니 마음속에 있는 것을 지(志)라 하고 말로 나타내면 시라고 한다. 정(情)이 마음속에서 움직이면 말에 나타나니, 말로 부족하기 때문에 탄식하고, 탄식으로 부족하기 때문에 길게 노래 부르며, 길게 노래 부르는 것이 부족하면 자기 자신도 모르게 손으로 춤을 추고 발로 뛰는 것이다(詩者, 志之所之也, 在心爲志, 發言爲詩. 情動於中而形於言, 言之不足故嗟嘆之, 嗟嘆之不足故永歌之, 永歌之不足, 不知手之舞之, 足之蹈之也).

『시경』이 편찬되던 시기에 '시(詩)'와 '가(歌)'와 '무(舞)'가 하나의 종합적 행위로서 이루어지던 예술의 시대가 있었다는 것은 주지의 사실이다. 그것은 춤이자 노래이고, 노래이자 시였을 것이다. 위의 인용에서 '말'은 구술적 문화 속에서의 말이지 쓰기문화를 통해 익숙시킨 '글'이 아니다. '글' 이전의 '말'의 위력을 실감할 때 우리는 디지털 시대에 열려질 '글' 이후의 '말'의 예술적 역동성을 깨닫게 된다는 것이다.

이와 같은 구술적인 연행을 염두에 두고 창작되지 않은 시는 이제 더 이상 자기 한계를 극복하기 어렵다는 것이 나의 판단이다. 해체와 분해의 길이 아니라 새로운 종합에의 길로 창조적 에너지를 결집시켜야 할 것이다. 뿐만 아니라 디지털 시대의 모든 매체들을 최대로 활용할 수 있어야 할 것이다. 이 점에서 보자면 일부 성급한 논자들이 문학의 죽음을 선고했지만, 오히려 시의 새로운 부활을 선언해야 할 것이다.

그러나 많은 시인들은 지금까지 자기가 익숙시켜온 종이 위의 시쓰기를 멈추기 어려울 것이고, 비평가들 또한 그러하지 않을까. 글쓰기란 얼마나 혹독한 훈련을 요구하는가. 그러나, 지금 우리에게 절실한 것은 시적인 것에 대한 발상의 전환이다. 백지의 사막에 남아 있을 것인가 아니면 살아 있는 인간의 목소리를 되찾을 것인가 하는 문제는 시인들 각자가 선택할 몫이자 그들의 운명일 것이다.

시적인 것이란 인쇄된 활자 속에 숨겨져 있는 사물이 아니라 숨쉬고 살아가는 인간들이 경험하고 느끼는 구체적인 삶의 감정이나 숨결이라는 것이다.

4. 21세기 시와 디지털적 존재 방식

젊은이들이 전자오락실의 DDR(Dance Dance Revolution) 위에서 신바람 춤을 추고 있는 장면을 보면, 앞으로 그들의 놀이문화가 크게 달라질 것이라는 느낌을 받는다. DDR가 젊은 세대들에게 선풍적 인기를 얻고 있는 이유는 DDR를 하고 나면 심신이 후련하고 상쾌하다는 것이다. 아마도 온몸으로 자신을 표현할 수 있기 때문일 것이다.

21세기가 "찬란하고, 환희에 차 있으며, 야만스럽고, 행복하고, 기상천외하고, 기괴하고, 도저히 살 수 없고, 인간을 해방시키며, 끔찍하며, 종교적이며 종교 중립적인 사회"가 될 것이라 전망한 자크 아탈리 (Jacques Atali)는 그의 『21세기 사전』에서 앞으로의 예술을 다음과 같이 규정하고 있다.

예술은 미지의 길을 사용하고 새로운 방법을 빌려 쓰나 늘 동일한 목표를 추구할 것이다. 감동시키고 고양시키고 다른 이들이 전에 한 것과는 다른 방식으로 세상을 보고 듣고 만지고 느끼고 맛보도록 하는 것.

고전적인 표현 방식(그림, 조각, 음악, 문학, 연극, 영화)이 지금까지는 상상하지도 못한 문화와 기술의 만남을 주선할 것이다. 소리의 변조, 색깔의 혼합, 소재의 여과 등…… 선택한 재료를 개인의 취향에 따라 배합하는 손수 제작 '맞춤형' 예술을 추구할 것이다. 초상화 예술에 대한 새로운 수요도 생겨날 것이다. (……)

가상 현실이나 꿈속 유토피아를 넘어 예술은 실제로 체험하는 유토피아가 될 것이다. 새로운 미학이 생겨날 것이다. 자기 삶을 예술작품으로 만드는 것이 바로 그것이다. 예술을 창조할 권리가 인권으로 자리잡을 것이다.

—『21세기 사전』, 편혜원·정혜원 옮김(중앙M&B, 1999), 213~214쪽

문화와 기술의 만남이 지금까지는 상상할 수 없는 표현 방식의 변화를 초래하고 가상 현실이나 꿈속의 유토피아를 넘어 유토피아를 실제로 체험하게 하는 예술이 탄생할 것이라는 아탈리의 전망은 대체로 많은 사람들이 동의할 것이다.

그러나, 위의 언급에서 특히 주목해야 한다고 생각하는 것은 "예술을 창조할 권리가 인권으로 자리잡을 것이다"라는 명제이다. 자신의 삶을 예술로 만들고 싶어하는 인간의 소망을 권리이자 인권으로 바라보고 있다는 것은 매우 흥미로운 지적이라고 하지 않을 수 없다. 자기의 삶을 예술로 승화시키면서 '자신을 끊임없이 창조하는 경지'란 바로 다름 아닌 불사불멸의 꿈을 성취하는 것이라 할 수 있을 것이다.

이때 자신의 삶을 예술로 승화시키는 첫출발이 시적인 것으로부터 비롯함은 물론 그 마지막 단계 또한 시적인 것으로 완성된다는 것이 필자의 생각이다. 그것은 인간이 인간이고자 하는 최초의 출발점인 동시에 인간이 인간이고자 할 때 도달할 수 있는 최상의 지점에 대한 자각

과 그 완성이 될 것이다. 물론 그 완성은 끝없이 파괴되면서 이루어지고, 이루어지면서 파괴되는 한 지점을 말하는 것일 수도 있다.

컴퓨터나 인터넷이 인간의 인간적인 문제를 모두 해결해줄 것이라는 희망적·낙관적 비전이 21세기의 우리를 이끌 것이다. 그러나, 과연 그러할까. 인간적인 것과 기술 정보 사이에서 중심축이 기술 정보 쪽으로 기울면 더욱더 인간적인 것에의 갈망과 향수가 촉발될 것이다. 유토피아에서나 가능하다고 꿈꾸어왔던 모든 일들이 실제 현장에서 가능하게 된다면, 인간의 삶은 기괴하고 끔찍한 것이 되고 말 것이며, 오히려 그러한 현실에서 도피하고자 하는 시도를 하지 않을 수 없다는 것이다. 이때 가상과 현실을 판별하고 완충하는 작용을 하는 것이 예술이 될 것이며, 그 핵심에 시적 감수성이 작용하리라는 것이다.

상황이 그렇다고 하더라도 앞으로 시는 어떻게 존재할 것인가 반문해보지 않을 수 없다. 지금까지의 사회문화적 제도로서 시가 발표되고 향유되는 것과는 전혀 다른 방식이 되리라는 것은 의심할 바 없다. 예상되는 방식은 크게 보아 다음 세 가지이다.

첫째, 거대 패러다임으로 대중들의 의식을 통합하고 지배하는 시적 사고는 분화되고 모든 시적 운동들은 소집단화될 것이다. 잘게 분화되어 때로는 작은 취미 그룹으로 세분될 것이다. 유사한 기질과 취향을 같이하는 사람들이 동질감을 공유하며 자기의 삶을 시로 표현하는 즐거움을 통해 자기 존재를 확인하고자 할 것이다.

둘째, 표현 매체가 활자문화에서 전파문화로 뒤바뀔 것이며, 새로운 기술 개발에 의한 매체들을 적절히 사용할 때 그들에게 공감하고 동참하는 사람들의 호응도 커질 것이다. 시를 주도하는 집단이나 이데올로기는 분화되겠지만, 시라는 예술 양식은 시와 노래, 춤은 물론 다양한 매체를 종합하는 방향으로 나아갈 것이다. 활자문화에 집착하는 일부 엘리트주의 집단은 점점 소수로 전락할 것이며, 그들의 사회적 영향 또한 감소할 것이다. 대중문화나 고급문화라는 이분법적 개념 구분 자체가 사라져간다는 것이다.

셋째, 레고 게임과 같은 조립과 해체의 놀이문화가 일부 퍼져나가겠지만 시의 경향은 명상과 관조를 통해 자기 존재를 예술적으로 드높이려는 쪽으로 전개될 것이며, 이러한 방향이 적절치 않을 때 많은 시들이 왜곡되고 불구화될 것이다. 특히 명상과 사색의 시편들을 음악에 실어 노래로 유행시킬 수 있는 음유시인들이 등장할 것이며, 그들은 아탈리의 표현대로 유목문화의 대변자가 될 것이다. 21세기에는 예술가는 물론 인간 모두가 불멸의 꿈이 실제로 가능한 현실로부터 유배자가 될 것이며, 그로 인해 새로움으로부터 뒷걸음치고 싶은 인간들의 불안을 위로하는 예술이 필요할 것이라는 전망 때문이다.

식민지 해방이나 사회 혁명이 20세기에 뚜렷하게 자리잡을 수 있었던 것은 유토피아에 대한 공동체적 환상 때문이었다. 그러나, 그 유토피아가 환상이 아니라 현실에서 실현되고 그것을 직접 체험할 수 있게 된다고 할 때 인간들은 자기 자신에게 심한 배신감을 느끼지 않을까. 이런 것은 내가 하려고 했던 것이 아니야. 그렇다면 그 주인공은 누구일까. 아마도 오늘도 혁신을 거듭하며 자기 복제를 멈추지 않는 컴퓨터가 그 주인공일 것이다. 그리고 컴퓨터는 그 기계적 속성으로 인해 그 종말이 인간에게 행복한 것이냐 아니냐에 크게 관심이 없을 것이다. 그것이 점점 불가능하게 되어간다고 하더라도 작동하는 컴퓨터를 멈추고 인간적인 것을 돌아보게 하는 것이 시라고 필자는 생각한다.

복제양 '돌리'가 탄생(1996)하고, 복제 원숭이 '테트라'가 탄생(2000)하면서 멈출 수 없는 시계를 멈추게 하는 것도 인간이고 그 시계를 더 빨리 촉진시키는 것도 인간이다. 난치병을 극복한다는 명분을 앞세워 인간 복제를 감행할 것인가 아니면 유일무이한 자신의 삶을 시적으로 승화시키면서 자신의 인권을 보존할 것인가 하는 것이 앞으로 인류사의 난제가 될 것이다. 그러나, 21세기 모두에 서 있는 지금 아직도 그 선택권은 우리 인간에게 있다고 판단된다. 시와 인간이 모든 생명체와 더불어 운명을 함께 할 수밖에 없다는 문명사적 명제는 유종호에 의해 다음과 같이 간명하게 요약된다.

> 여치야
> 번지 없는 풀섶에서
> 밤을 새는 여치야
> 임마
> 이제 너는 죽었다!
> 이제 우린 죽었다!
>
> —「시는 죽었다」에서

시가 죽고 신이 죽고 그 다음 여치가 죽고 마지막 인간이 죽는다. 제 4행의 의도적 호칭에 이어 마지막 두 행의 되풀이는 인류사 종말의 강조이다. 인간이 죽고 나면 아무리 찬란하고 환희에 찬 문명이라도 그것이 무슨 소용이 있겠는가. 사이보그 인간이나 복제 인간이 활보하는 세상이 온다면 시적인 것을 가능케 했던 모든 인간적 감성들이 사라지거나 전혀 다른 것으로 뒤바뀌고 말 것이다. 전기나 에너지에 의해 작동되는 기계적 인간들의 기괴하고 끔찍한 세상이 천국처럼 펼쳐지게 될 것이다.

| 더 생각해봅시다 |

1. 월터 J. 옹의 『구술문화와 문자문화』를 참고하여, 구술문화·문자문화·전자문화의 차이점을 생각해보자.
2. 구술적 전통을 계승한 시인들의 작품을 찾아 읽어보고, 각 작품 속에서 구술성이 어떻게 구현되었는지 설명해보자.
3. 이 글에서 '시적인 것'은 어떤 것이라 설명되고 있는가?
4. 디지털 문화 속에서 시의 의의와 역할에 대해 논의해보자.

우리 시의 음악성을 위한 하나의 모색

고형진

김영랑 淸明 | 김소월 가는 길 | 정지용 장수산 1

1

오늘의 우리 현대시에서 발견되는 두드러진 현상의 하나는 리듬 의식의 부재이다. 우리의 현대시가 종래의 정형시로부터 자유시로 이행되면서부터 이미 시의 '탈음악화' 경향이 나타나긴 하였으나, 오늘의 현대시는 그러한 경향이 보다 뚜렷해지고 있다는 점에서 주목된다. 시의 의미는 주로 말뜻과 이미지의 전개에 의존하고 있으며, 이를 율동적으로 조형해내려는 노력은 극히 미약하거나, 아예 시도하지 않는 경우도 흔히 보게 된다. 시의 형식적 구성에서 운율에 대한 고려가 매우 희박해진 것이 오늘의 우리 시의 현실이다.

운율의식의 퇴조 가운데서도 더욱 두드러진 것은 운의 미감의 상실이다. 말소리의 음운적 자질을 살려 운의 효과를 드러내는 시를 찾아보기는 극히 어려워졌다. 율격의식이 미약한데다 운의 활용이 거의 상실됨으로써 오늘의 현대시는 낭송의 즐거움이 사라졌다. 시를 소리내어 읽는 것은 이제 부질없는 일이 되었다. 그래서 독자들도 시를 눈으로

김영랑(1903~1950)
전남 강진 출생.
시집 『영랑시집』.

보고 이해하면서 뜻만 파악하는 데 치중하는 경향을 보이고 있다. 말소리의 반복을 통해 시의 의미를 정서화시키는 데 중요한 역할을 하는 운의 기능이 상실됨으로써, 오늘의 현대시는 시적 미학의 중요한 요소 가운데 하나를 잃고 있는 것이다.

운의 미감의 상실은 시적 미학의 손실 이외에도 현대시의 소외를 더욱 부추길 수 있다. 널리 알려진 바와 같이 같은 소리의 반복은 놀이와 유희의 기능을 갖는다. 우리는 어린 시절 같은 소리가 반복되는 단어를 나열하면서 노래를 부르거나, 끝말 이어가기를 하면서 놀았던 경험을 갖고 있다. 노동의 고단함을 달래는 수단이었던 노동요가 동일한 소리의 반복을 중요한 형식적 특징으로 삼고 있는 것도 노래의 유희성을 살리기 위해서라고 할 수 있다. 같은 소리의 반복은 또 기억의 효과를 지닌다. 같은 소리가 반복되는 단어들을 음송하면 재미를 느끼는 가운데 어느덧 머릿속에 기억되는 것을 우리는 흔히 경험한다. 일상의 언어생활에서 발견되는 이러한 예들은 대개 음절의 반복인 것이 많고, 그러한 음절의 반복이 말의 의미를 정서화시키는 데까지 이르지는 못해, 우리가 말하는 시에서의 운의 효과를 갖는 것은 물론 아니다. 하지만, 소리의 반복이 갖는 놀이성, 유희성, 기억성의 기능은 그대로 시의 존재를 풍요롭게 하고 시의 효용을 증가시킨다. 운의 효과가 살아 있는 시는 그만큼 즐겨지고 오래 기억되는 것이다. 오늘날 시가 문학의 주변 장르로 밀려나고 독자들로부터 멀어지고 있는 데에는 운의 상실도 적지 않은 몫을 하는 것이다. 전에 비해 시를 즐기고 암기하는 일이 적어진 것을 우리는 확실히 느끼게 된다. 운의 기능을 살려 시의 음악성에 주의를 기울이는 일은 잃어버린 시적 미학의 한쪽을 되찾고, 독자로부터 멀어져간 시를 다시 되돌리는 일이기도 한 것이다.

2

사실 우리의 옛 시가인 정형시에서도 운이 시의 형식적 기제로 뚜렷이 정해지지는 않았다. 운의 활용이 더러 발견되기는 하고, 그 가운데서도 특히 두운의 활용은 종종 눈에 띄나, 그러한 운이 시의 정서에 효과적으로 기여하는 데까지 미치는 시는 아주 드물다. 음절이나 단어, 통사의 반복은 전통 시가에서 자주 볼 수 있으나, 그것은 진정한 의미에서의 운에 해당되는 것은 아니다. 운은 언어의 최소단위인 음소의 반복을 지칭하는 개념이다. 이렇게 볼 때 오늘의 현대시에 운의 활용이 거의 상실된 것은 사실 우리 시의 전통에서 기인하는 바도 크다. 김종길 시인이 말한 대로 '운율의 악보'에 해당하는 시 형식이 규격화된 정형시의 시대에도 운의 활용이 드물었는데, 시 형식이 완전히 개방된 '자유시'의 시대에 운의 활용이 드문 것은 자연스러운 현상이기도 한 것이다.

우리 시의 전통에서 운이 발달하지 않은 중요한 이유의 하나로 흔히

국어의 특질을 꼽는다. 어말에 문법적 기능을 지닌 접사(조사와 어미)가 붙는 교착어의 특성을 지닌 한국어의 구조가 운의 발달을 저해하는 것으로 지적된다. 교착어의 특성으로 인해 음성상의 동일성을 이루기 이전에 형태상의 동일성을 이루게 되어, 운에 해당하는 음성상의 동일성을 이룰 가능성을 도외시하게 되었고(김대행, 「운율」, 『압운론』, 문학과지성사, 37쪽), 또 어말에 붙는 접사의 활용이 제한되어 있어 말음절의 다양성이 용인되는 언어보다 특히 각운의 효과를 내기 어려운 것으로 지적된다(성기옥, 「현대시」, 『시·음악·음악성』, 67쪽). 접사가 달라붙어 문법적 기능을 내는 교착어에 비해 어형(語形)과 어미의 변화로 문법적 기능을 나타내는 굴절어는 그만큼 다양한 어형과 어미를 지니게 되어 확실히 운의 활용에 유리한 측면이 있다. 어형과 어미의 다양한 변화로 이루어진 단어들의 특성을 살려 운을 만들고 운의 효과를 나타내는 영시를 대할 때면, 한편으로 굴절어의 유연한 특성에 부러운 느낌이 들 때도 있다.

그러나 교착어라는 한국어의 특성이 운의 발달을 저해하는 결정적인 요인으로 보기는 어렵다. 대체로 굴절어에 비해 불리한 측면이 있는 것은 사실이나, 우리 시가에서의 운의 미성숙을 교착어라는 한국어의 특성 탓으로만 돌리기는 어렵다. 교착어라는 한국어의 구조를 가지고도 운의 활용은 얼마든지 가능하다. 우리 시가에서의 운의 미성숙을 교착어의 특성에서 비롯되는 것으로 본 앞의 연구자들도 우리 시에서의 운의 활용 가능성을 지적하고 있다. 매우 드물긴 하지만, 우리의 옛 시가에 운의 효과를 잘 활용한 시가 엄연히 존재하고 있다는 사실을 우리는 또한 주목해야 한다. 현대시로 넘어오면 운의 효과를 잘 살린 시는 더욱 눈에 띈다. 김소월, 김영랑, 박목월, 박두진, 조지훈 등의 시 중에는 운의 효과를 잘 살린 시들이 적지 않다. 뒤에서 자세히 언급되겠지만 정지용의 시 가운데서도 운의 효과를 잘 살린 시들이 더러 존재한다.

이러한 시인들에는 어떤 공통점이 있다. 그것은 이 시인들이 시의 음악성을 중시하고, 한국어의 미감에 각별하게 신경을 쓰고, 언어의 조탁에 특별한 노력을 기울인 이들이라는 점이다. 교착어라는 한국어의 특성에도 불구하고, 시의 음악성을 중시하면서 한국어를 섬세하게 갈고 닦아내려는 시적 태도에 따라 우리 시의 운의 활용 가능성은 얼마든지 열려 있음을 위의 시인들은 잘 보여주고 있는 것이다. 오늘의 현대시에서 운의 활용을 거의 찾아볼 수 없는 것은 우리 시의 전통이나 국어의 구조에 주된 원인이 있는 것이 아니라, 운의 활용을 위한 시인의 의지와 시적 태도의 부재에 보다 근본적인 원인이 놓여 있는 것이다.

시의 운에 국한시켜 본다면, 우리의 시는 정형시가의 시대보다 오히려 현대의 '자유시' 시대에 운의 발달이 이루어진 특이한 시적 전통을 갖는다. 시의 형식이 열리고 언어의 조탁과 표현의 발달이 이루어진 '현대시'에 와서 운의 활용이 다채롭게 시도된 것이다. 그런 만큼 우리의 현대시에서 운의 활용은 시적 언어의 탐구 영역으로 크게 열려 있는 것이다. 시의 소외를 회복하기 위한 하나의 길로 운의 활용이 필요하다면, 지난 시절 음악성과 언어미학을 중시한 일련의 시인들에 의해 개발된 운의 활용이 오늘의 시인들에게 다시 시도되어야 한다.

3

앞서 교착어라는 한국어의 특성이 우리 시의 운의 발달을 저해하는 요인으로 지적된다고 말한 바 있지만, 한편으로 국어의 또 다른 특성은 운의 활용에 유리한 측면을 지니고 있기도 하다. 어느 면에서 우리 시는 소리의 미감을 잘 활용할 수 있는 언어를 지니고 있다. 우선 우리말은 사물의 느낌이나 상태를 나타내는 데 매우 발달되어 있

다. 그리고 사물의 미묘한 느낌이나 상태를 다양한 음상의 변화로 나타
내는 데 아주 발달한 것이 우리말의 커다란 특성 중의 하나이다. 예컨
대 신맛 하나를 표현하는데도 시큼한, 새큼한, 새콤한, 새치근한, 새척
지근한, 시큼털털한 등의 다양한 소리로 감각의 미묘한 변화 상태를 나
타내게 되는 것이다. 우리 속담에 "'아' 다르고 '어' 다르다"라는 말이
있는데, 그것은 그만큼 우리말이 음상의 변화를 중시하고, 다양한 음상
의 변화를 가지고 있다는 것을 의미하는 것이기도 하다. 느낌이나 상태
의 미묘함을 음상의 변화로 다양하게 드러낼 수 있는 우리말의 특성은
의성어와 의태어의 모습에서 또한 여실히 볼 수 있다. 우리말이 의성어
와 의태어가 발달되어 있다는 것은 널리 알려진 사실이다. 더구나 사물
의 미묘한 느낌이나 상태를 사전에 등재되어 있는 말을 사용하지 않고
도 새롭고 다양하게 표현해낼 수 있는 가능성이 크게 열려 있기도 하
다. 그래서 음악성을 중시한 시인들은 뛰어난 언어감각과 조탁으로 느
낌이나 상태를 드러내는 새로운 소리들을 만들어내었다.

> 호르 호르르 호르르르 청명한 가을 아침
> 취여진 청명을 마시며 거닐면
> 수풀이 호르르 버레가 호르르르
> 청명은 내머리속 가슴속을 져져들어
> 발끝 손끝으로 새여나가나니
>
> —김영랑, 「淸明」에서

> 금잔디 사이 할미꽃도 피었고, 삐이삐이 배, 뱃종! 뱃종! 멧새들도 우는데,
> 봄볕 포군한 무덤에 주검들이 누었네.
>
> —박두진, 「묘지송」에서

가을의 느낌을 나타내는 '호르 호르르 호르르르'라는 의성어와 묘지 위에서 지저귀는 새소리를 모사한 "삐이삐이 배, 뱃종! 뱃종!"이라는 의성어는 모두 시인의 새로운 발명적 언어이다. 이 절묘한 의성어들은 위의 두 작품의 시적 생명력에 결정적인 기여를 하고 있다. 이러한 의성어들로 인해 이 시는 매우 음악적인 느낌을 주게 되는데, 그러나 음소가 아닌 음절상의 동일성이 두드러져 엄밀한 의미에서 운의 효과를 지닌다고 보기는 어렵다. 그러나 다양한 음상의 변화를 꾀할 수 있는 우리말의 특성은 우리 시의 운의 활용 영역을 그만큼 늘려주는 것임에 틀림없다. 음상의 미묘한 변화에 주목하고, 새로운 감수성과 언어의 조탁으로 소리감각을 확대시켜 나가는 것은 우리 시의 운의 활용을 확대시켜 나가는 데 필요한 일이다.

우리말의 특성 가운데 서술어의 종결어미가 발달되어 있는 것도 우리 시의 운의 활용에 유리한 측면으로서 주목할 필요가 있다. 앞서 우리말이 어형에 접사가 달라붙는 교착어의 특성을 지니며, 그때 접사의 활용이 일정하게 제한되어 있어 말음절의 음운적 다양성이 보장되지 못하는 것이 우리 시의 운의 발달을 저해하는 것으로 지적된다고 언급한 바 있다. 그런데 서술어의 종결어미만큼은 상대적으로 발달되어 있는 것이 우리말의 또 다른 특성 가운데 하나이다. 우리말에는 한다, 합니다, 하네, 해요, 하리, 해라, 하렴, 하지요, 하나, 하노라, 하소서, 하옵소서, 하시는구려, 하시는구나 등의 예에서 볼 수 있는 것처럼 서술어의 종결어미가 다양하게 분화되어 있다. 문어체와 구어체에 따라 서로 다른 종결어미를 지니며, 또 대우법 체계가 발달되어 있어 종결어미의 폭을 넓혀주는 데 기여하기도 한다. 뒤에서 다시 언급하겠지만, 우리말은 술어 중심의 언어라는 특성을 지님으로써, 시에서도 서술어의 어미 형태는 시의 의미와 정서, 그리고 시의 형식에서 매우 중요한 역할을 한다. 한용운 시의 미학은 서술어의 활용에서 비롯되는 바가 크다. 종결어미의 형태는 주로 시의 어조에 큰 영향을 미치는 것으로 주목해왔는데, 이와 아울러 다양한 종결어미가 운의 활용에도 큰 도움을 준다는 것을 또한 주목해야만 한다.

> 살으리 살으리랏다
> 청산에 살으리랏다
> 머루랑 다래랑 먹고
> 청산에 살으리랏다
> 얄리 얄리 얄라셩 얄라리 얄라

—「청산별곡」

위의 고려가요는 우리의 전통 시가 가운데서 운의 효과가 매우 잘 드러난 시로 꼽힌다. 'ㄹ'음의 반복으로 조성되는 경쾌한 화음은 청산에 들어가 안빈낙도의 생활을 하겠다는 시인의 마음이 매우 유쾌한 것임을 정서적으로 환기시키는 데 적절히 기여하고 있다. 위의 고려가요에서 'ㄹ'음으로 조성되는 운의 효과가 잘 살아난 것은 '머루' '다래' '랑' 등에서 볼 수 있는 것처럼 'ㄹ'운의 효과를 겨냥한 적절한 어휘 선택, '얄리 얄리 얄라셩 얄라리 얄라' 등과 같은 여음의 적절한 활용과 함께, '살으리'와 '살으리랏다'라는 서로 다른 종결어미의 구사에서 비롯된 것이다. '살'의 'ㄹ'음을 살릴 수 있는 '으리'라는 종결어미와 '으리랏다'라는 또 다른 종결어미를 구사함으로써 이 시는 서두에서부터 'ㄹ'운의 경쾌한 화음을 조성하고 있는 것이다. 서술어의 다양한 종결어미를 시의 운에 활용하는 예는 시의 음악성을 중시한 현대의 시인에게도 어김없이 발견된다.

> 앞 강물 뒷 강물 흐르는 물은

어서 따라오라고 따라가자고
흘러도 연달아 흐릅디다려

—김소월, 「가는 길」에서

이 시 역시 'ㄹ' 운이 조성하는 부드러운 화음이 물의 흐름과 떠나감
의 정서를 환기시키는 데 적절히 기여하고 있다. 시인은 이를 위해 세
심한 어휘 선택을 하고 있는데, 그러한 시인의 노력은 '흐릅디다려'라
는 서술어의 구사에서 절정을 이룬다. '흐릅디다려'는 '흐른다고 하는
구려'의 준말이다. 시인은 '흐릅니다'에서 파생한 활용어미인 '—디다'
와 '—구려'를 선택하고, 다시 이를 줄여 '—디다려'라는 어휘로 만들
어서 전체적으로 'ㄹ' 운을 조성하고, 마지막 한 행을 'ㄹ'과 'ㄷ' 운으
로 묶어내는 데 성공하고 있다.

지금까지 음성어와 의태어의 다양한 활용과 창조, 그리고 서술어의

長壽山 1 / 정지용

伐木丁丁 이랬거니 아람도리 큰솔이 베혀짐즉도 하이 골이 울어
멩아리 소리 쩌르렁 돌아옴즉도 하이 다람쥐도 좃지 않고 뫼새도 울
지 않어 깊은산 고요가 차라리 뼈를 저리우는데 눈과 밤이 조희보담
희고녀! 달도 보름을 기달려 흰 뜻은 한밤 이골을 걸음이란다? 웃절
중이 여섯판에 여섯번 지고 웃고 올라 간뒤 조찰히 늙은 사나히의
남긴 내음새를 줏는다? 시름은 바람도 일지 않는 고요에 심히 흔들
리우노니 오오 견디란다 차고 凡然히 슬픔도 꿈도 없이 長壽山속 겨
울 한밤내—

정지용(1902~?)
충북 옥천 출생.
1926년 『學潮』에 시 발표.
시집 『정지용 시집』 『지용 시선』 등.

종결어미의 다양한 활용이 우리 시의 운을 개발하는 데 도움을 준다는 것을 지적하였는데, 정지용의 「장수산」이라는 작품에서는 이러한 경우를 모두 살려서 운의 효과를 절묘하게 나타내고 있다.

  이 시의 "伐木丁丁 이랬거니 아람도리 큰솔이 베혀짐즉도 하이 골이 울어 멩아리 소리 쩌르렁 돌아옴즉도 하이"까지의 구절은 우리 현대시에서 운의 구사가 가장 빼어나게 성취된 예로 꼽을 수 있다. 이 구절은 추운 겨울날 깊은 산 속의 나무가 베어지며 소리가 메아리치는 상태를 말하고 있다. 이러한 의미는 운의 효과에 힘입어 매우 생기 있는 정서로 환기된다. 이 구절의 시작은 우선 '정정'이라는 의성어로부터 시작된다. 이어 적절한 어휘 선택을 통해 'ㅇ'음의 운을 조성함으로써 나무가 베어지며 산 속에 울려 퍼지는 메아리 소리를 환기시키고 있다. 'ㅇ'음과 함께 'ㄹ'음과 'ㅎ'음의 운이 부차적으로 구사됨으로써 산 속의 메아리를 보다 청정한 감각으로 만들고 있다. 이를 위해 시인은 다시 '쩌르렁'이라는 의성어를 구사하고 있다. 이를 통해 'ㄹ'운이 보강되는 것이다. 그리고 무엇보다도 주목되는 것은 '하이'라는 서술어의 구사이다. 시인은 '하다'에서 파생하는 여러 종결어미 가운데 '하이'라는 서술형을 구사함으로써 'ㅇ'운이 조성되는 데 결정적인 기여를 하고 있는

것이다. 지용이 시의 운을 구사하면서 의성어와 서술어의 다양한 종결
어미를 활용하고 있는 데서 모국어의 구사에 대한 그의 예민한 언어감
각을 다시 한번 확인하게 된다.

우리말에 감각적 형용사, 부사와 의성어, 의태어가 발달하고 서술어
의 종결어미가 다양한 것은 우리말이 술어 중심의 언어라는 사실과 깊
은 관련이 있는 것 같다.

> 인도 유럽말은 주어와 술어의 이원적인 구조의 언어인데, 주어를 중심으
> 로 해서 술어가 이를 수식하는 형식을 가졌다. 그러나 우리말은 술어를 중심
> 으로 한 다원적인 구조의 언어인데, 주어도 술어를 수식하기 위해서 필요할
> 때 덧붙여진다. 주어는 너무 많이 생략되기 때문에 결국 술어 중심의 언어라
> 고 할 수밖에 없는 것이다. (……) 그러나 우리말은 동작과 양상을 표현하는
> 술어가 중심이기 때문에 현상을 변화하는 양상 그대로 이해하고 여기에 자
> 연스럽게 조화하려는 사고방식이 발전되었다. 우리말의 표현방식은 현상학
> 적이라고 할 수 있다.
>
> ─이규호, 「언어와 생활」, 『우리말의 논리』(제문각), 78~80쪽

우리말의 구사에서 흔히 주어가 생략되고 술어 중심으로 되어 있는
것은 일상의 언어생활에서도 쉽게 발견되는 것이다. 주어가 들어가면
오히려 어색해지는 경우를 우리는 흔히 경험하게 된다. 반드시 주어를
사용하는 영어와는 큰 차이를 보이는 것이다. 동작과 상태를 나타내는
술어 중심의 언어와 현상학적 언어라는 우리말의 특성은 감각적 형용
사와 부사의 발달을 가져오고, 의성어와 의태어의 발달을 가져오며, 또
서술어의 활용어미가 다양하게 발달하는 결과를 가져오게 된다. 말소
리의 음운적 자질이 풍부할수록 운의 활용의 폭도 그만큼 커질 수밖에
없다. 앞서 교착어라는 우리말의 특성이 말소리의 음운적 자질을 살리

는 데 제한을 준다는 지적이 있음을 말했지만, 또 한편으로 우리말의 특성은 말소리의 음운적 자질이 풍부한 영역을 갖고 있다. 그러한 말의 영역에 주목하고, 그러한 영역을 적절하게 활용하는 것은 우리 시의 운을 개발하고 음악성을 높이는 데 염두에 둘 필요가 있다.

4

언제부턴가 우리의 현대시는 일상어를 시어로 사용하기 시작했고, 그러한 경향은 오늘의 시에선 보편화된 일이다. 그것은 시가 삶의 구체적인 일상을 다루기 시작하면서부터 비롯된 현상이다. 시의 세계는 늘 변화하는 것이고, 그에 따라 시어도 변화하는 것이라는 점에서, 그것은 자연스러운 현상이고, 또 바람직한 현상이기도 하다. 언어 자체도 시대의 반영이어서, 새로운 말이 태어나기도 하고, 오래도록 쓰지 않은 말은 사라지는 것이다. 그러나 오늘의 현대시에선 그런 가운데서도 시어의 조탁에 힘쓰는 노력이 매우 드물다는 점에서 문제적이다. 당대의 삶을 당대의 언어로 형상화하는 것이 시인의 임무이지만, 동시에 우리말을 섬세하고 아름답게 가꾸며, 참신하고 뛰어난 언어를 창조해내는 것 역시 시인의 중요한 몫이다. 앞서 우리 시의 운의 개발을 위해 우리말의 음운 자질이 풍부한 영역인 감각적 형용사, 부사와 술어의 다양한 종결어미에 주목할 필요가 있다는 점을 지적하였는데, 사실 오늘의 언어생활에서 서술어의 종결어미는 극도로 축소되어 있다. 시가 당대의 언어를 구사하는 데 자족하는 것이라면, 앞서 지적한 술어의 다양한 종결어미들은 상당수가 오늘의 언어생활에선 사라진 것들이어서 모두 부질없는 일이 된다. 그러나 시인은 언어의 창조자이어야 한다. 사전에서 잠자는 좋은 우리말을 찾아내야 하고, 지나간 말 중에서도 아름답고 뛰어난 시적 효과를 지닌 말들을 되살려야 하고, 시적인 감각으로 새로운 말들을 창조해내야 한다. 그것은 시인에게 부과된 임무이자, 특권이기도 한 것이다. 언어생활이 극도로 혼탁한 오늘의 상황에서 이러한 시인의 사명은 더욱 절실해진다. 시인은 언어의 마지막 파수꾼이어야 한다. 세속의 언어에 휩쓸리지 않고, 우리의 말을 조탁하고 말소리의 섬세한 미감에 주의를 기울이는 일은 우리 시의 운의 개발을 위해서뿐만 아니라, 시인의 기본 임무이기도 한 것이다. 시의 운을 개발하고 우리 시의 음악성을 높이는 길은, 그러니까 가장 기본적인 시적 태도로 돌아가는 일이기도 한 것이다.

말소리의 섬세한 조탁을 통해 운을 개발하고 시의 음악성을 높이는 일은 새로운 시대에 대응하는 시적 태도이기도 하다. 이미 몇몇 연구자들이 지적한 바와 같이 멀티미디어의 시대에서 문자예술은 상당히 위축될 수밖에 없다. 얼마 전 필자가 재직하고 있는 학과에서 시화전을 개최한 일이 있는데, 학생들의 제안에 따라 종이 위에 그림을 그리고 시를 적어놓는 기존의 시화전이 아니라, 시와 음악과 영상이 한데 어우러지는 소위 멀티미디어 시화전을 갖게 되었다. 작업은 국문학과 학생과 컴퓨터 그래픽 능력을 지닌 시각디자인학과 학생이 공동으로 하였다. 종이 위의 평면적 그림에서 벗어나, 문자와 영상과 노래가 한데 어우러진 시화전은 커다란 주목을 받았고 필자도 흥미있게 지켜보았다. 그런데 필자는 거기서 문자로 적힌 시는 매우 위축되고 영상과 배경음악만이 크게 부각되는 것을 느끼게 되었다. 문자로 된 시는 영상과 배경음악을 위한 장식으로 전락하는 느낌마저 받았다. 그때 필자는 시의 말이 노래성을 획득하여 멀티 매체에 참여할 때, 진정한 멀티미디어 시화전이 될 수 있겠다는 생각을 새삼 하게 되었다. 멀티미디어의 시대에도 여전히 시는 활자 매체를 통해 유통될 것이다. 그렇더라도 시가 새로운 시대에도 여전히 생명력을 지니기 위해서는 언어의 청각적 예술성을 높이는 일에 특별히 주의를 기울여야 할 것이다.

최근 우리의 시단에서는 시낭송회가 자주 열리고 있다. 시낭송회는 그전부터 있어온 시인동네의 고전적인 행사이긴 하나, 오늘의 경우에는 보다 광범위하고 조직적으로 열리고 있어 새로운 현상으로 받아들여진다. 시낭송회의 조직적 확산은 시적 환경의 변화와 무관하지 않다. 멀티미디어의 시대에 맞서 활자 매체에 갇힌 시 장르를 종합적인 무대의 장으로 끌어올려 시를 활성화하고 시의 활로를 모색해보려는 시도의 일환으로 받아들여진다. 시낭송회의 빈번한 개최는 우리 시의 운의 개발과 음악성의 향상을 위해서 도움을 줄 수 있다. 김대행 교수는 우리 시의 전통에서 운이 발달하지 않은 이유의 하나로 우리의 전통 시가가 낭송 위주가 아닌 가창을 전제로 한 시라는 점을 들고 있기도 하다. 낭송에서는 음성 패턴이 두드러지는데, 가창은 선율이 두드러질 수밖에 없기 때문이라는 것이다. 시낭송회에 맞는 시를 쓰려면 아무래도 음성의 조직과 패턴에 신경을 쓸 수밖에 없다. 아직은 시낭송회가 시인과 독자와의 직접적인 만남, 시 동호회의 결속, 시의 대중화를 위한 퍼포먼스에서 크게 벗어나지는 못하나, 계속되는 시낭송회의 개최는 시낭송 자체에 무게가 실리면서 우리 말소리의 섬세한 아름다움을 살리는 데 도움을 줄 것이다. 그러나 무엇보다도 중요한 것은 우리의 말소리 하나하나에도 세심한 주의를 기울이는 시인의 섬세한 눈길일 것이다.

| 더 생각해봅시다 |

1. 한국어의 특징을 정리해보고, 그것이 시의 리듬 구현에 어떻게 작용하는지 생각해보자.
2. 우리말이 술어 중심이라는 견해를 통해 미루어볼 때, 우리 시의 언어적 특징은 무엇인지 생각해보자.
3. 구술성과 관련해서 시낭송의 효과에 대해 말해보자.

새로운 윤리적 문학의 요청과 시의 길
—생태시론

이희중

최승호 공장지대 | **김지하** 비닐·애린 2 | **김명수** 갈옷·기억의 저편 | **김용택** 푸른 나무 7 |
곽재구 봄언덕

1

주인 없는 빛과 공기와 물을 이용해 풀과 나무의 푸른 잎은 제 몸을 만들고 키운다. 풀과 나무의 푸른 잎을 소와 양과 기린이 먹는다. 소와 양과 기린을 사자와 호랑이와 표범이 먹는다. 이는 지구에 사는 생물이 빠짐없이 연루된 먹이사슬의 간단한 그림이다. 풀과 나무의 푸른 잎과, 이를 먹고 사는 동물을 아울러 먹는 곰과 원숭이와 사람은 그 사이 어디에 끼어든다. 그리고 모든 동물은 자신을 복제한 후 짧은 한살이가 끝나면 미생물에 의해 무기물질로 환원되는데, 그 과정에서 애초 생존의 근거가 되었던 빛과 공기와 물을 해치지 않는다. 먹이사슬에서 먹히는 쪽의 수를 적정히 늘리고 먹는 쪽의 수를 적정히 줄여 포식의 연쇄가 망가지지 않도록 하고 삶의 무기적(無機的) 환경과 에너지의 순환을 원활하게 하는 것을 생태계의 균형이라 부른다. 오랜 세월을 통해 자리잡은 이 균형은 놀라울 만큼 미묘해서 어느 한쪽이 변화하면 그 변화의 요인은 연쇄적으로 파급되고 생태계는 새로운 균형을 모

김지하
1941년 전남 목포 출생.
1969년 『시인』을 통해 등단.
시집 『황토』, 『타는 목마름으로』, 『별밭을 우러르며』,
『중심의 괴로움』 등.

색한다. 이 와중에 어떤 종족은 도태될 수 있다. 그러므로 현 지구 생태계의 파괴 또는 변동은 거의 모든 생물에게 위협이 된다. 엄밀하게 말해 사람이 두려워하는 것은 지구의 파괴가 아니며, 생태계 자체의 파괴가 아니다. 다만 사람의 존립이 결정적으로 종속된 '현' 생태계의 파괴일 뿐이다. 사람이 스스로 삶의 기반을 허물어 생태학적으로 긴밀하게 얽인 이웃 생물들, 즉 현 생태계의 성원들과 함께 사라져간다 하더라도 지구는 특별한 경우, 이를테면 지구 위의 모든 핵무기를 동시에 폭발시키는 경우를 제외하면 또 다른 생태계를 이루어낼 것이 분명하다. 우리가 상상할 수 있는 최악의 경우에도 지구 자체는 아마 남을 것이다.

먹이사슬에 가담한 생물들의 암묵적인 준칙은 생존에 필요한 최소한의 포식이다. 그러나 사람은 그렇지 않다. 사람은 먹기 위해서만 다른 생물을 해치는 것이 아니다. 내심의 선망과 달리, 사람은 원천적으로 자연, 더 정확하게 말해 지구 위의 현 생태계에 대해 적대적인 것처럼 보인다. 지구 위에서 생멸한 생명의 장구한 역사에서 이렇게 스스로에게 파괴적이고 위협적인 생물은 없었을 것이다. 사람은 대부분의 동물과 마찬가지로 생장에 필수적인 물질을 스스로 생산하지 못한다. 그래서 스스로의 생존을 다른 생물에 의지하지 않을 수 없다. 지구 위에 존재하는 생물들의 먹이사슬을 거슬러 올라가면 그 실마리의 끝에는 언제나, 필요한 것을 스스로 생산하는 녹색식물을 만난다. 그래서 녹색식물은 생태계에서 유일한 생산자로 분류된다. 식물의 이파리는, 다른 별과는 달리 지구 위에서는 흔하디흔한 이산화탄소와 물을 모아, 외부에서 지구로 유입되는 유일한 에너지인 햇빛의 힘을 더해 탄수화물을 만들어낸다. 무에서 생명을 창조하는 최초의 위대한 작업인 탄소동화작용에 소요되는 것은 이 별 위에서는 적어도 극히 최근까지는 아까울 것이 없었다. 식물은 이 작고 형편없는 별을 온통 생명으로 뒤덮게 한 말없는 공로자이며 자애로운 수혜자(授惠者)인 셈이다. 드문 행운으로 우주 공간에서 우리 별을 바라볼 수 있었던 사람들은 그 아름다움을 잊을 수 없다고 했다. 보석처럼 빛나는 녹색의 별. 그 푸른빛은 바다와 수풀의 빛깔이었던 것이다. 사람 때문은 아니었다.

사람은 무서운 속도로 숲을 파괴할 뿐만 아니라 빛과 공기와 물을 더럽힌다. 그들은 방자하게 이 별의 주인임을 자처하고 다른 모든 생물이 자신들을 위해 존재한다고 믿는다. 땅 속에 묻힌 것들을 파내 가능한 한 쉽게 없어지지 않을 새로운 물건을 만들고 급기야 그것을 이용해 동족을 죽인다. 사람은 동족을 습관적이고 주기적으로 대량 사냥하는 아주 드문 동물로 알려져 있다. 또 자신의 분수에 넘친 보금자리를 위해 숲을 불태우고, 적대적인 동물을 철저히 학살한다. 그들은 야금야금 자신의 서식지를 넓혀나가 이제 이 별 위에서 그들의 발길로 더럽혀지지 않은 곳은 사실상 남아 있지 않다. 우리는 우리 땅에 호랑이가 사라졌음을 애통해하지만, 만약 살아 있다면 어땠을까. 이 좁은 땅에서 그들이 자연스럽게 서식할 공간을 우리가 양보할 수 있을 것인가. 을숙도를 생각하면 결과는 자명하다. 필경 그물로 그들을 잡아서 조금 넓은 그물 속에 가둘 뿐이었을 것이다. 사람은 다른 동물을 죽인 만큼 스스로의 수를 늘렸고, 끊임없이 숲을 파괴하며 오늘에 이르렀다. 현 생태계가 허용하는 적정한 숫자를 훨씬 초월하고도 번식을 멈추지 않았고 온 지구는 그들로 인해 시끄럽다. 이제 맑은 물과 맑은 공기는 거의 사라졌고 산소를 생산하는 싱싱하고 울창한 원시림은 급격히 줄어들고 있다. 무책임한 파괴의 결과는 사람에게 재앙의 어두운 그림자를 드리우고 있다. 이제 사람은 남은 삶의 기한을 선고받은 환자처럼 보인다. 그리고 남은 수명을 더 줄이고야 말 치명적인 병인을 여전히 방기하고 있다.

사람이 지구 위 현 생태계의 운명에서 벗어나 새로운 자연 생태계에 편입되거나, 인공의 생태계를 구성할 행복한 가능성은 거의 없어 보인다. 전자는 지구 바깥의 가능성을 보장할 만한 문명의 발전이 현단계에서는 요원할 뿐이라는 사실—지금 우리에게는 시간이 충분하지 않다—에서, 후자는 과학적으로 실마리를 전혀 찾고 있지 못하다는 점에서 그 가능성이 부정된다.

이상적인 의미에서 대안은 지금이라도 이 파괴의 발걸음을 멈추는 길뿐이다. 그러나 우리는 아직도 우리 종족 전체를 완전히 제어하지 못하고 있다. 이 비극적 상황은 개선되지 않고 있으며, 오히려 개선이 불가능해 보이기까지 한다. 여전히 우리는 더 많은 물질의 발굴과 변환에 몰두하고 있으며 그것이 주는 포만에 현혹되어 있다. 결과적으로 더 많은 것을 땅에서 캐어내고, 더 많은 숲을 뒤엎고, 더 많은 물을 더럽히고, 더 많은 공기를 탁하게 하는 데 많은 사람들의 관심이 쏠려 있다. 그래야만 행복해질 수 있다고 가르치고 믿고 있다. 지금 이 순간에도 얼마나 많은 길과 집이 생겨나고 있으며, 얼마나 많은 나무들이 태워지고 잘리고 있는가. 우리는 허겁지겁 돈을 모아 자동차를 사야 하고, 또한 얼마나 많은 쓰레기를 버려야 하고, 얼마나 많은 책을 찍어내야 하는지. 발걸음을 멈추는 것은 고사하고 이 가속도를 늦추는 것조차 무망하다. 그것이 문명과 자본주의의 생리이다. 그들은 파괴를 생산으로 미화하고 숭상한다. 사람들이 이 별에서 사라지는 날이 온다면 그 원인은 아마도 정신적·도덕적인 타락이 아니라 물질적인 풍요 때문일 것이다. 요컨대 지금 우리가 당면한 문제 가운데 가장 대규모적이며 근본적인 위협은 생태학적 위기가 아닐 수 없다. 그래서 '생물의 생활 상태와 환경의 관계를 연구하는 학문'인 생태학은 충분히 예측되는 재앙에 대한 연구의 다른 이름이 되었다.

2

그러므로 이제 생태학적 위기는 미학적인 주제가 아니라 실천적인 주제로서 떠오른다. 이는 사람들이 일군 오랜 역사에 걸쳐 크고 작은 논란이 되어온 생존 문제의 심각한 변종이며, 모든 문제를 포괄하고 있는 근원이다. 중요한 것은 무엇보다도 현 생태계의 위기가 현존하는 생물의 존망에 관련되어 있으며 결과적으로 인류의 존망과 관련되어 있다는 사실이다.

생태학의 위기라는 주제는 예술의 접근에 용이하게 열려 있는 편이 아니다. 이는 항용 윤리적·실천적 주제 앞에서 문학이 고민했던 선례의 또 다른 변주가 될 가능성이 많다. 거레의 권리를 위해, 더 많은 사람의 권리를 위해, 이 권리의 부당한 침탈을 막기 위해 싸워야 했던 윤리와 실천의 시대에 예술과 문학의 자리는 늘 비좁았다. 이전의 윤리적 주제가 사회과학적 상상력을 요청했다면, 이 주제는 자연과학적 상상력을 요청하고 있다. 사회과학에 비해 자연과학은 시와 더 멀다.

우리가 한 가닥 희망을 갖는 이유는, 그럼에도 불구하고 사람이 자연을 심정적으로 동경할 뿐만 아니라 아름다움을 깊이 느끼고 나아가 그 아름다움을 표현할 수 있다고 알려진, 지구 위에서는 유일한 생물이라는 사실이다. 우리는 자연을 바라보며 머나먼 옛날 이 복 받은 별 위에 작디작은 생물로서 첫 움직임을 시작하던 놀라운 경계의 시간을 무의식적으로 추억하고 있는지 모른다. 우리는 그때 정적의 세계로부터 생명의 세계로 옮겨왔다. 그리고 오래고 험난한 진화의 과정을 거쳐 오늘에 이르렀다. 우리는 결국 자연으로 돌아갈 존재임을 잊지 않고 있으며 그 시간이 아름답고 평온하기를 간절히 바란다. 이 소박하며 최종적인 꿈을 환기하고 이 꿈이 뿌리부터 흔들리고 있는 위기의 실상을 더 많은 동족들에게 알릴 수 있다면, 아름다운 자연의 풍경을 영원히 잃어버릴 수도 있다는 서글픈 사실을 온전히 알릴 수 있다면, 나아가 그 끔찍한 미래를 우리의 실천적 노력으로 조금이나마 미루거나 바꿀 수 있다는 희망을 널리 퍼뜨릴 수 있다면, 그것을 문학이 도울 수 있다면 더할 나위 없이 보람 있으리라.

우리는 윤리적·실천적 주제를 능히 감당하려 애쓰던 예술 또는 문학의 모습을 아주 가까운 과거에 본 적이 있다. 사람의 삶과 그 삶이 깃들인 세계는 문학이 문제삼는 것을 고스란히 포괄하는데, 그 삶과 세계가 극히 비관적인 형편에 처해 있다면 문학은 이를 당연히 외면할 수 없다. 내면보다 세상을 향해 더 열린 문학을 뭉뚱그려 윤리적·정치적 문학이라고 부를 수 있다. 문학사는 시대와 역사의 요청을 외면하지 않고 삶과 세계의 비관적인 형편을 개선하기 위해 노력한, 윤리적·정치적 의도를 가진 문학작품을 기억하고 있다. 오늘 우리가 생태계의 위기를 깊이 인식하고 그 개선을 위해 문학을 선택한다면 이때 문학은 윤리적·정치적 문학이 된다. 어떤 이는 명분의 고귀함과 순수함을, 그리고 영향력의 무차별성과 포괄성을 들어 비정치성을 강변할 수도 있겠으나, 여느 윤리적·정치적 문학의 주제도 그러했음을 잊어서는 안 된다. 그래서 생태학적 위기에 주목하는 이른바 생태문학 또는 환경문학은 무정부주의적 속성을 갖지 않을 도리가 없다.

정치적인 문학은 주제의 압도적인 구심력으로 인해 흔히 문학의 고유한 아름다움, 즉 형상의 아름다움과 마찰한다. 앞선 사례를 되짚어보면 하나의 정치적이고 실천적인 주제가 문학적인 아름다움을 포섭하는 과정이 오래고 지난했음을 배울 수 있다. 그러나 그와 같은 시행착오가 남긴 교훈이 또 다른 정치적인 주제에 쉽게 세습되는 것 같지는 않다. 환경문학, 생태문학에서 이전의 정치적인 문학이 밟았던 시행착오는 다시 반복되고 있다. '꽃의 미사일을 쏘아올리자'는 투의 유치한 발상은 '원흉은 자폭하라'는 투처럼 유아적인 환상에 근거한다. 세상은 그렇게 만만하지 않은 법이다. 이 감상적 환상은 잘해야 자만과 도취에 소용될 뿐이다. 주제의 숭고함과 위대함은 곧바로 문학적 가치로 전이되지 않는다. 이 과정의 인식에 대한 소홀함은 항용 창작과 실천의 차별성을 놓치고, 실천 앞에 창작의 명분을 위축시킨다. 요컨대 문학은 어떤 경우라도 그 미학적 명분을 존립의 근거에 두어야 한다. 정치적 주제와 씨름했던 문학의 선례에 비추어 간단하게 몇 가지 강령을 마련해보자.

첫째, 문학적 형상의 본원적 아름다움을 포기해서는 안 된다. 문학은 도구로만 쓰일 수는 없으며, 최악의 경우라도 그것은 도구이면서 동시에 목적이어야 하기 때문이다. 둘째, 위기의 진상을 주장하기 위해 흥분해서는 안 된다. 문학 이외의 사실 또는 진실을 주장하기 위한 흥분이 문학을 성숙시키지 못한다는 점은 주제 또는 성향과 상관없이 옳았기 때문이다. 셋째, 위기의 진상에 대한 깨달음을 과장해서는 안 된다. 지난날 민중 또는 역사의 위대한 힘에 대한 깨달음을 과장했던 문학이 독자들에게 주었던 거부감을 떠올려보라. 넷째, 구체적인 적을 상정하여 그를 악의 화신으로 설정하면서 그에 대한 적대의식을 과도하게 부각해서는 안 된다. 구체적인 적의 설정과 적대의식의 부각은 포괄적인 적의 본질을 희석하고, 그 국면적 대응만으로 문제를 호도한다. 다섯째, 동화적이고 도식적인 구도로 문제를 단순화하지 않는다. 말과 감각의 재미가 문제의 무게를 줄일 위험이 있기 때문이다. 여섯째, 실천의 작은 명제에 갇히지 않아야 한다. 이를테면 재생용지를 사용하자는 주제로 시를 쓰지 않는 것이다. 그것은 표어의 몫이지 문학의 몫은 아니다. 실천의 절박함이 소중하다면 종이 앞에서 번민할 필요가 없다. 문학은 역동적 실천보다는 차분한 반성에 더 가깝다. 일곱째, 문학의 전통적 미덕과 기제를 세심하고 적극적으로 활용해야 한다. 이를테면 비판과 공박의 자리에서도 풍자와 해학의 여유를 잊지 않을 일이다. 타인을 변모시키는 문학의 힘은 본연의 미덕을 숙고하는 자리에서 얻어진다. 이는 세련되게 우회하는, 더욱 효과적인 방식이다. 여덟째, 누구나 수긍할 수 있는 이상적인 세계를 꿈꾸는 데 힘쓴다. 이야말로 우리가 잃어버린 세계, 되찾아야 하는 세계, 그 세계에 대한 친화성을 아름다운 방식으로 상기시키기 때문이다. 경제적·계급적 평등, 행복의 조화를 아름답게 그린 다른 윤리적·정치적 문학의 성취를 생각해보라.

3

그러나 위대한 문학 앞에서 창작의 강령은 언제나 소용이 없다. 창조적 예술의 주체는 언제나 그런 강령이 감당 못할 성취를 이루어왔기 때문이다. 문학이 말의 조화나 내면의 진실을 표출하는 단순한 목적 이상이어야 한다고 믿어온 사람들은 어느 시대에나 있어왔으며 그들이 선택한 문학 이상의 목적은 일반적으로 숭고하고 의롭다고 생각되는 가치들이었다. 가까운 과거에 글 쓰는 사람들뿐만 아니라 이

공장지대 / 최승호

무뇌아를 낳고 보니 산모는
몸 안에 공장지대가 들어선 느낌이다.
젖을 짜면 흘러내리는 허연 폐수와
아이 배꼽에 매달린 비닐끈들.
저 굴뚝과 나는 간통한 게 분명해!
자궁 속에 고무인형 키워온 듯
무뇌아를 낳고 산모는
머릿속에 뇌가 있는지 의심스러워
정수리 털들을 하루종일 뽑아댄다.

땅의 많은 사람들이 몰두했던 정치적 과제가 어느 정도 해결된 지금 그들이 환경과 생태계의 문제에 대해 관심을 옮긴 일은 자연스러워 보인다. 그러나 관심의 열기와 명분만큼 성취가 넉넉하지는 않다. 그중 이른바 환경시 또는 생태시 몇 편을 살펴보겠다.

우리 땅에서 실제로 일어났던 뇌 없는 아이의 출생이 최승호의 시 「공장지대」의 소재가 되었다. 환경 문제에 대한 인식이 그다지 성숙되지 않았던 당시에 이 사건은 무척 충격적이었고 반향은 컸다. 「공장지대」는 이 현대 산업사회의 비극이, 원인의 과학적 판단과 피해의 공식적 배상에 의해 간단하게 처리되지 않았으며, 동시대의 사람들에게 깊은 정신적 상처로 존재할 수 있음을 경고하고 있다. 뇌 없는 아이의 출생은 신문에 보도되었으나 산모의 정신적 고뇌는 상세히 보도된 바 없다. 이 시의 착상은 보도와 문학의 경계를 잘 보여준다. 시인은 더 이상 대책 없는 산업화가 지속될 경우 이와 같은 종류의 비극이 반복되고 확산될지도 모른다는, 생각하기만 해도 끔찍한 상황을 기상천외한 기형아를 낳은 어머니의 번민을 형상화함으로써 암시하였다. 그러나 이후 비슷한 상황은 반복되었다. 환경을 파괴하지 않는, 생태계를 건드리지 않는 형태의 문명은 가능한가. 새로 태어날 아이들의 행복이 이미 태어난 어른들에 의해 어느 정도 보장될 수 있을까. 대답은 여전히 어둡고 불길하다.

파묻어도 안 없어지고
불살라도 안 없어지고
물에 뜨면 오대양 큰 바다
수백 수천 년 갈고 돌아다니고
썩도 않고 삭도 않고 끄덕도 않고
아 그런 징그런 놈이

꼴에
하아따
꼭 산 몸 같다야
밭에서 돋은 산 놈
어째 오늘은 꼭
무슨 영물 같다야
가사 한삼에 꽃꼬깔 쓴 영물!

—김지하, 「비닐」에서

애린 2 / 김지하

노을은
흰 벽 위에서 더는 붉게 타지 않고
하늘은
흰 손수건에 이젠 푸르게 물들지 않는다
정이월 뜨락에
하우스에서 옮겨온
활짝 핀 튤립꽃을 보다
소름끼쳐 너무 무서워
문 닫아버리고
문고리 걸어 몇 번이나 다시 잠그고
솜이불 속에 숨어 식은 땀 흘리며
몇 날 며칠을 앓았던가

이 시에서 '비닐'은 현대문명의 반생명성을 상징한다. 이는 바람에 나부끼며 꽃의 흉내를 내는, 오래오래 썩지 않는 징그러운 물건이다. 그래서 이 시의 주제는 '나는 비닐이 싫다'라는 한 문장에 모아진다. 간단한 주제에도 불구하고 이 시가 각별한 이유는 주제를 다루는 태도가 각별하기 때문이다. 여기에는 문제적 대상을 효과적으로 어르는 풍자의 시각이 있다. 여기서 비닐은 "꼴에/하아따"라는 어구에서 보듯 냉소적 찬탄의 대상이 되고 우스꽝스럽게도 '영물'로 대접받기도 한다. 물론 비닐은 문명이 자랑하는 효용 높은 산물 가운데 하나에 불과하지만,

거리로부터는 지축 울리는 쇳소리 경음악 소리
플라스틱이 플라스틱 스치는 서쪽 바람 소리
싸우고 헤어진 그 젊은 애 그 번들대던 눈
입 속에서 콧속에서 퍼지는 사리돈 약내
시퍼런 동백잎 위에 파열하는 은빛 강철의 햇살
아아
여린 살갗으로는 이제
공기 속에마저 더는 설 수 없구나
애린
애린
너는 지금 어디 있느냐

시인은 이 흔한 무생물을 내세워 풍자함으로써 이를 생산해낸 문명의 중심을 공격한다. '비닐'은 이 시인의 다른 시에서도 비슷한 의미로 자주 등장한다. 다른 짧은 시(「28」)에서 그는 "시드는 것이 좋다/살아 있기에/썩는 것이 좋다"라는 구절로 시작하고, "이제껏 그토록 비닐만 좋아했기에"라는 구절로 마무리하였다. 편리한 비닐만을 좋아하다가, 시들고 썩는, 살아 있는 것 그대로의 숙명을 좋아하게 되는 과정은 인식론적 전환을 의미한다. 그러나 형상화의 방식은 소탈해서 독자는 편하고 푸근하다. 독자는 그의 글을 논설이 아니라 시로 읽고 있기 때문이다. 적어도 오늘날 비닐을 보기 좋다고 생각하는 사람은 없다.

그의 또 다른 시 「애린 2」는 「애린」 연작 가운데 하나이다. 시의 화자는 세상의 낯선 변화에 두려움을 느낀다. 이처럼 노을이 더 이상 붉지 않고 하늘이 더 이상 푸르지 않은 모습은 종말의 풍경과 다르지 않을 것이다. 적어도 우리가 알고 있는, 거의 대부분의 생물은 이런 환경에 적응할 수 없다. 그곳은 적어도 우리들에게 우호적인 삶의 환경 곧 안온한 생태계가 아니다. 그래서 화자는 생명의 본성을 거스르는 문명의 조작에 신경증적 반응을 일으킨다. 비닐 온상에서 계절과 무관하게 핀 꽃을 보고 그는 도망친다. 방문을 걸어 잠그고 솜이불 속에서 식은땀을 흘리며 며칠을 앓는다. 바깥은 쇠 부딪히는 음악 소리와 플라스틱 부딪히는 바람 소리, 그리고 싸우는 사람들, 약 냄새와 강철 햇살로 가득 차 있다. 문명의 사면초가에 신음하며 그는 '애린'을 찾는다. 그렇다면 애린은 앞선 그 모든 황폐한 환경의 부정성에 대응하는 존재일 것이다. 애린은 이렇게 쇠약한 정신을 능히 위로할 만큼 부드럽고 따뜻하고 편안하고 자연스러울 텐데 그의 가까이에 없다. 이 시는 우리가 무엇으로부터 포위당해 있으며 어떤 것을 잃어버렸는지를 위기의 목소리로 전한다. 곁들여 그 목소리가 사랑노래의 형태로 되어 있음을 주목할 만하다. 이는 오래 전 한용운이 또 다른 정치적인 주제를 시에 들여오는 데 사용했던 방법과 많이 닮았다. 그 외 다른 이들의 시들을 몇 편 더 보자.

> 바람이 그리운 날, 돌이켜보자
> 그날 우리는 그 옷을 입었다
> 흙이 그리운 날, 되새겨보자
> 그날 우리는 그 옷을 입었다
> 바다 출렁이는 물결이 그리운 날
> 무명 삼베 베돌찌 터진 가슴에
> 바다에서 부는 바람 스며들었다
> 제주바다 태왁 띄워 물질하던 잠녀들아
> 한라산 중턱에서 소먹이던 테우리야
> 세상살이 설움이야 끝이 없어도
> 찧어서 찧어서 풋감일랑 찧어서
> 감물 들여 흙빛나는 새옷을 해 입으니
> 바다도 들판도 동무였으니
> 전해주렴, 나에게도 푸른 바람 전해주렴
>
> ─김명수, 「갈옷」에서

이 작품에는 더 근원적인 세상으로 거슬러 올라가고자 하는 시인의 꿈이 있다. 또 자연과 조화를 이룬 삶이 있다. 이 고운 상상의 계기는 '감물 들여 흙빛 나는 무명 삼베 옷'인데, 바로 이것이 제목의 '갈옷'인 모양이다. 갈옷이 편했던 시대는 필경 오래 전에 지나간 어느 시간일 것이다. 그때에는 바람과 바다가 제대로 있었고 자연과 사람은 동무였다고 시인은 생각한다. 그러나 지금 바람은 죽었고 나비와 풀잎은 흔적이 없고 먹장구름이 하늘을 가렸다. 이 시인은 다른 어떤 시에서, "산이

김용택
1948년 임실 출생.
1982년 『21인 신작시집』에 시 발표하며 등단.
시집 『섬진강』, 『누이야 날이 저문다』, 『강 같은 세월』, 『맑은 날』 등.

피흘린다/산이 신음한다/무쇠턱을 쳐들고 굴삭기가 길을 내어/철골을 신고 와서 철탑을 세운 뒤/산등성이는 음산하여/구름마저 산허리에 쉬어 가지 않는다"(「고압선 철탑」)라며 직접적으로 환경 파괴를 고발하기도 했고, 다른 시에서는 "늘 마음속에 그립게 남아 있던 반변천은/이제 임하댐, 청송감호소가 생긴 뒤로/폐천으로 바뀌어간다"(「반변천」)라며 개발 정책으로 황폐화된 고향 때문에 메말라버린 가슴을 표현하였다. 이들 두 작품이 주로 '있지 않아야 될 모습'을 비판하고 고발하는 육성이 두드러졌다면 이에 비해 '있어야 할 모습'을 그린 위 시는 상대적으로 높은 성취를 인정할 수 있다. 그는 또 만 년 전에 사람들이 새겨놓은 암각화를 보며 그 시대와 오늘을 함께 보았다.

우리도 그날을 기억하리니
바위에 새겨진 만년의 시간이여
바위에 새겨진 우리의 고향이여
오늘은 바다조차 메말라가고
들판에 풀잎마저 시들어가는데
우리는 너무 오래 주인이었네

우리가 죽인 바다 주인이었네
우리가 죽인 들판 주인이었네
우리는 너무 오래 피만 흘렸네
끝없이 끝없이 피만 흘렸네

—김명수, 「기억의 저편」에서

시인은 바위에 새겨진 그림에서 '인간은 바다와 하나'인 세계, '인간은 들판과 하나'인 세계를 본다. 그리고 그곳이 '우리의 고향'이라고 생각한다. 그런데 우리는 그곳으로 돌아갈 수가 없다. 사람들이 그 세계를 해체하고 파괴했기 때문이다. 오늘 바다는 말랐고 풀잎은 시들었고 우리는 서로 피를 흘리고 있다. '바다'와 '들판'을 죽인 사람들이 스스로 피 흘리고 있는 것이다. 이 어두운 그림에서 보듯이, 때로 시인들은 위기를 부풀려 강조하고 있지만, 오늘에도 자연과 사람의 조화가 완전히 사라져버렸다고는 할 수 없다. 아직도 우리는 아름다운 자연을 구경할 수 있는 행운을 간직하고 있다. 이는 행복이면서 동시에 책임을 환기한다. 이 축복이 앞으로도 오래 후손들에게 이어지기를 바란다면 우리는 모종의 실천적 행동을 취하지 않으면 안 된다. 어떤 시는 아직도 우리에게 소중한 기회가 남아 있음을 깨닫게 해준다.

오늘도 집에 가다
나는 네 뿌리에 앉아
서늘한 네 몸에
더운 내 몸을 기댄다
토끼풀꽃 애기똥풀꽃이 지더니
들판은 푸르고
엉겅퀴꽃 망초꽃이 피었구나

좋다
네 몸에 내 몸을 기대고 앉아
저 꽃 저 들을 보니 오늘은
참 좋다

―김용택, 「푸른 나무 7」에서

　나무는 지상에서 가장 아름다운 형상을 지녔다. 땅에 뿌리를 굳건히 두고 꿈꾸는 대상, 곧 빛을 향해 마음껏 몸을 펼치고 뻗는 모습은 과연 고결한 정신의 생태를 몸으로 보여주는 것 같다. 특별한 예외를 젖혀두면 나무는 다른 어떤 생명도 해치지 않고 스스로 살아간다. 겉과 속 모두 완전한 생명의 모습이 아닌가. 그와 같은 나무는 보는 일만으로도

봄언덕 / 곽재구

냉이꽃들이 바람에 하염없이 흩날리네
황톳길 칠십리 하룻길이 아직 멀었는데
눈에 부딪는 산과 강 다 그리워
버리지 못하고 가슴에 안고 가네
사랑하는 사람아
냉이꽃밭 위 찢긴 몸 그대로 누워라
조선의 사월의 가장 맑은 바람
이 꽃밭 속에 숨어사나니

곽재구
1954년 전남 광주 출생.
1981년 중앙일보 신준문예 시 당선.
시집 『사평역에서』 『전장포 아리랑』
『서울 세노야』 『참 맑은 물살』 등.

우리에게 즐거움을 준다. 위 시는 나무에 기대어 풀꽃을 바라보는 전원적 장면을 깨끗하고 소박하게 그렸다. 작중 화자는 스스로의 존재를 비우고 식물들의 삶에 수렴해간다. 그는 "참 좋다"라고 말한다.

곽재구의 시 「봄언덕」 또한 사람과 자연의 간단치 않은 어우러짐을 노래하고 있다. 여기서 삶의 주제는 자연의 주제를 포괄하고 있다. 화자에게 조국과 연인은 산과 강과 꽃이 있기 때문에 더욱 눈물겹다. 마음속으로 그리는 곳이 늘 산과 물과 수풀로 채워져 있는 것은 농촌에서 자란 사람들만의 특별한 경우일까. 그렇지 않을 것이다. 사람들은 누구나 산과 물과 수풀을 좋아한다. 아름다운 곳을 찾아 사람들은 일부러 먼길을 여행하고 사진을 남기지 않던가. 위의 시들은 우리가 여전히 자연 속에 있고 그래서 행복함을 증언한다. 두 시에서 모두 사람은 자연 속에 적당한 자리를 구하고 있으며 자연에서 행복하고 너그러운 생각을 얻어온다. 토끼풀꽃과 엉겅퀴꽃과 냉이꽃을 본 사람이 없어지고 몸을 기댈 나무를 찾을 수 없는 세상을 생각하는 일은 끔찍하다. 우리에게 소중한 어떤 것이 아직 완전히 사라지지 않았으며 그들이 우리의 온전하고 넉넉한 삶과 긴요하게 관련되어 있음을 환기하는 일은 주제의 갈래와 무관하게 소중하다. 앞서 살핀 시들은 현 생태계 곧 자연과의 친화성을 강조하고 있다. '소중하다' '옳다'고 거듭 외치는 일보다 그 소중함과 옳음을 천천히 깨닫게 하고 그 깨달음을 키우게 하는 방법은 언제나 문학에서 권장되어왔다.

4

생태학적 위기와 환경의 문제를 외면하지 않는 시의 길이, 윤리적·정치적 주제를 다룬 문학의 큰 갈래에 포함되는 것을 나는 앞서 말했다. 이 주제를 감당하려는 문학은 위기의 심각성과 미학적 가치를 아울러 수용해야 하는 어려운 숙제를 갖는다. 달리 말해 사람 또는 사람의 문명이 맞이하고 있는 위기를 외면하지 않을 것, 동시에 문학의 아름다움을 포기하지 않을 것, 이것이 양단의 숙제인 것이다. 그 사이에 쉬운 길이 있을까. 이는 고발과 풍자와 서정과 서사 그리고 그 밖에 문학이 가진 미덕의 고른 어우러짐이어야 할 터인데, 아직 우리 앞에 그 길은 또렷하지 않다. 그러나 지나치게 고민하며 시간을 허비할 필요는 없다. 실천의 길이 열려 있기 때문이다. 이렇게 말하면 안 될까. 실천은 필수, 창작은 선택.

생태학적 위기와 환경의 문제가 훨씬 실천적인 과제라는 사실에, 또 문제의 심각성에 동감한다면 이 문제가 좋은 작품을 생산하느냐 아니냐의 문제와 별개의 길에 놓여 있는, 예술 또는 문학 이전의 문제라는 점을 자연스럽게 수긍할 수 있다. 삶은 문학보다 언제나 크고 넓다. 삶의 너른 문제에 대한 우리의 인식이 향상된다면 문학은 언제나 이를 향해 열려 있을 것이다. 생태계와 환경 위기의 주제를 훌륭히 소화한 몇 편의 작품이 나오는 것에서 나아가, 문학과 현실의 마당에서 두루 생태계와 환경의 소중함에 대한 생각이 받아들여지고 유포되기를, 그리하여 우리의 삶이 더 건강하고 아름답게 되기를 간절히 바란다. 소리 높은 시를 쓰는 일보다, 종이를 낭비하지 않는 글을 쓰는 일이 더 값진 일일 수도 있으리라. 나무들을 위해 책이 사라져야 하는 날이 올지도 모른다. 그렇다면 나무가 없어서 책을 펴내지 못하는 날보다는 행복하리라. 하찮은 이 글 때문에 목숨을 앗긴 나무들을 위해 묵념하며 이만 줄인다.

| 더 생각해봅시다 |

1. "문학은 도구로만 쓰일 수는 없으며, 최악의 경우라도 그것은 도구이면서 동시에 목적이어야" 한다는 말의 의미를 설명해보자.
2. 생태학적 위기와 같은 정치적·윤리적 주제를 형상화하는 문학적 방법에 관해 생각해보자.
3. 이육사·한용운·윤동주 시인의 시를 중심으로 정치적 주제가 작품 속에 어떻게 형상화되어 있는지 찾아보자.

'세속도시'에서 '천국'으로
―최승호와 하재봉의 시

김수복

최승호 엘리베이터 속의 파리 | **하재봉** 비디오/천국

1

오늘의 문화사적 현실을 깊이 있게 들여다보면 '신(神)이 없다'는 상황을 절감하게 된다. 인류의 삶을 온전하게 하고 화해로운 질서를 회복할 수 있는 신의 자리는 물신적 사조에 덮여 그 기능을 잃고 있다. 그것은 인류의 정신보다는 욕망이 앞서고, 자연적 호흡보다는 기계적 감각이 더 뜨겁고, 완전한 자아보다는 분열된 자아들의 갈등이 노정되고 있는 현실이 이를 뒷받침하고 있다. 따라서 인간의 마음은 점점 황폐화되어가고 있으며, 인간과 인간을 따뜻하게 묶어줄 사회적 관계도 폭력과 억압의 벽에 의해 단절되고 있다. 인간은 점점 소외의 늪으로 빠져들고 물질적·문명적 감각이 인간의식을 지배하고 있는 시대에 우리는 놓여 있다.

이러한 문화적 불구성의 열병을 진단하고 이를 치유하기 위해서 우리는 어떠한 문화적 대응을 강구해야 할까. 이러한 질문 속에 오늘의 우리 시가 안고 있는 시적 상상력과 긴장의 모습들이 가득 차 있음을

1954년 춘천 출생.
1977년 『현대시학』을 통해 등단.
시집 『고슴도치의 마을』 『진흙소를 타고』 『눈사람』 『여백』 등.

볼 수 있다. 여기서 다루고자 하는 최승호의 고뇌에 찬 현실 읽기의 표정과, 하재봉의 일상을 뛰어넘기 위한 도시적 상상력의 몸짓도 이러한 줄기찬 노력의 일환에 속한다.

이들 두 시인은 물신화된 삶의 저변을 끌어안고 있다. 이를 도시적 일상이라 해도 좋다. 오늘의 인간적 삶의 중심 무대가 도시로 집약되어 있다는 점에서 이러한 선택은 매우 중요한 의미를 지닌다. 최승호와 하재봉은 도시적 일상을 공통 분모로 안고 있다는 점에서 공통적이다. 그리고 도시적 일상들을 심층적으로 끌어안으면서 소외되고 분열되어가는 자아의 의식을 드러내고 있는 점에도 자리를 같이하고 있다.

그러나 이들 두 시인이 드러내는 현실의 내면은 뚜렷한 의식의 편차를 보인다. 최승호의 세속도시에 대한 비판적 견해들이 물신화된 사물 속에 드리워진 부조리한 음영들로 가득 차 있는 반면, 하재봉의 도시적 일상을 초월하려는 상상력은 일상적 세태들 속으로 파고들어가 마멸된 인간의식을 복구하려는 신화적 감각으로 재현되어 나타나고 있다. 따라서 최승호는 소외되고 해체되어가는 자아의식을 물신화된 사물 속에 구체적으로 투영하려는 자세를 지니고 있으며, 하재봉은 얽혀 있고 분열된 자아들을 일상으로부터 해방시켜 초월적 세계로 나아가게 하는 상상력을 펼쳐내고 있다. 그러나 이들은 도시의 일상 뒤에 숨어 있는 신(神)을 찾아 나서려는 태도를 함께 지니고 있다.

2

최승호의 『세속도시의 즐거움』은 그의 『진흙소를 타고』에 뒤이은 네 번째 시집이다. 정치한 판단은 아니지만, 이번의 『세속도시의 즐거움』은 『진흙소를 타고』에서 보여준 뒤얽힌 현실에서의 절대적 정신의 자리 찾기에서 세속적 삶의 일상 속으로 내려와 있다. 『진흙소를 타고』가 현실의 굴절된 표층들을 절대적 관념의 세계로 드러내려는 의식을 보였다면, 『세속도시의 즐거움』은 물신화된 세계에 대한 구체적 탐색을 통하여 현실의 부조리한 부면들을 끌어안고 있는 점에서 상당한 변모를 보여준다.

앞에서 오늘의 인간적 삶을 에워싸고 있는 현실은 신이 숨어 있는 상황적 특징을 보여준다고 하였다. 신이 없는 시대의 삶은 불완전하고, 소외당하고 분열된 자아의식을 보여준다. 욕망이 끓어넘치고, 기계적 감각의 노예가 된 인간은, 더욱더 세속적 삶에 지배되어 갈등의 소용돌이 속에 휘말려 있다.

끙끙 앓는 하나님
누구보다도 당신이 불쌍합니다
우리가 암덩어리가 아니어야
당신 몸이 거뜬할 텐데

피둥피둥 회충떼처럼 불어나며
이리저리 힘차게 회오리치는
온몸이 혓바닥뿐인 벌건 욕망들

—「몸」에서

하필 파리가 내 뺨에 붙었을 때
나는 죽은 꽁치들이 빽빽한 통조림 속에
머리를 내밀고 있는 느낌이었다
불쾌했다
내 안에서 부패가 진행되고 있는 느낌이랄까

—「엘리베이터 속의 파리」에서

도끼를 삼키는 물렁한 상처들

밤마다 살이 얇게 저며지는
포장육 속의 色身들

—「赤身」에서

『세속도시의 즐거움』의 서두를 맡고 있는 「몸」에서의 세속적 삶은
'암덩어리'에 의해 '당신 몸'이 썩어들어가는 부패한 세태를 보여주고
있다. 하나님도 이러한 타락한 삶을 치유하기 위해 "끙끙 앓고" 있으나,
현실은 회충떼처럼 불어나며 '거뜬할' 수 없을 만큼 세속도시에서의 삶
은 이미 '암덩어리'가 온몸에 퍼지고, 혓바닥뿐인 벌건 욕망에 사로잡
혀 있다. 이러한 욕망에 사로잡힌 현실 속에서의 사람의 부패의식은
"하필 파리가 내 뺨에 붙었을 때/나는 죽은 꽁치들이 빽빽한 통조림 속

에/머리를 내밀고 있는"것으로 체감된다. 즉, 그것은 "내 안에서 부패가 진행되고 있는"것으로까지 확대된다. 따라서 세상은 온통 "도끼를 삼키는 물렁한 상처들"로 가득 차고, '밤마다 살이 얇게 저며지는/포장육 속의 色身들"의 모습으로 비쳐진다. 여기서 세속도시의 삶을 '몸'이라는 유기체적 구조로 드러내면서 '부패'와 '상처'가 가득 찬 세속적 삶의 모습을 투영한다. 세상이 온통 상처투성이라는 인식은 더욱 첨예하게 발전되어 인간성을 붕괴시키는 참담한 현실을 그려낸다.

> 무뇌아를 낳고 보니 산모는
> 몸 안에 공장지대가 들어선 느낌이다.
> 젖을 짜면 흘러내리는 허연 폐수와
> 아이 배꼽에 매달린 비닐끈들.
> 저 굴뚝들과 나는 간통한 게 분명해!
> 자궁 속에 고무인형 키워온 듯
> 무뇌아를 낳고 산모는
> 머릿속에 뇌가 있는지 의심스러워
> 정수리 털들을 하루종일 뽑아댄다.
>
> ―「공장지대」 전문

인간이 사는 도시에 공장들이 들어서고 이로 인해 인간이 점점 밀려나면서 인간성이 파멸되어가는 현실의 그로테스크한 모습을 무뇌아를 낳는 산모를 통해 참담하게 그려내고 있다. 공장 지대가 꽉 들어찬 도시 속에서의 삶은 바로 뇌가 없는 아이를 낳는 산모처럼 부조리한 삶의 상황 속에 놓여 있다. 이러한 도시적 삶의 상황은 "자궁 속에 고무인형 키워온 듯"한 무뇌아를 낳은 산모처럼 "정수리 털들을 하루종일 뽑아댄"는 모습으로 형상화된 공장 지대이다. 여기서 최승호는 도시적 삶의

엘리베이터 속의 파리 / 최승호

썩어서도 거드름 피우는
그 놈들 코에 가 붙지 않고
하필 파리가 내 뺨에 붙었을 때
나는 죽은 꽁치들이 빽빽한 통조림 속에
머리를 내밀고 있는 느낌이었다
불쾌했다
내 안에서 부패가 진행되고 있는 느낌이랄까
나는 손을 들어 파리를 쫓았다
그 동작이 늪수렁에 빠져 살려고 버둥거리는
허우적거림으로 비쳤을지 모르겠다 죽음에 둘러싸여
무력했지만 파리 쫓을 힘은 있었다
빌딩을 오르내리는 날개 없는 요일들
엘리베이터가 올라가고 있었다
올라가도 거대한 수렁 속으로 빠져드는 듯
함몰과 큰 추락에 대한 공포에 나는 떨고 있었다

불모성과 인간성 파멸의 현실적 국면을 '공장 지대'라는 알레고리를 통해 극화시켜놓았다. "저 굴뚝들과 나는 간통한 게 분명해!"라는 진술을 통해, 도시 속에 공장이 들어서는 과정을 '간통'과 접맥시키고, '굴뚝'을 생식적 상징으로 변용하면서, 인간성이 파멸되는 현실을 '공장'이라는 무뇌아를 낳는 산모로 제시하고 있다. 이러한 최승호의 진술은 문명 비판적 의식을 수용하면서 도시적 삶의 불모성을 비춰내는 데 성공하고 있는 셈이다. 이런한 삶의 불모성은 도시적 삶의 도취와 타락한 삶의 실상을 조명하는 것으로 나아간다.

幻으로 배 불러오는 욕정과
幻이 불러일으키는 흥분이 있다
눈 앞의 시간이
토막난 채 흘러가는 필름이고
텅 빈 은막 위에 요동치는 것들이
幻인줄 알면서 나는 幻에 취해
실감나게 펼쳐지는 幻을 끝까지 본다
내 망막의 은막이 텅 빌 때까지
눈에서 나온 혓바닥이 멸할 때까지

—「세속도시의 즐거움 1」에서

시체냉동실은 고요하다.
홑거적 덮은 알몸의 주검이
혀에 성에 끼는 추위 속에 누워 있는 밤,
염장이가 저승의 옷을 들고 오고
이제 누구에게 죽음 뒤의 일을 물을 것인지
그의 입에 귀를 갖다댄다

죽은 몸뚱이가 내뿜는다 해도

서늘한

虛

—「세속도시의 즐거움 2」에서

내일도 없는 허공에서 술이 나를 마시고

우르릉거리는 허공에서 거푸거푸 잔을 돌리며

허공에서 춤추느라 길길 뛰며 쿵쾅거린다

이렇게 살 수도 있을 것 같다

쓰레기로 변하는 음식 찌꺼기들과

엎어진 빈 술병과

쓴물나는 구토,

그 뒤에 밝아오는 허망한 새벽이 없다면

—「세속도시의 즐거움 3」에서

    「세속도시의 즐거움 1」은 섹스 영화를 보고 있는 극장에서, 「세속도시의 즐거움 2」는 병원 영안실에서, 「세속도시의 즐거움 3」은 술 마시는 밤의 술집을 조망하면서 삶의 욕정과 죽음, 도취의 세속적 세태를 '즐거움'이라는 패러디를 통해 엮어내고 있다.

    「세속도시의 즐거움 1」은 "관능을 퍼덕거리는" 알몸으로 던져진 여인의 섹스신을 보면서 "幻으로 배 불러오는 욕정과/幻이 불러일으키는 흥분"을 느끼는 '즐거움'에 도취되어 있다. 이러한 "텅 빈 은막 위에 요동치는 것들이/幻인줄 알면서 나는 幻에 취해/실감나게 펼쳐지는 幻을 끝까지 보"고 있는 현실을, 몽롱한 욕망 속에 사로잡혀 있음을 보여준다. 「세속도시의 즐거움·2」에서는 영안실에서 밤을 새우는 광경을 그려내면서, "곡하던 여인은 늦은 밤 손익을 계산해"(1연)보는 광경과,

"잔돈 긁는 재미에 취해 있"는(3연) 죽음의 밤을 통하여 세속적 삶의 단면들을 보여주고 있다. 「세속도시의 즐거움 3」에서도 악사들을 부르고 "내일도 없는 허공에서 술이 나를 마시고/우르릉거리는 허공에서 거푸 거푸 잔을 돌리며" 술을 마시며 "이렇게 살 수도 있을 것 같다"고 되뇌는 도시적 삶의 세태를 비추고 있다.

이러한 「세속도시의 즐거움」 연작에 비쳐진 세속적 삶의 세태는 몽롱한 의식과, 죽음까지도 물신화로 치장된 세태의 종말론적 상황을 들추어내면서 현실의 타락한 삶의 단면들을 부각시키고 있다. 최승호의 냉혹한 시선에 비쳐진 세속도시의 삶의 단면들은 부패한 몸의 상처, 무뇌아를 낳는 산모로 비유된 도시적 삶의 불모성, 몽유와 죽음, 욕망에 사로잡혀 있는 부면들과 함께, 도시적 삶의 익명성을 통하여 자아와 세계의 갈등을 그려내기도 한다.

> 하루에도 너댓번씩 전화가 온다
> 그는 늘 말이 없다
> 나의 목소리를 듣기만 한다
> 그는 내가 누구인지 아는 것 같은데
> 나는 그가 누구인지 모른다
> 자신을 숨은 신이라 생각하는 정신병자?
> 밤중에도 새벽에도 전화가 온다
>
> ―「복면의 서울」에서

> 어느 날 소녀의 시체가 발견되고
> 악귀는 보이지 않는다
> 소녀는 머리를 산마루 쪽으로 둔 채
> 부패돼 있었고

핫팬츠 주머니엔 과자 부스러기가 남아
있었다 한다

악귀는 이 대낮 어디를 걷고 있을까
사람의 부드럽고 질긴 가죽을
몸에 두르고
(그 역시 퇴화한 꼬리뼈의 흔적을 궁둥이에 가졌으리라)
자신이 악귀인지도 모르는 채
그는 또 살해의 욕구 때울 열번째 제물을 찾아
어디를 어슬렁거리는 것인지

—「악귀」에서

도시적 삶은 익명성을 강하게 띠고 있다. 거대한 복면을 하고 있다고
해도 과언이 아닐 정도로 도시적 삶 속에서의 인간은 제도나 관계 속에
묶여 있다. 따라서 인간 존재는 제도나 관계 속에 놓여 있는 존재로서
강요당하고 있는 셈이다. "하루에도 너댓번씩 전화가 오"지만 "그는 늘
말이 없"고 "나의 목소리를 듣기만" 한다. 그는 "내가 누구인지 아는 것
같은데/나는 그가 누구인지 모르는" 익명의 '그'에게 노출되어 있다.
따라서 「복면의 서울」에서 '나'는 누구에게 노출되어 있지만 '그'를 확
인할 수 없는 도시적 삶의 비극적 존재의 모습이다. 이러한 익명성은
「악귀」에서도 "어느 날 소녀의 시체가 발견되고/악귀는 보이지 않는다"
라는 시행에서도 확인된다. 소녀의 시체는 산마루 쪽으로 부패되어 있
지만, 소녀를 살해한 악귀는 사람의 부드럽고 질긴 가죽을 몸에 두르고
어디를 어슬렁거리는 것인지 확인할 수 없다.
도시적 삶의 익명성을 통하여 자아와 세계의 단절을 희화화한 최승
호의 시선은 세속적 삶을 얽어매고 있는 구체적 관계들을 조명하면서

그러한 관계 속에 놓인 현실의식을 표출해내고 있다. 그것은 "오직 강한 자만이/큰 자유를 누리는 법"(「대머리 독수리 1」)이라든가, 매춘부 안에 포주의 식구들이 살듯이 소비자의 욕망을 언제든지 충족시켜주는 자동판매기에 사는 바퀴벌레 일가(「바퀴벌레 一家」)라든가, "서로를 분통과 연민으로 흔들어놓고, 갈라지느니 차라리 함께 죽자 통곡하는, 혈연"(「혈연과 유대」)의 관계 등으로 드러나 있다.

이러한 세속적 삶의 단면들은 문명 비판적 시선을 통하여 현실의 세태를 들추어내는 태도를 담고 있기도 하다. 그것은 문명에 의해 삶의 온전한 환경들은 점차 훼손되고, 자연이 점점 문명의 도구화로 인해 마멸되어가는 데 대한 비판적 의식들로 점철되어 나타난다. 「물소가죽가방」에서 물소의 가죽이 가죽가방으로, 뼈가 공업용 쇠뼈로, 육신이 포장육으로 사용되는 생태계 훼손에 대한 비판적 진술이라든가, 「석양의 하루살이떼」에서 폐수 위에 거품들이 돋아났다 터지면서 집단 발광을 일으킨 것처럼 몰려다니는 하루살이떼의 형상화 속에는 환경 오염에 대한 냉혹한 비판의 시선이 가담되어 있음도 그것이다.

3

최승호의 『세속도시의 즐거움』이 도시적 삶의 부패한 실상들을 그 로테스크한 리얼리티를 통하여 보여줌으로써 비인간화로 치닫는 현실 정황을 깊이 있게 비판하는 데 비해, 하재봉의 두번째 시집 『비디오/천국』은 도시적 일상에 매몰되어 있는 자아의 훼손된 삶을 숨김 없이 드러내면서, 거기에 일상을 뛰어넘고자 하는 신화적 감각이 어우러져 있는 시집이라 할 수 있다. 『안개와 불』에서 원초적 세계 지향을 꿈꾸어왔던 하재봉의 상상력은 이 『비디오/천국』에 이르러 후기 산업

하재봉
1957년 전북 정읍 출생.
1980년 동아일보 신춘문예 시 당선.
시집 『안개와 불』 『비디오/천국』 『발전소』 등.

사회, 도시문화의 대표적 주자인 '비디오'를 매체 공간으로 하면서 '천국'을 꿈꾸고자 한다. 이는 '상상력의 저공 비행'이라는 현실의 신화적 조망에서, 도시적 일상 속으로 침투하여 훼손된 자아를 숨김없이 드러내려는 현실의 신화화, 즉 그의 표현대로 '도시적 신화'를 창조하려는 의욕들로서 상당한 시적 관심을 함축하고 있다.

따라서 그의 『비디오/천국』은 "TV는 나의 눈 나는 0번을 본다 TV는 폭발한다"는 서막이 열려지면, 도시적 일상의 군집 영상들이 폭발적인 상상력 속에 포획되어 화면을 가득 채우고 있다. 이 화면 속에는 후기 산업사회 이후 급속한 사회 변화를 거듭하면서 증폭되어온 사회 · 정치 · 문화적 욕망들이 실려나오고, 그러한 욕망들에 훼손되어 있는 자아의 도식적 일상들이 비쳐진다. 이러한 자아의 분열적 의식들은 우리 사회가 겪고 있는 현실적 국면들과 맞물려 있으면서 자아의 현실 착상들을 들추어내는 시적 장치로 설정되어 있기도 하다.

　　TV는 나의 눈

　　섹스, 거짓말 그리고

비디오/천국 / 하재봉

나는 출입을 통제당했다

OFF LIMIT
차단기가 내려지고 몇 겹으로 둘러쳐진 전기철조망
체격 좋은 위병들이 착검을 하고
부동자세로 서 있는 문 앞에서
나는 거질당했다
주민등록증이나 크레디트 카드, 공무원 신분증
혹은 운전면허증이나 지하철 정기할인권도 없으므로
나는 증명할 수 없다
내가 그들 제국의 착한 시민이라는 것을,
얼굴 없는 배후 조종자를 찾아야만 한다
이름과 주소, 생년월일도 생각나지 않는
나의 죄를 허위로 날조하여
전동타자기 앞에 앉아 껌을 씹으며
보고서를 작성하는
여자의 다리를 훔쳐보며 나는
대기실 의자에 앉아 있었다 그리고 해가 졌다

그리고 평생이 흘러갔다.

사회적 폭력 및 성적 불안을 조성하는 혐의로 체포된
통제 불가능한 상상력
내 어머니의 자궁 속으로 나는 육십 년간의 여행을 떠난다
뒤엉킨 세상으로 나를 돌려주는 것은
암시장에서 사온 불법
비디오 테이프

—「비디오/TV는 나의 눈」에서

하재봉은 TV를 통해서 세상을 들여다본다. TV에 비처지는 세상은 섹스, 거짓말 그리고 사회적 폭력과 성적 불안을 조성하는 상상력의 현실들로 가득 차 있다. 이러한 삶의 부조리한 현실을 초월하기 위해서 어머니의 자궁 속으로 60년간의 여행을 통해 피드백한다. 어머니의 자궁은 원초적 세계를 의미하며, 섹스·거짓말·사회적 폭력이 난무하는 세상으로부터 초월할 수 있는 화해로운 삶의 자리이다. 그러나 이러한 초월적 세계로 되돌려질 수 있는 것도 이상적 매체를 통해서가 아니라, 암시장에서 사온 불법 테이프에 의해 가능한 것으로 되어 있다. 여기에서 앞으로 펼쳐질 하재봉의 세상 읽기의 화면들이 '불법 비디오 테이프'를 통해 숨김없이 드러나리라는 기대를 갖는다. 따라서 하재봉은 도시적 삶의 일상들이 군집되어 있는 현실적 착상들을 되비추면서 '어머니의 자궁', 즉 '천국'의 도시적 신화를 창조하려 한다. 그러나 천국으로 가는 길은 통제되어 있다.

어머니의 자궁 속으로 여행을 떠나 '천국'를 향하고자 했던 시인은 전기 철조망이 둘러쳐지고 착검을 한 위병이 서 있는 문 앞에서 통행이 거절된다. 주민등록증이나 크레디트 카드 등의 신분을 증명할 수 있는 증명서도 없기 때문에 통행이 불가능해졌다. 제국의 착한 시민이라는 것을 증빙할 수 없고, 이름과 주소, 생년월일도 생각나지 않는다. 그래

서 시인은 그러한 자기 증명의 기억조차 갖지 못하므로 죄가 허위로 날조된다. 대기실 의자에 앉아 전동타자기로 보고서를 작성하는 여자의 다리를 훔쳐보며 하루를 보내고 평생을 보내버린다.

이러한 '천국'으로 가는 첫번째 여행 화면에 비쳐진 사실들에 사회적 폭력이나 제도적 상황의 압제에 놓여 있는 인간 존재의 비극적 실상들을 읽을 수 있다. 그것은 우리 사회의 거울 속에 비친 현실적 상황을 드러내는 표현 양식으로 암시되어 있기도 하다. 따라서 하재봉은 여기서 화해로운 자기 삶을 성취할 수 없는, 정보와 제도에 의해 통제되는 사회적 폭력성을 통하여 굴절되고 훼손되는 삶의 일상을 보여주고 있다. '천국'으로 가고자 했으나 신분을 증명할 수 없고, 자기를 증빙할 수 있는 기억조차 갖고 있지 못하다는 이유로 죄가 날조되고 평생을 흘려보내는 첫번째 여행 화면은 바로 그러한 상황을 암시적으로 드러내고 있다. 이러한 상황 속의 자아는 타자에 의해 작동되고, 사유조차도 기계적인 자아의 모습을 담고 나타난다.

> 나의 사유는 16비트 컴퓨터의 스위치를 눌리는 순간부터 작동된다
> 〔……〕
> 내 개인적 삶의 흔적은
> 컴퓨터 파일 '삭제' 키를 누르기만 하면 사라진다
> 나의 하루는 컴퓨터 스위치를 올리는 것
> 그리고 끊임없이 기록하고 기억을 저장시키는 것
> 세계는, 손 안에 있다
> 〔……〕
> 나는, 내 몸 속으로 힘을 공급해주는 누군가에 의해 사육된다
>
> —「비디오/퍼스널 컴퓨터」에서

「비디오/퍼스널 컴퓨터」에 비친 도시적 삶의 화면은 자아의 사유조 차도 스위치를 올리는 작동으로 가능한 기계적 삶의 모습을 담고 있다. 개인적 삶의 흔적은 삭제 키만 누르면 사라질 수 있는 기계의 통제 속에 놓인다. 끊임없이 기록하고 기억을 저장시키는 컴퓨터의 세계는 "지상의 모든 도시와 땅 밑의 태양 그리고 미래의 태아들까지 연결되는" 채널의 두 눈 속에 비처질 수 있지만, "나의 심장은 거대하게 돌아가고 있는 공장의 발전실"이다. 따라서 컴퓨터를 통한 자아의 인식은 "내 몸 속으로 힘을 공급해주는 누군가에 의해 사유되"는 기계적 자아이다. 하재봉의 「비디오/퍼스널 컴퓨터」는 공장의 발전실이나, "내 몸 속으로 힘을 공급해주는 누군가"로 지칭되는 도시적 삶의 제도권에 의해 통제되고 조작될 수 있는 존재의 비극적 양식을 비추고 있는 셈이다. 이러한 메커니즘적 자아의 모습은 「비디오/비디오 1984」에서도 거대한 익명성에 의해 통제와 감시 속에 놓여 있는 화자의 모습을 띠기도 한다.

나는 명령을 받았다 그들은 누구인가
보이지 않는 거미줄로 묶어놓고
리모콘을 움직여 마음대로 조종하는,
컬러 화면 뒤에 숨어 덧칠된 이 세상

—「비디오/비디오 1984」에서

메커니즘적 사회에서의 개인의 존재는 정보망을 손에 쥐고 있는 거대한 힘에 의해 노출되어 있고, 제한된 자유 속에서 통제되어 살고 있는 셈이다. 하재봉의 「비디오/비디오 1984」의 화면에 투영된 자아의 실상도 리모컨을 움직여 마음대로 조종하는 덧칠된 세상에 의해 감시되어 있다. 감시 속에서 제한된 삶을 누리는 자아는 "오늘밤 나는, 섹스반대위원회 가입을 거부하고 너의 침대로 가"거나, "벽돌 뒤에 숨겨둔 비

밀 노트를 꺼내/변화란 의미없다고 적"는 소시민적 자아로 '사육'되는
존재의 양식을 드러낸다. 하재봉의 이러한 도시적 일상에 얽혀 있는 자
아의 영상들은 "부식되어가는 살갗/녹슨 피로 가득찬 심장"(「비디오/철
공소의 하룻밤」)을 지닌 도시적 삶의 국면국면들을 훑어가면서 '천국'의
도시적 신화를 만들기 위한 상상력의 싸움으로 점철되어 있다.

　　다시는 돌아오지 않으리 이 참혹한 날들
　　망치로 내려치고 싶은,

　　치욕의 지느러미를 움직여
　　나는, 삶의 처음으로 되돌아간다

—「비디오/시간이 없다」에서

　　꿈꾸는 돌과 부딪치면서
　　피를 흘린다

　　곧 별이 뜨리라

—「비디오/전화하고 싶다」에서

　　생각하면 갑자기 정신이 아득해진다
　　방 한 칸의 평화
　　따뜻한 불빛 (불빛은 언제나 따뜻하다)

—「비디오/집」에서

　하재봉의 '천국'으로의 영상 여행은 "결국은 내 묵은 시체에서 몇 개
의 뼈밖에 건지지 못하리라"(「비디오/부재 증명」)는 도시적 삶의 굴절된

의식의 터널을 빠져나와 "삶의 처음으로 되돌아가는" 모습으로 막을 내린다. 도시적 일상들을 침투하려던 상상력은 "망치로 내려치고 싶은" 처절한 나날의 치욕적 삶을 정비하고, 꿈꾸는 돌과 부딪치면서 피를 흘리고 별로 뜨리라는 신화적 감성으로 되돌아오고 있다. 지난날의 치욕적 삶은 "생각하면 갑자기 정신이 아득해"지지만 "방 한 칸의 평화" 속의 초월적 존재의 모습으로 환원된다. "불빛은 언제나 따뜻하다"는 인식은 도시적 삶의 치욕의 현장을 통과제의적으로 지나오면서 원초적 자아로 귀환하는 것을 의미한다. 따라서 하재봉의 『비디오/천국』의 마지막 화면은 따뜻한 불빛이 새어나오는 방 한 칸의 평화로 막을 내린다.

| 더 생각해봅시다 |

1. 이 글에 인용된 최승호의 시들을 연상시키는 그림을 조사해보자.
2. 최승호의 「엘리베이터 속의 파리」에서 '나'의 심리적 상황을 극적 구조의 산문 형태로 묘사해보자.
3. 하재봉의 시에서 '통제'와 '감시'의 유형이 어떻게 표현되어 있는가를 조사해보자.
4. 하재봉의 시에서 통제하는 자와 통제당하는 자의 관계를 극적 구조의 산문 형태로 묘사해보자.

중얼거리는 허깨비

박덕규

함민복 욕망의 망각곡선 | **신현림** 위험해서 찬란한 시간들을 | **채호기** 질주하는 길 위에서 |
김혜수 404호·3 | **황인숙** 서쪽 창에 의자를 놓고

쉬잇! 쉬잇, 쉬잇, 쉬잇.

모두가 허망이니
아무것도 남기려 하지 말자꾸나.
—황인숙, 「그러면 무엇이 허망을 전해줄까」에서

1. 죽음의 도시에서

우리가 몸담고 살고 있는 이 도시가 머지않아 무덤으로 바뀔 것이라는 식의 종말론적인 이미지가 오늘날 우리 시의 한 부류를 채색하고 있음을 확인할 때마다 나는 자주 고개를 갸웃거렸다. 그럼에도 그들은 왜 죽음이 밀려오는 이 도시를 벗어나려 하지 않고 있을까? 한때 그들보다 먼저 도시로 입성해 도시의 반인간성을 파헤쳐주던 선배들마저도 하나 둘 자동차를 타거나 기차를 타거나 비행기를 타고 산으로 숲으로 절로 고향으로 바다로 섬으로 가고 있는 동안, 왜 그들은 이 숨막히는 빌딩 사이에서 이 질주하는 자동차들 사이에서 돌아갈 집도

함민복
1962년 충주 출생.
1988년 『세계의문학』을 통해 등단.
시집 『우울씨의 일일』 『자본주의의 약속』 등.

없는 사람처럼 떠돌고 있을까? 왜 그들이라고 도시를 떠나보지 않았으리. 그리하여 여행이나 등산을 통해 도시의 묵은 때를 벗기며 자신의 갑갑한 삶을 반성해보지 않았으리. 그러나 그들은 어느새 돌아와 도시 안에 갇혀 점점 인간의 생명을 짓밟는 도시의 잔혹한 폭압에 묻혀 꼼짝 없이 죽어가는 신세가 되고 있을까? 그들,

> 누구나 헛디디면 죽음이 기다리는 나날의 커브길에서
> 누구든 가릴 것 없이 아차하는 실수의 길목에서
>
> ―신현림, 「위험해서 찬란한 시간들을」에서

"죽음이 기다리는 나날의 커브길에서"도

> 죽음은 정지가 아냐
> 궤도를 이탈해버린 무한 속도야
>
> ―채호기, 「질주하는 길 위에서」에서

무한히 죽음 속으로 질주해 들어가다가는 결국은

　단테가 이 도시에 태어났더라면
　일상의 모작으로 충분했을 신곡, 지옥편

─함민복, 「백신의 도시, 백신의 서울」에서

　지옥을 완성해버리는 도시의 청춘들, 도시의 시인들이 지금 도시에서 한치도 벗어나지 못하고 죽음의 노래를 불러대고만 있는 것이다. 왜일까? 아니, 나 또한 무엇 때문에, 어서 빨리 이 도시를 탈출할 생각을 하지 못하고 그들의 노래에 귀를 기울이면서, 그 노래가 어쩐지 내가 지금 부르고 있는 노래 같다고 착각까지 하면서 함께 흥얼대고 있을까?
　현실적인 이유를 말할 수도 있다. 그들은 고향을 떠나와 도시로 왔거나 아니면 도시에서 태어났거나 간에 아직 도시를 떠나서는 아무것도 생산하지 못하는 세대라는 사실. 집 한 칸 없거나 겨우 집 한 칸 얻어 사는 가난한 사람들은 결코 도시를 버리고 자연의 해맑은 대지를 찾아 떠날 수 없는 시대가 된 것임을 나는 어렴풋이 깨닫고 있다(그렇다. 가난한 사람은 이제 도시를 떠나서 살 수 없다!). 자기 몸을 움직이게 해줄 생산으로부터 자유롭게 벗어나지 못하는 세대, 그래서 그들은 그들 선배들처럼 어쩌다가 여행은 할지라도 자신의 삶의 터전인 도시를 배반할 수 없는 처지다.

　새들이 화들짝 놀라 달아난다.
　풀섶을 나온 뱀이
　벌거벗은 맨살을 타고 오를 때
　문득 섬뜩해지는
　두고 온 처자식 생각

오 너무 멀리 왔구나
나무와 사람 사이의 거리를
아직은 되돌아갈 길 보인다.

—채호기, 「半人半樹」에서

에서처럼, 애써 "나무와 사람 사이의 거리를" 좁혀 멀리 '나무'에게로 왔으나 아예 돌아갈 길을 잊을까 "두고 온 처자식"을 섬뜩하게 떠올릴 수밖에 없는 처지가 내 신세요, 그들 신세였던 것.

2. '불온한 검은 피'의 노래

그들이 도시를 죽음으로 인식하고도 도시를 떠나지 못하는 보다 근원적인 이유는 이런 것이 아닐까. 성장기를 무한 속도, 무한 경쟁의 문명사와 함께 겪은 세대의 피에는 처음부터 자연의 생생한 혈맥으로도 수혈하지 못하는 독성이 배어버렸으리라. 가령, 그들의 피란 처음부터

합성인간의 그것처럼 내 사랑은 내 입맛은 어젯밤에 죽도록 사랑하고 오늘 아침엔 죽이고 싶도록 미워지는 것. 살기 같은 것 팔 하나 다리 하나 없이 지겹도록 솟구치는 것

불온한 검은 피, 내 사랑은 천국이 아닐 것

—허연, 「내 사랑은」에서

에서의 "불온한 검은 피"가 아니었을까. 그리하여 그들은 그들 몸을 녹

여주고 독을 해독해줄 연인의 순수함조차 그냥 '사랑'만으로 받아들이지 못하고 그 '사랑'에 어느새 '죽음'의 빛을 채색시켜버리고 있는 것이리라. 그 사랑은 인간이 자연 속에 머물던 때와 같은, 사람이 연인의 품속에 있을 때와 같은, 그런 화해로운 사랑이 아니라

> 그대 몸의 캄캄한 동굴에 꽂히는 기차처럼
> 시퍼런 칼끝이 죽음을 관통하는
> 이 지독한 사랑
>
> ─채호기, 「지독한 사랑」에서

에서처럼, 사랑해서 서로의 몸 안에 깊이 들어가는 정도에 머물지 못하고 끝내 서로의 죽음까지 "관통"하고야 마는 "지독한 사랑"이 되고 만다. 그들에겐 사랑이 결코 '천국'일 수 없었던 것. 이것이 도시의 폐수에 혈맥을 대고 있었던 사람들의 운명인 것이다. 그들의 생명이란

> 토르소처럼 가지 잘렸던 가로수가
> 푸르른 잎새 가지를 게워내고 있다
> 뿌리와 몸통이 기억하고 있을 아픈
> 추억의 공간을 향해 욕망의 구차한
> 푸르름으로 다시 한번 가내수공업
> 이산화탄소 그물을 짜아올리고 있다
>
> ─함민복, 「욕망의 망각곡선」 전문

에서와 같이, 한때의 "푸르름으로" 다시 힘껏 "푸르른 잎새"를 "게워내"보지만, 그건 또 다른 독을 생산하는 일과 같다.

　따라서 그들이 즐겨 부르는 노래가 '푸른' 자연의 노래가 아니라 주

김혜수
1959년 서울 출생.
1988년 『세계의 문학』『문학정신』으로 등단.
시집 『404호』 등.

로 죽음의 도시의 노래가 되는 것은 당연한 이치다. 도시의 모든 것, 아파트, 빌딩, 지하철, 자동차 등 활동 공간은 말할 것도 없고, 카페, 주점, 나이트클럽 등 유흥적인 소비 공간, 텔레비전, 시디플레이어, 자동판매기, 리모트컨트롤 등 문명의 이기들, 광고, 뉴스, 간판, 사진, 재즈, 영화 등의 대중문화적인 정보들이 그들의 삶과 함께 하는 것들이므로, 그들은 그것을 도구로 삼아 도시의 노래를 부르는 것도 또한 당연한 결과다. 그들의 노래에는

> 물소리 차소리 피아노 TV소리
> 얼마나 머리가 터미널 같은지
> 아이 우는 소리 헌 집 갈려는 공사판 소리
> 내 방은 다세대주택으로부터 돌덩이같이 흔들리고
>
> ―신현림, 「떠나지 않는 자들의 냄새」에서

에서처럼 온갖 소음 속에 시달리다 "머리가 터미널"이 되어버린 아주 흔한 도시인의 사연이 담기는 것 정도는 손쉬운 일이고, 또는 애써 멀찍이 물러나

고층 아파트 화장실에
일렬종대로 앉아 있는 사람들
퇴적물처럼 켜켜로 쌓여 있는
사람 위에 사람
사람 밑에 사람
스톱모션 스위치를 누르면
딱딱하게 굳어 버릴
현생대의 화석

—김혜수, 「404호·3」 전문

라며 풍자적으로 우스꽝스러운 필치로 도시 풍속도를 그려낼 수도 있겠지만, 그것 역시 쓰레기더미 위에 사는 도시인 이야기이기는 마찬가지. 나아가 그들 "불온한 검은 피"들의 노래가 퇴폐적이고 향락적인 소비문화의 어투를 흉내내

넌 냄새가 좋아 아이 내가 너무 취했나 봐
벌써 다 젖었잖아 젠장 모르겠어 그런데 말이야
팬티를 벗고 있으니까 기분이 이상해 하지만 여기선 안 돼
우리 저기 화장실에 가 거기서 한번 해 줘 어서

—김태형, 「펑키 걸」에서

에서처럼 극단적인 화자(펑키 걸)를 창출하게 되는 근거도 어렵지 않게 댈 수 있다.

3. 황홀한 맛을 향해 들끓는 욕망

우리의 "불온한 검은 피"의 소유자들이 죽음의 도시에서 떠나지 못하고 그 죽어가는 도시를 노래하는 일로써 자신의 삶을 확인할 수밖에 없는 처지라면, 그 노래는 거듭 새로운 도시의 얼굴들을 찾아 나설 수밖에 없게 된다. 마치

라디오 이어폰을 뇌에 박고
뉴스를 기다리며 잠자리에 든다

—함민복, 「뉴스에 중독된 사내」에서

에서의 새롭고 충격적인 뉴스가 아니면 전혀 자신의 존재를 확인할 수 없는 "뉴스에 중독된 사내"처럼, 더 강력하고, 더 충격적인 '뉴스'를 찾아 나서야 한다. 이 중에서도 아예 자신의 혼을 빼앗아가버릴 만한 뉴스를 찾는다.

쓸쓸한 맛이 필요해
쓸쓸한 거 한잔 마시고 싶어
    (……)
고통의 절정 그 황홀함에
온몸이 비비 뒤틀리게

—이선영, 「쓸쓸한 맛」에서

마냥 달콤해서도 안 되는 새로운 맛, 그리하여 자신의 "온몸이 비비 뒤틀리게" 하는 황홀한 것을 찾는다. 그 욕망, 그 조급증이 끝없이 낯설고도 황홀한 것을 원한다. 그러니 실은, 이제 눈앞에서 변화하는 모든

것은 다만 그 변화를 요구해왔던 그들 도시인의 욕망이 만든 부유물이다. 그것은 끊임없이 표변하는 껍데기일 뿐이다. 흔히들 '시니피앙'이라고 말하는 그것. 그 시니피앙들은

　　〔……〕거 간판 좀 보고 다니쇼 할 수 없지 그렇다면 오감도 위 옥스포드와 슈만과 클라라 사이 골목에 있는 소금창고 겨울나무로부터 봄나무에로라는 카페 생긴 골목 그러니까 소리창고 쪽으로 샹베르샤유 스카이파크 밑 파리 크라상과 호프 시티 건너편요 또 모른다고 어떻게 다 몰라요 반체제인산가 그럼 지난번 만났던 성대 앞 포토폴리오 어디요 비어 시티 거긴 또 어떻게 알아 좋아요 그럼 비어 시티 OK 비어 시티 —

　　　　　　　　　　　　　　　　　　　　—함민복, 「자본주의의 약속」에서

이렇게 거리거리의 간판이며, 패션이며, 기호에서, 매일매일의 뉴스에서, 서점에서, 비디오 가게에서, 텔레비전에서 무수히 춤추고 있다. 그 중에서 더 확실한 황홀, 더 강력한 맛을 찾아다니는 그들의 마음은 점점 조급해지고, 그래서 자꾸 말이 많아지거나 빨라진다.

　　맨홀의 도시를… 강력세제강력방부제강력제초제강력살충제강력피임제강력… 강력마취제가 흘러넘칠 때
　　불타는 해일일 때 그것이 강력범죄로 느껴질 때
　　나도 강력범임을 시인할 때
　　내가 나를 죽이고 싶을 때

　　　　　　　　　　　　　　　　　　　　—신현림, 「거기 나의 황홀한 우울」에서

　마음이 조급해지고 그래서 말이 많아지거나 급해지다 보면, 말의 문법이나 어법도 무시되기 일쑤이고, 마치 도시 아이들의 우상 '서태지와

아이들'이 부르던 랩송처럼 쉴 틈 없이 말을 쏟아내다 보면, 별로 중요하지 않은 자기 이야기가 곧 하찮은 잡담이 되어버렸다는 사실을 모르게 되고, 어떨 땐 제 스스로 무슨 말을 했는가도 잘 알 수 없게 되어버린다.

생각 없는 말들이 나온다 중얼중얼중얼 생각의 무게에서 벗어난 말들은 가볍다 말 속에는 단지 목청의 떨림이나 내장 냄새 발음 억양 따위만이 있을 뿐이다 나는 정말 말을 꺼낼 생각은 없었다 내 안에서 무엇이 그 말들을 밀어냈던 것이다 [……] 내 머리는 텅 비어서 아무런 말도 생각해낼 수 없다 무슨 말이 나오고 있는지 모르면서도 중얼중얼중얼 말들은 쉴새없이 나온다 지금까지 나오고 있던 말들이 내 것이었다는 것을 알고 깜짝 놀랄 때까지 나는 그저 자고 있는 것처럼 조용하다.   —김기택, 「중얼중얼중얼」에서

그들은 중얼거리고 있다. 자신의 입에서 "무슨 말이 나오고 있는지 모르면서도 중얼중얼중얼 말들은 쉴새없이 나온다". 언제까지? "지금까지 나오고 있던 말들이 내 것이었다는 것을 알고 깜짝 놀랄 때까지". 그걸 모른다면, 하염없이 중얼거릴 것이고, 그걸 알고 나더라도, 잠시 중얼거리다 말고 말을 끊었다가는, 중얼거리는 외에 다른 방법이 없을 테니까 그냥 중얼거릴 수밖에 없게 된다.

그리하여 그들의 노래는 때로, 지르다 만 비명 소리나 부르다 목이 쉬어 대충 끝맺은 노래 같기도 하다. 그래서 그 노래는 뭔가 충격적이긴 해도 내용을 잘 알 수 없을 때가 많다. 또한 그들의 노래에는 무당의 주술처럼 격정적인 가성과 중얼거리는 듯한 요설이 뒤섞이기도 한다. 그래서 그 노래는 언어 유희 효과가 잘 발휘되기도 하지만 한편으로는 크게 긴장감이 떨어지기도 한다. 그들의 노래는, 그리고도 끊임없이 부르지 않으면 불안해서 견딜 수 없어 같은 노래를 엇비슷하게 반복해서

부르는 노래가 되기도 한다. 그 때문에 그들이 대량 생산하게 되는 시는 상당수 동어반복적이고, 운이 좋거나 가창력이 뛰어난 경우 시집도 많이 내게 되는 행운을 누린다.

4. 흔적뿐인 삶을 자각한 뒤에

生각과 분리된 말들이 벌이는 끝나지 않는 말의 축제가 곧바로 시가 될 수 있는 것일까? 문제는 그 현상의 일부로 시가 존재하는 것과, 그 현상의 반영자 또는 고발자로 시가 존재하는 것의 차이에 있을 것이다. 그러니까, 도시의 시니피앙 속에서 그 끝없는 시니피앙들을 함께 만들어가야 하는 운명 속에서, 스스로 그 운명의 일부임을 얼마나 자각하고 있는가가 오늘 도시에 살아 도시의 노래를 만들고 부르는 우리들의 숙제인 것이다. 그 숙제는

> 나는 무엇을 보았고
> 　　무엇을 그린 것일까?
> 이지러진
> 잠결의 낙서
> 모든 것의 바로 그것인
> 그림자.
>
> ―황인숙, 「서쪽 창에 의자를 놓고」 전문

에서처럼, 내가 함께 속한 도시의 표변하는 모습이란 정작 그것의 본질은 없고 그림자만 남은 것들이라는 사실에 대한 자각을 수반할 때 풀릴 수 있는 것,

그렇다 너는 없다
없다는 것보다 더 확실한 너의 흔적은 없다

—김기택, 「너는 없다」에서

에서처럼, 낯선 것을 찾던 욕망의 대상이 실은 하나의 가짜 실재, 즉 흔적일 뿐이듯, 그 욕망의 주인공이 행하는 모든 것 또한 실은 고스란히 흔적일 뿐이라는 자각에서부터 풀이의 실마리를 찾을 수 있는 것. 도시의 화려하고 무수하고 새롭고 강력한 기호를 닮은 시를 양산해내면서, 끝내 도시에 남아 도시의 죽음을 함께 체험할 수밖에 없는 우리 도시의 시인들은, 이미 스스로가

뿌옇게 버캐진 거울 속에서
나는 영정처럼 내 방을 내다본다

—황인숙, 「더 이상 세계가 없는」에서

'영정'이 되어버린 '중얼거리는 허깨비' 신세임을 알아차렸을 때부터 비롯되는 고통을, 얼마나 제대로 자각하고 얼마나 깊이 끌어안고 있는 것일까?

| 더 생각해봅시다 |

1. 도시에서 사는 삶의 폐해를 말하면서도 보편적으로 도시 속에서 일상을 영위하고 있는 까닭을, 첫째 실제 삶의 문제에서, 둘째 문학적인 주제에서 각각 설명해보라.
2. '중얼거리는 허깨비'라는 말이 이 글의 제목으로 취해진 이유를 설명하라.
3. 이 글 후반부에서 중요하게 지적되는 '자각'의 의미를 설명하라.

환상의 조형과 분해

김수이

이수명 벽지 | 김혜순 나비 | 문인수 허공의 뼈

1

봄 은 만물의 미각이 되살아나는 계절이다. 문학과 시를 중심에 둘 때, 봄의 미각(味覺)은 미각(美覺)으로 읽는 것이 더 적절할 듯하다. 이러한 해석의 욕망은 모종의 문학적 자의식에서 유래하는 것이지만, 봄이라는 생성의 계절이 시의 감성을 살아나게 하는 것은 어느 정도 사실인 듯하다. 실제로, 기계의 시간이 지배하는 현대에도 사람들은 자연의 리듬에 많은 영향을 받는다. 농경시대에 축적된 자연의 경험은 현대인의 의식 속에 깊숙이 갈무리되어 있으며, 자연의 사유는 여전히 존재와 삶의 총량을 가늠하는 척도가 된다. 자연은 인간의 삶을 내장한 원형으로서의 오랜 지위를 계속 누리고 있는 것이다. 겨울과 봄을 예로 들어보자. 우리는 다음과 같은 논법에 익숙해 있다. 겨울은 은둔과 성찰의 시간이며 봄은 분출과 약동의 시간이다, 겨울은 절망과 죽음을 상징하고 봄은 희망과 탄생을 상징한다 등……. 이와 같이 의미화된 자연은 실은 이미 인간의 시선에 의해 재창조된 자연, 구획되고 분

김혜순
1955년 경북 울진 출생.
1979년 『문학과지성』을 통해 등단.
시집 『또 다른 별에서』『아버지가 세운 허수아비』
『어느 별의 지옥』 등.

화된 '인간화된 자연'이다. 자연이 인간을 사로잡을 때, 인간 역시 나름
의 시선으로 자연을 포획하고 있는 것이다.

그러나 다시 시작되는 봄은 '자연의 인간화'에서 '인간의 자연화'로
흐름을 돌려놓는다. 생명력이 넘치는 아름다운 봄날에 사람들은 다시
자연의 일부로 '환원'된다. 이 환원의 내적 유로는 미적 의지와 열망을
다시 살아나게 하며, 시와 시인은 그 가장 예민한 감각기관이 된다. 시
의 혈관에는 뭉클뭉클 피가 돌고, 시인의 가슴속에는 처음인 듯 풋풋한
맥박이 뛴다. 한껏 물이 오른 봄의 미각(美覺)은 묘하게도 환(幻)의 색
채를 지니고 있다. 햇살이 녹아 흐르는 봄은 그 자체로 몽환적이거니
와, 겨울에서 봄으로의 급작스러운 상승은 가볍게 부유하는 의식의 유
영(遊泳) 상태를 촉발한다. 이 점에서 봄이 올 무렵의 시기와 시의 환상
성 사이에는 깊은 관련이 있다고도 추측해볼 수 있다. 환상이라는 말의
포근한 감촉과는 달리, 최근의 시에서 환상성은 그다지 행복한 정황을
보여주지 않는다. 사실 우리 시에 형상화된 환상성은 대체로 비극적인
상황과 의식의 산물인 예가 많다. 이는 현대시에 환상성을 처음 도입했

다고 볼 수 있는 이상에게서도 확인되는데, 이상은 굴절된 자의식을 통해 한결같이 무겁고 음울한 환상을 조형해낸다. 이상은 마음속에 자연스럽게 떠오른 환상을 시로 옮기는 것이 아니라, 의식적 조작을 거친 환상을 독특한 시적 형상으로 가공한다. "13인의 아해가 도로를 질주하"는, 혹은 "질주하지 않아도 좋"은 「오감도」 한 편만을 떠올려보아도 이 점은 분명해진다. 대체로 어두운 환상의 계열에 서 있는 근래의 시인들은 암암리에 이상에게 크고 작은 영향을 받고 있다.

한 가지 언급할 것은, 최근의 시에서 환상성은 소설에 비해 훨씬 어두운 풍경을 보여준다는 점이다. 흑백논리식 어법을 감수하고 말한다면, 소설이 세련된 취향 내지는 육체적 욕망에 기초한 감각적인 환상성에 탐닉하는 데 비해, 시는 이 시대의 본질을 꿰뚫는 의지를 담은 비극적인 환상성을 창출해내고 있다.

2

환상성을 흡수한 시들은 많은 경우 허무적이고 극단적인 세계관을 강하게 표출한다. 기형도의 『입 속의 검은 잎』(1989)을 필두로 널리 퍼진 그로테스크 미학과 환상적인 조형기법은, 황폐한 내면세계를 초현실주의 화풍을 닮은 풍경으로 재현해낸다. 그 속에서 존재와 사물은 생명력과 질감을 잃고 가짜 모형처럼 부자연스럽고 딱딱해진다. 기형도가 탐구한 딱딱함은 사실 견고함과는 거리가 먼 것이었다. 죽음의 대기에 노출된 모든 존재는 존재하는 동시에 산패(酸敗)되어가며, 존재는 이 예정된 길을 미친 듯이 가야만 한다는 것. 압핀처럼 고정된 불가역의 운명은 생에 대한 기형도의 유일한 결론이었다. 그가 본 딱딱함은 죽음이 생의 도처에 피운 저승꽃이었던 셈이다. 죽음의 잉여에 불과한 생을 견디며 기형도는 자신만의 환상적인 이미지와 공간을 만들어낸다. 노랗고 딱딱한 태양, 푸른 유리병으로 된 공기, 검은 잎과 굶주린 구름, 신들의 상점과 숲으로 된 성벽 등은 상징주의의 핵심인 비의적 상징의 진수를 보여주면서, 한 폐쇄적인 존재의 내면에서 창조된 환상의 풍경을 들여다보게 한다.

『처형극장』(1996)이라는 인상적인 첫 시집을 출간했던 강정은 시 「벌거벗은 태양」에서 기형도의 발상법을 얼마간 전수하고 있다. 태양을 중심으로 자연의 원형적인 심상을 풀어놓는 이 시는 분출하는 시적 에너지와 고양된 어조의 면에서는 기형도와 차이를 보여준다. 그러나 죽은/낡은 태양, 극지의 백야 속을 어슬렁대는 자아, 지하의 정원이 허공의 내부가 되어 있는 풍경은 기본적으로 전대(前代)의 상징적 이미지와 허무적 상상력을 이어받고 있다.

날 낳고
내 촉수에 찔려 죽은 태양 뒤편 시인아,
저 낡은 태양 한복판에 짜디짠 오줌이나 누자
성기 속에 빨려 들어온 정오가
회전하는 원심 그대로 지상에 둥근 그림자로 박힌다

수천 갈래의 역광으로 분화하는 빛의 그물 한가운데
땅 밑 것들과 통정해온 어둠의 살이 걸려있다

진흙으로 빚은 정신이여,
천년을 내달리던 바람의 등뼈를 붙들어 갉아먹도록 하자
나는 먼 극지의 백야 속을
대낮에 잘못 나온 검은 별처럼 어슬렁댄다

태양을 빨아 마신 음부를 열어

은하의 流路를 풀어놓으니

아무도 이 허공에 지하의 정원이 떠있는 줄 몰랐을 게다

—「벌거벗은 태양」에서

이처럼 내면화된 자연의 심상은 실재하는 것이 아니라, 시인 강정의 내부에서 재구성된 것이다. 이 시는 구체적인 정황을 제시하기보다는 알레고리에 가까운 상징적 풍광들을 보여준다. 시의 상징적인 성격상 명료한 의미망을 거부하고 있지만, 시적 정황은 생명의 근원인 '태양'과 교접하려는 뜨거운 열망의 과정으로 요약될 수 있다. 원시적인 에너지가 넘치는 시의 정조는 매우 역동적이며, 중심 이미지인 '나'와 '태양'과 '시인', '빛'과 '어둠', '허공'과 '지하'는 마치 서로 꼬리를 문 뱀의 형상처럼 얽혀 있다. 이 얽힌, 내부와 외부가 구분되지 않는 복잡한 곡선은 그대로 시인의 내적 갈등의 경로에 해당한다. 그런데 "천년을 내달리"는 기세를 지닌 이러한 고뇌의 구체적인 진상은 무엇일까? 저주받은 시인의 운명일까? 근원을 상실한 존재의 끝없는 허기일까? 시의 주제는 분명 이 언저리를 맴돌고 있지만, 전체적으로 주어가 생략된 '도저한 정신'은 '도저함' 자체에만 몰두하고 있다는 인상을 준다. 광범위한 시적 대상을 좁히고 응축시킬 필요가 있을 것이다. 강정은 거침없고 강렬한 상상력과 예리한 시정신에 있어 많은 기대를 갖게 하는 시인이다. 하지만 폭발적인 시적 에너지에 적절한 제어가 가해지지 않을 때, 그 시는 화려해질 수는 있지만, 자칫 '분위기의 시'나 '이미지의 시'에 그칠 수 있음을 염두에 두어야 할 것이다.

주술적인 느낌마저 풍기는 강정의 내적 환상과는 달리, 맹문재는 극히 현실적인 환상을 제시하고 있다. 이 환상은 지나친 결핍과 생존에 대한 본능적인 욕구가 만들어낸, 가난하고 눈물겨운 환상이다. 맹문재

는 소외된 계층의 삶을 평이한 언어로 다루어왔는데, 「눈물점」 역시 담담한 어조로 사실을 객관적으로 진술하고 있다.

3

몰래몰래 일기를 써온 그 아이는
마침내 집을 나와
봉제공이 되었다
양철 지붕에 시멘트 벽돌로 둘러싸인 지하에서
하루종일 천을 박았다.
석유 그을음을 야무지게 마시는 날은
코피를 쏟았고
구불구불한 라면 줄기 속으로 빨려들어 가는 환상에
손을 박기도 했다

—「눈물점」에서

고아 출신의 아이는 지하 공장의 봉제공으로 혹독한 착취를 당한다. 아이의 고된 노동은 "구불구불한 라면 줄기 속으로 빨려들어 가는 환상"에서 정점에 달한다. 하지만 애처롭게도 아이는 자신의 환상에 대해서마저도 주인이 아니다. 굶주린 아이는 "라면 줄기 속으로 빨려들어 가는 환상"에 힘없이 끌려다니며, 다시 그 "환상에/손을 박"는 이중의 비참을 겪는다. 돌이켜보건대, 1990년대 이후 우리 문학은 소외된 이들의 삶을 차갑게 외면하는 과오를 저질러왔다. 소외된 이들에게 또 한 겹의 무거운 소외를 부과한 것이다. 이 점에서 가진 것 없는 사람들에 대한 맹문재의 변함없는 애정은 매우 소중하게 다가온다. 아쉬운 점은 그의 시가 평이함의 미덕에 충실하느라 때로 시적 긴장감을 놓쳐버린다는 것이다. 사회의 모순과 실상을 맹문재식의 독특한 그릇에 담아내는 것도 더 중점에 두어야 할 부분이다.

　김형술의 「헬리콥터가 떠 있었다」에서 '나'는 머릿속에서 헬리콥터가 뛰쳐나와 날아다니는 환상에 사로잡혀 있다. 김형술은 맹문재의 경우처럼 밑바닥의 삶을 사는 사람을 주인공으로 하는데, 환상의 주체에 있어서는 차이를 보여준다. 앞서 맹문재의 시에서 환상은 '가진 것 없는 자'의 것이지만, 김형술의 시에서 환상은 그를 목격한 관찰자의 것이 된다. 헬리콥터의 환상은 지하도에서 걸식하는 노숙자를 본 '나'의 머릿속에서 시작된다.

　　고개를 돌려 그의 곁을 지나쳐 도망치듯 황급히 지하도를 빠져 나왔다 헬리콥터 한 대가 눈 앞에 떠 있었다 비닐봉지에 뒤섞인 붉은 김치와 찬밥덩이 생선꼬리와 녹슨 숟가락, 깡통들을 자꾸만 취기 위로 쏟아 부으며

　　헬리콥터 날개 위에 앉은 누군가의 퀭한 눈이 자꾸만 나를 내려다보고 있었다 헬리콥터 한 대가 정수리쯤에 더 나를 따라오고 있었다. 푸드득 푸드득 굉음을 내며 앞서거니 뒤서거니

　　　　　　　　　　　　　　　　　　　　　—「헬리콥터가 떠 있었다」에서

　'헬리콥터'는 처참하게 생명을 부지하는 노숙자에 대한 '나'의 번민과 갈등을 표상한다. 번민과 갈등은 차츰 커져 헬리콥터의 굉음과 추적, 그 "날개 위에 앉은 누군가의 퀭한 눈"으로 변주된다. '나'의 양심의 표상인 '헬리콥터'는 노숙자의 시선을 함께 탑재해, '나'로 하여금 그의 피폐한 삶을 더 깊이 투시하게 만든다. 헬리콥터의 환상은 사회의 모순과 타인의 고통을 직시하는 시인의 의식의 파노라마를 의미하는 것이다. 김형술은 독특한 환상적인 요소를 투입해 시의 리얼리티를 효

김형술
1956년 경남 진주 출생.
1992년 『현대문학』을 통해 등단.
시집 『의자와 이야기하는 남자』 등.

과적으로 살리고 있으며, 「바닷가의 의자」 「보일러, 보일러」 등의 시에
서도 좋은 솜씨를 발휘한다. 존재의 안식처인 바다를 '의자공장'으로
비유한 「바닷가의 의자」에서는 존재론적 성찰을, "제 몸 속 한기로 무
딘 온기를 벼리는 저 형형한 눈빛"의 '보일러'를 노래한 「보일러, 보일
러」에서는 삶의 숨은 빛에 대한 탐색을 진지하게 행한다. 김형술은 환
상과 현실을 융합하고 주제를 해석하는 힘이 느껴지는 시인이다. 그러
나 시어의 구사에 있어서는 다소 산만하고 거친 면을 노출한다. 동어반
복으로 인해 문장이 흐트러지는 아쉬움은 「보일러, 보일러」 같은 감동
적인 시에서 더욱 커진다.

　이수명은 현실과 환상의 경계선을 따로 두지 않는다. 그녀에게 현실
의 영토와 환상의 영토는 거의 동일한 공간에 존재한다. 이수명이 환상
에 부여하는 자격과 권위는 환상이 현실을 흡수하는 전도된 관계로 발
전한다. 그녀의 두번째 시집 『왜가리는 왜가리 놀이를 한다』(1998)는
그러한 발전의 기록으로, 이 시집에서 이수명은 억압 없는 환상의 차분
한 진술을 전개한 바 있다. "나는 누군가의 손에 박힌 못, 소음의 한 형
식이다. 나는 오르간의 뚜껑이고 내 부모의 뚜껑이고 내게 꽂힌 나보다
큰 주삿바늘이다"(「누군가」)라고 그녀가 담담하게 말할 때, 그녀를 둘러

벽지 / 이수명

집에 돌아와 손을 벗었다. 열쇠 꾸러미 같은 손이 소파 위에 떨어졌
다. 한올 한올 올이 풀리는 손가
락들, 손가락들은 집 안의 벽지를 뜯어냈다. 벽지에 잠들어 있던 물
고기들을 깨웠다. 거꾸로 자라는
빛, 발톱이 없어 바닥에 서지도 못하는 빛을, 빛의 어깨를 나는 밟고
올라섰다. 불은 움직이지 않았
다. 물고기들이 눈을 뜬 채 모래 속으로 사라졌다. 나는 모든 실을 풀
어버렸다.

싼 현실의 고리들은 덜그럭거리는 소리조차 없이 간단히 해체되어버린
다. 실제로 이수명의 시는 소리의 감각이 제거된 무음(無音)의 공간처
럼 느껴질 때가 많다. 환상이 현실을 제압한 결과 나타난 일종의 '동반
효과'라고 할 수 있을 것이다. 「벽지」에서 이수명은 이전의 시세계를 계
승하면서 일상의 바닥으로 좀더 낮게 내려선다.

하루를 끝내고 집으로 돌아온 화자는 긴장과 압박감을 한 겹씩 벗어
던진다. "한올 한올 올이 풀리는 손가/락들"로 가시화된, 가늘게 해체
되는 육체의 환상은 '벽지' 위로 옮겨가 환유적 연쇄의 사슬을 형성한
다. 환상은, 벽지를 뜯어내고 그 속의 물고기를 깨우고 그 물고기들이
눈을 뜬 채 모래 속으로 사라질 때까지 집요하게 계속된다. 그리고 마
침내 "모든 실을 풀어버리"는 완전한 해체를 달성한다. 이 시에서 환상

이수명
1965년 서울 출생.
1994년 『작가세계』를 통해 등단.
시집 『새로운 오독이 거리를 메웠다』
『왜가리는 왜가리 놀이를 한다』 『붉은 담장의 커브』 등.

은 현실의 결핍을 대체하면서 화자를 억압이 없는 투명한 상태에 이르도록 한다. 그런 면에서 이 시는 현실에 대한 환상의 효용을 잘 포착하고 있지만, 내용면에서는 마치 자폐적인 내면의 드라마를 보는 듯한 착각이 들게 한다. 유폐된 공간에서 소멸의 형태로 완성되(어야 하)는 환상은 통로 없는 비극성의 위험을 안고 있다. 환상의 위험한 함정의 하나인 '유희'에서 일찌감치 벗어난 이수명은 지금 또 하나의 위험을 넘어서야 할 시점에 있다.

　이러한 위험으로부터 김혜순은, 현실의 결핍을 의지적인 미래형 화법으로 진술함으로써 비껴난다. 현실과 환상의 엉킨 실타래 같은 연접의 장을 구축해온 김혜순은 시 「나비」에서 앞으로 꿈꿀 미래의 환상을 이야기한다. 미래형의 환상은 더할 수 없이 아름답고 환한 꿈들을 마음껏 펼칠 수 있는 공간을 마련해준다.

　　환한 날개가루들로 네 꿈을 채워줄게

　　네 꿈 속에 내 꿈을 메아리처럼 울리게 할게
　　귓바퀴 속에 두 소용돌이가 환하게 공명한다

너무나 얇아서 바람도 만질 수 없는 편지지에다
너무나 흐려서 들리지 않는 음악밖에는 될 수 없는
어쩌면 베토벤이 귀 먹은 다음에 들은 것 같은
그런 편지를 내 왼쪽 귀를 다하여 쓸게
네 꿈 속으로 들어가 혈액을 다정히 흔들어 줄게

—「나비」에서

　환상적 상상력이라는 말이 가능하다면, 김혜순이 개척한 환상적 상상력의 경지는 가히 독보적인 것이라고 할 수 있다. 여기에 섬세한 여성성이 조화를 이루는 풍경은 남성적인 사유 방식으로는 도달할 수 없는 곳으로 독자를 안내한다. 시 「나비」에서도 환상성과 여성성의 섬세한 조화는 "네 꿈 속으로 들어가 혈액을 다정히 흔들어 줄게"와 같은 구절에서 뚜렷이 확인된다. 의지적 미래시제를 사용하는 이 시의 화법은 김혜순의 최근의 입지를 단적으로 예시한다. 시집 『달력공장 공장장님 보세요』(2000) 이후 김혜순은 이전의 시에 비해 따뜻하고 발랄한 환상성을 추구하고 있다. 시적 대상과 관조적인 거리를 두는 것도 이러한 변화의 일단이다. 그러나 이 과정에서 현실과 현실에 연접된 환상, 자신이 빚은 환상의 이면까지를 분해하는 김혜순의 돌파력은 이전의 시에 비해 적잖이 감소되고 있다. 이 시대의 거짓 환상을 분해하는 '첨예한 환상 공법'을 김혜순이 더욱 발전시켜 나가기를 기대해본다.
　정재학은 가족사와 사진, 지하철 등의 일상적인 것을 소재로 논리적으로 연결할 수 없는 장면들을 부품처럼 조립한다. 이 조립을 통해 만들어지는 것은 기괴한 환상의 가설무대이다. "나는 할머니의 몸속에 들어가 아버지가 되어 기어나왔다"(「아라베스크」), "멈추지 않는 지하철 안에 얼룩말이 달리고 있었다 (……) 자신의 손과 얼굴에서 흐르는 피

허공의 뼈 / 문인수

산문 일대가 훤히 내려다보이는 이 바위 능선에 소나무 고사목 한 그루가 바람 매서운 쪽으로 힘껏 두 팔을 내지르고 있다.

선각의 몸은 깡말라 있다.

저 흰 뼈가 그려내는 오랜 樹形, 그 카랑카랑한 말씀이 푸른 허공을 한껏 피워올리고 있다.
그 높이 뛰어내리고 있다.

를 핥아먹던 사람이 자전거를 붙잡으며 결벽증에 걸린 비누에 칼과 유리가 박혀 있었다고 고함을 질렀다"(「지하철」)는 장면들은 거부와 공포의 심리 상태를 다양한 이미지로 연출한다. 정재학은 이상(異常) 심리의 변용으로서의 환상을 해체적인 수법으로 시화한다. 그의 근작들은 전체적으로 안정감은 있으나, 심층적인 의미의 두께가 얇고 시인의 의도와 시적 정황이 단선적인 대응에 머물러 아쉬움을 갖게 한다.

문인수는 지금까지 다룬 시인들과는 시적 경향이 다른, 전통 서정의 핵을 지향하는 시인이다. 이로 인해 그가 빚어내는 환상적인 풍경도 앞의 시들과는 사뭇 다른 향취를 뿜어낸다. 선적인 풍취가 감도는 시 「허공의 뼈」는 앞서 논의한 환상은 물론 눈에 보이는 모든 현상까지를 '허상'으로 규정하는, 아득한 깨달음의 경지를 노래한다.

시의 제목과 내용을 연결하면, '허공의 뼈'는 바위 능선에서 바람 매서운 쪽으로 자라는 "고사목 한 그루"를 의미한다. 2연에서는 이 앙상한 고사목의 형상에 깡마른 "선각의 몸"이 겹쳐지면서 수행자의 정신적 결기를 암시한다. 그러나 고사목과 선각의 몸은 '허공의 뼈'의 외형을 보여줄 뿐, 실체를 현시하지는 못한다. '허공의 뼈'의 실체는 "카랑카랑한 말씀", 곧 보이지 않는 불가의 진리이기 때문이다. 문인수가 한 그루 고사목과 마른 선각의 몸을 통해 본 '허공의 뼈'는 일체의 환상을 버린 자만이 소유할 수 있는 궁극의 진리이다. 『동강의 높은 새』(2000)에 이르기까지 다섯 권의 시집을 내며 묵묵히 시의 날을 벼려온 문인수는 짙게 농축된 서정의 수액을 음미하게 해준다. 이 시는 군더더기 없이 깔끔하지만, 그가 걸러온 서정의 묘미를 선적인 세계로 이월시키는 데 있어서 만족스러운 느낌을 주지는 않는다.

범용한 사람들에게는 이 시가 동경하는 심오한 깨달음 역시 하나의 환상으로 존재하는 것은 아닐까? 어쩌면 인간이 상상해낸 모든 진리는 절대의 낙원을 꿈꾸는 아름다운 환상의 '현실적인 표현'인지도 모른다. 종교적 진리는 아마도 그러한 환상의 최대치에 해당하는 것이리라. 그렇다면 이제 우리는 환상의 실현의 여부와는 별개로, 환상이라는 '무한한 바깥'이 열어줄 비전과 효용성, 가치의 측면을 따져보아야 하는 것이 아닐까? 어떤 방식으로든 환상이 현재와 미래의 삶에 기여하게 하는 것, 이것은 환상이 범람하는 시대를 사는 우리가 수행해야 할 중요한 과제이다. 그 탐색의 전위에 서야 할 자는 단연코 시인이며, 소수의 기민한 감각의 소유자들은 이미 앞서 그 길을 헤쳐나가고 있다.

| 더 생각해봅시다 |

1. 김형술의 시에서 "환상과 현실을 융합하는" 대목을 찾아보자.
2. 김혜순의 시에서 '환상성'과 '여성성'이 면밀하게 조화를 이루고 있는 대목들을 찾아보자.
3. 이 글의 필자가 시의 환상성 문제를 주목하고 있는 이유를 밝혀라.

제3부 ─ 서정시 전통 다시 세우기

서정주의 「멈둘레꽃」

김문주

서정주 멈둘레꽃

서정주의 「멈둘레꽃」은 1941년 4월 『三千里』에 처음으로 발표되었다. 『花蛇集』(1941. 2)이 간행되고 두 달 후에 발표된 이 시는 미당이 만주에서 체류한 시기(1939~1940)에 제작된 만주시편 중의 하나이다. 미당은 「멈둘레꽃」 이외에 「小曲」「滿洲에서」를 자신이 쓴 작품 중에서 가장 딱한 것들이라고 하였는데 그 이유는 이 시들의 정서적 배경이었던 만주가 그런 곳이었기 때문이라고 밝힌 바 있다.[1] 그는 자서전에서 「멈둘레꽃」은 1940년 겨울밤에 이불을 뒤집어쓰고 만들었다고 술회하면서 같은 해 가을 만주에서 보았던 곡마단 여자들의 마음이 이와 비슷했을 것이라고 병기하고 있다.[2]

「멈둘레꽃」에 대한 기존의 평가는 대체로 시집 『歸蜀道』의 성격을 밝히는 자리에서 단편적이고 피상적으로 이루어졌다. 김춘수는 「멈둘레꽃」은 『화사집』의 「문둥이」와 비슷한 내용을 비슷한 어법으로 다룬 작품으로 『화사집』 세계의 연장이라고 규정하였는데[3] 이러한 김춘수의

---

1) 서정주, 「만주 광야에서」, 『미당 자서전 2』(민음사, 1994) 참조.
2) 서정주, 앞의 책, 74~76쪽.

서정주(1915~2000)
전북 고창 출생.
1936년 동아일보 신춘문예 시 당선.
시집 『화사집』 『귀촉도』 『질마재신화』 등.

평가는 이후 이 시에 대한 인식의 토대가 되었다. 최두석은 「멈둘레꽃」
과 「行進曲」을 『화사집』의 세계를 이어받으면서 시적 변모의 장도에
오르는 모습을 보여주는 시로 꼽았고,[4] 유종호는 「멈둘레꽃」을 「문둥
이」와 「麥夏」를 아우르는 작품으로 정리하였다.[5] 그는 또한 『귀촉도』
가 음악성 혹은 소리 지향의 가장 높은 성취를 보여준 시집임을 밝히고
「멈둘레꽃」을 「密語」 「꽃」 「행진곡」 등과 함께 이 시집의 가장 뛰어난
작품으로 평가하였다.[6] 김인환은 『귀촉도』에 수록된 해방 전 시들 속
에는 성적인 심상이 적어진 반면 「문둥이」에서 보이는 병과 방황의 느
낌이 지속된다고 지적하면서 「멈둘레꽃」은 화자의 태도에 있어서 『화
사집』의 시들보다 훨씬 가벼워지고 희화화된 세계를 보여주는 작품이
라고 규정하였다.[7]

3) 김춘수, 「歸蜀道」 기타」, 『徐廷柱 硏究』, 조연현 외(동화출판사, 1975), 35쪽.
4) 최두석, 「서정주론」, 『미당 연구』(민음사, 1994), 262쪽.
5) 유종호, 『시란 무엇인가』(민음사, 1995), 249~250쪽.
6) 유종호, 「소리 지향과 산문 지향」, 『작가세계』(1994년 봄호), 85쪽.
7) 김인환, 「서정주의 시적 여정」, 『미당 연구』, 103~104쪽.

멈둘레꽃 / 서정주

바보야 하이얀 멈둘레가 피었다.
네 눈섭을 적시우는 용천의 하눌밑에
히히 바보야 히히 우슙다.

사람들은 모두다 남사당派와같이
허리띠에 피가묻은 고이안에서
들키면 큰일나는 숨들을 쉬고

그어디 보리밭에 자빠졌다가
눈도 코도 相思夢도 다 없어진후

燒酒와같이 燒酒와같이
나도 또한 나라나서 공중에 푸를리라.

대체로 기존의 연구자들은 「멈둘레꽃」을 『화사집』의 연장이라는 관점
에서 이해하고 있는데 그것은 이 시의 화자를 문둥이로 인식한 데서 비
롯된 결과라 판단된다. 필자는 「멈둘레꽃」이 서정주 시세계의 변모를 보
여주는 중요한 단초라는 관점에서 최두석의 견해에 동의하고 상세한 작
품 분석을 통해 변모하는 미당 시세계의 주요 특질을 점검하고자 한다.

먼저 작품의 제목인 '멈둘레꽃'은 미당이 창조한 민들레꽃[8]의 한 변
형어이다. 안진방이, 안질방이, 믜음들레, 무슨들레, 문들레 등으로 지
방에 따라 다르게 명명되는 민들레꽃은 미당의 시에서는 표준어인 민
들레(「冬至의 詩」)를 비롯하여 머슴둘레(「무슨 꽃으로 문지르는 가슴이기
에 나는 이리도 살고 싶은가」), 믬들레(「풀리는 漢江가에서」), 멈둘레꽃(「고

---

8) 민들레꽃은 전국의 산과 들이나 길가 밭둑 등에서 흔히 자라는 국화과의 여러해살이풀로서 키가 큰 풀
이 자라는 데에서는 자라지 못하고 키가 작은 풀들이 있는 길가에서 잘 자란다. 민들레는 자생력이 강한
식물이며 한겨울의 추위도 잘 견디는 강인한 풀이기 때문에 강인한 사람을 민들레에 비유하기도 한
다.(김태정, 『우리꽃 백가지』, 현암사, 1990)

항에 살자」) 등으로 다양하게 변형되어 나타난다.[9] 이러한 명명은 속명과도 다른 것이어서 의도적으로 기의(記意)를 기표(記標) 속에 형상(形象)하려는 하나의 창조적 변형이라고 할 수 있다. '멈둘레'라는 기표를 발음할 때, 우리는 멈의 'ㅁ'〔ŋ〕이 둘레의 변형인 '둘레'를 발음하는 동안 계속 지속되면서 '둘레'를 감싸는 여운으로 작용함을 느끼게 된다. '멈둘레'가 지닌 이러한 음운적 자질은 둘레가 환기하는 '어떤 것의 둘레, 둥글다, 순환, 멀다' 등의 기의와 복합적으로 결합하면서 실제 민들레꽃의 작고 왜소한 느낌과는 달리 이 시의 4연의 형상처럼 대지를 둘러싸고 있는 하늘에 충만한 이미지와 기묘하게 만나고 있음을 미약하나마 느낄 수 있다. '멈둘레'라는 기표에 담긴 내포의 중층성은 이 시의 분석이 완료될 때 보다 분명하게 확인할 수 있을 것이다.

한 번의 개작이 이루어진 「멈둘레꽃」은 세 가지 점에서 그 표기 형태의 차이를 보인다. 첫째 단련시였다가 4연으로 분련되었다는 점, 둘째 마지막 행에만 찍혀 있던 마침표가 세 개로 늘어났다는 점, 셋째 '룡천'이 '용천'으로 바뀌었다는 점이다. 첫째와 둘째 사항은 의미를 보다 분명히 하기 위한 개작으로 보이고 세번째 사항은 룡천이라는 어휘가 사전에 등록되어 있지 않고 그 표기 형태가 수정된 것으로 보아 '룡천'이라는 어휘에 특별한 의미를 두지 않아도 될 것으로 판단해 여기에서는 시집 『귀촉도』에 수록된 내용을 텍스트로 사용하였다.

「멈둘레꽃」은 총 4연 10행으로 이루어진 작품이다. 이 시는 형식적으로는 세 개의 문장으로 이루어져 있는데 두 개의 문장은 1연에 배치되어 있고 1연과 2연 사이에는 마침표가 있어서, 1연과 나머지 연 사이에

---

9) 최동호는 시의 말뜻과 음악성을 가장 잘 살린 시인으로 서정주를 꼽고 그의 시에 나타나는 민들레꽃의 다양한 변형어의 형상 의미를 다음과 같이 분석하였다. 바보같이 바라보면 멈둘레, 머슴이 바라보면 머슴둘레, 미운 시누이처럼 바라보면 미움둘레.(『시어사전』에서 『소설어사전』까지』, 『샘이깊은물』, 뿌리깊은나무, 1998년 12월호, 146쪽)

보통의 연보다 큰 간극이 있음을 시사한다. 이는 다른 연과 확연하게 구분되는 1연의 독특한 어조를 통해서도 확인할 수 있다. 『삼천리』에 발표되었을 때와 달라진 『귀촉도』의 표기 형태는 바로 이 점에 개작의 초점이 놓인 것이라 하겠다.

1연은 극적 독백의 성격을 띤 발화로 구성되어 있는데 시인은 화자의 어조를 통해 발화의 대상을 흐려놓음으로써 화자와 청자가 얽히는 다층적인 구조를 구축하고 있다. 가상 청자를 부르는 '바보야'라는 말로 시작되는 1행에서 화자는 청자에게 특기할 정보를 알려주는 것으로 극화되어 있다. 1연의 2행은 내용으로 보아 1행과 3행에 이중으로 걸치는 형태를 띠고 있는데 이는 멈둘레가 핀 곳이 "네 눈섭을 적시우는 용천의 하눌밑"이라는 점을 강조하는 것과 동시에 2행이 3행에 보이는 조롱과 자조의 이유임을 암시한다. 형식상 발화의 대상이 '너'이고 '너'를 '바보'로 부른다는 점에서 조롱의 어조를 취하고 있음은 쉽게 알 수 있다. 덧붙여 3행—"히히 바보야 히히 우숩다"—을 자조의 어조로 파악할 수 있는 것은 3행의 발화 내용이 2행의 '하눌'을 발음하는 것과 더불어 매우 어눌한 형태로 이루어지고 있기 때문이다. 화자는 "하이얀 멈둘레꽃"이 "눈섭을 적시우는 용천의 하눌밑에" 핀 것이 우숩다는 것이고 3행을 통해서 1행과 2행의 주목할 만한 사건이 단순히 가상 청자에게만 적용되는 것이 아님을 드러내고 있다. 다시 말해 1연의 '바보'와 '너'라는 대상은 독자를 포함한 가상 청자이면서 동시에 발화의 주체인 화자에게도 해당되는 것임을 암시하는 것이다. 화자는 독특한 탈을 쓰고 '하이얀 멈둘레가 눈섭을 적시우는 용천의 하눌밑에 핀 사실'을 주목하고 있는 것이다. 그렇다면 시인은 왜 이 사실에 특이한 반응을 보이는 것인가. 그것은 이 시의 핵심 부분으로 시 전체를 분석하는 과정에서 점차적으로 드러나게 될 것이다.

먼저 생각해보아야 할 것은 **"하이얀** 멈둘레"라는 표현이다. 대체로 우리나라에 자생하는 민들레꽃은 밝은 노란색인데 여기에서는 하이얀 멈둘레라고 그 색채를 강조하고 있다. 물론 하얀 민들레가 없는 것은 아니지만 이 시가 지시하는 색채의 대상을 민들레꽃 자체로 보기는 어렵다. "하이얀 멈둘레"가 핀 것이 특기할 사실로 진술되어 있는 1연과 공중으로 날아오르는 모습이 형상화되어 있는 4연의 내용을 고려할 때 "하이얀 멈둘레"는 꽃이 시든 자리에서 날개가 돋아나 하얗고 둥근 모양으로 부풀어 오른 씨앗의 색채로 보아야 한다. 이는 민들레가 씨를 퍼뜨리는 5, 6월이 되어야 보리의 키가 사람들이 '자빠질' 만큼 자란다는 사실과 관련지어 생각할 때 보다 명백해진다. 따라서 화자는 민들레의 씨앗이 날개를 하얗게 부풀리고 날아오르려는 상황을 보면서 말을 하고 있다고 보는 것이 온당하다.

독특한 어조를 띠고 있는 1연과는 달리 2·3·4연은 비교적 평이하면서 다소 진지한 말투로 진술되고 있다. 그것은 2연 이후의 진술이 화자에게만 국한된 것이 아니라 보편적 내용을 담고 있다는 점에서 연유한 것으로 보인다. 2연의 주어는 '사람들 모두'로서 2, 3행에 나타나는 행위의 주체이다. 그 행위란 "들키면 큰일나는" "허리띠에 피가묻은 **고의 안에서**" 쉬는 숨으로서 성적인 욕망을 상징한다. 따라서 시인은 자신을 포함한 모든 사람들이 그 내면 속에 해소할 수 없는 육체적 욕망을 "남사당派와같이" 고통스럽게 간직하고 있다고 이야기하는 것이다. '고의'가 남자의 여름 홑바지라는 것을 고려할 때, "허리띠에 피가묻"어 있다는 구절은 남성의 성기가 그 욕망을 밖으로 해소하지 못한 채 고의 안에서 고통스러워하다 그 흔적을 남긴 것으로 해석할 수 있다.

여기에서 주목해야 할 것은 2연에 보이는 '피'가 『화사집』에서 보이는 피의 모습과는 다른 양상으로 나타난다는 점이다. 다시 말해 『화사집』에서 격렬한 호흡과 뜨거운 관능을 보이면서 밖으로 표출되던 피가 여기에 와서는 속에 어리고 숨는 양상으로 변모해 있다는 것이다. 이러한 특징은 시집 『귀촉도』의 일반적인 경향과 부합한다.[10] 「귀촉도」("구비 구비 은핫물 목이 젖은 새./참아 아니 솟는가락 눈이 감겨서/제피에 취한새가 귀촉도 운다")나 「꽃」("가신이들의 헐덕이든 숨결로/곱게 곱게 씻기운 꽃이 피었다.//〔……〕 오—그 기름묻은 머리ㅅ박 낱낱이 더워/땀 흘리고 간 옛사람들의/노래ㅅ소리는 하늘우에 있어라"), 「거북이에게」("거북이여 느릿 느릿물ㅅ살을 저어/숨 고르게 조용히 갈고 가거라") 등 거의 대부분의 시에서 보이는 이러한 특징은 초기 시에 낭자하게 흐르던 난폭하고 거친 대지의 피가 전통적 가락 속에서 어느 정도 잦아져 다스려지고 있음을 의미한다. 이렇게 볼 때 2연의 내용은 성적 욕망을 포함하여 해소될 수 없는 욕망이 사람들의 내면 속에 있음을 말하는 것으로 볼 수 있다.

3연은 3연 2행의 통사구조로 보아 4연과 함께 읽는 것이 타당한 독법으로 판단되는데 그것은 3연의 주체인 사람들을 동일하게 4연에까지 적용한다면 이 시는 매우 어색한 호흡과 의미를 띠게 되기 때문이다. 3연은 성행위를 암시하는 것으로 화자는 성행위 후에 찾아오는 순정한 상태, 즉 시각과 후각과 생각 속에 한없이 무겁고 고통스러운 상태로 존재하는 성적 욕망의 해소를 바라는 것이라 할 수 있다. 그래서 4연의 "燒酒와같"이, 그리고 민들레 홀씨와 같이 하늘을 날아서 '공중에' 푸르고 싶은 것이다. 바슐라르식으로 말한다면 '불타오르는 물'[11]로 가벼워지고 맑아져서 하늘로 비상하고자 하는 것이다. 불처럼 타오르던 뜨거운 욕망(피)의 세계에서 붉은 색채가 휘발됨으로써 투명한 물이 되고자 하는 것이다. 이렇게 본다면 여기서의 '푸른' 색은 가벼움과 영롱함을 나타내는 물빛이라고 할 수 있다.

---

10) 김동리는 시집 『歸蜀道』의 발문에서 다음과 같이 기술하고 있다. "延柱가 '하늘가의 꽃봉우리를 바라보게' 된 것은 진실로 눈물겨운 일이다. 詩人은 이제 敬虔한 얼굴로 그의 가슴속에 피여난 열두 가지 꽃빛깔을 세이기 시작하였다." 김동리의 이러한 진술은 시집 『귀촉도』를 통해 확인할 수 있는 변모하는 미당 시의 한 핵심을 단적으로 지적한 것이라 하겠다.

11) G. 바슐라르, 『불의 정신분석』, 김현 역, 삼중당, 1977, 105쪽.

이제 "눈섭을 적시우는 용천의 하눌"의 의미를 해명해보자. '눈섭'은 그의 자서전[12]과 「瓦家의 傳說」("속눈섭이 기이다란 게집애"), 「水帶洞 詩」("눈섭이 검은 金女 동생"), 「牽牛의 노래」("눈섭같은 반달"), 「旅行歌」 ("지낸밤 꿈 속의 네 눈섭이 무거워"), 「秋夕」("대추 물 드리는 햇볕에/눈 맞 추어/두었던 눈섭.//고향 떠나올때/가슴에 끄리고 왔던 눈섭.//열두 자루 匕首 밑에/숨기어져/살던 눈섭.//〔……〕//삼시 세끼 굶은 날에/역력하던/너의 눈 섭") 등의 시를 통해서 확인할 수 있는 것처럼 이성의 육체의 한 실재를 상징하는 것으로 볼 수 있다. 그렇다면 이 '눈섭'은 2연과 3연을 통해 나타난 육체의 욕망과 같은 것으로 해석할 수 있으며 '용천[13]의 하눌'이 란 그 하늘 밑에서 그것에 의해 젖는 '눈섭'의 한계이자 지향의 대상이 라고 할 수 있다. 여기에서 "용천의 하늘"이라는 구절은 '지랄(문둥병) 같은 하늘' 혹은 '물이 솟아 나오는 샘'으로 해석할 수 있는데, 전자로 본다면 '너를 슬프게 하는 지랄 같은 세상에 하이얀 멈둘레가 피었다' 가 되는 것이고 후자로 본다면 '너와 대조되는, 늘 물이 솟아나는 샘 같 은 하늘 밑에 하이얀 멈둘레가 피었다'의 의미로 읽을 수 있다. 시의 화 자를 문둥이로 본다면 전자는 '이런 지랄 같은 세상에도 생명을 증식하 기 위해 씨앗을 날리려는 멈둘레가 핀 것이 우습다'로 부연할 수 있고 4 연과 관련시켜 후자를 읽는다면 '영원한 생명의 물이 솟아 나오는 순수 의 세계인 용천의 하늘은 나를 슬프게 하는데 그 하늘 밑에 멈둘레가 피었다'로 해석할 수 있다. 이 시에서 "눈섭을 적시우는" 대상이 용천의 하늘이라는 관점에서 볼 때, 두 가지 해석을 겹쳐놓고 이 부분을 읽는 것이 시의 의미를 풍부하게 읽어내는 방법이라 판단된다. 물론 4연의

---

12) 그렇지만 아래와 같은 내 근년의 구절에까지도 그애의 그 길던 눈썹은 모델이 되기도 한다. 대추 물 드 리는 햇볕에/눈맞추어/두었던 눈썹.//(……).(서정주, 『미당 자서전 2』, 16쪽)
13) 용천에는 ①몹쓸 병, 문둥병, 지랄병 혹은 용천지랄의 줄임말로 '꼴사나운 지랄'을 의미한다. ②물이 솟아나오는 샘(湧泉), ③하늘을 다스린다(用天), ④가야금의 뒤판 중앙에 있는 긴 네모꼴의 구멍' 등 네 가지의 뜻이 있다. 문장 구조나 내용으로 보아서 ③④는 이 구절의 해석과 무관한 것으로 생각된다.

내용으로 보아서 이 "용천의 하늘"을 욕설의 대상으로 보기는 어렵다. 더욱이 1연에서 하늘이 "눈썹을 적시우는" 대상이라고 표현하는 어조로 보아서 문둥이가 하늘을 원망하는 것으로 보기는 어렵다. 그러나 앞에서도 지적한 것처럼 이 하늘이 인간적 한계를 느끼게 하면서 동시에 지향의 대상이라는 관점에서 후자의 의미 속에 전자를 내포하는 중층의 의미로 읽는 것이 이 부분의 정서적 뉘앙스에 가까이 접근하는 것이라고 생각된다.

여기에서 하늘에 관한 미당의 생각을 살펴보자.

우리는 우리의 피의 붉은 빛이나 머리털의 검고 노란빛이나 그밖에 여러 빛깔들을 우리 육신에도 지니고 살고 있다가 죽어서 그 육신이 썩어 분산하거나 화장하여 한 움큼의 재만을 흙 위에 남길 때쯤에는 우리 육신이 가진 것 중에 가장 가벼운 걸로 그 빛깔의 몇 가지만을 가장 원거리에 여행 보낸다. 우리의 피가 가지고 있는 두 개의 성분 — 액체와 색채의 동거도 이미 할 수 없이 끝나 이별하게 되어서 액체는 순수 액체만으로 증발하여 안개나 구름쯤에 합류해야 하고 이보다도 가벼운 순수 색채는 더 높이높이 날아올라 적어도 태양광선이 가는 곳까지는 여행할 자격이 있는 듯이 보이는 것이다. 순수하게 나누어져서? 그렇지, 할 수 없이 순수하게 나누어져서야 프리즘을 아는 우리라면 우리의 육신을 떠난 우리의 순수 색채가 그래도 제법 태양광선이 가는 곳까지는 멀리 갈 수 있는 자격을 가진 것이라는 것쯤은 짐작할 수 있지 않은가.[14]

다소 길게 인용한 위의 글을 통해 우리는 '용천의 하늘'과 그 밑에서 그것에 의해 젖는 눈썹이 서로 대조적인 것임을 확인할 수 있다. 붉은

---

14) 서정주, 『未堂 산문』(민음사, 1993), 143쪽.

피와 이별한 순수한 액체의 정령들이 이루는 용천의 하늘을 화자는 바라본다. 대지를 질펀하게 흐르던 피의 관능은 어느덧 하늘을 향한 비상을 꿈꾸고 있는 것이다. 1연에서 화자는 하얗게 부풀어서 하늘로 솟아오르려는 민들레 홀씨를 이렇듯 경이와 동경의 눈빛으로 바라보면서 자신이 처한 지상의 억압과 중력으로부터 벗어나서 푸른색의 가벼움으로 공중을 날고 싶은 것이다. 이루지 못한 사랑의 욕망으로부터, 가난한 현실의 괴로움으로부터, 모든 서러움의 정서로부터 비상하고 싶은 것이다. 문제는 육체를 가지고 있는 한, 그것이 소망에 지나지 않는다는 사실이다. 바로 여기에서 1연의 어조에 내포된 비극적 중층성이 드러난다. 경이와 감탄, 동경과 갈망이 표현되어 있으면서도 자조와 조롱의 어조를 취할 수밖에 없는 것은 모든 육체적 존재들이 지닌 숙명적 한계를 이미 인식하고 있기 때문이다. 이 극적 독백 속에는 여러 정서가 다성적으로 녹아 있는 것이다. 이런 관점에서 '멈둘레'라는 제목의 기표 속에는 지향과 한계라는 화자의 인식이 미묘한 울림 속에 내포되어 있다고 할 수 있다.

이상의 논의를 통해서 볼 때 「멈둘레꽃」은 『귀촉도』 시집 이후에 나타나는 토속적인 한(恨)의 세계와 현실 긍정의 단초가 잠복되어 있는 시라고 할 수 있다. 그렇다면 결론적으로 「멈둘레꽃」은 기존 연구자들의 견해와는 달리 초기 『화사집』의 세계로부터 벗어나 중대한 전환을 모색하고 그 방향을 암시하는 지점에 놓인 작품이라 할 수 있겠다.

| 더 생각해봅시다 |

1. 서정주의 시집 『귀촉도』와 『화사집』의 특징을 알아보자.
2. '멈둘레'라는 기표에 담긴 의미를 분석해보자.
3. 『삼천리』에 발표된 「멈둘레꽃」과 『귀촉도』에 수록된 「멈둘레꽃」의 표기 형태 차이를 살피고 그 효과를 생각해보자.

「또 다른 고향」과 '백골'의 의미

최동호

윤동주 또 다른 고향

1

윤동주가 한국인이라면 누구나 다 알고 있는 시인으로 확고하게 자리잡게 된 것은 다음 두 가지 때문일 것이다. 우선 그가 젊은 나이에 감옥에서 순절했다는 것이고, 다음으로 그의 시가 평이하게 읽히는 쉬운 시였다는 점이다. 유고시집 『하늘과 바람과 별과 시』가 간행된 1948년은 윤동주의 해였다. 해방 직후 남북 분단의 어수선한 밤하늘에 찬연한 별처럼 그의 시가 떠올랐기 때문이다.

감옥에서의 순절은 민족 해방이라는 시대사적 대의가 전제되어 있으므로, 그의 죽음은 매우 신성한 것으로 받아들여질 수밖에 없었으며, 쉽게 접할 수 있는 시적 친근성은 그 순결성과 더불어 그를 대표적인 민족시인으로 위치시키는 데 조금도 주저하지 않게 만들었던 중대한 요인이었을 것이다.

그러나 윤동주의 시도 자세히 읽어보면 쉽게 풀이되기 힘든 구절들이 많다. 애국심이나 독립운동으로 그의 시를 과대평가하는 것도 어색

윤동주(1917~1945)
북간도 용정 출생.
시집 『하늘과 바람과 별과 시』.

한 일이지만, 그의 시를 애써 폄하하는 것도 온당한 일은 아니다. 윤동주의 시에서 여러 논자들의 해석이 모호한 대표적 작품 중의 하나가 「또 다른 고향」이다. 특히 이 시에 등장하는 '백골(白骨)'의 의미가 무엇인가에 대해서는 상당한 논란이 있어왔다. 물론 시어의 의미란 단정적으로 말하기 어려운 경우가 많다. 그럼에도 해석 가능한 구절들을 모호하게 처리하고 만다는 것은 결코 바람직한 일이 아니다.

2

「또 다른 고향」을 읽는 독자들은 단번에 이 시에 드러나는 세 가지 매개항으로서 '나'와 '백골'과 '아름다운 혼(魂)'에 주목하게 된다. 이 세 요소의 분리 현상은 어떻게 설명될 수 있을까.

우선 김윤식이 시의 바탕이 되고 있는 '고향'에 주목하여 다음과 같이 언급한 바 있다.

또 다른 고향 / 윤동주

고향에 돌아온 날 밤에
내 백골이 따라와 한 방에 누웠다.

어둔 방은 우주로 통하고
하늘에선가 소리처럼 바람이 불어온다.

어둠 속에서 곱게 풍화작용하는
백골을 들여다보며
눈물짓는 것이 내가 우는 것이냐
백골이 우는 것이냐
아름다운 혼이 우는 것이냐.

지조 높은 개는
밤을 새워 어둠을 짖는다.

어둠을 짖는 개는
나를 쫓는 것일 게다.

가자 가자
쫓기우는 사람처럼 가자

백골 몰래
아름다운 또 다른 고향에 가자.

이 시의 특이성은 '눈물짓는 나'와 '백골인 나'와 '아름다운 혼인 나'의 분화 상태를 선명하게 의식하고 있음에 있다. 한국 근대시가 자아 분화의 내면적 성찰에서 이보다 깊이 추구된 것은 거의 예를 찾을 수 없다. 그것은 어둠을 짖는 개를 강하게 인식함에서 연유돼 있거니와 이 어둠을 짖는 개는 유년 시절 혹은 추억에의 강한 탈각(脫却) 의미를 표상한 것으로 보아질 수 있다. 이렇게 본다면 아름다운 혼이 깃드는 또 다른 고향이란 문학의 세계든 관념의 세계든 미지의 세계를 추억의 탈출로 보아질 수 있을 듯하다. 그러나 고향 곧 추억에의 탈출이 과연 가능한가. 이 물음 속에, 그 해답이 긍정적이든 부정적이든 윤동주 시의 참모습의 일관이 스며 있을 것이라 필자는 생각한다. 그것은 다시 내성의 문제로서, 시대로서의 고향, 추억으로서의 고향, 역사의식으로서의 고향을 내성 속에 안고 들어간 문제와 관련된다.[1]

위의 논지에 이어 김윤식은 「참회록」을 거론하면서 "끊임없는 자기 성찰의 노력 속에 미래 속으로 사라지고 자기의 뒷모양이 슬프게 비치는 거울—그것은 가장 착실한 거울이다. 한국 근대문학은 이 대목에서 절대로 깨지지 않은 거울 하나를 확보한 것이다"[2]라고 말하고 있다.

아마 더 이상 구체적으로 말하지 않았지만, 윤동주에게서 고향 탈출이란 내성적 자기 성찰로서 가능했던 것이며, 고향으로서 자의식을 시 속으로 끌어넣어 하나가 되었다고 보았던 것이다. 그의 초점은 세계문학에서 가질 수 있는 한국 근대문학의 특성에 맞추어져 있었던 것이며 윤동주의 시가 '거울'을 통해 거울과 '나'가 하나가 되는 과정을 드러낸다고 본 것이리라.

그러나 위의 진술은 이성적 논리보다는 직관을 통한 건너뜀이 많다. 좀더 선명하게 밝혀져야 할 것은 '자아'와 '백골'과 '아름다운 혼'이 어

1) 김윤식, 「한국 근대시와 윤동주」, 『나라사랑』 제23집, 1976, 79~80쪽.
2) 김윤식, 같은 책, 81쪽.

떻게 분화되었으며 그 각각의 의미는 무엇이고, 이것이 어떻게 하나의 '구리 거울'로 통합되는가를 밝힐 때 윤동주의 시의 실상이 좀더 구체적으로 드러날 것이다.

「또 다른 고향」의 난해성에 주목하면서 '백골'의 의미를 논리적으로 구체화시킨 것은 김흥규이다.

> '백골'은 어떤 초월적 세계의 추구를 제약하는 지상적(地上的)·현실적 연쇄에 속한 존재임을 알 수 있다. '나'는 이 둘이 결합된 실존적 인간이며, 이 둘의 갈등을 의식하는 자아이다.[3]

육신의 고향에서 천지가 느끼는 자의식의 분열을 그는 "밤을 새워 어둠을 짖는" 개를 통하여 삶의 근원적 어둠에 대한 치열한 거부의 행위라고 해석한다. 시적 문맥을 보다 정밀하게 해석한 이러한 논리는 그 나름의 설득력을 보여준다. 그러나 이러한 갈등의 원인에 대해 좀더 구체적인 천착을 필요로 하는 것이라 생각된다. 「자화상」에서 「또 다른 고향」을 거쳐 「참회록」에 이르는 시적 의식의 지향성이란 관점에서 필자도 다음과 같은 작은 글을 발표한 바 있다.

> 이 시에서 자아와 백골의 극화된 의식의 대립은 점층적으로 상승하여 마지막 행 '아름다운 혼'에 집약된다. 여기에서 자아와 백골, 그리고 아름다운 혼이 이루는 상승적 정점은 하나의 피라미드를 이루어 윤동주의 시의식이 발전적으로 지양되는 서정적 구조임을 시사하는 것으로 이해할 수 있다. [……] 결과적으로 화자는 자아와 백골이 분열되지 않는 세계, 자아가 받아들여질 수 있는 "아름다운 또 다른 고향"을 희원하고 있다는 것이다. 윤동주

---

3) 김흥규, 「윤동주론」, 『문학과 역사적 인간』(창작과비평사, 1980), 149쪽.

가 이 시를 서울에서 유학하다가 고향 용정(龍井)에 갔을 때의 경험을 시화하였을 것이라는 전기적(傳記的) 측면에서 본다면, 백골은 자아의 분신인 동시에 고향에 뼈를 묻고 있는 조상들의 삶과 자신의 삶이 연속성을 갖지 못하고 분열된 세계에 실존하는 자아와의 괴리감을 내포한 것이라고도 해석할 수 있을 것이다.[4]

위의 논지는 결국 백골이 자아의 분신이기는 하지만 조상들의 삶과 일치할 수 없는 괴리감을 내포한 것이라고 요약된다. 왜 화자는 이렇게 조상들 또는 가족들의 요구와 일치할 수 없었을까. 돌이켜보면, 이 점에 대해 필자는 물론 그동안의 논자들이 실증적으로 논지를 전개하지는 못했던 것 같다.

이러한 해석으로 인해 "지조 높은 개"나 "백골 몰래"라는 구절들이 선명하게 이해되기엔 미흡한 감이 없지 않았다. 여기서 보다 명쾌한 해석을 제시한 것이 송우혜의 『윤동주 평전』이다.

1) 현재의 자기(= '나')
2) 사회에 나가 활동하여 돈을 벌어 일가를 이끌어주길 바라는 가족들의 기대대로 살아야 할 자기(= '백골')
3) 이상을 따라 살아야 할 자기(= '아름다운 혼')[5]

지나치게 단순하다 할 만큼 명료하게 세 요소들을 요약하고 있다. 이러한 분류는 「또 다른 고향」이 씌어지기 전후한 시기의 윤동주 개인의 고뇌와 주변 친지들의 증언을 종합한 결과 가능했을 것이다. 생활 속의 인간으로서 윤동주를 이해한다는 것은 그동안 전개되어온 시 해석상의

---

4) 최동호, 「윤동주 시의 의미 현상」, 『현대시의 정신사』(열음사, 1975), 351~353쪽.
5) 송우혜, 『윤동주 평전』(열음사, 1991), 243~244쪽.

논란의 여지를 없앤다는 점에서 중요한 기여라고 하지 않을 수 없다. 여기서 나아가 송우혜는 다음과 같은 해석을 가하여 논리적 일관성을 갖고자 하였다.

이렇게 셋으로 분화된 자아의 갈등구조를 구체적으로 이해하고 나면 이 시는 더 이상 난해시로 보이지 않는다. 꽤 기묘했던 '백골'의 의미는 물론, 지금까지 아주 난해하게 여겨져온 "어둠 속에 곱게 풍화작용하는 백골을 들여다보며 눈물짓는"이란 부분이 수월하게 해석된다. 백골이 오랜 세월을 두고 비바람에 살아가는 모습(풍화작용)으로써 '백골'적인 삶을 살며 보낼 일평생을 상정해보고 눈물짓는 것임을 얼른 알아보게 되는 것이다. 그러나 그는 '지조' 때문에 도저히 그런 '어둠'의 삶을 살 수 없다고 느낀다. 그러나 "쫓기우는 사람처럼" 그리고 '백골처럼' "가자 가자"고 절규하게 된다. 결국 백골의 삶을 살아야 한다는 압박감으로 눈물짓게 되는 '고향'이 아닌 곳, 그런 눈물일랑 아예 지을 필요가 없는 "아름다운 또 다른 고향"을 처절하도록 원하게 되는 것이다.[6]

1941년 9월 「또 다른 고향」이 씌어질 무렵 윤동주는 연희전문 졸업을 몇 달 앞두고 있었으므로, 여름방학 고향에 갔을 때 가족들과 자신의 장래 문제를 상의했을 것이고 이로 인해 상당한 고민에 빠져들지 않을 수 없었을 것이다.

그러므로 시적 문맥과 전기적 검토를 통해 송우혜가 제시한 위의 논리는 충분한 설득력을 갖는다. 특히 '백골'이 의미하는 바를 이처럼 명쾌하게 제시한 예가 없었다는 점에서 실증적 자료의 뒷받침이 얼마나 시의 해석에서 유용한 것인가를 느끼게 한다. 그러나 조금 아쉬운 것은

---

6) 송우혜, 같은 책, 245쪽.

그러한 자신의 고뇌를 표현하는데 왜 '백골'인가 하는 점에 대한 해명이다.

1941년 3월부터 함께 하숙을 한 정병욱의 증언에 의하면 윤동주는 「또 다른 고향」에서 '풍화작용'이란 말을 쓰고, 그것이 시어가 되지 못한다고 불만족해했었다고 한다.[7] '풍화작용'이란 '백골'이란 용어가 나오면 자연스레 사용될 수 있는 시어인데 왜 그러했을까. 시어가 되지 못함에도 그 말을 쓸 수밖에 없었던 까닭은 '백골'이란 시어 때문이었을 것이라 생각된다.

여기서 필자는 다음 세 가지 측면에서 이 시의 상관성을 생각해보고자 한다.

첫째, '백골'과 '풍화작용'이 연결됨으로써 가지는 시적 의미, 즉 '삶의 무의성'을 윤동주가 보다 극적으로 표현하고 싶어했을 것이라는 점이다. 가족들이 요구하는 일상적 삶이 보다 높은 이상을 추구하고자 하는 그에게는 전혀 무가치하다는 것이다. 이 시기 그의 가족들은 아마도 세속적으로 안락한 삶을 살아가길 권했을 것이다. 가족들이 연희전문 문과 지망을 반대했을 뿐만 아니라 연희전문을 졸업한 후의 진학에 있어서도 문과가 아니라 좀더 세속적 안정을 누릴 수 있는 제국대학 진학을 종용했던 것이 아니었는가 생각된다. 그가 입교대학(立敎大學)에 들어가기 전에 경도대학(京都大學)을 처음 지망했었다는 사실과 후에 동북대학(東北大學) 편입시험을 보았었다는 등등의 사실이 참고가 된다.[8]

둘째, 아무리 그렇다 하더라도 왜 '백골'과 같은 그로테스크한 용어를 사용했던 것일까. 그것은 우선 가족사적 의미를 갖는다. 할아버지에서 아버지로 그리고 장남인 자신에게로 이어지는 가족사의 흐름은 '백골'을 고향에 묻음으로써 이어진다. 이 가족사의 이어짐을 위해 자신의

---

7) 정병욱, 「잊지 못할 윤동주의 일들」, 『나라사랑』 제23집, 189쪽.
8) 송우혜, 같은 책, 263, 272쪽 참조.

이상을 포기하고 그대로 현실에 순종한다는 것은 아무리 내성적 인간인 윤동주 하더라도 죽음보다도 싫었을 것이다. 우리는 여기서 널리 알려진 정몽주의 시조를 떠올리게 된다. 자신의 지조를 지킨다는 것과 '백골이 진토'된다는 것은 우리의 오랜 문학적 표현에서 대표적인 것 중의 하나이다. '풍화작용'과 '백골이 진토'되는 과정이란 매우 상반된 의미로 극한 대조를 이룬다. 결사의 지조를 표명하는 신념의 상징물이 '백골'인 것이다.

셋째, 자아와 백골 사이의 극한 대결을 극적으로 해결해주는 것이 '아름다운 혼'이다. 제3연에서 보는바, "어둠 속에 곱게 풍화작용하는 백골"이란 무엇인가. 그것은 삶의 의미를 모두 상실하고 죽어 있는 자신을 가상적으로 체험하고 있음을 뜻한다. 그만큼 현실에 그대로 타협한다는 것이 죽기보다 싫었다는 것을 뜻한다. '아름다운 혼'이 있음으로 인해 화자는 백골과의 극한적 대결을 더 높은 단계에서 극복하고 또 다른 고향으로 가자고 선언할 수 있는 것이다. '아름다운 혼'이란 절대의 존재가 없다면, 아마도 그는 '백골'이 되어 현실적이며 세속적인 길을 선택해야 했을 것이다.

3

'화'자와 '백골'과 '아름다운 혼'을 하나의 통합 과정으로 파악할 때 「또 다른 고향」의 전체성이 드러난다. 그것은 이 시 전체가 머금고 있는 하나의 역설이다. 고향에 돌아와 느끼는 자기 분열이 죽음처럼 심각하다는 사실이다. 그 스스로 부인할 수 없는 자기 모순이 이처럼 깊다는 것은 그가 식민지 치하의 피지배인이었지만, 지조를 지닌 아름다운 인간이며 혼의 소유자로서 시대의 고난 앞에 설 수밖에 없음을 뜻한다. 「참회록」에로 나아가고 마침내 고난의 희생자가 됨으로 인해 그는 가장 민족적이며 보편적인 자기 실현을 성취한 인간의 한 전형이 된다.

'백골'이란 말의 그로테스크함에서 우리는 어떤 섬뜩함을 느낀다. '백골'이기를 거부하고 "백골 몰래" 고향을 떠나가고자 했던 그가 '백골'이 되어 고향으로 돌아올 수밖에 없었던 것이 그에게 주어진 식민지 말 암흑기의 현실이었던 것이다.

윤동주의 저항성에 대한 시비가 1970년대 중반에 제기된 적이 있다. 그가 무장 투쟁의 선봉에 나서지 않았다는 것이다. 그가 저항시를 동시대에 발표하지 않았다는 것이다. 이미 『特高月報』에 의해 밝혀진 바이지만, 표나게 드러나는 행위만으로 저항성 유무를 판별하는 것은 작품 해석의 초보이다.

「또 다른 고향」을 지배하는 밤과 어둠을 살펴보자. 길은 어둠 속에 있는 자만이 그 어둠을 뚫고 나갈 길을 찾을 수 있을 것이다. 어둠 속에서 어찌 "풍화작용하는 백골"을 들여다볼 수 있을 것인가. 돌이켜보면 '백골'이란 시대의 어둠을 비추는 빛이 아니었을까. 화자가 '백골'이란 자기 부정을 통해서만 '아름다운 혼'의 소리를 들을 수 있었기 때문이다. 부모나 가족들 그 누구의 권유도 물리칠 수 있는 일대 전기를 마련해주는 부정의 시어가 '백골'이다. 고향을 부정한 자, 가장 고향을 풍요롭게 한다는 혹독한 역설이 여기서 성립된다.

┃ 더 생각해봅시다 ┃

1. '나'와 '백골'과 '아름다운 혼'의 관계를 정리해보자.
2. '백골'과 '풍화작용'의 연관성을 정리해보자.
3. 「또 다른 고향」과 연관해서 윤동주 시세계의 특징을 정리해보자.

상실의 체험이 주는 위안

이숭원

백석 南新義州 柳洞 朴時逢方

백석의 시 「南新義州 柳洞 朴時逢方」은 해방 후에 간행된 『學風』 창간호(1948. 10)에 게재된 것이다. 이 잡지는 주로 학술적인 내용의 글을 싣는 월간 종합지였다. 을유문화사에서 발행한 것으로 되어 있고 편집주간은 조풍연이 맡았다. 책 뒤의 출판부 소식란을 보면 "서정시인 백석의 『백석시집』이 출간된다. 밤하늘의 별처럼 많은 시인들은 과연 얼마나 이 孤高한 시인에 육박할 수 있으며, 또 얼마나 능가할 수 있었더냐. 흥미있는 일이다"라는 구절이 있어 을유문화사에서 백석의 시집을 간행하기 위해 어떤 교섭이 있었음을 암시해주고 있다. 또 조풍연의 편집 후기를 보면 신석초와 백석의 해방 후 신작을 얻었다고 적어놓았는데 창간호에는 백석의 작품만 실리고 신석초의 작품은 다음 호에 실렸다. 조풍연은 해방 전에 이미 『문장』과 『인문평론』 등을 편집하여 문인들과 교류가 있던 사람이기 때문에 백석과 교섭하여 그의 시집을 내기로 하고 작품을 얻었을 가능성은 충분히 있다. 만일 허준이 지니고 있던 작품을 발표한 것이라면 편집 후기에 그 사실이 언급되었을 법한데 그런 언급은 없다. 특히 이 시가 보여주는 형식적 안정감과

백석
1912년 평북 정주 출생.
1935년 시 『定州城』을 조선일보에 발표.
『백석 시선집』.

유장한 호흡, 원숙한 짜임새는 그 이전의 시와는 다른 느낌을 전달하고
있다. 따라서 이 작품은 백석의 해방 후 작품으로 보는 것이 합당할 것
이다.

그런데 이 시의 제목이 뜻하는 바는 무엇일까? '남신의주'와 '유동'
은 지명인 것 같고 '박시봉'은 사람의 이름으로 보인다. '방(方)'은 어
떤 방향을 나타낸다든가 누구의 집을 가리키는 말로 쓰이므로 '박시봉
방'은 '박시봉에게' 혹은 '박시봉의 집으로'라는 뜻으로 풀이될 수 있
다. 그러므로 이 제목은 '남신의주 유동에 사는 박시봉에게'라는 의미
가 될 것이다. 요컨대 이 시는 편지의 형식을 빌려 자신의 생각을 전하
는 성격의 작품이다. 바로 이 점 때문에 백석이 해방 후 신의주에 잠시
거주하다가 고향 정주로 왔다는 추측이 나온 것이다.

이 시의 화자는 자신의 모든 것을 잃은 채 외톨이로 떠돌았음을 고백
하고 있다. 김자야의 회고에 의하면(『내 사랑 백석』, 문학동네, 1995,
136~145쪽) 백석은 당시 기생 신분인 자신과 만나 사랑을 나누고 동거
에 들어갔으며 부모의 강권에 의해 양갓집 규수와 결혼을 하기도 했으

南新義州 柳洞 朴時逢方 / 백석

어느 사이에 나는 아내도 없고, 또,
아내와 같이 살던 집도 없어지고,
그리고 살뜰한 부모며 동생들과도 멀리 떨어져서,
그 어느 바람 세인 쓸쓸한 거리 끝에 헤매이었다.
바로 날도 저물어서,
바람은 더욱 세게 불고, 추위는 점점 더해 오는데,
나는 어느 목수네 집 헌 삿을 깐,
한 방에 들어서 쥔을 붙이었다.
이리하여 나는 이 습내 나는 춥고, 누긋한 방에서,
낮이나 밤이나 나는 나 혼자도 너무 많은 것같이 생각하며,
딜옹배기에 북덕불이라도 담겨 오면,
이것을 안고 손을 쬐며 재 우에 뜻없이 글자를 쓰기도 하며,
또 문밖에 나가지두 않구 자리에 누워서,
머리에 손깍지베개를 하고 굴기도 하면서,
나는 내 슬픔이며 어리석음이며를 소처럼 연하여 쌔김질하는 것이
었다.
내 가슴이 꽉 메어 올 적이며,
내 눈에 뜨거운 것이 핑 괴일 적이며,
또 내 스스로 화끈 낯이 붉도록 부끄러울 적이며,
나는 내 슬픔과 어리석음에 눌리어 죽을 수밖에 없는 것을 느끼는
것이었다.

그러나 잠시 뒤에 나는 고개를 들어,

허연 문창을 바라보든가 또 눈을 떠서 높은 천정을 쳐다보는 것인데,

이때 나는 내 뜻이며 힘으로, 나를 이끌어 가는 것이 힘든 일인 것을 생각하고,

이것들보다 더 크고, 높은 것이 있어서, 나를 마음대로 굴려 가는 것을 생각하는 것인데,

이렇게 하여 여러 날이 지나는 동안에,

내 어지러운 마음에는 슬픔이며, 한탄이며, 가라앉을 것은 차츰 앙금이 되어 가라앉고,

외로운 생각만이 드는 때쯤 해서는,

더러 나줏손에 쌀랑쌀랑 싸락눈이 와서 문창을 치기도 하는 때도 있는데,

나는 이런 저녁에는 화로를 더욱 다가 끼며, 무릎을 꿇어 보며,

어느 먼 산 뒷옆에 바우섶에 따로 외로이 서서,

어두워 오는데 하이야니 눈을 맞을, 그 마른 잎새에는,

쌀랑쌀랑 소리도 나며 눈을 맞을,

그 드물다는 굳고 정한 갈매나무라는 나무를 생각하는 것이었다.

나 결혼생활을 지속하지 못했다고 한다. 여기서의 아내가 동거했던 김자야를 지칭하는 것인지, 아니면 실제로 결혼식을 올렸던 어떤 여인을 뜻하는 것인지, 혹은 만주에서 같이 지냈던 여인을 뜻하는 것인지는 모르겠지만, 백석이 아내와 집을 가장 소중하게 여기고 있음은 확실하다. 사람이 어른이 되어 살아갈 때 다른 무엇보다도 중요한 것은 가정이며 그것이 평생의 반려자인 아내와 거주 공간인 집으로 표상되는 것은 당연한 일이다. 송준의 조사에 의하면(『남신의주 유동 박시봉방—시인 백석 일대기 1』, 지나, 1994. 98쪽) 백석은 맏아들로 남동생 둘과 여동생 하나가 있었다고 한다. 그래서 이 시에서도 형제라고 하지 않고 동생들이라고만 했을 것이다.

그는 가정의 구성 요소인 아내, 집, 부모, 동생과 떨어져 "바람 세인 쓸쓸한 거리 끝에 헤매이었다"고 말했다. 이 말은 단순한 것 같으면서도 의미심장하다. '바람 세인'은 고초가 많았음을 나타내고 '쓸쓸한'은 자신의 외로움을 말하는 것이리라. 그러면 '쓸쓸한 거리'라 하지 않고 굳이 '거리 끝'이라고 한 이유는 무엇일까? 이것은 어디에도 동화되지 못한 채 국외자로 떠돌았던 자신의 처지를 암시하는 표현이다. 그는 바람 센 쓸쓸한 거리나마 그곳을 당당히 걸어간 것이 아니라 그 거리의 한끝을 서성이며 막막한 방황의 나날을 보낸 것이다.

상황은 더욱 악화되어 바람은 더 세게 불고 추위도 심해지는데 거처를 잃은 나는 어느 목수네 집 문간방을 하나 얻어 더부살이를 하게 된다. 물론 그 방은 제대로 된 방이 아니라 헌 삿자리를 깐 임시 거주용 방으로 음습한 냄새도 나고 냉기가 감돌았다. 모든 의욕을 상실하고 무위의 시간을 보내는 화자는 조그만 화로의 재 위에 무의미한 글자를 써 보기도 하고 방 안을 뒹굴며 자신의 슬픔과 어리석음을 되씹어보기도 한다. 이 부분에서 '딜옹배기'란 화로로 쓰는 작은 자배기를 말하며 '북덕불'은 짚이나 풀 등을 태운 불을 뜻한다. 말하자면 제대로 된 화로가 아니라 임시방편으로 마련된 화로임을 뜻하는 것이다. 따스하고 화목한 집을 잃은 채 춥고 외로운 궁지로 유전해온 낙척(落拓)의 삶의 모습이 이러한 소도구를 통해 암시되고 있다.

사람이 절망의 극한에 몰리면 누구든 죽음을 생각하게 마련인데 이 시의 화자 역시 지내온 일을 생각할수록 슬픔과 회한이 사무쳐 종국에는 죽음을 떠올리게 된다. 이 위기의 순간에서 화자는 "그러나 잠시 뒤에 나는 고개를 들어"라고 말하며 생각을 전환한다. 이대로 죽을 수는 없다고, 무언가 희망이 남아 있지 않겠느냐고, 마지막 안간힘을 쓰며 문창을 바라보고 높은 천장을 쳐다보는 화자의 태도는 눈물겹다. 그래서 나는 내가 나를 이끌어가는 것이 아니라 나보다 더 크고 높은 어떤 것, 예컨대 나에게 주어진 운명과 같은 것이 나를 마음대로 이끌어가는 것이라고 생각하기에 이른다. 이것을 운명론적 체념이라고 말할 수 있을 터인데, 자신의 의지에 의해 절망을 극복하는 것이 아니라 모든 것을 운명에 맡겨버린다는 점에서 소극적인 방법이라고 할 수 있겠으나, 이것이 절망의 고통을 치유하는 효과적인 방법인 것은 사실이다.

이렇게 모든 것을 체념하며 며칠을 보내자 마음이 정리되면서 자신을 죽음으로 내몰던 슬픔과 회한도 앙금처럼 가라앉아 외롭다는 생각만 남게 된다. 우리는 이 시에 나타난 감정의 추이 과정을 눈여겨볼 필요가 있다. 백석은 그러한 감정의 변화 양상을 상당히 세밀하게 추적해서 이 한 편의 시를 엮어낸 것이다. 처음에는 막막함에 사로잡혀 존재의 덧없음을 느끼던 자아가 지난날의 회상을 통하여 슬픔과 회한에 잠기고 그 좌절감이 더욱 심해져 죽음의 충동까지 느끼게 된다. 그러나 그는 다시 운명론적 체념에 의해 정신의 위기를 넘어선다. 그러자 슬픔과 회한은 가라앉고 이제는 외로움만을 느끼게 된다. 죽음을 생각했던 자아가 죽음의 충동에서 벗어나듯 외로운 자아는 다시 외로움에서 벗어나려는 기도를 벌인다. 외로움에서 벗어나기 위한 매개물로 등장하는 것이 바로 갈매나무이다.

절망의 나락에서 벗어나 어느 정도 마음의 안정을 찾은 나의 방 문창에 싸락눈이 부딪힌다. 외부 상황의 변화는 언제 또다시 나의 외로움을 처절한 상실감으로 바꾸어버릴지 모른다. 싸락눈이 문창을 치는 스산한 저녁이면 나는 마음을 다잡고 생의 의욕을 가져보려 한다. "화로를 더욱 다가 끼며, 무릎을 꿇어 보며"는 그러한 태도의 간접적 표현이다. 그러나 이 힘든 세상을 버텨가야겠다고 추상적으로 관념해보아야 그것은 별로 도움이 되지 않는다. 사람들이 흔히 십자가를 보고 기도하거나 성모상을 보고 기도하듯 절망에서 벗어나기 위해서는 자신에게 의미를 주는 구체적 상징물이 필요할 때가 있다. 백석의 경우 그것은 "굳고 정한 갈매나무"로 표상되었다. 갈매나무는 "먼 산 뒷옆에 바우섶에 따로 외로이 서" 있다고 했는데 이것은 갈매나무가 세속의 굴레를 벗어나 고고한 지평에 놓여 있음을 의미한다. 이 고고한 갈매나무는 태평하게 서 있는 것이 아니라 어두워가는 하늘 밑에 하얗게 눈을 맞고 있다. 그러나 그 나무는 외로움도 슬픔도 느끼지 아니하며 자신의 의연한 모습을 그대로 지키고 있다. 시인은 그 갈매나무를 떠올리며 자신의 신산한 삶을 견뎌내려 하는 것이다.

이 시의 전편에는 '나'라는 시어가 많이 쓰였는데 이것은 그전의 백석의 시와는 다른 현상이다. 그만큼 이 시에는 시인 백석의 자의식이 상당히 짙게 배어 있다. 생의 한고비에 몰린 시인이 어떻게 살 것인가를 고민하며 내면의 갈등을 극복해보려는 자세가 이 시에는 나타나 있는 것이다. 이 시 역시 어려운 단어는 거의 없고 표현에 있어서도 난해한 대목은 보이지 않는다. 일상의 언어와 평이한 표현으로 인간 누구나가 겪을 수 있는 상실의 체험과 그 극복의 과정을 담담하게 그려나갔다. 여기 나타난 감정의 추이 과정은 인간의 보편적 심리 현상을 그대로 반영한다. 그만큼 이 시의 주제는 보편성의 영역을 확보하고 있는 것이다. 그러기에 이 시는 고통과 상실의 체험을 가진 많은 사람들에게 공감을 주고 그들을 위안할 수 있었다. 한 편의 시가 이러한 권능을 갖는 것도 그렇게 흔한 일이 아니다. 이 시를 "높은 격조를 이룬 페시미즘의 절창"(유종호, 『비순수의 선언』, 신구문화사, 1962, 105~106쪽), "한국 시가 낳은 가장 아름다운 시의 하나"(김현, 『한국문학사』, 민음사, 1973, 219쪽)라고 평가한 이유의 한끝이 바로 여기에 있을 것이다.

| 더 생각해봅시다 |

1. 이 글에서 말하는 '운명론적 체념'은 어떤 것이며 그것이 어째서 "절망의 고통을 치유하는 효과적인 방법"이 될 수 있는가를 시 「남신의주 유동 박시봉방」을 구체적으로 예를 들어 설명하라.
2. 「남신의주 유동 박시봉방」에서 '갈매나무'의 시적 효과를 설명하라.

김수영의 「풀」

최동호

김수영 풀·이(蝨)·아버지의 사진·가까이 할 수 없는 **書籍**·아메리카 타임誌

1. 혼돈과 단절의 시대

우리들 스스로에게 간단한 질문을 던져보자.

동양의 시학은 정립되어 있는가. 아니다. 그렇지 않다. 동양의 시학이란 명제를 떠올릴 때 많은 사람들에게 상기되는 것은 서양에 의한 동양의 침략과 지배이며, 이에 대한 헤겔적 명제의 광범위한 변주에 의한 이데올로기적 지식권력의 종속이라고 해도 과언이 아니다. '동양'이란 어휘 자체가 동양인들의 자각적 인식에 의해 촉발된 것이라기보다는 서양인들의 대타적 인식으로서 동양이며, 그것은 지배와 침략을 위한 목표물이거나 이로 인한 피해의식을 감추기 위한 방어기제가 작동되는 느낌을 불러일으킨다. 물론 중국은 중화주의라는 독자적 자기 인식을 통해 수천 년 동안 역사적 전통성을 지녀왔지만, 20세기에는 그 자존심의 근거가 서구 열강에 의해 와해되었을 뿐 아니라 일본에 의해 침략당하는 역사적 악몽을 경험하기도 했던 것이다.

이 글에서 말하는 동양은 한자 문화권으로 포괄되는 중국·일본·한

김수영(1921~1968)
서울 출생.
1947년 『예술부락』에 시 발표하며 등단.
시집 『달나라의 장난』 『거대한 뿌리』 『김수영 전집』 등.

국 등의 동아시아를 뜻한다. 인도를 포함한 서아시아를 제외하고 볼 때도 그 문화적·민족적·언어적 차이를 쉽게 가늠할 수 없는 바이지만 한자와 유학으로 대변되는, 그리고 불교와 도교로 대변되는 사상적·종교적 특색을 각 나라마다 각각의 시기에 따라 다종다기한 차별상을 드러내고 있다. 그러므로 여기서는 우리의 논의를 동양의 시학이란 거대한 명제에 막바로 돌진할 것이 아니라 그동안 필자가 모색하고 추구해온 과정을 통해 동양의 시학에 이르는 길을 찾아보도록 하겠다.

대한민국 국민 모두가 가난하고 궁핍하던 1960년대 중반 필자가 국문학을 하겠다고 대학에 들어왔을 때, 국문학은 이제 겨우 자료 발굴과 주석 작업을 서두르는 한편, 서구 비평론을 도입하여 문학작품을 품평하기 시작한 단계였다. 전통 단절이 논의되고, 황무지에 불을 지르는 화전민적 의식이 팽배하던 시기에 주체적·독자적 문학론을 찾는다는 것은 거의 불가능한 것처럼 보였다. 조지훈의 『시의 원리』(1959)나 송욱의 『시학평전』(1963)을 읽을 수 있었던 것은 그나마 다행이었다고 해야 할 것이다.

2. 동양의 시학을 찾아서

19 80년대 중반 필자는 『현대시의 정신사』(1985)라는 시론집을 발간했다. "시는 정신의 표현이며, 시의 역사는 정신의 역사이다"라는 명제를 내세운 것이다. 그것은 현대시사의 방향성을 가늠하기 위해 설정된 것이지만, "객관적 정신 속에 표현되는 민족정신"이라는 것을 강조하기 위한 것이었다. 이에 조금 앞선 1984년부터 필자는 경희대 대학원에서 신덕룡, 김종회, 박덕규, 이경식 등과 함께 『헤겔 미학』 중에서 시에 대한 부분을 함께 숙독하고 있었으며, 과연 헤겔적 명제가 어떻게 시의 시학으로 정립되는가에 깊은 관심을 갖고 있었다. 3년 동안 계속된 강독 뒤에 『헤겔 시학』(1987)이 발간되었을 때 필자의 문제의식은 다음과 같은 것이었다.

우리들 인간의 생이 통일의 힘을 상실해버렸을 때, 그리고 대립이 생의 역동적인 상호관계와 상호교체운동을 상실해버렸을 때…… 그 때에 철학이 필요한 것이다.

청년시대의 헤겔의 저작 『피히테와 셸링의 철학 체계의 차이』(1801)에 씌어진 이러한 문구는 정치적 폭력이 사회의 모든 분야를 짓누르던 시기에 필자가 가지고 있던 지향점과 일치하는 바가 있었던 것이다.

그럼에도 동양의 시학이란 무엇인가. 좀처럼 실마리가 풀리지 않았다. 서구의 이론에 침잠해 들어갈수록 우리 자신의 깊은 내성에서 울려나오는 목소리를 찾을 수 없었다. 암담한 방황은 계속되었다. 작품 자체를 제대로 보자는 의식도 조금씩 진전되기는 했지만, 전체적으로 모호하고 불확실한 상황 속에서 탐색은 계속되었다.

『불확정시대의 문학』(1987)이 간행된 것은 1980년대 후반이었다. 정치적 쟁점들은 뜨겁게 달아올랐지만 오히려 필자는 정지용 시를 천착한 「산수시와 은일의 정신」이란 글을 통해 겨우 동양정신의 한 맥을 잡을 수 있었다. 「정현종 시와 노장적 불교적 상상」(1990)이나 「김달진과 무위자연의 시학」(1991) 등을 쓰면서 동양의 시학에 대한 관심은 불교나 도교 등으로 확대되었고, 이러한 지적 확대와 더불어 1980년대 말과 90년대 초의 과도적 격변을 함께 넘어설 수 있었다. 물론 현대시에서 동양의 사상적·종교적 특징을 논리적으로 규명한다는 것은 결코 용이한 일이 아니었다.

최루탄이 난무하는 교정을 바라보며, 거리로 뛰쳐나갈 것이 아니라 보다 심도 있는 동양학의 세계로, 특별히 동양의 시학을 집대성한 『문심조룡』의 세계로 들어가보고자 결심하지 않을 수 없었다. 중구난방의 북장단과 쟁과리 소리에 휩쓸리지 않고 어떤 시대사의 흐름을 파악해야 한다는 사명감이 일부 작용한 것도 사실이다.

1988년 5월 어느 날 고려대 대학원에 재학 중이던 신재기, 강웅식, 정은주, 조해옥, 유지현 등과 『문심조룡』의 강독이 시작되었다. 영역본, 백화본, 일역본 등을 참고하여 난해한 본문의 문장들을 읽어가면서 몇 해의 봄과 가을이 연구실 창 밖으로 지나갔고, 다시 윤문과 교정을 거쳐 한 권의 책으로 『문심조룡』(1994)이 간행된 것은 6년 후의 일이었다. 전공자에 의한 전문적 번역이 아니라 누구나 알 수 있는 현대어로 『문심조룡』을 번역하여 동양의 시학을 공부하는 이들에게 조금이라도 도움이 되게 하자는 것이 우리들의 의도였다. 물론 무엇보다 우리들 자신이 서구 비평론의 제국주의적 속박으로부터 벗어나고자 하는 것이 일차적 목적이었음은 물론이다.

남북조시대 6세기 초의 저자 유협에 의해 씌어진 글을 몇 년에 걸쳐 읽는다는 것은 어떻게 보면 시대착오적인 것으로 비쳐질 수도 있을 것이다. 그러나 아리스토텔레스의 『시학』이나 웰렉의 『문학의 이론』에 깊이 침윤된 문학도라면 당연히 이를 떨치고 새로운 길을 모색하고자 하리라 믿는다. 공자를 이상적 인물로 숭상하고『주역』을 원용하면서 유·불·도를 꿰뚫어 당대까지 거의 모든 '문(文)'을 계통적으로 집대성하여 서술한 이 책에서 우리는 극작술이나 비극 일반론에 머무르고 있는 아리스토텔레스의『시학』과 비교할 수 없는 또 하나의 세계를 확인하게 된다.

『문심조룡』의 강독이 진행되는 한편에서 필자는「서정시와 정신주의적 극복」(1990. 3),「1990년대 시에 대한 몇 가지 단상」(1992. 9),「정신주의와 우리 시의 창조적 지평」(1993) 등을 발표하고, 이를『삶의 깊이와 시적 상상』(1995)으로 묶어 우리 시의 지향점이 포스트모더니즘적·해체적 허무주의에 있는 것이 아니라 생명적·정신주의적 창조적 지평이 새로운 시의 나아갈 길임을 강조했다. 그렇다고 하더라도 필자의 학문적·시적 방향성이 제대로 체계화된 것은 아니었다. 방황과 모색 그리고 침체와 회의에 자주 머무르지 않을 수 없었다.

1995년 가을, 필자는 다시 와세다 대학에 가서 일본의 대시인 바쇼(芭蕉)의 세계를 탐구하면서 중국과 일본과 한국을 잇는 시학이 있다면 그것이 무엇일까에 대한 의문을 풀어보고자 노력했다. 바쇼에게 중국의 철학과 이백과 두보를 비롯한 당시(唐詩)에 대한 깊은 천착과 독자적인 자기 육화의 과정을 배운 것은 커다란 수확이었다. 필자는 이를 다시 한용운과 정지용에 적용하면서 궁극적으로 시의 길과 삶의 길이 하나로 통하는 것임을 깨달았다. 이들의 시에 대해 독자적인 해석과 논리를 적용한 것이「하나의 도에 이르는 시학」(1996)이다. 짧은 기간이지만 다다미방에서 살을 파고드는 동경의 추위를 실감하며 불가의 선서(禪書)들을 읽었다. "옛 연못이여/개구리 뛰어드는/물소리"에 천지만물의 생동하는 기운을 포착한 것이 바쇼였다는 화두가 늘 떠나지 않고 살아 있는 명제가 되었던 것이 이 시기의 필자의 탐색이었다.

왜 이처럼 길다란 우회로가 필요한 것일까. 동양의 시학이란 대체 어디에 있으며, 그것이 도대체 한국 현대시와 무슨 관계가 있다는 말인가.

누구도 쉽게 답이 떠오르지 않을 것이다. 한문의 대해에 빠져보라. 동양의 경전과 태산 같은 주석서를 돌이켜보라. 동양의 시학은 누구도 단번에 답파할 수 없을 만큼 깊고 넓다. 그리고 한국 현대시에 관한 한 아직 그 어느 것도 제대로 체계화되지 않았다. 제각각 그 한 부분을 말할 수 있을 뿐이다. 모두 다 맞고 모두 다 틀리다. 필자가 그 탐색의 과정을 길게 말할 수밖에 없는 것도 그러한 비유이다. 그럼에도 여기서 끝낼 수 없다. 동양의 시학이 적용될 수 있는 그 구체적 실례를 현대시에서 찾아서 우리의 성급한 갈증을 조금이라도 식혀보자. 이때 하나의 예증이 될 수 있는 것이 수많은 논쟁거리를 제공하는 김수영의 「풀」이다.

3. 「풀」과 유가의 시학

김수영의 「풀」은 죽음 이후의 김수영을 지속적으로 되살리고 있는 원동력이 되고 있는 명시이다. 김수영이 김수영일 수 있는 것은 그의 유고작 「풀」 때문이라고 해도 과언이 아니다. 모든 시인은 절정의 작품 한 편으로 살고 죽는다고 할 때 김수영의 경우, 그것이 「풀」이다. 뿐만 아니라 김수영의 「풀」을 통해서 한국의 전통 사상에 깊이 뿌리내린 유가의 철학이 새롭게 일신된다. 현대시와 동양의 시학이 접맥되는 하나의 단서를 여기서 찾을 수 있다.

이 한 편의 시에 대해서 유례가 없을 만큼 많은 평문이 씌어졌다. 필자 또한 「김수영의 문학사적 위치」(『작가연구』, 1998. 5)에서 다음 세 가지 점에서 이 시에 대해 논했다. 첫째 반복의 운동성이 불러일으키는 생명감, 둘째 "바람보다 먼저 웃는다"에서 볼 수 있는 웃음의 미학, 셋째 해탈의 웃음의 미학의 근거로서 공맹의 유가의 시학 등이 그것이다.

필자의 논지 중에서 세번째가 주목되는 것은 그동안 김수영의 시를 모더니즘이나 참여시의 테두리에서 혁명성·불온성·전위성·참신성 등의 시각에서 거론해왔는데, 이를 정반대의 시각에서 보았다는 점이다. 물론 정재서의 『동양적인 것의 슬픔』(1996)에서 김수영의 「풀」과 『논어』의 상호 텍스트성에 대한 언급이 있었고, 이를 이어서 성민엽의 「김수영의 「풀」과 공자의 『논어』」(1999. 5)가 있었지만, 정재서의 경우에는 시사적 암시로, 성민엽의 경우에는 직접적 상관성을 부정하는 입장에서 논지를 전개한 바 있다.

문제가 되는 부분은 『논어』에 다음과 같이 제시되어 있다.

선생께서 정치를 하실 것이지 죽이는 일을 해서 무엇 하시렵니까? 선생께서 선한 일을 원하신다면 백성들은 선해집니다. 군자의 덕을 바람이라 하겠고, 소인의 덕은 풀이라 하겠습니다. 풀은 위로 바람이 지나가면 반드시 눕습니다(子爲政, 焉用殺, 子慾善而民善矣. 君子之德風, 小人之德草. 草上之風, 必偃).
　　　　　　　　　　　　　　　　　　　　　　　　　　　　—『논어』 제12장 「안연」

풀 / 김수영

풀이 눕는다
비를 몰아오는 동풍에 나부껴
풀은 눕고
드디어 울었다
날이 흐려서 더 울다가
다시 누웠다

풀이 눕는다
바람보다도 더 빨리 눕는다
바람보다도 더 빨리 울고
바람보다 먼저 일어난다

도둑에 시달리던 계강자(季康子)가 공자에게 정치에 관해 물었을 때 공자는 위와 같이 답했다. 공자의 이와 같은 답은 『맹자』의 제5장 「등문공」편에서도 인용되는데, 이는 모두 치자의 덕을 강조하는 알레고리로 읽힌다는 점에서 동일하다.

그러나 김수영의 풀과 공자의 풀은 서로 다르다. 공자의 풀이 바람에 눕는 풀이라면, 김수영의 풀은 눕지만 일어나는 풀이다. 왜 그러할까. 정치가 제대로 이루어지지 않기 때문이다. 군자가 덕을 제대로 베풀지 않기 때문이다. 이에 대해 필자는 다음과 같은 논지를 전개했다.

이 눕고/일어나는 상관성을 벗어버릴 수 없으므로 울고/웃음이 연상된다. 바로 이 점에서 전통적인 공맹의 사상과 논리에서 한걸음 나아간 참여시의 상징으로서 「풀」이 탄생한 것이다. 강자와 치자가 덕을 베풀지 않음으로 인해 성립된 반전통의 시학인 것이다. 이것이야말로 전통을 파괴하고 부정한

날이 흐리고 풀이 눕는다
발목까지
발밑까지 눕는다
바람보다 늦게 누워도
바람보다 먼저 일어나고
바람보다 늦게 울어도
바람보다 먼저 웃는다
날이 흐리고 풀뿌리가 눕는다

시인만이 도달할 수 있는 새로운 전통의 창조라고 할 수 있는 것이다. 전통
의 부정이란 깊이 생각해보면, 더 깊은 전통에 자리잡고자 하는 파괴적 생성
의 논리라고 할 것이다.   ──「김수영의 문학사적 위치」(『작가연구』, 1998. 5, 37~38쪽)

김수영이 1950년대 모더니스트에서 1960년대의 대표적인 참여시인
으로 전향했다면, 그것은 바로 부당한 바람에 휩쓸리는 민중들의 삶에
공감했기 때문일 것이다.

물론 여기에도 몇 가지 유보 사항이 전제된다. 우선 그 하나는 김수
영이 과연 얼마나 유가의 경전들을 읽었을 것인가 하는 것이다. 김수영
의 시와 산문의 도처에 출몰하는 서구적 지식의 편린으로 보거나 그가
영문학을 전공하고 영어에 능통했다는 사실 등은 우리의 시야를 가리
는 차장막들이다. 이 차장막들을 제거할 때 우리는 김수영의 내면에 깊
게 자리잡고 있는 의식을 제대로 볼 수 있다.

김수영이 가장 부정하고 싶은 것은 고식화된 유가의 덕목들이며, 가장
깊이 감추고 있었던 것 또한 유가의 교육적 가르침들이었을 것이다. 많은
사람들이 그의 과격한 자기 부정으로 인해 지나쳐가고 있지만, 그가 5백
석 추수를 하는 지주 집안 출신이며 6세를 전후(1926년경)하여 서당 공부를
했다는 사실을 간과해서는 안 된다는 것이다. 명확하게 서당을 다닌 기간
을 확정할 수는 없겠지만, 대략 1926년경부터 10여 년 가량 건강상의 이유
등으로 제대로 학교교육을 받지 못한 유년의 그에게 서당교육의 영향은 지
대한 영향을 미쳤을 것이다. 뿐만 아니다. 1935년 선린상업에 들어간 것 또
한 아버지의 일방적인 부권행사에 의한 것이라고 할 때 부모에 대한 그의
부정은 폭발적인 것을 머금고 있었다고 해야 할 것이다.

상업학교를 졸업하고 일본에 유학하지만 고정된 직업을 갖지 않고, 연극
을 한다는 등 전위적 예술가로 자처하는 아들과 기울어가는 가세를 걱정하
는 아버지는 서로 상대방에 대해 심한 거부감을 가지고 있었을 것이다.

나는 한번도 아버지의 /수염을 바로는 보지 /못하였다   ―「이(蝨)」에서

1947년에 씌어진 위와 같은 시를 읽을 때 우리는 김수영과 아버지의 불화를 대번에 파악할 수 있는데, 이 부자간의 갈등이야말로 과거와 현재의 불화이며, 이상과 현실의 괴리에서 비롯된 것임을 알 수 있다. 가부장적 권위에 대한 김수영의 반발을 「이」에 2년 앞서 씌어진 「공자의 생활난」으로 나타나는데, 이는 공자에 대한 야유이자 아버지에 대한 부정이며 동시에 그 자신의 현실의 무능에 대한 반어이다.

더욱 주목해야 할 것은 그의 초기작 「공자의 생활난」이다. 그는 이 작품을 "사화집에 수록하기 위해서 급작스럽게 조세남조한 히야까시 같은 작품"이었다고 야유적으로 거론하면서 작품 목록에서 지워버렸다고 말한 바 있지만, 이처럼 '갑작스럽게' 작품을 쓸 때 오히려 그의 본심이 그대로 노출되는 법이다.

「공자의 생활난」에는 『논어』 「이인」편에 "아침에 도를 들으면 저녁에 죽어도 좋다(朝聞道 夕死可矣)"라는 구절의 흔적이 드러나 있는데 이를 최초로 분명하게 지적한 사람은 유종호이다. 물론 유종호는 더 이상 김수영과 공자와의 관계를 지적하지는 않았지만, 우리는 「공자의 생활난」에서 「풀」에 이르는 과정이 김수영의 시적 역정이라고, 거칠게 요약할 수도 있다. 성민엽 또한 위의 글에서 이러한 가정을 충분히 검토하고 있으나 역시 직접적 상관성을 논하지는 않고 있다.

현실생활을 방관하고 김수영을 마땅치 않아하던 아버지는 해방이 되던 1945년 병세가 악화되고 이때부터 어머니에 의해 생계가 유지되었으며 아버지는 1949년에 작고했다. 이때 김수영의 반응은 「아버지의 사진」(1949)에 다음과 같이 요약되어 나타난다.

나는 모든 사람을 避하여/그의 얼굴을 숨어 보는 버릇이 있소
―「아버지의 사진」에서

사람들의 눈은 물론 처의 눈마저 피하여 아버지의 사진을 숨어서 보는 것이 김수영과 아버지의 관계이다. 아버지가 그에게 요구하였을 많은 가부장적 가르침들이 떠오르고, 또 부정되었을 것이다. 그것은 '비참'이란 말로 이 시에 요약되어 있는데, 과거와 현재의 갈등과 부정이 그에게 비참함을 느끼게 하였을 것이다. 이때 그는 「공자의 생활난」에서 "동무여 이제 나는 바로 보마"라고 한 약속이 얼마나 지키기 어려운 것인가를 실감했을 것으로 이해된다.

그러나 필자가 강조하고자 하는 것은 김수영에게 본능적인 거부감으로 자리잡고 있었던, 공자의 덕목들은 다른 곳에서도 숨어서 보는 아버지의 사진처럼 나타나고 있다는 점이다. 그의 유명한 시론인 「반시론」(1968)의 서두에서 "항산(恒産)이 항심(恒心)"이라고 하거나 「생활의 극복」이란 산문에서 "슬퍼하되 상처를 입지 말고, 즐거워하되 음탕에 흐르지 말라(哀而不傷 樂而不淫)" 등의 공자의 경구들을 떠올리고 있는 것은 물론 시 「중용에 대하여」(1960. 9)에서 김수영이 가면을 쓴 중용을 '반동'이라고 잘라 말할 때 우리는 김수영의 체취 속에 녹아 있는 유가 철학의 흔적들을 확인할 수 있을 것이다.

물론 김수영이 「풀」을 쓸 때, 『논어』를 펼쳐놓고, 그 구절을 되새기면서 썼다고 볼 수는 없다. 어느 시인이 책을 펼쳐놓고 시를 쓰겠는가. 생의 깊은 내면을 통찰하는 시적 계기가 번득인 순간 자기도 모르게 무의식적으로 떠오르는 순간적인 감각으로 써내려간 것이 「풀」이다.

이 순간적 감각이 떠오르기까지 부정에 부정을 거듭하여 새로운 전통의 창조의 단계까지 나아가 그가 펼쳐야 했던 1960년대 참여시의 온갖 논란들을 한 편의 작품에 용해시켰다는 것이 필자의 생각이다. 그렇다면 김수영의 반전통적 유가의 시학은 어떻게 보아야 할 것인가.

우리는 18세기 말과 19세기 초 사이의 사회사상가이자 경학자인 다산 정약용(1762~1836)에서 그 단초를 찾아볼 수 있다. 그는 동양의 대표적

고전 『시경』을 논하는 데 있어서 주자의 『詩集傳』이 주장하는 '상이풍화하(上而風化下)'라는 교화론적 입장에 대해 '하이풍자상(下而風刺上)'의 비판적 간서론(諫書論)의 입장에서 자신의 논지를 체계화한 바 있다.

> ······ '時政의 得失'을 풍유하는 것을 風이라 하고 곧바로 말한 것을 雅라고 한다. 列國의 시에 이르러는 王人이 이를 채집하여 樂府에 배열함으로써 위로는 천자를 풍간하고 아래로는 제후를 상벌할 수 있게 한 것이니, '西周시대에는' 시의 쓰임이 이와 같았다. 그리하여 무릇 弑逆함, 음란함, 賢人을 죽임, 백성을 해침 등의 일과 세상의 바른 질서를 어기며 인륜을 무너뜨리는 커다란 죄악을 한결같이 시로 드러내었고, 이를 管絃에 실어 읊조림으로써 온 세상에 퍼뜨리고 만세에 전하였다. 백성의 위에 있는 자로서 죄악이 한번 詩譜에 오르면 효성스런 자손도 이를 씻어버릴 수 없었으니, 그 준엄하고도 두려움이 시보다 더한 것이 없었다.
>
> ─김흥규, 『조선 후기의 시경론과 시의식』 196쪽에서 재인용

정약용이 『맹자요의』에서 주장한 "시로써 정치의 잘잘못을 징벌하고 찬미하는 법(諷誦誅褒之法)"은 '하이풍자상(下以風刺上)'의 논법을 새롭게 적용한 것일 뿐 아니라 이를 1960년대의 김수영에 적용하자면 바로 참여시론의 근거가 되는 것이라고 할 수 있다. 정치현실의 부정이나 부조리를 보면 참지 못하고, 이를 비판 고발 시정하려는 시적 자세는 "시경의 작품들이 이른바 變詩이건 正詩이건, 風이건 雅頌이건 모두 도덕적 정치적 당위의 실현을 향한 능동적 의식의 소산"(김흥규, 같은 책, 194쪽)이라고 본 정다산의 비판적 시각은 김수영과 서로 상통하는 것이라 하지 않을 수 없다.

4. 멀리 있는 책과 가까이 있는 길

19 50년대는 물론이고 1960년대에도 김수영은 첨단적이며 전위적이고자 했다.

김수영의 시와 산문의 도처에서 우리는 서구적 지식의 편린들을 만날 수 있다. 오늘의 시각에서 본다면 그의 서구 지식 편력은 심오한 것이라 여겨지지 않는다. 상당 부분이 시사 주간지 수준을 크게 넘지 않는다. 왜 그러했을까. 「공자의 생활난」과 거의 같은 시기에 씌어진 「가까이 할 수 없는 書籍」에서 그는 다음과 같이 쓰고 있다.

오늘도 어제와 같이 괴로운 잠을/이루울 準備를 해야 할 이 時間에/괴로움도 모르고/나는 이 책을 멀리 보고 있다/그저 멀리 보고 있는 듯한 것이 妥當한 것이므로/나는 괴롭다 ──「가까이 할 수 없는 書籍」에서

가까이하려야 가까이할 수 없는 캘리포니아에서 온 책을 읽는 화자의 솔직한 고백이 담긴 이 시에서 가까이 있지만 멀리 있는 역사적·문화적 거리를 우리는 느끼지 않을 수 없다. 가까이할 수 없지만, 가까이해야 되는 외래 문화 속으로 나아가야 하는 50년대 한국의 지식인의 참담함이 토로되어 있는 것이 위의 시이다. 그는 왜 이러한 책들을 읽어야 했는가. 부조리한 당대의 현실 때문이었다면 지나치게 즉각적인 응답이 될 것이다. 그러나 위의 시와 거의 동시에 씌어진 「아메리카 타임誌」라는 시의 마지막은 더욱 심장하다.

오늘 또 活字를 본다/限없이 긴 활자의 連續을 보고 /瓦斯의 政治家들을 凝視한다. ──「아메리카 타임誌」에서

화자는 올바른 정신을 가다듬으며 길을 걸어오고, 그로 인해 응결된 물이 떨어져 바위덩이를 문다. 심상한 표현이 아니다. 그는 왜 활자의 긴 연속을 보고 "瓦斯의 政治家들을 凝視"하는 것일까. 그것은 아마도 그가 현실의 혼란 속에서도 능란한 술수로 백성을 기만하는 정치가들의 변신술을 응시한다는 뜻일 것이다. 올바른 정신을 가다듬으며, 와사의 정치가들을 바라보는 그의 시각은 「공자의 생활난」에서 "동무여 이제 나는 바로 보마"와 상관된 것임에 틀림없다. 공자를 야유하고 가까이할 수 없는 아메리카 타임지를 읽고 있는 그의 괴로움 속에는 현실의 부정과 불의를 바로잡겠다는 본연지성(本然之性)에 근거한 '정직한 공간'(황동규, 1976), '예술가의 양심'(김우창, 1979), '정직한 인간'(김인환, 1981), '도덕적 완전주의'(구모룡, 1982) 등등의 유교적 덕목들이 완강하게 자리잡고 있었던 것이다.

해방 직후의 김수영이 오로지 의지할 수 있었던 것은 서구적 지성이었지만, 그의 내심 속에는 『시경』으로부터 흘러 내려오고 있는, 그리고 다산에 의해 구체화된 '풍송주보지법(諷誦誅褒之法)'의 '하이풍자상(下以風刺上)'의 시학이 잠복되어 있었다는 것이다.

그렇다면, 왜 김수영은 서구적 지성으로 자신을 분장했던 것일까. 그것은 그가 살았던 시대가 바로 전통 부정과 전통 단절의 시대였기 때문이었을 것이다.

새로운 것은 다 좋다는 새것 콤플렉스의 시대에 현실을 부정하고 앞으로 나아가고자 한다면, 모더니즘적 포즈와 언사를 빌려 가까이할 수 없지만 가까이해야 되는 서적의 비판 논리가 필요했던 것은 아니었을까. 만약 김수영이 정약용의 글을 읽었다면 크게 공감하지 않았을까. 당시로서는 가까이할 수 없는 서적은 아메리카 타임지가 아니라 정약용의 『여유당전서』와 같은 한국적 시학을 담은 한적들이었을 것이다.

동양의 시학은 가까이 있었지만 가까이할 수 없었고, 서양의 시사 주간지들은 멀리 있지만 가까이할 수밖에 없었던 것이 김수영을 포함한 당대 지식인들의 자기 한계였을 것이다. 김수영이 전통에 대해 각성하기 시작한 것은 4·19를 겪고 난 「거대한 뿌리」(1964) 이후부터인 듯하며 전통을 새롭게 인식하면서 불과 몇 년 후에 「풀」(1968)이 씌어졌다는 것은 우연이면서 우연이 아닐 것이다.

유가적 입장에서 동양의 시학은 『시경』으로부터 발원하여 『문심조룡』, 그리고 주자의 『시집전』을 포함하여 수많은 주석가들에 이어 정다산의 『시경강의』에 이르고, 다시 김수영에 의해 상징적으로 집약되는 하나의 범례를 찾는다면 지나치게 과장된 것인지 모르겠다.

그러나 호메로스 이래 그리스·로마 문학 전체를 유럽 문학의 전통에 포괄하는 엘리엇식의 논법을 전제할 때, 『시경』으로부터 발원하는 동양의 시학을 논하는 것 또한 무리가 아닐 것이다. 그렇다면 동양의 시학은 정립되어 있는가. 아니다. 그렇지 아니하다. 필자가 이만큼이라도 논지를 전개할 수 있는 것은 김수영의 시대로부터 30여 년의 학문적 축적이 있었기 때문에 가능한 것이다. 작금에도 서구 지성의 주변을 맴돌면서 야유적 비판의 논변을 펼치는 글을 대할 때마다 가까이할 수 없는 서적과 가까이할 수 없는 논리를 접하는 경우가 많다. 최소한도 김수영이 느꼈던 지적 고뇌의 진정성이라도 있어야 하지 않겠는가.

동양의 시학을 정립하고, 이를 통해 새로운 세기의 시적 난제를 풀어 나갈 수 있다면 얼마나 바람직한 것인가 하는 것은 한국인으로서 시를 공부하는 사람 모두의 희망일 것이다. 동양의 시학이 만병통치약은 아니다. 그러나 세기말적 혼란이 격해질수록 우왕좌왕의 논변들이 횡행할 것이며, 이에 현혹당하는 무리들이 많아질 것임은 자명한 일이다. 『문심조룡』의 저자는 하늘과 땅에 어울릴 수 있는 존재는 오로지 영혼을 가진 인간 존재라 하면서 "인간은 오행의 정화요, 천지의 마음"이라고 갈파한 바 있다. 본연지성에 근거한 동양의 시학의 출발점이 바로 갈등하고 고뇌하는 인간의 마음에 있을 것이며, 새롭게 펼쳐질 세기의 시들 또한 인간의 마음에 근거할 것이다. 동양의 시학은 이제 가까이 있지만 가까이할 수 없었던 이성의 20세기적 자기 부정을 넘어서야 할 분야이다. 동시에 아직까지 누구도 제대로 확립하지 못했다고 판단되는 동양의 시학처럼 21세기를 향해 누구에게나 열려 있는 학문적 대상의 분야는 없을 것이라 단언해두지 않을 수 없다. 자기의 것을 별것 아니라고 비하하거나 무시하는 자는 언제나 제대로 볼 수 없고, 제대로 설 수 없다. 풀이 웃고, 풀이 일어난다.

| **더 생각해봅시다** |

1. 필자가 김수영의 「풀」에 대하여 '반전통의 시학'이라고 한 이유를 설명해보자.
2. 『논어』에 나타나 있는 '풀'과 김수영의 시 「풀」의 연관성과 차이점을 시작품의 구체적인 분석을 통해 해명해보자.
3. 전통에 대해 고민한 흔적이 담긴 김수영의 작품들을 더 찾아 읽어보고 '전통'에 대한 시인의 의식의 변모 과정을 정리해보자.
4. 궁극적으로 필자가 말한 '시의 길과 삶의 길'은 무엇인가.

'등성이', 이야기의 절정

이희중

박재삼 울음이 타는 가을江

「울음이 타는 가을江」은 박재삼의 대표작이다. 1959년 『사상계』
에 발표되었고 1962년에 나온 첫 시집 『춘향이 마음』에 수록되
었다. 지금까지 많은 평자들은 박재삼의 시세계가 비교적 큰 굴곡이나
변화 없이 지속되었다는 사실에 동의하면서, 눈물, 울음, 한, 그리움,
전통 등에 주목했다. 이들의 길고 짧은 글에서 「울음이 타는 가을江」은
이러한 특징을 잘 드러내는 작품으로 자주 거론된 바 있다. 평자들은
어미의 다양한 활용을 유심히 보아 전통의 계승과 언어 선택의 묘미를
높이 평가하기도 했고, 바다 이미지, 제삿날의 의미, 가을과 해질녘의 의
미 분석에 치중하거나 시점 이동에 주목하면서 이 아름다운 시의 다층
적 해명에 기여했다. 아쉬운 점은 박재삼의 시의 전체적 모습을 읽어내
는 저마다의 틀에 비추어 필요한 부분을 언급한 경우는 많아도 시 전체
를 살피면서 예술작품으로서 속구조를 밝히고 언어적 골격에 천착하는
글은 충분하지 않다는 사실이다. 이와 같은 종류의 시를, 해석과 분석
이 달리 필요 없는 시, 선별과 가치 부여만 필요하지 사실의 차원은 문
면에 거의 다 드러나 있으므로 따로 언급할 필요가 없는 시로 보는 경

박재삼(1933~1997)
일본 동경 출생.
1955년 『현대문학』으로 등단.
시집 『춘향이 마음』 『천년의 바람』 『어린것들 옆에서』
『찬란한 미지수』 『해와 달의 궤적』 등.

향이 있다. 그러나 정말 쉽고 좋은 시야말로 더 정밀한 해석과 분석이
필요하다. 따져볼 이유 없이 그냥 좋은 시는 없다. 해석과 분석이, 어렵
고 복잡한 시에만 소용된다는 생각에 나는 동의하지 않는다. 좋은 시
는, 독자들을 감동하게 하는 언어적·의미적 책략을 어떤 형태로든 가
지고 있게 마련이다. 물론 그 책략이 시인이 의도하지 않은 것일 수도
있다.

「울음이 타는 가을江」이 난해시라고 하기는 어렵다. '난해시'라는 말
이 비평의 용어로 개념화되어 있는 것도 아니므로 '난해한 시' '이해하
기 어려운 시'라는 말의 줄임말로 본다면, 이는 '평범한 독자가 읽고 무
슨 소리인지 얼른 알지 못할 시'라고 풀어놓을 수 있다. 이를 척도로 삼
는다면 「울음이 타는 가을江」은 제격의 난해시가 아니다. 다만 이 시
가, 한 시인의 시세계를 대표하는 작품으로, 아울러 한 시대를 관류하
는 중요한 경향을 대표하는 작품으로 일컬어지는 만큼, 정확하게 읽을
필요가 다른 작품보다 더 있고, 서로 다른 해석이 통용되는 몇몇 문제
적인 구절에 대해서도 논의를 정돈할 필요가 있다고 생각한다. 앞서 말

울음이 타는 가을江 / 박재삼

마음도 한자리 못 앉아 있는 마음일 때,
친구의 서러운 사랑 이야기를
가을햇볕으로나 동무삼아 따라가면,
어느새 등성이에 이르러 눈물나고나.

제삿날 큰집에 모이는 불빛도 불빛이지만
해질녘 울음이 타는 가을江을 보것네.

저것 봐, 저것 봐,
네보담도 내보담도
그 기쁜 첫사랑 산골 물소리가 사라지고
그 다음 사랑 끝에 생긴 울음까지 녹아나고
이제는 미칠 일 하나로 바다에 다와 가는
소리죽은 가을江을 처음 보것네.

한, 좋은 시는 어떤 형태로든 논리적·이론적 해명의 여지가 있다는 전제에 유의하면서, 이 글은 「울음이 타는 가을江」이 그냥 '좋은 시'라는 인상비평류의 단정을 넘어, '좋음'의 원인과 과정을 가능한 한 소상히 밝혀보고자 하는 의도에서 씌어진다.

이 작품은 세 개의 연으로 이루어져 있다. 세 연은 각각 하나의 문장인데 이는 마침표로 명시되어 있다. 이처럼 변형된 3단계 구성은 우리의 전통 시 양식인 시조를 연상하게 한다. 시인은 시조를 통해 문학 수업을 시작했고 학창 시절 백일장에서 시조로 입상한 바 있으며, 일부 추천작이 시조였고 시조시집을 따로 묶어내기도 한 사람이다. 이 작품에서는 시상이 전개되면서 시점과 어조가 달라지는 특징이 있는데 이또한 시조와 무관하지 않다. 이는 특히 셋째 연의 첫 두 줄에서 뚜렷하다.

첫 연을 이루는 문장의 통사적 골격은 '이야기를 따라가면 눈물나고나'이다. 평문들을 보면, 이와 같은 골격에 붙은 살점인, 문장 전체에 걸리는 부사어구 "마음도 한자리 못 앉아 있는 마음일 때"의 예비적 이동성과, '이야기'에 걸리는 수식어구 "친구의 서러운 사랑"과 '따라가면'에 걸리는 부사어구 "가을햇볕으로나 동무삼아"에서 연역한, 친구라는 동반자의 존재 가능성, 그리고 '눈물나고나'에 걸리는 부사어구 "어느새 등성이에 이르러"의 실천적 이동성을 인정해 이 첫 연을, 화자가 친구와 이야기를 나누며 산을 오르는 상황으로 읽은 사례가 많다. 화자의 눈이 고도를 점차 높여감에 따라 시야는 넓어지고 마침내 바다가 눈에 들어와 풍광이 주는 감동을 더하게 된다는 설명이다. 이와 같은 고도 상승의 해석을 뒷받침하는 근거는 '등성이'가 유일하다. 그러니까 이와 같은 독법은 '등성이'를 '산등성이'로 치환해 읽은 결과이다. 과연 '등성이'를 꼭 '산등성이'로밖에 읽을 수 없는가.

친구의 서러운 사랑 이야기를 듣고 연민과 공감의 눈물을 흘린다는 첫 연, 또는 이 작품의 지배적 정황을, 화자와 친구의 등산, 곧 산을 오르는 행동과 동반한다고 보는 관행적 독법은, 시점 이동의 역동성으로 이 시의 해석을 풍요롭게 하지만, 이 방법만이 이 시를 읽는 유일한 길이라고는 생각하지 않는다. 살펴보면, 가을이라고는 하지만 산을 오르는 일은 얼마간 육체적 곤고를 수반하지 않을 수 없으므로, 조금은 땀이 흐르는, 또 조금은 숨이 차는 와중에 서러운 사랑 이야기를 일방은 하고 일방은 들으면서, 이윽고 산등성이에 당도하자 듣는 일방인 화자가 눈물짓는다는 이야기에는 일말의 어색함이 있다. 이 시의 공간을 이루는 지형과 시인의 마음에 각인된 바다의 모습을 명확히 이해하기를 원하는 평자들이 자주 인용하고 참고하는 시인의 산문이 있다.

그래 나는 어물어물하다 슬그머니 거기서 빠져 나와 사람이 없는 언덕에 가 버리고 말았던 것이다. 언덕은 바다가 바로 눈밑에 보여오는 곳에 있었다. 가만히 앉아 있기도 어줍은 일이고 해서, 머리를 땅에 닿을 만하게 물구나무서서 두발 사이로 바다를 보았다. 그때 웬일인지 내 눈에선 눈물이 괴더니 그것이 얼굴로 젖어내렸다. 바다는 너무나도 아름다웠다. 늘 보는 바다가 실로 훌륭한 경치로서 내 눈에 도달해 온 것이다. 그때까지 바다는 이웃 사람의 그저 그런 낯익은 얼굴을 대하듯 별 것 아닌 것으로 내 마음에 자리하여 있다가 별안간에 아름다워 왔기 때문이다. 은금이라 한다면 좀 속된 표현일 것이고, 하여간 눈물의 꽃이 꽃피어난 꽃밭인 양 바다는 온통 현란한 경개로 내게 밀어닥쳤는지 모른다.

나는 내 시가 어떻고를 말하고 싶지 않다. 다만 이상과 같은 사실이 나의 시를 쓰는 사실과 상당히 닮은 데가 있는 것이 아닌가 하는 것을 곰곰 생각한다는 그것이다.　　　　―「한 경험」, 『한국현대문학전집』 18, 신구문화사, 1974, 484쪽

인용한 부분 바로 앞에는 이 글을 쓰기 15년쯤 전 어린 나이로 물에

빠져 죽은 이종의 시신을 보고 눈물도 울음도 나지 않아 민망하고 어색했다는 내용이 있다. 이 글이 1967년에 씌었다니까 사고 당시 시인은 10대 후반이었을 것이다. 시인은 울음바다를 빠져나와 '언덕'에 가서 '물구나무서서' 진짜 바다를 본다. '물구나무선다'는 말이 말 그대로 다리를 위로 곧추세운 예의 동작을 가리키는 것 같지는 않다. 다리 사이로 바다를 보았다고 했으니 아마 상체를 깊이 숙여 다리 사이로 바다를 거꾸로 보았다는 말일 것이다. 어쨌든 효과는 물구나무선 것과 같다. 이럴 때 늘 보던 바다는 낯설고 새로운 모습이 된다. 마지막 문단에서 시인은 이 산문이 자신의 시에 대한 언급을 요청받아 쓴 것이며, 이 일화가 "나의 시를 쓰는 사실과 상당히 닮은 데가 있는 것이 아닌가" 생각한다며 우의적인 의도를 밝혔다. 김현을 비롯한 여러 논자들은 이 길지 않은 산문을 「울음이 타는 가을江」의 독서에 조심스럽게 참고하였으나, 결과적으로 이 작품을 읽는 이정표가 되었음도 부인할 수 없다.

'강'과 '바다'는 다르다. 하지만 어떤 지점에서 강과 바다의 경계는 불분명하다. 사실 삼라만상의 경계는 우리의 과학적 이성이 상정하고 기대하듯 그렇게 뚜렷하지 않은 법이다. 대체로 시인이 나서 자란 곳의 지리적 위치는 산문과 시에서 조금씩 서로 다르게 표현된 바로 그 자리일 것이다. 다만 이 시에서는 바다와 경계가 흐려지는 곳에까지 다다른 강의 내력에 무게를 더 두므로 강의 측면이 강조될 수 있었다. 요컨대 그 자리는 강이기도 하고 바다이기도 한 곳이다. 그렇다면 시에서 '등성이'와 산문에서 '언덕'의 차이는 어떻게 볼 것인가. 우선 시인이 '언덕에(을) 오르다'라고 말하지 않고 '언덕에 가다'라고 표현한 사실을 살펴보아야 한다. 이는 이 '언덕'이 오를 만한 고도를 가지고 있지 않음을 알린다. 말하자면 고도의 차이는 대수롭지 않으며, 평면적 이동을 설명할 때 도착지로 들 수 있는 한 공간의 명명에 불과할 수 있다는 것이다. 강 또는 바다 쪽에서 보면 강안(江岸) 또는 해안(海岸)은 언덕으로 보인다. 수면 또는 해면을 기준으로 보자면 대부분의 땅은 언덕에서 시작한다. 그러므로 박재삼 시인이 산문에서 말하는 '언덕'은 마을과 바다 사이에 위치하는 중간 지형으로 마을과 주목할 만한 고도 차이를 인정할 수 없는, 다만 바다를 굽어볼 수 있는 자리 정도라고 할 수 있다.

사정이 이렇다고 하여 이 시의 '등성이'와 저 산문의 '언덕'을 간단히 동일시할 수는 없다. 위 인용문과 같은 고백적 산문은 대부분 사실(事實) 그대로일 가능성이 많지만, 시의 내용은 사실 그대로가 아닐 수 있다. 산문은 단지 새롭게 바다의 아름다움을 발견하던 날의 사정과 인상을 적고 있을 뿐이지만, 시는 친구의 사랑 이야기에서 시작해 젊은 날 사랑의 곡절 일반으로 줄기를 모으면서 아울러 아주 강렬하고 인상적인 풍경을 전면에 내세우고 있어, 시와 산문의 내용이 서로 다른 길임은 자명하다.

나는 '등성이'가 '산등성이'가 아니라 '이야기의 등성이'로 보는 길을 하나의 독법으로 제안하고자 한다. 사전을 참고하면 '등성이'는, 일차적으로 '동물의 등 또는 등줄기'를 가리키는 말이다. 우리말에는 한 음절로 이루어진 신체어에 어미를 붙여 여러 음절의 낱말로 늘여 부르는 경우가 있다. 코빼기, 볼때기, 배때기 등이 그 예일 텐데, 정확한 전달을 기하려는 것이 이유로 보인다. 또한 자연물의 형상에 따라 신체어를 뒤에 붙인 죽은 비유의 어휘들이 있는데, 산허리, 산머리, 길목 등이 그 예이다. 같은 방식으로 '산등성이'는 '산의 등, 산의 등줄기'를 가리킨다. '등'을 '등성이'라고 하는 용례는 드물어지고, '등어리', '등짝'이라고 더 자주 부르게 되었지만 '산등성이'라는 말은 고스란히 남아 자주 쓰인다. 그래서 '등성이'의 이차적인 뜻풀이에는 파생 의미라고 할 '산등성이'를 밝히기도 한다. 그렇다고 하더라도 이 시의 '등성이'를 반드시 '산등성이'로 읽어야 하는 것은 아니다.

'등성이'를 '이야기의 등성이'로 보면 첫 연은, '친구의 서러운 사랑

이야기를, 따라가면, 어느새 그 슬픈 이야기의 등성이에 이르러 눈물나
고나'가 된다. '이야기의 등성이'란 '이야기의 절정'을 말한다. 친구의
서러운 사랑 이야기는 하나의 플롯을 가지고 있을 법하다. 가을 햇살이
내리쬐고 있는 강변에서 친구의 서러운 사랑 이야기를 듣고 있자니, 그
이야기의 곡진한 대목에서 공감과 연민의 눈물을 흘리게 되었다는 말
인 것이다. 그렇다면 화자의 마음은 친구의 이야기를 따라 한바탕 상상
의 여행을 한 것일 뿐 몸은 친구와 함께 강변에 머물러 있었을 것이다.
아울러 이 상상의 여행은, 과거에 들은 친구의 이야기를 기억하면서도
진행되었을 수도 있다. '등성이'를 빼면 시의 문면에서 화자의 수직적
공간 이동의 확실한 증거를 찾을 수 없는 것과 마찬가지로, 바로 지금
강변에 앉아 친구의 사랑 이야기를 듣고 있다는 문면의 증거도 없다.
그러나 막걸리를 앞에 두고 저녁노을이 비치는, 바다 같은 강을 배경으
로 친구의 이야기를 듣다가 눈물을 흘리는 장면이 이 시의 흐름에 잘
어울린다고 나는 생각한다.

　둘째 연의 두 행은 이 시의 핵심을 간명하게 담고 있지만, 그 통사의
의미론적 구성까지 간명하지는 않다. 이 문장의 통사적 골격은 'ㄱ도
ㄱ이지만 ㄴ을 보겠네'이다. 지금 화자는 매우 인상적인 풍경 두 가지
를 비교하고 있다. 하나는 "제삿날 큰집에 모이는 불빛"이며, 다른 하나
는 "해질녘 울음이 타는 가을江"이다. 전자는 과거에 보았던 풍경일 것
이다. 그렇지 않다면 이 밤중의 풍경은 이 시 전체의 시간과 어긋난다.
요즘은 풍속이 많이 달라졌지만, 원래 제사는 자정이 지난 후 지냈다.
전기가 없었던 시절 동족들이 모여 사는 마을에서는 캄캄한 밤중 저마
다 초롱을 들고 제사 지내러 큰집에 모인다. 이를 멀리서 보면 참으로
엄숙하고도 따뜻한 풍경이었으리라. 심야에 초롱불들이 점점이 한 곳
으로 모여 환한 빛을 만들던 야경을 각별히 아름답게 기억하고 있던 화
자는, 지금 그에 비견되는 다른 놀라운 풍경을 본다. 바로 노을이 내려

비친 가을강이다. 노을은 하늘의 빛깔인데 그것이 강물에 비친다. 전자의 진상(眞像)에 대해 후자의 영상(影像)은 호응과 공감의 몸짓으로 보일 수 있다.

끝 연에서는 친구의 사랑 이야기를 자연물의 흐름에 투사한다. 그 사랑 이야기는 듣다가 눈물을 흘릴 만큼 가련하고 서럽고, 그 자연물은 눈부시게 아름다워서 또한 서럽다. 특수한 개인의 사연은 강물이라는 비유적 매개에 연결되면서 일반화의 과정을 거친다. 그래서 사랑의 갖은 사연들이 모여 강이 되어 흘렀고 이제 바다에 이르러 아름답게 잦아들고 있다.

끝 연의 첫 행, "저것 봐, 저것 봐"는 바다에 이른 강물의 경이적인 풍경에 대한 주의를 환기하면서 동시에 그 풍경의 숨은 의미, 곧 사랑의 곡절을 함께 읽는 놀라움을 드러낸 구절로, 시조에서 종장 첫 구절을 떠올리게 한다. 둘째 행 "네보담도 내보담도"는, 강물이, 친구인 '너'와 '나'의 청춘이 걸어온 사랑의 곡절을 비유적 형상으로 보여주고 있음을 깨닫게 되는 과정을 자연스럽게 드러낸다. 강물의 내력과 현재의 아름다움은, '너의 것'도, '나의 것'도 아닌, 애욕으로 고통받으며 성장하는 젊은이들의 몫인 것이다. 이제 끝 연의 남은 네 줄은 바다에 도달한 강물들의 내력을 되짚어보는 데 바쳐진다. 이때 강물의 내력은 바로 사랑의 역사, 청춘의 역사이다. 강물은 어느 작은 산골짝의 시내에서 발원했을 것이다. 화자는 그 "산골 물소리"를 "그 기쁜 첫사랑"이라고 했다. 이내 그 기쁨의 소리는 사라지고, 실패한 사랑 끝에 생긴 '울음'도 넓은 강물에 녹아버리고, 이제 바다에 다 와가는 물을 화자는 슬퍼하고 있다. 산골을 흐를 때, 시내가 강을 이루어 흐를 때, 주위에 울려 퍼지는 그 싱싱한 소리를 시인은 청춘의 몫이라 생각하였다. 강물은 이제 해면과 높이가 같아지면서 점차 흐름이 느려지고, 결국 강물다운 흐름을 잃은 채 거대한 바다 속에 흔적 없이 섞여 출렁거리게 될 것이다. 지금 바

다와 만나고 있는 강의 모습은 화자에게 목적지에 도달한 장한 모습이
아니라, 하나의 여정을 마무리하는, 그래서 "이제는 미칠 일 하나로" 바
다에 거의 다 와버린, "소리죽은" 가을강을, 그 화려하고 아름다운 종말
을 처음 보며 놀라고 있다. 시인의 슬픔은 소리의 소멸 때문이다. 시인
에게 소리는 사랑의 기쁨이기도 하고 눈물이다. 소리가 사라진 풍경은
그래서 더 화려하고, 시인에게는 더 슬프다.

| 더 생각해봅시다 |

1. 작품 해석에는 정답이 없다. 그러나 해석의 다양한 가능성을 인정하더라도 현실적
   으로 그 모든 해석들을 수용할 수는 없다. 그렇다면 좋은 해석의 판단 기준은 무엇
   인가.
2. 「울음이 타는 가을江」의 2연을 보다 자세하게 분석해보자.
3. 「울음이 타는 가을江」의 구조를 시조의 형식과의 연관 속에서 분석해보자.
4. 「울음이 타는 가을江」에 관한 기존의 해석과 비교해볼 때, '등성이'에 대한 필자
   의 새로운 해석의 의의는 무엇인가.

황동규 시 다시 읽기

박덕규

황동규 즐거운 편지 · 나는 바퀴를 보면 굴리고 싶어진다 · 바다로 가는 자전거

1. 의지와 순응의 아이러니 : 황동규, 「즐거운 편지」

황동규의 시 「즐거운 편지」는 내가 태어난 해(1958)에 발표되었고, 나에게 처음 눈에 뜨인 것은 나의 고교 시절이었다. 군데군데 띄어쓰기 원칙이 무시된 곳이 눈에 뜨이는 황동규 시선 『삼남에 내리는 눈』(민음사, 1975)의 35쪽을 장식하고 있는 그 시를 나는 대학에 입학해서 젊은 시인 지망생과 어울려 다닐 때쯤에 온전히 암송할 수 있었다. 편지투로 씌어진 다른 몇 편의 시를 함께 보면서 황동규가 편지 형식을 즐겨 쓰는 이유에 대해서 곰곰 따져보기도 했고, 반면 「태평가」「전봉준」「삼남에 내리는 눈」 등 역사적 인식을 내포하고 있는 시편들에서 '지식인의 자기 검증'의 면모에 공감하고는 했다.

「즐거운 편지」, 나는 왜 이 시를 굳이 암송하였을까. 나는 그때 이 시를 연애시로, 소박하고 아름다운 연애시 정도로 이해하고 있었는지도 모른다. 하기는 1장에서 "내 그대를 생각함"이 "사소한 일"이라고 소박하게 고개 숙이고 '그대'를 그리는 여성적 풍모에서 여성적 화자가 이

황동규
1938년 서울 출생.
1958년 『현대문학』으로 등단.
시집 『어떤 개인 날』, 『미시령 큰바람』, 『버클리풍의 사랑 노래』 등.

별의 아픔을 참고 기다리며 사랑의 완성을 그려보는 한국 서정시의 '님의 노래' 전통을 읽어낸 것은 그리 빗나간 이해가 아니었으리라. 그러나 여기서 그대를 생각하는 그 '사소함'으로써 "그대를 불러 보리라"고 하는, 그대에게는 사소한 것이나 내게 있어서는 하나의 굳센 의지인 '그대 생각'의 당당함에는, 뭔가 분명치 않게나마, 그대를 향하는 사랑의 절대성보다 그것을 견지하고 있는 자아 의지의 절대성 쪽이 더 강렬하게 내포되어 있었던 것이 아닐까. 이렇게 본다면, 「즐거운 편지」의 '님의 노래'는 "죽어도 아니 눈물 흘리우리다"에서의 김소월보다 "타고 남은 재가 기름이 됩니다"의 한용운 쪽에 한층 더 가까운 것일 터이다.

사랑의 절대성에 비해 의지의 절대성이 강렬하게 내포되어 있을 것이라는 판단은 그러나 1절만 봐서는 모호한 구분이요 속단일지도 모른다. 문제는 2절에 있다. 2절의 첫 문장은 이렇다.

진실로 진실로 내가 그대를 사랑하는 까닭은 내 나의 사랑을 한없이 잇닿은 그 기다림으로 바꾸어 버린 데 있었다.

이 문장은 좀 모호하다. 내가 그대를 사랑하는 것이 사랑 그 자체의 감정에 연유하는 것이 아니라, 그러니까 그 사랑이 절대적 사랑이기 때문에 있게 된 것이 아니라, 그 사랑을 한없는 기다림으로 바꿈으로써 절대적 사랑이 존재하게 되었다는 사실을 진술하고 있는 것이다. 이를테면 사랑이라는 것 속에 깃들인 절대성은 고스란히 그것을 실천하는 자의 의지에 종속된다는 말인 셈인데, 이때 남다르게 드러나는 것이 그 사랑하는 자의 자아 의지인 것이다. 이 서술은 슬쩍 자연 묘사적인 분위기로 시의 진술 형태가 바뀌는 가운데 이렇게 뒷문장을 거느리게 된다.

  밤이 들면서 골짜기엔 눈이 퍼붓기 시작했다. 내 사랑도 어디쯤에선 반드시 그칠 것을 믿는다. 다만 그때 내 기다림의 姿勢를 생각하는 것뿐이다.

화자가 지향하는 것은 사랑의 성취가 아니다. 나아가 사랑의 실패를 예감하면서도 사랑의 절대성을 견지하겠다는 것도 아니다. 중요한 것은 사랑의 절대성을 끝내 견지하게 되는 그 자아 의지의 견고함에 있다. 1절에서 확인했던, 사랑의 절대성에 비해 의지의 절대성이 강력하게 내포된 것이라는 견해는 이 점에서 타당하기 그지없다. 아니, 좀더 예리하게 눈빛을 발하자. 화자는 사랑의 성취도 사랑의 실패도 마음 가운데 두고 있지 않은 듯, "내 사랑도 어디쯤에선 반드시 그칠 것을 믿는다"라고 말하고 있다. 사랑이 그친다는 것, 그건 무슨 말일까. 그대를 향하는 내 사랑의 감정이 식을 것이라는 말일까. 문장의 표면 의미만을 보면 그렇다. 그런데 바로 이어 그 사랑의 그침에도 "기다림의 자세를 생각"한다는 대목에서는 그 사랑의 지속성이 그대로 내포되어 있음을 보게 된다. 그러니까, 그 사랑의 그침은, 나의 그대에 대한 사랑의 체념이나 포기가 아니라는 뜻이다. 그럼, 왜 화자는 사랑이 "반드시 그칠 것을 믿는다"고 했는가.

즐거운 편지 / 황동규

1

내 그대를 생각함은 항상 그대가 앉아 있는 背景에서 해가 지고 바람이 부는 일처럼 사소한 일일 것이나 언젠가 그대가 한없이 괴로움 속을 헤매일 때에 오랫동안 전해오던 그 사소함으로 그대를 불러 보리라.

2

진실로 진실로 내가 그대를 사랑하는 까닭은 내 나의 사랑을 한없이 잇닿은 그 기다림으로 바꾸어 버린 데 있었다. 밤이 들면서 골짜기엔 눈이 퍼붓기 시작했다. 내 사랑도 어디쯤에선 반드시 그칠 것을 믿는다. 다만 그때 내 기다림의 姿勢를 생각하는 것뿐이다. 그 동안에 눈이 그치고 꽃이 피어나고 낙엽이 떨어지고 또 눈이 퍼붓고 할 것을 믿는다.

이 시에서 "믿는다"의 표현은 2절에서 두 번 행해져 있다. 앞서 본 "내 사랑도 어디 쯤에선 반드시 그칠 것을 믿는다"와 마지막 문장,

그 동안에 눈이 그치고 꽃이 피어나고 낙엽이 떨어지고 또 눈이 퍼붓고 할 것을 믿는다.

에서의 그것들이다. 1절의 끝 어미 "불러 보리라"가 그랬던 것처럼 '믿

는다'가 어떤 의지를 뜻하고 있음은 주지의 사실인데, 사랑의 실패를 말하는 자리에서 왜 의지를 뜻하는 표현이 두 번이나 행해졌을까. 이 믿음들은 눈 내리는 밤 골짜기의 "어디쯤"에서나, 눈이 오고 꽃이 피고 낙엽 지는 사계의 순환 위에서 나타난 표현이다. 즉 자연의 순환 원리를 이해할 때 나타나는 믿음이다. 자연의 순환을 이해하고 받아들이는 때에 자신의 의지가 강렬해진 것이다. 그리고 사랑의 그침을 믿는 것과 자연의 순환을 믿는 것이 동시에 행해져 있다. 따라서 "반드시 그칠 것을 믿는다"에서의 사랑의 그침은 그 자체로는 큰 의미를 얻지 못한다. 자연의 순환 속에 나의 절대적인 어떤 것을 수렴시켰을 때의, 그러니까 그 절대적인 사랑을 견지하게 했던 자아 의지마저도 자연의 순환, 순리 속에 수렴시키는 때의 진정한 내 모습이 문제다. 그 모습은 무엇인가. 사랑에 대한 지속적인 굳은 의지가 사랑을 포함한 그 모든 것들의 순리 앞에 순응하는 순간의 모습, 의지인가 하면 순응이고, 순응인가 하면 의지인 그런 상태, 그 아이러니가 「즐거운 편지」의 내면과 표면을 넘나들고 있는 것이다.

2. 숨찬 공화국, 생동하는 절망
: 황동규 시집 『나는 바퀴를 보면 굴리고 싶어진다』

시의 왕국 대한민국에는 20세기 문학사의 후반기를 강력하게 지지하고 있는 시집 시리즈들이 있다. 각각 1975년과 1978년에 시리즈의 첫 권 시집을 내 최근까지 그 명맥을 강력하게 이어가고 있는 '창비시선'(창작과비평사)과 '문학과지성 시인선'(문학과지성사)이 그것들이다. 이들 시집 시리즈는 그 형태상에서 볼 때, 1974년 가을부터 나오기 시작해, 오늘날 우리가 '시집'했을 때 가장 먼저 떠오르는 아담한

나는 바퀴를 보면 굴리고 싶어진다 / 황동규

나는 바퀴를 보면 굴리고 싶어진다
자전거 유모차 리어카의 바퀴
마차의 바퀴
굴러가는 바퀴도 굴리고 싶어진다
가쁜 언덕길을 오를 때
자동차 바퀴도 굴리고 싶어진다

길 속에 모든 것이 안 보이고
보인다, 망가뜨리고 싶은 어린 날도 안 보이고
보이고, 서로 다른 새 떼 지저귀는 앞뒷숲이
보이고 안 보인다, 숨찬 공화국이 안 보이고
보인다, 굴리고 싶어진다, 노점에 쌓여 있는 귤,
옹기점에 엎어져 있는 항아리, 둥그렇게 누워 있는 사람들,
모든 것 떨어지기 전에 한 번 날으는 길 위로.

크기의 신4×6(B6신)판 시집의 안착을 선도한 민음사의 '오늘의 시인 총서' 시리즈를 썩 닮은 것이기도 하다. 그러나 그 내용적인 면에서 '오늘의 시인총서'가 주로 '선집' 형태를 취했음에 비해 이들 시리즈가 동시대에 맹활약 중인 3, 40대 시인들의 '신작시집'으로부터 출범해서 당대 문단의 중심에 이르고, 나아가 한국문학사의 중심을 일구어 나갔다는 점에서 특기할 만한 문학사적 사건으로 자리하게 되었다.

오늘 우리가 다시 만나는 황동규 시집 『나는 바퀴를 보면 굴리고 싶

어진다』는, 이 특기할 만한 문학사적 사건을 주도한 대표적인 시집으로 꼽힌다. 20세기 종반 한국문학사의 두 산맥을 이룬 한 시집 시리즈('문학과지성 시인선')의 첫 권이라는 상징성으로서도 그렇지만, 더욱 중요한 것은 개발 독재체제가 민족성, 인간성의 근원을 와해시키고 있는 암담한 현실을 견뎌내는 문학적 상상력의 극단을 보여준 데 있다. 독특한 제목으로 당시 문사들의 유행어가 되기도 했던 이 시집 표제시 「나는 바퀴를 보면 굴리고 싶어진다」를 함께 읽어 보면, 황폐한 시대를 견디는 시적 행위란 것이 어떤가를 쉽게 알 수 있다.

　시 「나는 바퀴를 보면 굴리고 싶어진다」에서 "바퀴를 보면 굴리고 싶어진다"라고, 실제 행동으로 나타나지 않을 것임에 분명한 비현실적인 욕망을 말하고 있는 이유란 어떤 것일까. 굴리고 싶은 것이 실재하는 바퀴나 귤, 항아리 따위가 아니라 다른 무엇이라는 것을 금세 짐작하게 되면서 우리는 이제 그 다른 무엇에 대해 숙고하기에 이른다. "숨찬 공화국"이란 말은 그 숙고 과정에서 아주 유익한 안내자가 되어준다. 당연히 굴러가야 할 것이 멈춰 있는 사회, 아니 굴러가는 것조차 통제하는 대로 굴러가고 있는 시대, 그리하여 그 세상 속을 세상이 원하는 대로 살아가는 한 사람이, 절망에 가득 차서, 그러나 통제받지 않으려는, 살아 있는 남은 정신으로, 개인의 삶을 억압하는 사회를 견디고 뚫고 나갈 가능성을 전망하는 모습을, 우리는 서서히 눈앞에 선명하게 그려볼 수 있게 된다. 물론 그 모습은 절망의 한가운데 꼼짝 없이 갇힌 몸, ~바퀴, ~바퀴, ~바퀴 하고 같은 어휘들이 그 앞에 적당한 수식을 달거나 하면서 나열, 변형돼가는 동안, 어느새 그 몸에 알 수 없는 리듬이며 운동감이 생겨, 이제 추락할 일만 남은 세상을 "한 번 날으는 길"로 파악할 수 있는 힘이 생겨나 있게 되었다. 같은 시집의 「바다로 가는 자전거들」의 한 대목.

　　《《여보세요, 당신은 바다를 보았나요?

《《여보세요, 나는 개를 향해 짖었어요.
《《여보세요, 바다가 가는 길엔
　아직 자전거가 달리고 있습니까?
《《여보세요, 요새는
　짖는 개도 물어요.

　개에 쫓기다 개가 된 삶에서 탈출하려는 꿈이 '바다로 가는 자전거'로 상징화되어 있는 시이다. 개 같은 삶과 바다로 가는 자전거 사이의 대립이 극적으로 제시되고, 여기에 동문서답하는 반어적 상황으로부터 점차 긴장감, 속도감을 얻고 있음을 보게 된다. 한편으로 우리의 '공화국'과 억눌린 삶 사이의 대립과 같은 극적 정황에, 그 모순을 견딜 힘을 생성해 얻는 황동규 시의 이와 같은 독특한 구조는 "방법론적 긴장"(김현), "극서정시"(황동규) 같은 문학적 용어를 낳기도 했다.
　오늘날 그 '공화국'은 전혀 다른 모습이 되었지만, 개인을 억압하는 것들은 오히려 드넓게 펼쳐져 있으니, 그 억압을 견디는 힘은 또 어떻게 생성할 수 있을 것인가를, 한때 그 '숨찬 공화국'의 시대를 생동하는 절망의 노래로 견디게 해준 『나는 바퀴를 보면 굴리고 싶어진다』를 다시 읽으면서 감지해보면 어떨까.

| 더 생각해봅시다 |

1. 황동규의 시에서 '지식인의 자기 검증'의 면모가 뚜렷한 시 몇 편을 옮겨 적고 소감을 말해보자.
2. 「즐거운 편지」를 신인추천작으로 정한 시인 서정주는 이 시를 두고 '불거이거(不居而居)'라는 동양정신의 한 진경(眞景)을 보여준다고 했다. 그 이유를 설명하라.
3. 「나는 바퀴를 보면 굴리고 싶어진다」의 마지막 행의 구절 "떨어지기 전에 한 번 날으는 길"의 의미를 설명하라.
4. 황동규가 스스로의 시를 설명하면서 말한 '극서정시'의 개념을 알아보자.

상징의 힘

김수복

이건청 가문 날 | 강은교 물방울 하나가 5 | 이성선 신화 | 문인수 동해 일출
최승자 연인들 2 | 장옥관 나무에 올라가 고기를 구하다

한 편의 시는 각각 자기의 표정을 갖고 있다. 그 표정들은 시인의 의식과 세계관을 대신하여 시의 문면으로 나타난다. 문화적 현실의 벽을 단단하게 느끼는 시인들은 그 현실의 벽을 단단하게 한 배경을 해체하여 자유를 성취하려는 욕망의 시선을 담고 있다. 현실의 문화적 벽이 주는 억압을 초월하려는 의식을 지닌 시인들의 시의 표정은 그 현실의 물리적 시간을 초월하는 영원한 시간의식을 갖고 그 억압을 벗어나려는 세계관을 보여준다. 이러한 시의 표정들은 세계에 대한 자아의 해체와 통합의 심리적 세계관을 대신하고 있는 것이다. 우리 시에서 1980년대 문화적 상황 속에서의 해체적 문화의 대응은 이러한 자유 추구의 욕망의 표정으로 나타났으며, 이러한 물결은 그 문화적 억압의 배경이 사라진 후에도 유행하는 시대적 추수의 대열을 이루어왔다. 마치 자아의 뒤틀린 표정들이 깊은 사유를 대신하는 듯한 표정들은 이제 내면이 없는 문화의 껍질이 되어버렸다. 시대가 어려울 때 시대를 고뇌하는 반시적 표정들과는 다른, 배경의 긴장이 사라진 문맥으로의 반시적 표정은 마네킹과 같은 유행을 대신하는 한 전시에 불과한 것이다. 정보

이건청
1942년 경기도 이천 출생.
1967년 한국일보 신춘문예 시 당선.
시집 『목마른 자는 잠들고』 『망초꽃 하나』 『하이에나』 등.

화·세계화를 외치는 상업적 기호들에 상처받는 인간 존재의 현실을 치유하려는 노력보다 그 상업적 정보화의 기호들에 물들여져 자아의 상실과 상처를 주는 가학의 시선을 담으려는 욕망이 물결치는 현실 속에서, 우리는 시를 대하고 그러한 시들의 상처에 시달리고 있는 것조차 무감각해져버렸다. 자아의 상실과 해체의 표정은 이제는 정보화 상업적 기호들이 주는 자아에 대한 가해의 의미에 가담하는 것에 지나지 않는다. 한 세기의 벼랑은 인간 존재의 위기, 자아 상실의 위기, 완전한 자아의 몸체가 부서지는 아픔을 느끼는 위기 시간의 벼랑이 아닐까. 이러한 문화적 위기를 극복하기 위한 시의 표정은 '주체'의 회복을 통한 자아의 통합, 자아 동일성의 완전한 몸의 시학, 자아의 상처를 치유하는 '상징의 시학'으로서의 모습을 담고 있다. 상업적·과학적 이해를 신봉하는 문화적 상황에서 우리는 비인간화된 자아 상실의 아픔을 얼마나 맛보았는가. 인간이 자연과 우주 안에서 고립되고, 추방당하여 자연과 우주와의 일체감을 상실하고, 상품적 가치와 물리적 기호로 전락한 현실의 상처를 치유하기 위해서, 우리는 자연과 우주로의 귀환을 통한 자아 동일성의 상징적 현실을 구현하지 않으면 안 된다. 이러한 문화적 위기 속에서 우리 시들이 자연과 우주 속으로의 화해로운 존재의식으로, 자아의 근원적인 무의식의 시간 속으로 귀환하려는 상징적 표정들에는 인간적 향기가 우러나온다. 이러한 상징적 표정을 담고 있는 시들로 이건청의 「가문 날」, 강은교의 「물방울 하나가 5」, 이성선의 「신화」, 문인수의 「동해일출」, 최승자의 「연인들 2」, 장옥관의 「나무에 올라가 물고기를 구하다」 등이 주목을 끈다.

1. 이건청의 「가문 날」 : 지상의 가장 깊은 우물 찾기

이 시의 상징적 표정들의 주류를 이루고 있는 것은 '흙'과 '새'와 '별', 그리고 '물을 찾는 사내' 등이다. 흙은 현실 속에서 '먼지'를 날리고 새벽에도 '황사'를 가득하게 하는 현실의 삭막한 표정이며 본래의

가문 날 / 이건청

흙은 말라 먼지를 날리고 씨앗들은 흙 속에서 묵묵부답이다. 해질 녘까지, 해지고 별 뜰 때까지 새들이 하늘의 별들을 이고 지고, 끌면서 사라지고 빈 하늘 새벽 황사만 가득한 날, 지상의 가장 깊은 우물에 두레박을 내리고 물을 찾는 사내가 있다. 차고 시린 한 두레박의 물을 위해 목마른 세상의 밤을 뜬눈으로 지새며 흙먼지 속을 엎드려 사는 사람이 있다. 이 물로 마른 씨앗을 적실 수만 있었으면, 뿌리를 적실 수 있었으면, 아아, 가문 날.

생명의 원천으로서의 생명력을 상실한 표상으로 나타나 있다. 이러한 원초적 삶의 상실을 가져오게 하는 현실을 극복하기 위해 화자인 사내는 생명을 불어넣을 수 있는 생명의 물을 찾고자 한다. 흙 속의 씨앗조차 '묵묵부답'이고, 새들이 별을 끌고 사라진 다음 새벽에도 희망은 오지 않고 황사만 가득한 '가문 날'의 현실 속에서 화자는 지상의 가장 깊은 우물에 두레박을 내리고 물을 찾고 있다. "지상의 가장 깊은 우물"은 인간 존재의 무의식적·원초적 삶을 소생시킬 수 있는 원초적 치유의 상징 공간인 셈이다. 이 원초적 삶의 심연에서 한 두레박의 물을 찾기 위해 뜬눈으로 밤을 새우는 사내, 이는 곧 생명 부재의 현실인 '가문 날'에도 뜬눈으로 밤을 새우면 씨앗을 적실 수 있는, 우리의 인간 존재를 소생시킬 수 있는 생명의 물을 찾는 사내이다. 이러한 사내의 원초적 삶의 재생을 꿈꾸는 의식은 새들이 별을 이고 지고 끌면서 사라지는 곳, 곧 원초적·우주적 질서 속에서 귀환하려는 존재의식의 한 상징적 질서를 형성하는 것이리라. 따라서 이건청의 「가문 날」은 원초적 생명이 상실된 황사먼지가 날리는 현실 속에서 지상의 가장 깊은 우물을 찾아 나서는 삶의 치열한 존재의식, 그 우물 찾기의 한 전형을 이루는 작품이다.

2. 강은교의 「빗방울 하나가 5」 : 우주적 삶을 두드리기

이건청의 「가문 날」이 지상에서의 가장 깊은 우물 찾기의 존재의식을 담고 있다면, 강은교의 「빗방울 하나가 5」는 우주의 귀를 열고 우주적 질서의 세계와의 동일성을 꿈꾸는 자아의식을 보여준다.

우리가 살고 있는 동안 우주적 순환의 질서는 항상 움직이고 살아 있다. 그런데 강은교는 우주의 무의식적 공간에서 빗방울이 창문을 똑똑 두드리는 소리에 놀라서 소리나는 쪽을 바라보니 빗방울 하나가 서 있다가 떨어져 내리는 것을 보고, 우리도 무엇인가를 두드리고 싶은 원초적 욕망을 느낀다. 화자가 두드리고 싶은 것은 '창'과 '어둠' 또는 '별'이다. 두드리고 싶다는 것은 그 대상과 하나가 되고자 하는 의식의 표현이며, 내면적·원초적 동일성을 이루고자 하는 상징적 욕망을 담고 있다. 여기서 화자는 물방울 하나가 창문에 서 있다가 떨어져 내리는 현상을 보고 내면적 자아의 동일성을 이루려는 의식 지향을 느끼고 있다. 그 동일성의 대상이 '창'이든 '어둠'이든 '별'이든 그 우주적 질서 속에 있는 대상과의 일체화를 이루고자 하는 것이다. '창/어둠/별'의 대상들은 화자의 존재의식을 형성하는 상징적 표상들로서 작동한다. 창을 두드리는 것은 자아의 투영을 통해 자신의 삶을 성찰하는 존재 행위이며, 어둠을 두드리는 것은 세상의 어둠과도, 아니 깊은 상처의 어둠과도 하나가 되고자 하는 삶의 태도이며, 별을 두드리는 것은 우주적

빗방울 하나가 5 / 강은교

무엇인가가 창문을 똑똑 두드린다.
놀라서 소리나는 쪽을 바라본다.
빗방울 하나가 서 있다가 쪼르르륵 떨어져 내린다.

우리는 언제나 두드리고 싶은 것이 있다.
그것이 창이든, 어둠이든
또는 별이든.

강은교
1945년 함남 홍원 출생.
1968년 『사상계』를 통해 등단.
시집 『풀잎』 『소리집』 『어느 별에서의 하루』 『등불 하나가 걸어오네』 등.

눈을 열고 자아의 이상을 대상화하는 존재 행위의 상징화라고 할 수 있다.

따라서 강은교의 「빗방울 하나가 5」는 창문을 두드리는 빗방울을 통해 우주적 귀를 열고 세상의 어둠과 우주적 삶의 질서와의 동일성을 이루려는 존재의식을 드러내고 있다.

3. 이성선의 「신화」: 신화적 삶의 구현

강은교의 「빗방울 하나가 5」가 '빗방울' '창' '어둠' '별'의 심리적 전이를 통해 우주적 삶의 존재 행위를 희원하는 '두드리는' 존재의식의 세계라면, 이성선의 「신화」는 신화적 공간에서의 완전한 신화적 몸을 꿈꾸는 자아의식의 표상이라 할 수 있다.

여기서 완전한 신화적 몸은 '달의 뱃속에 사는 아이'이다. 따라서 이성선은 '지금'이라는 우리의 존재 시간을 신화적 시간 속에서 이해하고 있다. 신화적 시간은 현실의 물리적 시간을 초월하는 영원한 무의식적 시간이다. 현실의 세속적 시선들이 닿지 않는 곳, "저녁 산골 개울"에서

신화 / 이성선

아이가 가재를 잡으려고
저녁 산골 개울에서 돌을 뒤집었다

돌 밑에서 가재가 아니라
달이 몸을 일으켰다

일어난 달은 아이를 삼키고
집채보다 더 크게 자라서
동구 밖에 섰다

달의 뱃속에 지금 아이가 산다

아이가 가재를 잡으려고 돌을 뒤집는 곳이다. 그곳에서 화자는 돌 밑에서 달이 몸을 일으켜, 아이를 삼키고 집채보다 더 크게 자라서 동구 밖에 서 있는 '달'을 보고 있다. 그 달의 뱃속에 아이가 살고 있는 달의 원초적 온몸, 즉 신화적 몸의 표상으로 '달'을 형상화하였다. 이성선의 많은 시들에서 추구하고 있는 시간과 공간의식에는 이러한 신화적 삶의 구현을 꿈꾸는 자아의식이 깊게 자리잡고 있다.

이성선(1941~2001)
강원도 고성 출생.
1970년 『문화비평』『시문학』을 통해 등단.
시집 『시인의 병풍』『새벽꽃 향기』『절정의 노래』
『내 몸에 우주가 손을 얹었다』 등.

4. 문인수의 「동해 일출」: 신이 눈뜨는 시간

이성선의 「신화」가 달의 신화적 삶의 구현을 꿈꾸는 존재의식을 담고
있다면, 문인수의 「동해 일출」은 원초적 시간으로 달려가 정동진에서
의 일출의 시간, 신이 눈을 뜨는 시간에 닿아 있다.

동해 정동진에 와 있다.

正東은 유일해서 세상 어디나 서쪽인데
세상 모든 서쪽으로부터 온 것들,
삼라만상이 기우뚱, 갑자기 붉다 갑자기 우,
붉게 밀릴 때

눈

뜨는 중이다 저 동해 일출
神의 한쪽 눈이 지금 정동진에 있다.

이제 다시 제 앞이 밝은 것들
주섬주섬 서쪽으로 간다.

—문인수, 「동해 일출」 전문

우리가 널리 알다시피 '정동진'의 일출은 권력과 정치적 사슬을 벗어
나 사랑을 느끼는 세속의 상징 장소로서 이름난 곳이다. 여기서 '정동
(正東)'은 세계의 시작이며, 시간의 원초적 순간이 태동한다. 화자는 동
해 정동진에 와 있다고 한다. 화자가 서 있는 지금 정동진은 세상의 모
든 서쪽으로부터 온 것들, "삼라만상이 기우뚱, 갑자기 붉다 갑자기
우,/붉게 밀릴 때", 즉 세상의 모든 것들이 붉게 녹아 밀릴 때, "신의 한
쪽 눈"이 뜨는 곳이다. 이는 '동해 일출'을 '신의 한쪽 눈'으로 인식하고
있는 원초적 존재의식을 나타낸다. '일출'은 하루의 시작이 아니라, 삼
라만상, 즉 서쪽의 모든 것들이 태초의 시간으로 돌아가 재생되는 장소
이자 원초적 시간이다. 이 원초적 시간, 즉 '일출'의 시간이 지난 후 삼
라만상은 "이제 다시 제 앞이 밝은 것들/주섬주섬 서쪽으로 간다".

5. 최승자의 「연인들 2」 : 우주 중심으로 날아오르기

문인수의 「동해 일출」이 신이 눈뜨는 시간, 즉 재생과 원초적 시간의
우주 속에 움직이는 삼라만상, 즉 서쪽의 모든 것들의 흐름에 시선이
닿아 있다면 최승자의 「연인들 2」는 우주의 중심으로 날아오르기를 꿈
꾸는 존재의식을 지향하고 있다.

화자는 지하 사무실, 지하 묘지에 있다. 지하 사무실은 무의식의 공
간이며, 억압에 사로잡혀 있는 곳이며, 자아의 미분화된 덜 깨어난 자

연인들 2

—두 마리 새의 화답 / 최승자

지하 사무실,
나의 지하 묘지,
아직 덜 깨어난
아직 덜 부활한 내 귀를 위해
낮게 열린 창 밖으로부터
들려오는 두 마리의 화답.
보이지 않는 어디에선가
서로 통신하는 저것들,
지직, 재잭, 지직, 재재잭,

저 두 마리 새는 내 안에서 울고 있나,
내 밖에서 울고 있나,
아니 저것들은 수세기 전에 운 것인가,
아니면 수세기 뒤에 우는 것인가.

이제는 납골당만해진
시간의 이부자리를 마저
납작하게 개어놓고
나 또한 깨어나 그들에게
연인처럼 화답할 때,
갇혀 있던 다른 한 마리의 새처럼
지하 무덤, 이제는 뻥 뚫려버린
시간을 뚫고 무한을 향해
우주 중심까지 수직 상승할 때,

최승자
1952년 충남 연기 출생.
1979년 『문학과지성』을 통해 등단.
시집 『이 시대의 사랑』 『기억의 집』 『내 무덤, 푸르고』 등.

아의식의 세계이다. 그런데 낮게 열린 창 밖으로부터 두 마리 새의 화답의 소리가 들려온다. 두 마리 새의 화답의 소리는 억압된 자아에겐 해방이며, 비상을 꿈꿀 수 있는 신호이다. 따라서 화자는 두 마리 새의 화답의 소리를 통해 미분화된, 혹은 억압의 의식에서 깨어난다. 자아의 '안과 밖', 혹은 수세기 전의 과거와 수세기 뒤에 오는 미래가 통합되는 우주적 존재의식을 갖게 된다. 존재의 안과 밖/과거와 미래가 통합되는 우주론적 존재의식을 통해 지하 사무실의 무의식적 억압된 자아는 해방되고 초월한다. 이러한 새의 화답을 통해 우주론적 존재의식을 갖게 되고, 자아의 초월과 해방을 꿈꾸게 된다. 따라서 화자는 납골당만해진 시간의 이부자리마저 개어놓고 지하 무덤, 곧 부활의 지하 사무실에서 시간을 뚫고 무한을 향해 우주 중심까지 수직하는 존재 초월을 지향한다.

장옥관
경북 선산 출생.
1987년 『세계의문학』을 통해 등단.
시집 『황금 연못』 『바퀴소리를 듣는다』 등.

6. 장옥관의 「나무에 올라가 물고기를 구하다」 : 어머니의 바다 속의 부활의식

최승자의 「연인들 2」가 지하 사무실, 지하 묘지에서 부활을 꿈꾸며 우주의 중심으로 날아오르고자 하는 존재 초월의 의식세계를 지향하고 있다면, 장옥관의 「나무에 올라가 물고기를 구하다」는 '산/바다' '나무/물고기'의 이항 대립의 세계를 우주론적 존재의식의 세계로 치환하여 현실세계를 환유하고 있다.

여기서 화자는 후득이는 비가 내리는 산에 들어섰을 때 굴참나무 잎들이 은갈치처럼 매달려 있음을 느낀다. 빗방울은 후득이며 떨어지고 물은 점점 차올라 산은 어머니의 바다가 된다. 이 산은 어머니의 봉분이 있는 곳이다. 어머니의 바다 속에서 깨꽃 같은 별똥별이 들락거림을 느끼고, 둥근 어머니의 봉분 속에 숨겨놓은 비밀, 오래 입 다문 비단조개도 제 몸을 열게 된다. 수세기 전의 퇴적암 속의 양치식물도 움이 돋고, 몸 속의 물고기 알이 치어가 되어 빗줄기를 거슬러 오르고, 굴참나무 떫은 도토리도 실하게 맺힌다. 이러한 비 오는 날의 '산/바다' '나무/물고기'의 이항 대립의 현실은 어머니의 바다로, 퇴적암의 양치식물

나무에 올라가 물고기를 구하다 / 장옥관

문득 내가 그 산에 들어섰을 때
비릿한 물비린내 속으로 굴참나무들
번쩍이는 은갈치를 달고 있었다
후득이며 떨어지는 빗방울
억수 속에서 산은 점점 물이 차 올라
그 어머니의 바다
내 아가미로 들락거리던 깨꽃 같은 별똥별
자꾸 등줄기를 간질이던
불가사리, 해파리의 작은 움직임
꼬리지느러미 아래 초록의 비늘이 번뜩이고
둥근 봉분 속에 숨겨놓은 비밀
오래 입 다문 비단 조개가 제 몸을 연다
퇴적암 속 양치식물 움이 돋는다
내 몸 속 어딘가에 숨어있을 물고기 알
어린 치어들이 빗줄기를 거스른다
굴참나무 떫은 도토리 실하게 맺힌다

이 움이 돋는, 치어가 알에서 깨어나는 부활의 우주론적 존재의 세계로 환유되어 나타난다. 즉, 산은 어머니의 바다로서 우주의 모태 공간이며, 부활의 상징적 공간이다. 따라서 이 시는 우리가 흔히 '연목구어(緣木求魚)'라는 현실의 이룰 수 없는 것을 구하는 우의적 의미를 '산/바다/어머니'라는 우주론적 존재의식을 통하여 존재의 심연을 들여다보는 상징적 힘을 느끼게 한다.

| 더 생각해봅시다 |

1. 이건청의 「가문 날」의 "물을 찾는 사내"를 인간사의 인물로 가정한다면 어떤 인물일지 설명해보자.
2. 강은교의 연작시 「빗방울 하나가」를 모두 찾아 읽어보자.
3. 이성선의 시들에 나타나는 신화적 이미지에 대해 조사해보자.
4. 최승자의 「연인들 2」를 기본 모티브로 한 편의 에세이(또는 엽편소설)를 써보자.
5. 장옥관의 「나무에 올라가 물고기를 구하다」의 모태가 된 '연목구어(緣木求魚)'의 어원적 유래를 알아보자.

미지의, 미완의 사랑학

박덕규

1. 사랑하니까 시를 쓴다

다른 사람 글 얘기 하지 말고, 내가 내 얘기를 직접, 재미있게 하
자, 하고서 소설가가 되어놓고는, 막상 내 첫사랑 애길 하려고
하니까 또 내 얘기를 꺼내기 싫어지는 거 있지요. 사랑에 얽힌 오래 전
의 내 시를 얘기하는 것도 별로 신나는 일이 아니고요. 그렇다고 제 첫
사랑에 무슨 비밀스런 것이 남달리 있는 편도 아니거든요. 언제 사랑의
첫 느낌을 가졌는지 분명치 않다는 점도 남다른 게 아니지요. 그때 그
게 사랑의 느낌이었는지 아닌지, 오랜 세월이 흐른 뒤에도 잘 알 수 없
는, 그런 느낌도 무수히 많잖아요? 반면에, 사랑의 감정으로 충만했을
때는 시심(詩心)도 그만큼 충만했지요. 그럴 땐 정말 시를 쓰고 싶어 미
칠 것 같았지요. 그 시를 어서 빨리 '사랑하는 그대'에게 보내고 싶어서
또한 미칠 것 같았던 느낌도 다른 이들의 추억과 꼭 같지요. 이렇게요.

　　내가 그대에게 하는 잦은 말들이

기형도(1960~1989)
경기도 옹진 출생.
1985년 동아일보 신춘문예 시 당선.
시집 『입 속의 검은 잎』.

그대 영혼을 조금이라도 흔들지 못한다면
시는 있어서 무엇하리.

—윤성근, 「첫사랑의 시」에서

사랑의 마음만큼이나 풍성한 시의 마음이었지요. 그대를 향한 그 많
은 시들은 지금 조금 남고 다 어디로 갔을까요?
그 사랑을 잃고 울던 시절에도 시심은 또 달리 충만했지요. 실연의
아픔을 시 쓰는 일로 달랜다고나 할까요? 시고 뭐고 다 버리고 싶은 심
정인데도 시를 쓰고 있었지 않았겠어요.

날이 새면 기억하는 자의 가슴만
혹독한 멍이 들거늘

—박주택, 「포구에서」에서

혹독한 멍으로 남은 사랑을 다시 혹독한 상심(傷心) 속에서 노래하고

하현달 / 박덕규

너는 참 이상한 꽃이야.

잠결에 어린 누이가 뜰에 내린 어둠을 쓸고 있다. 발목에 이는 덜 깬 바람이 흐느적거리며 다시 어둠의 일부가 된다. 치마폭에 갇혀서 나의 누이는 밤마다 꽃밭을 가꾸자고 한다. 물안개를 뿜으면 꽃들은 조개처럼 입을 오므린다. 뜰에 가득히 꽃잠을 자다가 나비잠을 자다가 간밤엔 초경으로 가슴 팔딱이던, 오오라

네가
지상에 처음인 그
입술 작은 꽃이로구나.

있었지요. 이렇듯, 사랑의 느낌과 시를 쓰는 일은 특히 '첫사랑의 시절'에는 참으로 떼려야 뗄 수 없는 관계 아니겠어요? 그 점에서 보면, 그 누구나 시인이었거나 지금 시인이거나 장차 시인일 게 분명하죠. 바로 이 책을 읽는 당신들 모두가 말이지요.

2. 그대가 누군지 몰라도 사랑의 시를 쓴다

그런데 말이지요. 제 시와 더불어 한 번 하고 넘어갈 사랑 얘기가 있기는 있어요. 사랑의 마음이 시를 낳는다고 했는데, 그게 꼭

사랑하는 대상이 있어야 그런 것만은 아니라고 생각해요. 그냥, 그 누구든, 또는 그 누구도 아니든, 막 보고 싶어 미칠 것 같은 그런 느낌 속에서, 자신이 본 적도 없고 그려본 적도 없는 대상을 향해 사랑의 마음을 품고 시를 쓰는 때가 있어요. 미지의 존재를 향한 그리움을 노래한 시라고 볼 수 있겠지요. 제가 이미 오래 전에 낸 시집 『아름다운 사냥』(문학과지성사, 1984)을 이리저리 뒤적이다가 보니 그런 생각을 하게 만드는 시가 눈에 띄더라구요. 제목이 '하현달'이라는 건데요, 실은 이리저리 뒤적일 것도 없이 그 시집 첫머리를 장식하는 시지요. 그 시집에 실린 시들 중에는 가장 어린 나이에 쓴 시이기도 하지요. 제가 그 시를 여기 다 적어놓을 테니까 기왕이면, 옆에 앉은 사람에게 피해가 되지 않을 만큼만 작은 소리를 내면서 낭송을 해보시겠어요?

　제가 20세를 전후한 시절에는 김춘수 선생의 무의미시 전후를 넘나들고 있었던 것 같아요. 제가 살던 도시의 문화적 환경이 그랬지요. 시적 대상을 이미지화하는 가운데 관념의 문제에 제법 시달리는 듯한 그런 면이 그 지역 선배 시인들에게서도 많이 발견되지요. 「하현달」에서, 꽃과 누이와 달이 어우러지고 있는 밤이란 실재하는 밤 풍경이랄 수가 없겠지요. 이미지로 존재하는 밤이라고나 할까요. 그 밤을 위해, 잠을 "덜 깬 바람"이 "어둠의 일부"가 된다는 식의 표현이 얹어져 있어요. 바람이 어둠의 일부가 된다? 그건 이미지이면서 관념이지요. 그 관념은 무의미시론 이후의 김춘수 시인이 그토록 배제하려고 하던 것이지만요. 그땐 그런 거 저런 거 다 몰랐어요. 그때 제가 또 몰랐던 게 있지요. 이 시에서 초경을 맞은 누이란 실재하는 누이일 수 없을 뿐만 아니라, 상상 속의 소녀라고도 저는 별로 생각하지 않으려 했던 것 같아요. 그러나 사실로는 그렇지 않았을 거예요. 제 무의식을 제가 알 수도 없고 그 누구도 알 수 없겠지만, 이 시를 소리내어서 읽다 보면, 비록 이 시가 이미지로서의 풍경화로 제시되어 있다 하더라도, 뭔가 이 세상의 사

박정만(1946~1988)
전북 정읍 출생.
1968년 서울신문 신춘문예 시 당선.
시집 『잠자는 돌』 『서러운 땅』 『저 쓰라린 세월』
『그대에게 가는 길』 등.

물과 새로이(그러니까 처음으로) 만나고 있는 한 소녀의 실재적 이미지
가 드러난다는 거지요. 그 누이는 누구인가? 제게는 누이가 없어요. 저
는 저 삭막한 남자 육형제만의 집안의 막내 아니겠어요. 그런 제가, 없
는 누이를 설정해보았다는 것, 잠결에 부스스 일어나 뜨락을 거니는 누
이를 상상해보았다는 것, 그 누이가 하얀 달빛 아래서 꽃과 입맞춤을
한다는 것, 그런 것들은 여자에 대한 막연하지만 지극한 그리움의 소산
이 아니고 무엇이겠어요. 꽃잠, 나비잠이란 시어에서 묻어나는 귀엽고
순결한 이미지가 "흐느적거린다" "조개처럼 입을 오므린다" "초경으로
가슴 팔딱이던" "입술 작은 꽃" 등이 풍겨주는 관능적 이미지와 만나게
된 게 다 필연이었다고 말할 수 있지 않겠어요? 그때 누이란 내게 미지
의 존재, 미지의 사랑이었던 거지요. 제 시 중에 '첫사랑의 시'라고 할
만한 시가 없어서 이런 얘기를 하는 건 아니라고 했지요? 저로서는, 사
랑의 첫 느낌은 어쩌면 구체적이고 직접적인 대상 때문에 생겨나는 것
이 아니라 사랑하고픈 마음에서 먼저 시작되는 게 아닌가 싶기도 해요.
우리 시에 무수히 등장하는 누이니, 여인이니, 순이니 하는 이름들이란
실제로는 미지의 연인일 수 있다는 얘기지요. 윤동주 시인의 시에 나오
는 '순이'도, 고은 시인의 초기 시에 등장하는 누이도, 더 나아가,

누이야 아는가
가을山 그리매에 빠져 떠돌던
눈썹 두어 낱이
지금 이 못물 속에 비처 옴을

의, 송수권 시인의 절창 「山門에 기대어」에서의 누이도,

누이야, 이 봄엔 네게 피리를 주마.
옥처럼 깨끗하고 슬픈 하나의 피리를.
불어도 울지 않고 울어도 닳지 않는
저 하늘의 아지랭이 같은 아지랭이 같은.

―박정만, 「누이에게 주는 선물」에서

의, 박정만 시인의 아름다운 서정시 「누이에게 주는 선물」에서의 누이
도, 실제적 형상으로서의 누이나 애인이라기보다, 사랑하고 그리워하
는 여성 지향적 원망(願望)이 낳은 상징적 형상이라고 볼 수 있지요. 더
욱 성큼 나아가면, 김소월 시인의 '님'이나 한용운 시인의 '님'이나 그
무수한 서정시들의 '님'들이 또한, 말로 설명 안 될 미지의 대상이라고
볼 수 있지요. 우리들의 미지의 사랑이 무한한 시들을 낳게 했다는 얘
기지요. 미지의 존재를 향한 사랑의 노래가 우리 서정시의 뚜렷한 한
전통이라는 얘기도 가능하겠지요.

3. 사랑을 잃고도 시를 쓴다

여기서 우리는, 우리를 설레게 하고 그리하여 시심을 일으켜 무수한 시를 낳게 했던 여성적 대상이 실제적 형상으로 구체화되는 때의 시에 대해서도 떠올려봐야 하지 않을까요? 그게 예정된 순서니까요. 상상적 존재로서의 연인이 구체적 존재로서 형상화되는 때의 그 느낌, 그 느낌을 노래한 시가 우리에게 또한 참으로 많지요. 정호승의 「첫마음」처럼, 바로 그렇게 표현되는 느낌 말이지요.

이 '첫 마음'의 느낌 속에서 영원히 살 수만 있다면 얼마나 좋을까요? 암울한 식민지 시절, 순결한 영혼으로 자기 삶을 성찰하고 반성하기를 잊지 않았던 윤동주 시인마저도, 동경에서 만난 한 여자 유학생에게 연정을 품고 사랑을 발견한 그 기쁨의 순간을,

　三冬을 참아온 나는
　풀포기처럼 피어난다.

　즐거운 종달새야

첫 마음 / 정호승

사랑했던 첫마음 빼앗길까봐
해가 떠도 눈 한번 뜰 수가 없네
사랑했던 첫마음 빼앗길까봐
해가 져도 집으로 돌아갈 수 없네

정호승

1950년 대구 출생.
1973년 대한일보 신춘문예에 시 당선.
시집 『슬픔이 기쁨에게』 『별들은 따뜻하다』
『외로우니까 사람이다』 『내가 사랑하는 사람』 등.

어느 이랑에서나 즐거웁게 솟쳐라.

— 「봄」에서

이렇게 노래한 적이 있을 정도니까(작가 송우혜 선생이 도서출판 세계사에서 개정판으로 낸 『윤동주 평전』을 참조하세요), 그 기쁨, 그때의 시심이란 얼마나 가슴 설레는 것인지 미루어 짐작하고도 남음이 있을 테지요. 빼앗길 것 같아 해가 떠도 눈뜰 수 없고 해가 져도 집으로 못 돌아가게 되는 그 첫 마음이란 그러나 얼마나 오래 간직될까요? 아니, 그 마음이야 오래 간직될 수도 있지만, 그 마음을 품게 만든 그 사랑은 오래 간직될 수 없는 것이 세상 사는 이치 아니겠어요? 그러니 사랑은 짧고 이별은 긴 것, 기쁨은 잠깐이요 아픔은 오래 지속되는 것, 그리하여 사랑의 기쁨보다는 사랑의 슬픔을 노래하는 시가 더욱 우리 가슴을 치는 법이지요. 사랑은 없고 사랑의 느낌만 남은, 그런데도 그 사랑을 떠날 수 없는 시. 가령, 이런 시, 여러 번 읽으면 절로 암송할 수 있게 되는 한 편의 시 말이지요.

「빈집」이라는 제목의, 기형도 시인의 이 연시가 꼭이 '첫사랑의 시'라고만 명명할 수는 없겠지요. 하지만, 촛불 켜둔 책상 앞에 앉아 흰 종

빈집 / 기형도

사랑을 잃고 나는 쓰네

잘 있거라, 짧았던 밤들아
창밖을 떠돌던 겨울 안개들아
아무것도 모르던 촛불들아, 잘 있거라
공포를 기다리던 흰 종이들아
망설임을 대신하던 눈물들아
잘 있거라, 더 이상 내 것이 아닌 열망들아

장님처럼 나 이제 더듬거리며 문을 잠그네
가엾은 내 사랑 빈집에 갇혔네

이 위에 사랑의 말들을 적으면서 이루어지지 않는 사랑에 눈물 흘리며 밤을 지새던 그 젊은 날의 일들이 고스란히 떠오르는 걸 보면 이 시가 그런 시절의 실연을 노래한 시일 수밖에 없음을 쉽게 예단할 수 있지요. 시인의 사후에 곧바로 발표된 유고시라 해서 이 시를 두고 시인 자신의 죽음을 예감한 시라고 추리한 사람도 있었지만, 그렇게 보는 것도 좀 그렇죠? 이건 이루어지지 않은 사랑을 노래한 연시 아니겠어요? 문제는 많은 연시 중에서 이 시가 상당히 돋보인다는 점이지요. 더욱이나 누구나 경험할 수 있는 실연의 사연을 어쩌면 지나칠 정도로 감상적인 어휘들, 즉 촛불, 안개, 눈물, 열망 등의 말들로 드러내고 있는 이 시가 왜 뜻깊게 다가올까요? 그 열쇠는 첫 연 "쓰네"와 마지막 행 "내 사랑 빈집에 갇혔네"가 가지고 있지요. 그 두 표현이, 오랜 감상(感傷)의 시간을 곁에서 감싸안고 있는 형태죠. 그건, 사랑의 열병을 한판 진하게 앓고 나서 그때를 돌아보는 지금 시간을 표나게 드러내고 있다는 뜻이지요. 사랑한 시간을 문제삼은 게 아니라 사랑을 잃고 그것에 대해 쓰는 지점, 즉 자기를 성찰하는 자세를 문제삼고 있다는 얘기지요. 마치 저 유명한 연시,

내 사랑도 어디쯤에선 반드시 그칠 것을 믿는다. 다만 그때 내 기다림의 姿勢를 생각하는 것뿐이다.

—황동규, 「즐거운 편지」에서

에서의 그 '자세'와도 같지요. "가엾은 내 사랑 빈집에 갇혔네"라고 했지만, 실은 사랑했던 그 열병의 시간으로부터의 벗어남을 의미하는 거지요. 아직은 다 벗어나지 못했으니 "장님처럼" 더듬거리며 "문을" 잠그긴 하지만, 그 시간을 애써 과거로 밀어내고 객관화하려는 자아가 고개를 들었다는 건 분명한 사실이죠. "쓰네"가 바로 그 자아의 자세지요.

그리하여 이 시는 일종의 '통과의례'를 설명하는 시로 나아갈 수 있게 되었지요. 인간이 한층 더 높은 단계로 성숙되는 과정에서 고통이 있다는 사실을 이제 막 이해하려 하고 있는 한 청춘의 모습을 느낄 수 있을 테지요? 그런 과정, 그런 모습을 사건화한 소설을 일컬어 '성장소설'이라 이름하는데, 그렇다면 이 시는 '성장시'쯤으로 명명될 수 있지 싶어요.

어쨌든 좋아요. 우리에게는 이렇듯 무수한 사랑의 시가 있고, 저에게도 있었지요. 그 사랑들은 흘러가고 그 시들도 흘러가고, 그리고도 많은 시가 남아 우리 주변을 맴돌고 있군요. 그 시들은 말하고 있어요.

> 내 사랑하는 것들은 말이 없고
> 내 사랑하는 여자도 말이 없고
> 나는 너무 많은 사랑을 하다가 쓰러져
> 겨울 사내로 말이 없고
>
> ─박노해, 「사랑의 침묵」에서

'미완의 사랑'을 노래하고는 있지만, 사랑하다 지쳐 더 말도 못할 그런 사랑 얘기를 하고는 있지만, 실은 침묵 그 자체로 '사랑의 완성'임이 증명되는, '미완의 사랑'이되 '완전한 사랑학'일 수 있는 그런 시들이 또한 우리 시의 뚜렷한 전통이어야 할 때가 되었다고 말이지요.

| 더 생각해봅시다 |

1. 「하현달」이 '이미지로 존재하는 밤'을 그린 시라고 설명하는 까닭을 풀이하라.
2. 기형도의 「빈집」을 '성장시'로 명명할 수 있다고 한 이유를 설명하라.
3. 다른 시집에서 '미지의 사랑'을 노래한 연시와 '미완의 사랑'을 노래한 연시를 각각 몇 편씩 찾아내고, 스스로 연시 한 편을 창작해보자.

제4부 — 자세히 읽는 서정시

시적 순결 속에 깃들이는
원초적 아름다움의 세계

김문주

김형영 告解 | 이선관 십 분만 생각해 봅시다 독자 여러분 | 안도현 도둑들 |
박남희 문장이 나를 부를 때

언제부터인가 우리 곁을 떠나간 어휘들, 이를테면, 순수, 동심, 추억, 그윽함, 우정, 존경, 믿음, 한결같음, 고귀함 등 이러한 어휘들은 우리 삶의 자리를 돌아보게 한다. 이제는 복고라는 문화적 기호 속에 흔적으로 남게 된 이 목록들 앞에서 생(生)은 한없이 누추해진다. 보이는 것말고는 보여줄 것이 없고 보일 수 없는 것들은 한결같이 시시해져버린, 덕목이 사라진 우리 시대는 삶을 모두 비슷하고 빤한 것으로 만들어가고 있다. 밑이 훤히 들여다보이는 내 것 아닌 나의 시간들, 그로 인해 실종된 그윽한 기쁨들, 어느덧 우리의 삶은 저마다 살아가는 어떤 것이 아닌, 살아내야 할 과제가 되어버렸다.

여기서 새삼스럽게 예술이 이러한 시대의 구원이 될 수 있다거나 아니면 그러한 과제를 수행해야 한다고 말하는 것은 지나치게 계몽적이거나 낭만적이다. 시대가 전혀 불러낼 수 없는, 망각 저편으로 가버린 것들을 이곳으로 불러올 수는 없다. 우리가, 예술이, 문학이, 그리고 시가 할 수 있는 일들이란 시대와 그 시대를 살았던 사람들의 기억 속에 고집스럽게 남아 있는 덕목들이 삶에 베풀었던 은혜들을 돌아보게 하

김형영
1944년 전북 부안 출생.
1966년 『문학춘추』를 통해 등단.
시집 『모기들은 혼자서도 소리를 친다』『새벽달처럼』
『홀로 울게 하소서』 등.

는 일일 터이다. 그래서 그 덕목들이 발산하는 매력들을, 오늘 이 땅에서 살아가는 사람들의 마음의 자리에 부려놓는 일일 것이다. 그 매력적 향취를 언어를 통해 전달하는 문학은 매체 자체가 갖는 반성적 기능으로 인해 삶과 세계에 대한 자기 교정을 간접적으로 수행한다. 주로 현재적 감각에 집중하는 영상 매체에 기능의 일부를 이양한 문학에 있어서, 예술의 자기 반성적 기능은 상대적으로 중요한 것이 되었으며 반성적 기능 자체가 실종된 현대사회에 있어서 현실적으로도 그 필요성이 절실히 요청되는 가치라 할 수 있다.

우리 주위에서 사라진 어휘들 가운데 하나인 '순결'은 세계와 자아의 소통, 그리고 삶의 태도를 좌우하는 중요한 가치이다. 자유분방하고 탈권위주의적인 오늘날의 문화 풍조 속에서 의도적으로 거부되고 있는 '순결'이라는 덕목은 앞에서 일별했던 어휘들의 목록과 한 맥락에 놓여 있으면서, 한편으로는 우리 정신사의 근간을 이루는 의식의 한 핵심이다. 특히 문사적(文士的) 전통이 지배적인 시 장르의 경우, 아직까지 작품에 대한 평가에 있어서 시인의 삶을 판단의 준거로 삼는 것은 시와

告解 / 김형영

원수 같은 놈
원수 같은 놈 죽어나 버리지
되뇌듯 미워했는데
오늘 세상 떠났다는 소식에
내 눈을 덮으며
하얗게 쌓이는 쓸쓸함이여
내 마음이 허공이구나

'순결'의 관계를 밀접한 것으로 보는 의식의 관성이 여전히 유효하게 작용하고 있는 것이라 할 수 있다. 현실을 넘어 세계를 새롭게 경험하고 갱신하게 하는 소통의 힘으로서뿐만 아니라, 공동체가 지향하고 보존해야 할 가치를 타협 없이 지지한다는 점에서 순결의 매력은 충분히 향유될 필요가 있다. 이러한 관점에서 다음의 작품들은 그 매력의 중요한 지점을 시사해준다.

김형영의 「告解」는 시적 여백의 깊이와 그 깊이 속에 내재한 성찰의 진지함이 돋보이는 작품이다. 그 진지함이 행간에 담겨 있는 시인의 내면을 고스란히 독자에게 전달해준다.

불과 7행, 20여 개 어휘밖에 되지 않는 이 작품에는 한 인물의 죽음에 대한 화자의 교차하는 감정들이 새겨져 있다. 4행을 중심으로 앞부분에는 대상이 죽기 전의 화자의 내면이, 뒷부분에는 죽음 이후의 심정이 담겨 있다. 감정을 공격적인 방식으로 해소하지 않고 내적으로 응축시키는 우리의 정서 속에서, 원수(웬수)라는 말은 단어의 지시적인 의

미보다는 애증을 내포한 이중적인 의미로 사용되는 경우가 많다. "원수 같은 놈/원수 같은 놈". 동일한 표현을 반복할 정도로 대상을 향한 화자의 감정은 골이 깊지만, 이 구절을 단순히 적대적인 감정을 표현한 것으로만 보기는 어렵다. 그것은 원수 같은 **'죽일 놈'**이 아니라, **"죽어나 버리는"** 것이 나은 "원수 같은 놈"이기 때문이다. 다시 말해, "원수 같은 놈"을 향한 화자의 감정은 순전히 개인적이고 적대적인 증오라기보다, 다른 사람들이나 "원수 같은 놈" 본인을 위해서라도 차라리 죽는 것이 낫다는 표현으로 보는 것이 온당할 듯하다. 따라서 "원수 같은 놈"이라고 "되뇌듯 미워했다"는 화자의 고백은 대상이 죽고 난 다음에 보이는 화자의 심정과 이질적인 것이 아니며, 이 시가 단순히 미워했던 감정을 고백하고 용서를 비는 내용이 아니라 보다 복합적인 정서의 얽힘, 나아가 죽음에 대한 화자의 태도를 담고 있음을 시사한다. 특히 3행의 "되뇌듯 미워했는데"와 시상의 계기가 된 그의 부음 소식 사이, 언어적 표현으로 말해서 3행의 연결어미 '—했는데'에는 대상을 향한 죄스러움과 언어의 주술적 효능에 대한 서늘함, 그리고 끝내 자신의 잘못을 정리하지 못하고 떠난 대상에 대한 존재론적 연민이 내재되어 있는 것이다. 따라서 6행의 "쓸쓸함"과 "허공"은 대상을 향한 것이 아니라 삶과 죽음에 대한 화자의 내면을 반영한 것이라 할 수 있다. 그렇게 볼 때, 5행의 "눈을 덮으며"는 고백성사를 하는 화자의 죄책감을 의미하는 행위이자 동시에 인간의 모든 행위나 가능성을 덮어버리는 죽음의 막막함을 의미하는 것이라고 할 수 있다. 즉 여기에서의 눈은 '眼, 雪'이라는 중의적 의미를 내포하는 것이다. "하얗게 쌓이는 쓸쓸함"을 2행의 "원수 같은 놈 죽어나 버리지"와 연관시켜본다면, 시적 화자의 '쓸쓸함'은 유한자적 존재로서 대상에 대한 근원적 연민에서 연유한 것이라고 볼 수 있다. 결국 '죽은 자는 말이 없다'는 격언처럼, '고해(告解)'는 산 자와 죽은 자를 갈라놓는 행위로서, 죽은 자란 고해할 수 없는 자를 의미하며 그것은 더 이상 돌이킬 수 있는 기회를 상실한 자라 할 수 있는 것이다. 시인은 이 작품을 통해 '고해'의 가능성이 절멸된 대상에 대한 연민과, 결국 죽고 말 대상을 향해 가졌던 부정적 감정에 대한 속죄를 함께 표현한 것이라 할 수 있다. 아울러 함축과 생략에 기초한 이 글의 서술 방식은 간결한 시적 표현 속에 복합적인 정서를 효과적으로 담아내는 데 적절한 시적 형식이라 할 수 있겠다.

우리는 김형영의 「고해」에서 참회의 진정한 모습을 보여준 시인의 내면을 만나게 된다. 적대적이기보다는 안타까움에 가까웠던 한 인간에 대한 부정적 감정을 참회하면서, 궁극적으로는 인간에 대한 존재론적 연민을 보여준 시인의 태도에서 우리는 시와 시인이 기초할 정신적 토양을 생각하게 된다. 자신이 품었던 감정에의 성찰을 보여준 「고해」와 달리, 이선관의 「십 분만 생각해 봅시다 독자 여러분」은 더 이상 고해가 불가능한 자에 대한 평가의 문제를 제기한다.

> 미당 선생이 일제 때 그 유명한 친일시 「송정오정 송가」를
> 쓸 때에 아들을 기꺼이 군대에 보내 놓고 얼마 후
> 전사 통지서를 받아 본 조선의 어머니 그 많은 어머니들의
> 울부짖음은
> 늘 짓눌리면서도 끈질기게 뚫고 나온 민족혼의 상징이었으며
> 천둥의 울음과 소쩍새의 울음 속에 개화한 내 누님같이
> 생긴 한 송이 국화꽃과 다름없었던 이승만을 찬양하는
> 시를 쓸 때
> 사일구 혁명의 도화선이 된 삼일오에 그 날 희생된
> 열사들의 죽음은
> 그리고 새로 나갈 길은 하늘에서도 땅에서도 오직
> 베트남뿐이라고 베트남 참전을 독려하는 시를 쓴 미당

지금은 고엽제에 의해 고통받아 죽어 가는 대리 전쟁의

희생자 참전 용사들

한강과 거레와 나라의 이름 위에 이 나라가 통일하여

홍기할 발판을 이루시고 쉬임없이 진취하여 세계에

웅비하는 이 기상의 모범이 되신 분이라고

전두환의 오십육 회 생일에 바친 축시

그리하여 죽음을 마다 않고 희생된 광주의 아들 딸들이여

무등산의 십자가여

병 든 수캐모양 헐떡거리면서 일찌감치 뉘우침을

거부하면서까지 자기는 시대가 낳은 종이다 하시며

팔순이 넘게 사시다가 가신 미당 선생

우리 다 같이 십 분만 생각해 봅시다

이쪽과 또 다른 한쪽을 잠시 묵념하듯 말입니다

—이선관, 「십 분만 생각해 봅시다 독자 여러분」에서

　

최근 몇몇 일간지와 문예지를 중심으로 제기되었던 미당에 대한 평가는 그동안 존중되어왔던 시 장르의 정신사적 의미를 엄격하게 보존할 것인가에 관한 문제로 환원시켜 생각할 수 있다. 작품에 대한 감상이나 평가에 있어서 작가의 삶을 중요한 근거로 인정해온 우리의 전통 속에서 시와 시인은 결코 분리할 수 없는 것으로서, 이러한 사회적 인식 속에는 시인을 우리 정신사의 한 축으로 인정하고, 삶에 대한 가치기준의 한 모범으로서 존중해온 문화적 관습이 자리하고 있다. 반면, 시적 표현에 역행하는 사회적 행위를 예술가의 특이한 정신구조 속에서 평가해야 한다는 최근의 주장에는 예술작품의 창조성을 보다 중요하게 평가하려는 사회적 분위기가 반영되어 있다.

시와 시인의 비분리 전통은, 글은 도를 싣는 도구라는 문이재도(文以

載道)의 문학관에서 연유한 것으로서 글은 삶을 위한 것이라는 인식이 바탕이 되어 있다. 그동안 시적 순결함의 정신적 근거가 되었던 삶과 글의 일치에 대한 존중은 우리의 문학사에서 매우 중요한 기준으로 작용해왔다. 윤동주, 한용운, 이육사 등의 시인에 대한 지대한 관심과 찬사는 이들 시인들이 보여주었던 삶의 후광으로부터 결코 자유롭지 못하다. 참된 시인이란 말이 시와 시인을 평가하는 한 기준으로 통용되고, 이러한 평가가 특별히 시 장르에 국한된다는 것은 시 장르에 부여된 정신사적 역할을 시사한다.

  인용된 이선관의 시는 미당에 대한 평가에 있어서 고려할 시인의 역정들을 구체적으로 제시하고 있다. 죽은 자에 대해 너그러운 우리의 문화적 관습 속에서, 미당의 치욕스런 과거를 하나하나 제시하며 풍자하는 것은 현실적으로 시인에게 이로울 것이 없다. 적어도 우리의 문화적 관습 속에서 죽은 자를 용서하는 것은 비판하는 것보다 쉽고 덕스러워 보인다. 그럼에도 불구하고 시인은 죽은 자의 잘못을 낱낱이 꺼내놓는다. 시의 제목과 어조에 표면적으로 나타난, 죽은 자에 대한 예의를 뚫고 솟아오르는 강렬한 비판의식과 분노가 독자를 직접 향하고 있다는 점은, 이 시가 역사적 평가에 대한 우리의 인식에 경종을 가하려 하고 있음을 의미한다. 과오를 덮어버리는 죽음에의 전통을 부정하고 적당히 타협하려는 의식을 거부하는 이러한 태도는 역사적 평가가 고려해야 할, 죽어도 문제될 것이 없었던 민중을 평가의 한 축으로 부각시키고자 하는 의도에서 비롯된 것이다. 그것은 역사적 평가 기준에서 소외되었던 사회적 약자들과 역사적 희생자들에 대한 인식의 환기이자, 미당의 행위들을 작품 평가와 별개로 보려는 것이 얼마나 허위적인 것인가를 강조한다. 한 인간의 죽음 저편에 존재하는, 수많은 이름 없는 민중의 희생, 그 희생을 간과한 너그러움과 특정인을 존중하기 위한 또 다른 기준의 고안들이 참으로 올바른 것인가 하는 질문 속에는 용납할

1961년 경북 예천 출생.
1984년 동아일보 신춘문예 시 당선.
시집 『서울로 가는 전봉준』 『외롭고 높고 쓸쓸한』 『그리운 여우』
『바닷가 우체국』 등.

수 없는 불의에 대한 염결성이 자리하고 있는 것이다. 단죄할 것은 죽음을 넘어서도 단죄해야 한다는 시인의 준엄한 태도는 바로 타협과 적당주의를 배척하는 시적 순결 의지의 소산이라고 할 수 있다. 그것은 바로 진실에 대한 순결함이며, 삶에 대한 엄격함의 요구라고 할 수 있다.

자신과 타자를 향한 이러한 윤리적 염결성은 우리 정신사의 한 맥을 형성해온 시적 원천이었다. 자신에 대한 깊은 성찰과 현실적 이로움을 초월한 진실에 대한 의지는 시 장르의 현실적 존재 근거의 하나이다. 다음에 인용할 안도현의 작품 「도둑들」은 이러한 시적 순결함이 존재론적 성찰로 전개되는 것을 보여준다.

어릴 때 새집 속에 손을 넣었던 경험과 성장한 후 연인과의 애정 경험을 적고 있는 이 작품은 인간 존재의 원초적 본성으로서의 순결을 형상화하고 있다. 시간적 격차를 가진 두 사건은 하나는 무의식적인 상태에서, 나머지 하나는 의식적인 상태에서 경험된다. "네 몸 속에 처음 손을 넣어보던 날" 내가 '월식의 밤'을 생각하는 것은, '너'의 순결함과 너를 만지는 행위에 대한 의식적 반성에서 비롯된다. 그 '월식의 밤'은 원초적 순결과 무의식적 죄의식이 혼재하는 신비의 시공간이다. 그러

도둑들 / 안도현

생각해보면, 딱 한 번이었다
내 열두어 살쯤에 기억자 손전등 들고 사다리를 타고 올라가서 푸석하고
컴컴해진 초가집 처마 속으로 잽싸게 손을 밀어넣었던 적이 있었다

그날 밤 내 손끝에 닿던 물큰하고 뜨끈한 그것,
그게 잠자던 참새의 팔딱이는 심장이었는지, 깃털 속에 접어둔 발가락이
었는지, 아니면 깜박이던 곤한 눈꺼풀이거나 잔득잔득한 눈곱 같은 것이었
는지,
어쩔 줄 모르고 화들짝 내 손끝을 세상 밖으로 밀어내던, 그것 때문이었
다

나는 사다리 위에서 슬퍼져서 한 발짝 내려갈 엄두도 내지 못하고, 그렇
다고 허공을 치며 소리내어 엉엉 울지도 못하고, 내 이마 높이에 와 머물던
하늘 한 귀퉁이에서 나 대신 울어주던 별들만 쳐다보았다
정말 별들이 참새같이 까맣게 눈을 떴다 감았다 하면서 울던 밤이었다

네 몸 속에 처음 손을 넣어보던 날도 그랬다
나는 오래 흐른 강물이 바다에 닿는 순간 멈칫하는 때를 생각했고
해가 달의 눈을 가려 지상의 모든 전깃불이 꺼지는 월식의 밤을 생각했지
만,
세상 밖에서 너무 많은 것을 만진
내 손끝은, 나는 너를 훔치는 도둑은 아닌가 싶었다
네가 뜨거워진 몸을 뒤척이며 별처럼 슬프게 우는 소리를 내던 그 밤이었
다

나 여기에서 화자는 자신이 "세상 밖에서 너무 많은 것을 만"졌기 때문에 "너를 훔치는 도둑"은 아닐까라고 반성한다. 그것은 마치 '에덴 동산의 아담과 하와가 선악과를 따서 먹은 후에 자신들이 벗었음을 알고 숨었다'는 창세기의 내용을 연상시키는 것으로서, "네 몸 속에 손을 넣어보던 날" 시적 화자가 생각한 '월식의 밤'은 인류 최초의 두 남녀가 금단의 열매인 선악과를 앞에 두고서 느꼈을 호기심·두려움의 내면 상태와 유사하다.

 "네 몸 속에 처음 손을 넣어보던 날" 느꼈을 이러한 심리는, 새집 속에 손을 넣었던 그때에 시적 화자의 손끝에 닿았던 "물큰하고 뜨끈한 그것"이 "내 손끝을 세상 밖으로 밀어낸" 후 경험한 슬픔의 무의식적 반성이라 할 수 있다. 그것은 어린 생명체들로부터 배척당한 데서 오는 본능적 서러움이면서 동시에 자신의 행위에 대한 두려운 죄의식에서 비롯된 것이라 할 수 있다. 이는 "컴컴해진 초가집 처마 속으로" 손을 **"잽싸게"** "밀어넣었던" 행위가, 배척의 이유임을 무의식적으로 직감한 결과이다. "사다리 위에서" "한 발짝 내려갈 엄두도 내지 못하고" "울지도 못하고" "나 대신 울어주던 별들만 쳐다보았다"는 것은 명확히 이유를 설명할 수는 없지만 때묻지 않은 어린 생명들로부터 밀려난 섭섭함과 슬픔이 원인이 되었던 것이다. 한때는 그 순결의 상태에 동참했을 존재의 무의식적 서러움은 기독교적 인간관에 나타나는 인간의 원죄성과 상통하는 존재감이라 할 수 있다. 어릴 때와 성년이 되어서 경험한 이 두 사건에 대한 화자의 반응은 나이를 먹는다는 것이 결과적으로는 원초적 순결의 상태로부터 멀어져가는 것임을 생각하게 한다.

 태초의 순수 상태, 순결한 생명의 세계는 시의 본원적 고향이다. 모든 시는 저마다 다른 심성과 얼굴로 그곳을 향해 손을 뻗는다. 원초적 순결을 향한 시의 몸짓과 사유는 결과적으로 지금 이곳과 존재 자체를 돌아보게 함으로써 세계의 변혁을 꿈꾸며 자기 교정을 간접적으로 수행한다. 그것은 시의 본성이 갖는 근원적 혁명성과 시인으로부터 시를 분리할 수 없는 이유를 우리에게 설명해준다. 그런 점에서 순결함이란 시 장르의 근원적 동력이다.

박남희의 「문장이 나를 부를 때」는 시적 순결이 어떻게 시의 세계와 만나게 되는가를 보여준다.

인용한 작품은 한 시인의 시작(詩作) 과정에 대한 겸허한 고백을 들려준다. 자신의 존재 인식과 함께 진행되는 창작 경험에 관한 진술을

문장이 나를 부를 때 / 박남희

나는 지금껏 단어 하나의 숨소리로 숨어살았다
하찮은 풀 한 포기에도 깃든다는 이슬방울의 추억도
내게는 사치에 지나지 않았다
물총새의 몸으로 냇가에 나가면
물소리에 섞어 말을 만들려 했으나
내 속의 말은 끝끝내 파편이 되어
또 다른 말의 피안 쪽으로 도망가고
나는 그냥 ㄱ,ㄴ 같은
형상의 언어로만 살아있었다 밤마다
나를 구성하고 있는 무수한 내 안의 의미들이
꿈틀거리며 자꾸만 밖으로 튕겨나오려고 했다
나는 그때마다 내가 어둠임을 깨달았다
어둠인 내 몸이 쏟아내고 싶어하는
내 안에서 무수하게 반짝이는 별들,

통해 우리는 근원적 세계 속으로 편입되는 시인의 의식을 만나게 된다. 시 창작에 대한 시인의 의식은 표면적으로는 전통적인 낭만주의적 문학관에 닿아 있지만 그 내면은 종교적인 태도에 보다 가깝다. "내 안에서 무수하게 반짝이는 별들"이 "이 세상 도처에서/살아 숨쉬고 있다는 걸" 깨닫고 "나무들과 나무들이 중얼거리는 말들 속에도/내가 알아들을 수 있는 말들이 있음을" 보았다는 것은 자신의 존재를 유기체적 세계의 한 구성 요소로 인식하였음을 보여준다. 그것은 "지금껏 단어 하

저 별들의 언어가 이 세상 도처에서
살아 숨쉬고 있다는 걸 그때서야 알았다
그리하여 나는 누군가 풀어놓은 이야기의 숲 속을 걸으며
나무들과 나무들이 중얼거리는 말들 속에도
내가 알아들을 수 있는 말들이 있음을 보았다
그 숲 속에서는
내 작은 몸짓도 그냥 문자의 형상이 되어
나무들의 언어 속으로 빨려들어 가고
그때마다 문장이 나를 불렀다
그래, 나는 이제 그의 형용사나 또 다른 형태의
부사가 되기 위해 그에게로 간다
내 일상의 해와 달과 별보다도 더 환하게
기꺼이 그의 살과 뼈가 되기 위해
지금껏 나를 기다리고 있는 말의 고향을 찾아서,

나의 숨소리로 숨어살"고 "물총새의 몸으로 냇가에 나가" "물소리에 섞어 말을 만들려 했"던 주체 중심적 세계관에서 벗어나, 세계 내의 존재로서 자신을 인식하게 되었음을 의미한다.

하나의 주체로서 세상을 보려 했던 관점이 오히려 화자의 존재감을 위축시켰던 데 반해, 존재와 존재 밖의 세계가 일원적인 관계를 깨달은 후에 화자의 존재는 우주적 차원으로 확대된다. "단어 하나의 숨소리로 숨어살"고 "하찮은 풀 한 포기에도 깃든다는 이슬방울"의 아름다움을 사치라고 느낄 정도로 낮은 존재감을 느껴왔던 화자가 근원적 존재의 "살과 뼈가 되기 위해" '말의 고향'을 찾는 것은 궁극적으로 우주적 존재로 자신을 승화시키는 것이라 할 수 있다. 물론 그것은 자신이 주체가 되기 위한 것이 아니라 주체와 주체의 활동을 표현하는 '형용사'와 '부사'가 되기 위함이다. 따라서 이제 시인의 시작 행위는 궁극적으로 "누군가 풀어놓은 이야기의 숲 속을 걸으"면서 그의 '어떠함'을 드러내는 작업이라 할 수 있다. 그 대상이 자연이든 종교적 절대자이건, 아니면 진리이건 시인은 자신을 낮춤으로써 우주적 존재로서 생명 현상의 아름다움을 바라보고 노래하게 된 것이다.

시적 순결이 보이지 않는 것들을 보이게 하고 들리지 않던 것들을 들을 수 있게 하고 현실에서 심연을 바라볼 수 있게 하는 시안의 원천이라면, 그것은 바로 자신의 존재에 대한 진솔한 성찰이 바탕이 될 때 가능하다. 시인이 위의 시에서 "물총새의 몸으로 냇가에 나가면/물소리에 섞어 말을 만드려 했으나/내 속의 말은 끝끝내 파편이 되어"버렸다고 했던 고백은 인위와 허위와 기교적 의도에 대한 진정한 반성을 보여준다. 이러한 성찰의 태도는 시인으로 하여금 세계가 쓰는 문장에 참여하게 하는 의식의 계기가 될 수 있었던 것이다.

사유의 방향이나 태도마저도 유행하고, 허위의 언어로 그것을 포장하는 작금의 문화적 현상 속에서 우리는 시가 한낱 읽을거리도 못 되는 것으로 전락해버린 비천한 현실을 목도하고 있다. 해마다 쏟아져 나오는 시인들과 그 많은 시들의 주류를 이루는 각종 포즈들은 시를 삶의 본질로부터 괴리된 허위의 언어 체계로 만들어버리고 있다. 삶과 세계에 대한 진지하고도 진정한 사유가 뒷받침되지 않는 문학은 그 존재 의의를 상실할 수밖에 없다. 급변하는 현실에 적응해가려는 전략보다, 그 현실의 속도를 끌어내리는 것이 문학의 생존을 위해 더욱 적절한 대응 방법이다. 문학은 반성과 사유의 태(胎)로부터 탄생했으며 인간을 인간답게 만들고 지상의 현실을 끊임없이 변혁하려는 욕망에 근거한 상상력이다. 근원적 세계에 대한 포기할 수 없는 꿈, 그곳을 향한 동력은 현실적 셈과 허위의 욕망을 준엄하고도 조용히 반성할 수 있는 순결한 정신으로부터 시작됨을 우리는 기억해야 한다.

| 더 생각해봅시다 |

1. 시에 있어서 순결·순수의 의미에 관해 생각해보자.
2. 김형영의 「告解」에 내재된 시적 화자의 복합적인 감정들을 분석해보자.
3. '시와 시인의 분리/비분리론'에 관한 글들을 찾아 읽어보고, 자신의 입장을 정리해보자.
4. 안도현의 「도둑들」에서 화자가 운(3연) 이유와 '월식의 밤'을 연관지어 생각해보자.
5. 박남희의 「문장이 나를 부를 때」에서 "그래, 나는 이제 그의 형용사나 또 다른 형태의/부사가 되기 위해 그에게로 간다"라는 표현의 의미를 분석해보자.

상상의 틀 허물기

이승원

장석남 마당에 배를 매다

장석남의 네번째 시집 『왼쪽 가슴 아래께에 온 통증』을 읽으며, 시
란 무엇인가를 다시 생각해보았다. 시와 시 아닌 것은 어떻게 다
르며, 어디서 어디까지가 시이고 어디서부터가 시가 아닌지, 시적인 것
은 무엇이며, 시적인 명상과 어법은 어떠한 의미와 가치를 지닌 것인지
를 그의 시집은 계속 떠올리게 했다. 한 편의 태작도 허용하지 않고 단
아한 어조로 서정의 절도를 유지하는 그의 작시법은, 일상의 어법이 어
떻게 시적인 것으로 변환되며, 시적인 것의 빛살 속에 시인의 상상이
어떠한 곡절을 보이는가를 섬세하게 드러낸다. 지극히 평범한 정황 속
에 우리가 놓치기 쉬운 생의 비밀스런 단층을 병치하는 그의 시법은 혹
시 명정(酩酊) 상태에서 그의 시가 착상되고 제작된 것이 아닌가 하는
생각까지 들게 한다. 그의 시는 시적인 것의 한 극점에서 일상적 의미
가 희석되는 몽롱함의 여울을 보여주면서, 그 여울 속으로 일상적 어법
에 길들여진 우리의 둔감한 의식을 끌어들여 생의 기미와 그늘을, 살아
있는 것들의 은밀한 떨림을 감지하게 한다. 그래서 그의 시는 쉬운 듯
하면서도 어렵고, 최하림 시인의 표현을 빌리면 아름다우면서도 헛되

장석남
1965년 인천 출생.
1987년 경향신문 신춘문예 시 당선.
시집 『새떼들에게로의 망명』 『지금은 간신히 아무도 그립지 않
을 무렵』 『젖은 눈』 『왼쪽 가슴 아래께에 온 통증』 등.

다.

내가 읽기에, 시집에 실린 시편 중 가장 난해한 작품이 「마당에 배를
매다」다. 이 작품은 아름답기는 한데 그 의미를 잘라 말하기 어렵고, 난
해하기는 하지만 의미의 윤곽은 머리에 어느 정도 그려진다. 머리에 떠
오르는 의미의 윤곽을 명석하게 언술할 수 없으니 이 얼마나 안타까운
가? 바로 이것이 그의 시가 보유하고 있는 대단한 견인력이다. 무언가
윤곽은 잡히는데 그 안의 내용이 분명하지 않으니, 덮었던 책장을 열어
읽고 읽고 또 읽을 수밖에 없다. 계속 생각하고 상상하게 만드는 것. 이
것이 장석남 시의 위력이다. 따라서 그의 시는 상상력 신장 교육의 중
요한 자료로 활용될 수 있고 또 그렇게 되어야 한다.

마당에 배를 매다니, 그런 일은 있을 수 없다. 더군다나 녹음 가득한
배라니, 이것도 말이 안 된다. 그러면 이 배는 무엇인가? 이 시 앞에는
「배를 밀며」도 있고 「배를 매며」도 있다. 이 세 작품을 분석한 최하림
시인은 "배를 밀고 매는 행위가 사랑의 행위이자 시작 행위"에 해당한
다고 보았다. 그러나 그도 "어렴풋이 알 수가 있게 된다"고 하며 명확한

판단은 유보하였다. 그럴 수밖에 없는 것이, 꿈이나 명정 상태 속에 몽롱하게 떠오른 연상들을 어떻게 명확하게 진술할 수 있겠는가? 한 가지 내가 첨언하고 싶은 것은, 장석남 시에 나오는 사랑이 남녀간의 연애를 뜻하는 것이 아니라는 사실이다. 그것은 언어와의 연애, 사물과의 연애, 사람과의 연애, 세상과의 연애를 모두 포함한다. 따라서 사랑은 시인이 세상을 살아가는 동력이고 시를 쓰는 원천이다. 사랑은 갈증이고 물이다. 늘 무언가를 찾아 헤매게 하다가, 적절한 대상을 만나면 물처럼 조용히 스며들어 그것과 하나가 된다. 그러니까 장석남 시인에게 사

마당에 배를 매다 / 장석남

마당에
綠陰 가득한
배를 매다

마당 밖으로 나가는 징검다리
끝에
몇 포기 저녁별
연필 깎는 소리처럼
떠서

이 世上에 온 모든 生들
측은히 내려보는 그 노래를
마당가의 풀들과 나와는 지금
가슴 속에 쌓고 있는가

밧줄 당겼다 놓았다 하는
영혼
혹은,
갈증

배를 풀어
쏟아지는 푸른 눈발 속을 떠갈 날이
곧 오리라

오, 사랑해야 하리
이 세상의 모든 뒷모습들
뒷모습들

랑은 시 쓰는 일이자 살아가는 일이다. 평범한 세상을 살면서도 마주치는 모든 존재들을 사랑하기를 꿈꾼다. 사랑의 꿈꿈과 사랑의 실천이 한 매듭을 이루면 정박하여 배를 매어둘 것이다.

시인은 마당에 녹음 가득한 배를 맨다고 했다. 사실 녹음이 무르익은 것은 마당일 텐데 배에 녹음이 가득하다고 했다. 마당의 녹음을 배로 전이시킨 이유는 무엇일까? 어부가 하루 일을 끝내고 배를 맨다면 배 위에는 잡은 물고기가 가득할 것이다. 그런데 시인은 녹음 가득한 배를 맨다고 했다. 녹음은 초여름의 짙푸른 수풀을 말한다. 그것은 싱그럽고 풍성하다. 그렇게 싱그럽고 풍성한 하루를 보냈다는 뜻인가, 풍성하고 넉넉한 수확을 거두었다는 뜻인가? 어떻든 이 표현은 절망이나 비애와는 반대편에 놓인 것이 확실하다. 상당히 긍정적이고 희망적인 상태에서 하루를 매듭짓는 것이다. 꿈꾸던 사랑이 어느 정도 이루어진 것인가, 말과 사물이 그의 품안으로 물 스며들듯 찾아들어 온 것인가?

마당에 배를 매고 나가는 "징검다리/끝에/몇 포기 저녁별"이 떠 있다. 징검다리는 개울이나 물이 괸 곳에 돌덩이를 놓고 그것을 디디고 건너는 다리를 말한다. 그러면 마당과 집채 사이에 개울이 흐른단 말인가? 징검다리라는 말을 쓴 걸 보면, 개울까지는 생각하지 않았어도 어떤 경계선을 염두에 둔 것 같다. 즉 마당과 마당 아닌 곳 사이에 징검다리로 건너야 할 경계 지대가 가로놓여 있는 것이다. 녹음 가득한 배를 매어둔 마당이 사랑과 시의 순수 공간을 의미한다면 마당 밖은 그것과는 이질적인 세계를 뜻할지 모른다. 따라서 마당 밖으로 나가는 데에는 징검다리라는 경계 표지가 필요했으리라.

그 경계 지대에 "몇 포기 저녁별/연필 깎는 소리처럼/떠서" 이 세상의 모든 생들을 측은히 내려다보고 있다. 포기는 뿌리가 달린 식물을 세는 단위다. 배추 한 포기라는 말은 써도 사과 한 포기, 사과나무 한 포기라는 말은 안 쓴다. 그러니까 포기라는 말에는 뿌리와 잎이 달린 온전한 몸체라는 의미가 담겨 있다. 이와 유사한 말로 떨기라는 단어도 있는데 이것은 좀더 더부룩한 꽃이나 풀의 무더기를 뜻한다. 따라서 '몇 포기 저녁별'이란 그렇게 크지도 작지도 않은 모습으로 약간 무리를 지어 떠 있는 별의 형상을 나타낸 것이다. 그런 별의 모습을 '연필 깎는 소리'에 비유한 것은 장석남만의 독특한 표현법이다. 저녁별의 가물거리는 반짝임을 연필 깎는 소리로 표현하자, 우리의 청각은 시간의 강물을 거슬러 수십 년 전의 어린 시절로 돌아가 연필 깎는 소리를 듣는다. 얼마나 오랜만에 들어보는 소리인가, 그 여리게 사각대는 소리를! 지금은 샤프펜슬에 밀리고 전동 연필깎이에 치여 칼로 연필을 깎아 쓰는 일은 원시시대의 유적처럼 사라졌다. 그러나 어린 시절 공부를 하다가 심심하면 그냥 연필 깎는 모양과 그 소리가 좋아 사각사각 소리를 내며 연필을 깎곤 했었다. 그런데 몇 포기 저녁별이 연필 깎는 소리처럼 떠서 지상을 내려다보고 있다니!

희미하게 가물거리며 사라질 듯 반짝이는 저녁별은 이 세상에 '온' 모든 생들을 '측은히' 내려다보고 있다. 이 세상의 모든 생들이라고 해도 될 것을 왜 구태여 이 세상에 '온' 모든 생들이라고 썼을까? 여기에는 장석남 시인의 생에 대한 비관적 해석과 그에 연한 비애감이 깃들여 있다. 이 세상의 모든 생들은 이 세상에 와서 잠시 머물다 언젠가는 떠나갈 존재들이다. 그러니까 장석남에게 세상의 생들은 곧 죽음을 껴안고 있다. 잠시 머물다 사라질 존재들, 어디선가 와서 어딘가로 갈 존재들. 그 생각만으로도 나를 포함한 모든 생들은 애처롭고 측은하게 여겨진다. 그러니 하늘의 저녁별은 지상의 모든 생들을 측은히 굽어보고, 그 측은한 노래를 마당가의 풀들과 내가 가슴 안에 쌓아둘 따름인 것이다.

그러면 앞에서 녹음 가득한 배를 맨 것이 긍정과 희망의 의미에 가깝다고 했는데, 그 다음에 이어진 구절에 비애의 음영이 펼쳐진 것을 보면 앞의 해석이 잘못된 것이 아니냐고 생각할지 모른다. 물론 내가 잘못 읽었을 수도 있다. 그러나 앞에서 분명히 나는 마당과 마당 밖이 징검다리를 경계로 구분되어 있고 그 두 공간이 이질적이라는 점을 지적했다. 그것에 바탕을 두고 이 부분을 산문적으로 풀이하면 이렇다. 사랑과 시의 한 매듭을 짓고 현실의 세계로 발길을 돌리니 지상의 생들은 여전히 쓸쓸한 소멸의 여정을 밟고 있고 나 역시 그러한 지상적 한계에 갇혀 있다.

이러한 나의 시 읽기가 합리성의 궤도에서 크게 벗어나지 않았다는 것을 그 다음 4연이 뒷받침해준다. "밧줄 당겼다 놓았다 하는/영혼/혹은,/갈증". 밧줄은 배를 매는 것과 관련된다. 밧줄을 당겨 배를 육지에 맬 것이고 밧줄을 풀고 배를 밀어 물로 나갈 것이다. 지금 화자가 밧줄을 당겼다 놓았다 하는 것으로 보아 그는 동요 상태에 있다. 이 적요한 지상적 현실에 머물 것인가 새로운 별빛에 의지하여 또 하나의 항해를 떠날 것인가 동요하고 있다. 혹은 지상의 모든 생들을 사랑하기 위해 마음의 밧줄을 당겼다 놓았다 한다고 해석할 수도 있다. 그렇게 되면 밧줄 당기는 것은 대상을 자기 쪽으로 끌어들이는 것이고 밧줄을 놓는 것은 대상과 자기와의 연계성을 느슨하게 하는 것이다. 어떻든 이러한 동요가 생긴 것은 지상적 존재의 측은함에 대한 인식, 지상적 한계에 대한 민감한 자의식 때문이다. 이미 한 어업을 종료하여 휴식이 필요한 시점에 다시 배를 풀고 또 하나의 항해를 떠나고 싶은 욕구가 밀려든다. 그것은 영혼의 목마름을 지닌 자의 당연한 현상이다. 지상의 존재 중 생각하는 동물인 인간은 채워지지 않는 목마름을 본능적으로 소유한다. 갈증과 방황이 인간 영혼의 중요한 속성이다. 시인은 그것을 더욱 첨예하게 인식할 뿐이다.

이러한 마음의 동요 끝에 "배를 풀어/쏟아지는 푸른 눈발 속을 떠갈 날이/곧 오리라"고 다짐한다. '쏟아지는 푸른 눈발'이라니? 눈발에 푸른 것이 있나? 눈이 너무 많이 내리면 푸르게 보이나? 바다에 내리는 눈발은 푸른가? '쏟아지는 푸른 눈발'이라는 말에는 이중적 의미의 부딪침이 있다. '푸른'의 희망에 찬 긍정과 '쏟아지는 눈발'의 시련을 암시하는 부정이 충돌한다. 이 표현은 "몇 포기 저녁별/연필 깎는 소리처럼/떠서"라는 구절 못지않게 시적이다. 여기에는 갈증을 채우기 위해 떠나는 항해이기에 시련도 푸른빛일 수 있다는 의미가 개입되어 있으면서 또 한편으로는 실제로 쏟아지는 눈발 속을 떠가면 그것이 푸르게 비칠 수 있으리라는 상상의 여백을 만들어준다. 평범한 시인이라면 '쏟아지는 푸른 햇살 속을'이라든가 '하얗게 쏟아지는 눈발 속을'이라고 썼을 것이다. 장석남이기에 '햇살' 대신에 '눈발'을, '하얗게' 대신에 '푸른'을 선택하였다. 그는 비범한 시인이다. 생각해보라. 연필 깎는 소리처럼 떠 있는 저녁별의 측은한 노래를 뒤로 하고 쏟아지는 눈발 속에 밧줄을 푸는 그를. 배를 밀어 물에 띄운 다음 가볍게 몸을 날려 배 위에서 푸른 눈발 너머 아득히 보이는 수평으로 나아가는 그를. 오, 우리 모두 그러해야 하리. 저녁별의 쓸쓸한 잔광에서 벗어나 쏟아지는 푸른 눈발 속으로 떠나야 하리. 벼락과 해일만이 길일지라도, 벼락과 해일만이 길일지라도(서정주, 「꽃밭의 독백」).

그런데 이 비범한 시인이 왜 마지막 연에서 이 세상의 모든 뒷모습들을 사랑해야 한다는 교훈적이고 단정적인 진술로 이 시를 끝맺었는지 참으로 알 수가 없다. 나는 너무 속이 상해서 책장을 덮고 한동안 천장을 쳐다보다가 몇 번을 다시 읽었다. 그리고는 결국 그를 이해하는 방향으로 내 생각을 정리하였다. 그로서는 매우 절실한 무엇인가가 있었기에 이렇게 마무리를 지었을 것이다. 나는 눈을 감고 존재의 뒷모습에 대해 명상하였다. 뒷모습을 보이는 존재는 대개 어딘가로 떠나가는 존재들이다. "어느 隕石 밑으로 홀로 걸어가는/슬픈 사람의 뒷모양"은 윤동주의 「참회록」에 나오는 구절인데, 그것은 등을 돌리고 어딘가로 걸어가는 자신의 쓸쓸한 모습을 나타낸 것이다. 그것과 관련지어 장석남의 시를 읽으면 '뒷모습'은 존재의 쓸쓸함과 길 떠남을 동시에 의미하는 것으로 해석된다. 도식적인 산문으로 바꾸어 말하면, 이 세상에 왔다가 쓸쓸한 뒷모습을 보이며 자신의 길을 떠나는 모든 존재들을 사랑해야 한다는 뜻이다. 배를 맨 사람은 언젠가는 배를 풀고 길을 떠나게 되고 비록 떠나는 뒷모습이 쓸쓸하더라도 우리는 그를 축복하고 사랑해야 한다는 뜻을 담아낸 것이 아닐까.

그러나 이러한 해석은 도식적이라는 느낌이 든다. 혹시 뒷모습은 본모습을 드러내지 않고 미지의 상태에 있는 존재자들을 암시한 것이 아닐까? 명확한 의미를 부여할 수 없는 미미한 존재들까지 사랑해야 한다는 뜻을 나타낸 것이 아닐까? 길 떠남의 의미보다는 존재의 은폐성, 소극성에 비중이 있을지 모른다. 그렇게 생각하니 1연의 녹음이란 말도, 푸름의 그늘이란 한자의 뜻으로 볼 때, 그늘에 비중이 놓인 것이 아닐까 하는 생각이 든다. 이렇게 되면 나는 시를 다시 읽어야 되고 이 글도 새로 써야 한다. 한번 이룩한 상상의 틀을 허물고 새로운 상상의 성을 쌓아 올려야 한다. 장석남의 시는 그러한 상상적 구축과 파괴, 상상적 재구축의 자유를 보장해준다. 이것이 그의 시가 지닌 묘미다. 그가 시는 연애와 파탄의 기록이라고 했는데, 비평도 그것과 크게 다르지 않다.

| 더 생각해봅시다 |

1. 이 글에서 장석남의 시를 '상상력 신장교육'의 중요한 자료로 활용될 수 있다고 했는데, 그 이유에 대해 시 「마당에 배를 매다」를 예로 들어 설명해보자.
2. 「마당에 배를 매다」와 윤동주의 「참회록」의 끝 절을 비교해보자.

황무지의 감각

이숭원

송재학 흰뺨검둥오리 | 오탁번 우포늪

‘흰뺨검둥오리’라는 말에는 긴장이 있다. 입술과 혀를 움직여 ‘흰뺨검둥오리’라고 발음해보라. 연이어 소리내기가 쉽지 않을 것이다. 그 쉽지 않은 발음 속에 긴장이 있다. ‘흰’의 모음 ‘ᅴ’는 원래 이중 모음인데 ‘ㅎ’ 다음에 오면 단모음으로 소리난다. 즉 발음상으로는 ‘힌’이다. 전에는 ‘희망’을 발음할 때 ‘희’를 중모음으로 소리내는 사람이 간혹 있었지만 지금은 거의 찾아볼 수 없다. 더군다나 ‘희’ 밑에 받침이 붙으면 ‘희’를 중모음으로 소리내던 사람도 도리 없이 단모음으로 소리내게 된다. 그런데도 우리는 ‘흰’을 ‘힌’으로 적지 않는다. ‘흰’이라는 표기 속에는 우리 의식에 담겨 있는 백색의 색감이 완고하게 자리잡고 있다. ‘힌뺨’ ‘힌새’라고 적으면 어딘지 모르게 허전하고, 머리에 떠오르던 백색의 이미지가 멀리 사라져버린다. 첫번째 긴장은 이와 같은 소리와 형태 사이의 어긋남에서 발생한다.

　두번째 긴장은 ‘흰’과 ‘검둥’의 색감의 대조에서 발생한다. 흰뺨검둥

송재학
1955년 경북 영천 출생.
1986년 『세계의문학』을 통해 등단.
시집 『얼음시집』 『살레시오네 집』 『푸른빛과 싸우다』
『그가 내 얼굴을 만지네』 등.

오리에 대해 잘 모르는 사람도 흰뺨검둥오리라고 하면 검은빛 몸체에 뺨에만 흰 무늬가 있는 오리의 모습을 떠올리게 된다. 실물보다는 머릿속에 그려지는 상상의 모습이 더 미학적이다. 이 아래 있는 사진이 흰뺨검둥오리의 모습인데, 이것은 이름으로 연상하던 오리의 모습과는 상당히 다르다. 두산세계대백과사전에는 이 오리에 대해 다음과 같은 설명이 나와 있다.

몸길이 약 61cm이다. 큰 암갈색의 오리이며 담색의 머리와 흑갈색 복부를 가지고 있다. 날 때에는 담색의 머리와 목, 암색의 몸집, 그리고 백색의 날개 밑면과 날개 덮깃 등이 특징적이다. 다리는 선명한 오렌지색이며 부리는 흑색이나 끝은 황색이다. 암수가 거의 같은 색깔이다.

한국에서는 전국의 도처에서 흔히 번식하는 유일한 여름오리이며 텃새이다. 그러나 겨울에는 북녘의 번식집단이 남하하여 혼성 월동하므로 더욱 흔한 겨울새이다. 호수·못·소택지·습지·간척지·논·하천 등 평지의 물가에서 흔히 볼 수 있다. 여름에는 암수 1쌍이 짝지어 갈대·줄풀·창포 등이 무성한 습초지에 산다.

그러니까 우리나라 습초지에 흔한 텃새인 이 흰뺨검둥오리는 암갈색의 몸체에 머리와 뺨의 일부가 흰색이고, 날개를 펴고 날아갈 때 날개 밑면의 흰색이 선명하게 드러나는 것이 특징이라 할 수 있다. 흰뺨검둥오리라는 말은, 온몸이 흑색인 검둥오리나 짙은 녹색이 특징인 청둥오리와 구분하기 위해 명명된 것임도 알 수 있다. 아래 사진 중 왼쪽은 흰뺨검둥오리의 머리 부분을 확대한 것이고, 오른쪽 사진은 청둥오리의 박제 모습이다.

송재학의 시 「흰뺨검둥오리」의 배경은 어떤 늪이다. 원래 늪은 수심이 깊지 않고 개흙과 수초가 많은 물웅덩이를 말한다. 그런데 이 늪은 흰뺨검둥오리가 열 마리 스무 마리 떼지어 날아오르는 대규모의 늪이다. 짐작건대 시인의 거주지에서 그리 멀지 않은 창녕의 우포늪이 배경인 듯하다. 우포늪은 연면적 70만 평에 이르는 거대한 습지이다. 시간적으로는 1억 4천만 년 전에 생성된 것으로 추정된다. 시간적으로 공간적으로 우리를 압도하는 신비감을 지닌 공간이 우포늪이다. 그곳에 1천여 종의 생물이 서식하고 있는데 그중 대표적인 텃새가 흰뺨검둥오리와 청둥오리다. 멀리서 보면 비슷한 이 두 새는 날아오를 때 날개의

흰뺨검둥오리 / 송재학

그 새들은 흰 뺨이란 영혼을 가졌네
거미줄에 매달린 물방울에서 흰색까지 모두
이 늪지에선 흔하디흔한 맑음의 비유지만
또 흰색은 지느러미 달고 어디나 가웃거리지
흰뺨검둥오리가 퍼들껑 물을 박차고 비상할 때
날개 소리는 내 몸 속에서 먼저 들리네
검은 부리의 새떼로 늪은 지금 부화중,
열 마리 스무 마리 흰뺨검둥오리가 날아오르면
날개의 눈부신 흰색만으로 늪은 홀가분해져서
장자를 읽지 않아도 새들은 십만 리쯤 치솟는다네
흰뺨검둥오리가 떠메고 가는 것이 이 늪을 포함해서
반쯤은 내 영혼이리라
지금 늪은 산산조각나기 위해 팽팽한 거울,
수면은 그 모든 것에 일일이 구겨지다가 반듯해지네

빛깔로 확연히 구분된다. "열 마리 스무 마리 흰뺨검둥오리가 날아오르면/날개의 눈부신 흰색만으로 늪은 홀가분해져서"라고 시인은 적었다.

몇 년 전 우포늪을 소재로 쓴 오탁번 시인의 작품에도 흰뺨검둥오리가 등장하는데 거기에서는 흰뺨검둥오리의 알에 관심을 보였다. 그 알은 무량한 시간의 흐름이 스며든 하늘의 빛깔을 머금고 있다. 시인은 이렇게 적었다.

우포늪이 토해내는 울음소리를 듣고/귀밝은 하늘이 내려왔다/그 후 하늘
은/1억4천만년동안/하늘로 올라갈 생각은 영 않고/우포늪에서 살고있다/흰
뺨검둥오리 알이/하늘빛을 띠는 것도 이 때문이다

—오탁번, 「우포늪」에서

　　오탁번의 우포늪이 거시적이면서도 정적이라면, 송재학의 수초지는
미시적이고 동적이다. 거미줄엔 물방울이 매달려 있고 늪지에선 물고
기 지느러미가 바삐 움직인다("흰색은 지느러미 달고 어디나 갸웃거리지"
를 흰뺨검둥오리가 수초 사이로 가볍게 떠다니는 모습을 나타낸 것으로 볼 수
도 있다. 어떻게 해석하든 동적인 것은 사실이다. 시인에게 물어보면 의도를
금방 알겠지만, 나는 내 의식에 떠오른 현상을 중시한다). 흰뺨검둥오리가
물을 박차고 비상하면 날개 소리가 사방에 퍼진다. 새들이 십만 리쯤
치솟아 오를 때 시인의 영혼도 그렇게 솟아오른다. 팽팽한 거울 같은
수면은 산산조각나고 일일이 구겨지다가 모든 움직임이 끝나면 반듯해
진다. 이 모든 형상은 수초지의 풍광이면서 시인의 마음의 움직임이다.
시의 첫 연에서 "그 새들은 흰 뺨이란 영혼을 가졌네"라고 시인은 단언
하듯 말했다. 앞의 사진에서도 보았지만 흰뺨검둥오리의 뺨이 그렇게
흰 것은 아니다. 그러나 시인의 의식 속에는 그 새의 움직임이 백색의
순결성을 내장하고 있는 것으로 수용되었다. 시인 역시 그러한 순결성
을 지향하고 있음은 물론이다.
　　시인의 용어를 빌려 다시 말하면 이 늪은 '황무지'다. 시인이 모든 감
각을 동원하여 보고, 만지고, 듣고, 냄새 맡을 황무지. 모래로 덮인 미
지의 공간을 감각을 매개로 탐사하여 자신의 '몽리면적'을 만들어가는
것, 이것이 시작(詩作)이라고 그는 말한다. 몽리면적(蒙利面積)이란 무
엇인가? 저수지나 수리시설을 만들어 물의 혜택을 입을 수 있게 된 곳
이 몽리 지역이다. 황무지를 탐사하고 개간하여 모래언덕을 친근한 생

명의 공간으로 바꾸어가는 것, 이것이 송재학의 시작업이다. 정진규 시백(詩伯)은 이러한 내용이 담겨 있는 송재학 시집 『기억들』(세계사, 2001)의 「자서」를 읽고, "시정신의 허기를 느껴야 하는 무잡한 시편들의 양산 앞에 크게 大字報로 써놓고 싶을 정도로 시인의 영혼의 실체를 감지할 수가 있는 성실한 고백"(『현대시학』, 2001년 2월호, 312~313쪽)이라고 경탄해 마지않았다.

시인은 저 멀리 타자로 있는, 다시 말하면 황무지로 있는, 늪과 그 늪에 서식하는 흰뺨검둥오리의 몸짓을 감각적 탐색을 통해 자신의 영역으로 끌어들임으로써 몽리면적을 넓혀간다. 시인이 감각에 의존하는 이유는 몸의 감각이 가장 정직하고 확실하기 때문이다. 앞의 백과사전에 나온 개략적 설명, 늪과 오리의 생태에 대한 추상적 보고서는 말 그대로 개관이고 추상일 뿐이다. 그것은 황무지로 들어가는 틈을 조금 열어줄 수는 있어도 황막한 모래언덕을 신생의 녹지로 만들지는 못한다. 무의미한 타자를 유의미한 내면으로 만들기 위해서는 보고 만지고 듣고 냄새 맡는 과정이 필요하다. 보라. 시인이 어떻게 사물을 만지고 거기에 몸 비비는가를!

"새들은 흰 뺨이란 영혼을 가졌네"라는 선언적 명제로 출발한 시의 여정은, 거미줄에 매달린 물방울의 흰빛, 맑은 수면과 물 속에서 갸웃거리는 흰색 지느러미들의 유영을 거쳐, 흰뺨검둥오리가 물을 박차고 비상하는 장면에 이른다. 물오리가 물을 박차고 비상할 때 "날개 소리는 내 몸 속에서 먼저 들리네"라고 시인은 말한다. 이미 시인의 몸이 늪이 되어 늪보다 더 빨리 날개 소리를 받아들이는 감각의 전이를 실현하고 있는 것이다. 타자인 늪이 내 몸이 되고 타자인 날개 소리를 내 몸이 먼저 받아들인다는 것은, 타자와 내가 공유된 만남을 이루며, 늪의 맑음과 고요를 내가 몸으로 껴안는다는 것을 의미한다. 그럴 때 "검은 부리의 새떼로 늪은 지금 부화중"이라는 인식이 가능하다. 새들이 날아오르자 늪 전체가 새떼를 부화하는 것 같고 늪도 홀가분해져서 날개의 눈부신 흰색에 실려 하늘로 올라가는 것 같다. 이미 늪과 내 몸이 하나가 되었으니 흰뺨검둥오리가 떠메고 가는 것이 "반쯤은 내 영혼이리라"는 구절도 충분히 수긍이 간다.

이 대목에 나오는 "장자를 읽지 않아도 새들은 십만 리쯤 치솟는다네"라는 시행을 주목할 필요가 있다. 『장자』를 읽고 설명을 추상적으로 이해하는 것은 사람들이 하는 일이다. 그것은 황무지의 한 틈을 열어 보일 수는 있지만 진정한 몽리면적을 만들어주지는 못한다. 새들은 이러한 추상적 이해 없이도 몸의 감각으로 아득한 하늘로 날아오를 수 있다. 새들의 날개 소리를 내 몸 속에서 먼저 들었다면 새들의 날갯짓을 따라 내 몸도 높이 치솟아 오를 수 있으리라. 그곳에 진정한 몽리면적, 영혼의 안식처가 마련된다.

여기 나오는 장자 이야기는 『장자』 「소요유」편에 나오는 붕새의 인유다. 북쪽 바다에 사는 상상의 물고기 '곤'이 변해서 된 붕새는 등길이가 몇천 리나 되는지 알 수 없을 정도로 크며 한번에 9만 리를 날아오른다고 한다. 이 새는 북쪽 바다에서 벗어나 끊임없이 남쪽 바다로 날아가려 한다. 이는 인간이 세속적인 삶의 굴레에서 벗어나 몸과 마음이 자유로운 세계로 나아가려는 의지를 의미한다. 그래서 붕정만리(鵬程萬里)라는 말이 나왔다. 이것은 앙양한 자유의 세계로 나아가는 쾌쾌한 의지의 자세를 뜻한다.

그런데 과연 사람이 새처럼 앙양한 자유의 세계로 날아오를 수 있을까? 붕정만리는 못 되더라도 압정백리(鴨程百里)는 할 수 있을까? 인간은 새가 아니기에 불가능할 것이다. 그러니까 이것은 온전한 내면적 상념의 영역 속에서나 가능하다. 여기에 또 하나의 긴장이 있다. 불가능한 현실과 가능한 상념 사이의 긴장. 현실적으로 몸은 진흙 세상에 얽매여 있지만, 영혼은 새처럼 구만리 장천으로 치솟고 싶은 것이다. 치솟고 싶은 것이 아니라, 늪을 만지고 새들과 몸 비비는 순간은 정말로 몸과 마음이 치솟는 환각을 갖는다. 그러면 시는 환각이고 몽상이란 말인가? 불교에서는 눈에 보이는 가시적 현상이 모두 환(幻)이요 몽(夢)이라고 가르친다. 어차피 모든 것이 꿈이고 허깨비라면 영혼의 쉼터를 넓혀주는 환각과 몽상에 기대는 것은 당연하다. 시는 부박한 현실 저편에 자유로운 영혼의 영지가 있음을 알려주는 환각이고 몽상이다. 그 환각과 몽상은 황무지의 모래를 걷어내고 푸른 물 흐르는 초지(草地)를 보여준다.

환각이 진실이고 몽상이 실재가 되는 이중성이 어쩌면 시의 숙명인지 모른다. 그것은 "산산조각나기 위해 팽팽한 거울"의 속성이고, "모든 것에 일일이 구겨지다가 반듯해지"는 수면의 속성이기도 하다. 마지막 행의 파란과 평정의 이중성은 우리들이 살아가는 삶의 국면을 연상케 하기도 한다. 그러나 시인의 시선은 파란 속에 다시 평정을 회복하는 정신의 극점을 지향하고 있다. 산산조각났다가도 모든 파란을 수습하고 거울처럼 반듯해지는 무한 고요의 평정심을 우리는 얻을 수 있을까? 정신의 황무지를 파고들면 언젠가는 안온한 몽리면적이 마련될까? 이 질문 속에 우리가 대답 못할 또 하나의 긴장이 있다.

| 더 생각해봅시다 |

1. 「흰뺨검둥오리」에서 "흰뺨검둥오리가 떠메고 가는 것이" "반쯤은 내 영혼이리라"라고 표현한 것에 대해 이 글에서 어떻게 풀이되고 있는지 살펴서 요약해보자.
2. 이 글에서 "환각이 진실이고 몽상이 실재가 되는 이중성"이 시의 숙명일 수 있다고 했다. 그 이유를 「흰뺨검둥오리」가 드러내고자 한 의도를 설명하면서 이해해보자.

'생의 서민'으로 산다는 것

김수이

황인숙 노인

삶이 지속되는 동안 고통과 절망이 인간을 '착취'한다면, 문학은 다시 그 고통과 절망을 착취하여 성장하는 특이한 존재라고 할 수 있다. 그중에서도 시는 이러한 착취의 세련되고 아름다운, 황홀하기까지 한 존재 방식이다. '황홀한 착취'로서의 시는 사디즘과 마조히즘이 뒤섞인 기묘한 색채를 띤다. 삶에 '착취' 당하는 시인은 시의 힘을 빌려 착취의 주체가 됨으로써 삶과의 이중의 권력 관계를 형성한다. 이 위태로운 싸움은 시인의 승리로 장식될 수도, 허망한 실패로 끝날 수도 있다. 시인은 한 편의 시로 삶의 고통을 일시에 평정할 수도 있지만, 삶이 지속되는 한 치열하고 지루한 싸움을 계속해야 하기 때문이다.

삶의 수많은 절망 가운데도 가장 가혹한 것은, 인간은 시간의 견고한 덫에서 결코 벗어날 수 없다는 사실일 것이다. 빠져나가려 할수록 더 조여드는 시간의 덫은 '늙음'이라는 치명적인 독까지 함유하고 있다. '독'과 '약'이 같은 것의 다른 이름이라는 점을 감안하면, 늙음은 시간과 삶의 횡포에 대한 독/약의 이중적인 처방이 될 수도 있다. 인간은 늙어가면서 더 지독한 상처를 입지만, 상처를 완화하고 치유하는 법도 함

황인숙
1958년 서울 출생.
1984년 경향신문 신춘문예에 시 당선.
시집 『새는 하늘을 자유롭게 풀어놓고』 『슬픔이 나를 깨운다』
『나의 침울한, 소중한 이여』 등.

께 배우는 것이다. 늙어가면서 인간은 약해지고, 늙어가면서 인간은 강하고 풍요로워진다. 하지만 '늙음'에 아무리 근사한 의미를 부여해도, 늙음은 인간에게 결코 축복이나 미덕이 될 수 없다. 한 예로, 상상적 허구의 산물이기는 하나, 엘리에트 아베카시스의 소설 『쿰란』(문학동네, 2000)은 기독교 수행자가 지켜야 할 덕목으로 '늙지 말 것'이라는 규율을 제시한다. 1947년 이스라엘의 쿰란 동굴에서 발견된 구약성서 사본에 기초한 이 소설은 예수가 살았던 때에 실존했던 '에세네 파'라는 기독교 유파를 정밀하게 복원하면서, 신실한 수행자들에게는 '늙음'도 타파해야 할 대상이었다고 이야기한다. 그렇다면 정말 늙어서는 안 되며, '늙지 말 것'의 규율을 지키는 일이 가능할까? 당연하게도 생명을 지닌 인간은 누구든 늙지 않을 수 없다. 그러나 육체가 늙는다고 해서 정신과 영혼까지도 함께 늙어서는 안 될 일이다. '늙지 말 것'이라는 에세네 파의 규율은 수행자에게 순수한 내면세계를 지킬 것을 요구하면서 정신의 청정함이 육체의 늙음까지도 지연시킬 수 있음을 설파하는 것이다.

그런데 여기, 육체가 늙기도 전에 정신과 영혼이 먼저 늙어버린 사람이 있다. 더 정확히는 정신과 영혼이 먼저 늙어 육체마저 빠르게 늙어버린 시인이 있다. 그는 자신의 나이보다 두 배는 많은 '75세 이후'를 산다. '늙지 말 것'은 고사하고, '늙는 것 외에 다른 방법은 없는' 그녀, 황인숙에게 늙음은 삶의 유일한 움직임이며 가능성(?)이다. 그녀가 시의 맨 앞에 인용한 메리 파이퍼의 말과 같이, 그녀에게 "75세 이후의 삶이란 인간이 절멸된 세계 속에서 살아가는 것", 즉 "'인간'을 상실한 인간"으로서 단순히 존재하는 것이다. 사실, 황인숙이 보여주는 '노인'의 상상력이 완전히 새로운 것은 아니다. 1990년대 이후 우리 시에는 젊은

노인 / 황인숙

75세 이후의 삶이란
인간이 절멸된 세계 속에서
살아가는 것이다
— 메리 파이퍼

나는 감정의 서민
웬만한 감정은 내게 사치다
연애는 가장 호사스런 사치
처량함과 외로움, 두려움과 적개심은 싸구려이니
실컷 취할 수 있다

나는 행위의 서민
뛰는 것, 춤추는 것, 쌈박질도 않는다
섹스도 않는다
욕설도 입맞춤도
입 안에서 우물거릴 뿐

나는 잠의 서민
나는 모든 소리가 그치기를 기다린다
변기 물 내리는 소리

나이에 지나치게 늙어버린 시인들이 존재해왔다. 기형도, 진이정, 허수경, 배용제 등이 이 계보에 속하며, 시대적인 상황과 더불어 조금은 다른 맥락에서 황지우가 가세하기도 했다. 그러나 이들의 세계와 황인숙의 시「노인」사이에는 약간의 차이가 존재한다. 앞서 늙음의 계보를 형성한 시인들이 말 그대로 나이에 비해 지나치게 늙은 삶을 살았고 그래서 죽음이라는 끝을 향해 질주해갔다면, 황인숙은 완전히 늙어버려 아무것도 남지 않은 상태, 그리하여 죽음보다 더 깊은 절멸(絶滅)의 상태를 '지속'하며 '산다'. 황인숙의 시「노인」을 말할 때에는 바로 이 '절멸의 지속으로서의 삶'이라는 부분을 강조해야 할 것이다.

화장수 병 뚜껑을 닫는 소리
슬리퍼 끄는 소리
잠에 겨운 소곤거림
소리가 그친 뒤 보청기를 빼면
까치가 깍깍 우짖는다

나는 기억의 서민
나는 욕망의 서민
나는 생의 서민

나는 이미 흔적일 뿐
내가 나의 흔적인데
나는 흔적의 서민
흔적 없이 살아가다가
흔적 없이 사라지리라

이 시에서 황인숙은 먼저 인간의 존재 기반이 무너진 늙음의 상태를 기술한다. 완전히 늙은 '나'에게 인간으로서의 감정과 기억과 행위는 모두 사라져버리고 없다. 특이하게도 황인숙은 이러한 없음의 상태를 '서민'에 비유한다. 결핍과 부재의 상태는 '서민'이라는 말과 어울려 황인숙 시 특유의 간결하고 드라이한 어법으로 형상화된다.

> 나는 감정의 서민
> 웬만한 감정은 내게 사치다
> 연애는 가장 호사스런 사치
> 처량함과 외로움, 두려움과 적개심은 싸구려이니
> 실컷 취할 수 있다

늙은 '노인'인 "나는 감정의 서민"이다. 감정에 귀족과 서민의 몫이 따로 있을 리 없지만, 노인인 나에게 밝고 생동감 넘치는 감정은 특권층에게만 허락된 것처럼 느껴진다. 그처럼 빛나는 감정은 "내게 사치"이며, 그중에서도 "연애는 가장 호사스런 사치"이다. 늙은 나에게 연애와 같은 품목(?)은 분수에 맞지 않는 허영을 탐하는 것과 같다. 내게 걸맞은 것은 습하고 어둡고 처절한 감정들, 남들이 거들떠보지 않는 '싸구려' 감정들이다. "처량함과 외로움, 두려움과 적개심" 등의 싸구려 감정에 "실컷 취"해 사는 나는 초라하고 궁핍한 "감정의 서민"이다.

이 시의 중요한 어휘인 '서민'은 생의 막바지에 이른 노인의 처지를 계층의 개념으로 바꾸면서 이른바 '생의 등급화'를 꾀한다. 황인숙이 분류한 '생의 등급'은 물질적인 소유의 많고 적음에 의하지 않는다. 생의 등급은 인간이 지닌 열망과 행위의 강도에 의해 구분된다. 그 등급에 따르면, 노인은 하위 계층의 보잘것없는 '서민'에 속한다. 1연의 '연애'처럼 환히 살아 숨쉬는 감정, 2연의 "뛰는 것, 춤추는 것, 쌈박질",

"섹스" "욕설" "입맞춤" 등의 격렬하고 열정적인 행위는 더 이상 그의 몫이 아니다. 노인이 서민이 될 수밖에 없는 이유는 이 밖에도 많다. 심지어 그는 '잠'의 영역에서도 서민이다. 세상의 모든 소리가 그칠 때까지 잠들 수 없는 노인은 밤마다 잠의 부족에 시달리는 "잠의 서민"이다.

> 나는 잠의 서민
> 나는 모든 소리가 그치기를 기다린다
> 변기 물 내리는 소리
> 화장수 병 뚜껑을 닫는 소리
> 슬리퍼 끄는 소리
> 잠에 겨운 소곤거림
> 소리가 그친 뒤 보청기를 빼면
> 까치가 깍깍 우짖는다

'잠의 서민'으로서의 삶에는 어떤 의미도, 최소한의 긴장감도 없다. 무용(無用)한 삶을 이어가는 노인은 '생의 등급'에서도 점점 더 낮은 계층으로 전락한다. 생의 변두리, 그 변두리의 변두리에서 노인은 지난날 그가 누렸던 모든 '인간적인 것'으로부터 밀려나 "기억의 서민" "욕망의 서민"이 된다. 그리고 마침내, 생 자체가 결핍된 "생의 서민"이 된다.

> 나는 기억의 서민
> 나는 욕망의 서민
> 나는 생의 서민

"생의 서민"은 매우 슬픈 의미를 담고 있는 말이다. 사회적 계층의 서민은 소박하고 진솔한 사람들을 의미하지만, 생의 계층에서의 서민은 존재의 뿌리를 박탈당하고 존재의 영도(零度) 아래로 추락한 사람들을 지칭하기 때문이다. "생의 서민"에게 결여되어 있는 것은 바로 '생' 자체이다. "생의 서민"인 노인에게 이제 생은 실체가 없는 '흔적'의 상태로 존재한다. 그런데 더 나아가 황인숙은, 노인이 생의 흔적에 있어서마저도 '서민'이라고 이야기한다.

> 나는 이미 흔적일 뿐
> 내가 나의 흔적인데
> 나는 흔적의 서민
> 흔적 없이 살아가다가
> 흔적 없이 사라지리라

　"나는 감정의 서민"이라는 규정으로 시작된 이 시는 "흔적 없이 사라지리라"는 진술로 끝맺음된다. 생의 등급에서 가장 낮은 계층으로 분류된 노인은 이제 더 이상 낮아질 곳이 없을 때 죽음을 맞이하게 될 것이다. 노인이 조만간 생의 모든 분류 체계에서 영원히 제외될 것이라는 점은 불을 보듯 자명한 사실이다. 하지만 황인숙은 그때까지 너무 긴 시간이 남아 있어 고통스럽다고 말한다. 그녀가 진정 견딜 수 없는 것은 "생의 서민"과 "흔적의 서민"으로서의 '노인'의 삶 자체라기보다는, 황폐한 노인의 삶이 우리의 삶의 전(全) 내용이라는 치명적인 허무이다. 어떤 말로도 표현할 수 없는 삶의 허무 앞에서 황인숙은 진짜 노인처럼 몸 속의 모든 기능이 퇴화하는 것을 느낀다. 시 속의 '노인'은 바로 그녀 자신이었던 것이다. 그런데 우리들 중 누가 과연, 자신이 "감정의 서민"이나 "기억의 서민"이 아니라고 자신 있게 이야기할 수 있을까? '욕망의 서민'이 아니라고, '생의 서민'이 아니라고 확신할 수 있을까? 자신의 내부에 '노인'이 살고 있지 않다고 힘주어 말할 수 있을까?

너무 깊은 절망은 고통스럽다. 그리고 위험하다. 하지만 그 절망이 다시 삶과 존재를 일으켜 세우는 역설은 절망의 끝에 닿아보지 않은 이들은 알 수 없는 비밀이다. 시는, 문학은 이 고통스러운 비밀의 현장으로 우리를 안내한다. 황인숙의 「노인」은 자신을 포함한 '생의 서민'들에게 생의 작은 비밀을 들려주면서 읽는 이에게 뼈아픈 자문을 하게 한다. 나의 삶의 등급은 어디에 속해 있는가? 내가 생의 서민이라면 어떻게 이 상황에서 벗어날 것인가? 그런데 무엇보다, 바로 지금부터 벗어나야 하지 않겠는가?

전달하고자 하는 메시지가 강렬한 시들은 형상화의 면을 소홀히 하는 오류를 범하기 쉽다. 황인숙의 「노인」도 이러한 한계를 적지 않게 지니고 있다. 삶의 고통과 절망을 단선적인 논리로 접근하고 있는 것도 좀더 풍부한 성찰에 대한 아쉬움을 남긴다. 그러나 이렇게 비판하는 주체인 나는 비판의 한 켠에서 한 가지 의문에 사로잡힌다. 압도적인 것과 미학적인 것은 어떻게 조화될 수 있는가? 삶이 너무나 압도적인 경우 그것을 담아내는 미학적인 것은 함께 증폭, 확산되는 것인가? 아니면 그 압도적인 삶의 형상 앞에서 (일시적으로라도) 축소되는 것인가?

| 더 생각해봅시다 |

1. 시 「노인」이, '늙음의 계보'를 형성했다고 볼 수 있는 다른 시인들의 '늙은' 시와는 어떤 다른 '늙음'을 표현하고 있는가를 설명해보자.
2. 시 「노인」이 '생의 서민'들에게 들려주는 교훈에 대해 설명해보자.

분홍빛 서정의 탄력

김수이

최문자 해동

서정시의 보물창고에 들어 있는 가장 아름답고 귀한 보물은 무엇일까? 문득 마음의 현을 울리는 자연의 변화들, 꽃이 피고 초록이 무성해지고 함박눈이 쌓이는 풍경들이 아닐까? 하지만 삶을 풍성하게 하는 이 눈부신 풍경들을 시로 빚어내기란 그렇게 쉬운 일은 아니다. 예부터 시인들의 예찬의 대상이 된 자연은 이제 더 이상 경탄할 구석이 없을 정도에 이르렀다. 현대의 시인에게 남은 것은 수천 년간 축적된 거대한 시의 전집에 고작 새로운 가사를 덧붙이는 일인지도 모른다. 물론, 새로운 시인들이 과거와 다른 새로운 시의 음률을 창조할 수 없는 것은 아니다. 하지만 엄밀한 의미에서 이 음률은 자연의 코드를 조합한 화음이거나 그 편곡 이상이 되기는 어려울 것이다. 서정시의 보물창고에 들어 있는 가장 훌륭한 보물이 자연이라면, 서정의 가장 중요한 속성은 많은 사람들이 공감하는 보편성이라고 할 수 있다. 서정의 보편성은 개인과 사회, 시대를 초월한 지속성과 짝을 이룬다. 서정은 순환하는 자연 앞에서 인간이 느끼는 변함없는 감동을 바탕으로 하고 있다. 자연을 대상으로 한 서정시의 운명은 예나 지금이나 자연의 번역/번안의 작업

최문자
1943년 서울 출생.
1982년 『현대문학』으로 등단.
시집 『귀 안에 슬픈 말 있네』 『울음소리 작아지다』 등.

에서 크게 벗어나 있지 않은 것이다.

'변함없는 자연의 변화'를 시로 쓰는 일은 시인에게는 가장 기본적이
면서도 어려운 작업이다. 요리하는 일에 비유하면, 불땀을 잘 맞추며
장작불에 고슬고슬하게 밥을 짓는 일, 찬의 기본인 김치나 장을 맛깔스
레 담그는 일이라고 할 수 있다. 깊은 손맛과 능숙한 눈짐작을 필요로
하는 음식들은 어떤 수준 이상의 '경지'를 필요로 한다. 평범한 것이 평
범함의 진수를 발하기 위해서는 역설적이게도 '비범함'이 요구되는 것
이다. 자연의 섭리를 다룬 서정시 역시 평범함과 비범함이 황금비율을
이룰 때 좋은 작품으로 탄생한다. 소설의 경우도 사정은 마찬가지이다.
시의 서정에 해당하는 것은 소설에서는 서사(사건)이며, 서정의 보물인
'자연'에 대응되는 서사의 보물은 '사랑'이라고 할 수 있다. 한 가지 흥
미로운 사실은, 많은 소설가들이 자신의 소설 경향과는 상관없이 한 편
의 완벽한 사랑소설을 쓰고 싶은 열망을 갖고 있다는 것이다. 사회·역
사적 상상력을 추구하는 작가들도 본질적으로는 '사랑'에 관해 쓰고 싶
어한다는 것은 인간이 지닌 보편적인 심성의 중요성을 말해준다. 모던

해동 / 최문자

지금 매우 시끄럽습니다.
대지의 열 손가락이
모두 분홍색입니다.
대지는 자꾸 뭔가 해명하려 하고 있습니다.
어디 갔나?
나무와 같이 서서 얼어붙던 산속의 정적
어제 불던 칼바람도
피를 녹이러 산을 떠났습니다.
주검을 등지고
서둘러 깨어난 몸들이여,
그렇게 한꺼번에
많은 말을 꺼내려 하지 마오.
사각사각 소리만 나도
이미 대지는 눈물로 번득입니다.
살갗이 까지고
드디어 피가 돌아나는 세상의 나무들
누구나 뛰어들고 싶은 저 아래
지금 매우 시끄럽습니다.
악, 소리를 지르며 지하의 꽃들이 양수를 터뜨리고
뜨겁고 비린 냄새가 올라옵니다.
별들은 오히려 조용합니다.
더 높은 데 저쪽에서
보석처럼 반짝이고 있습니다.

하고 실험적인 시인들이 종종 자연의 서정으로 복귀하는 것도 같은 맥락에 속하는 일이다. 시에서의 자연과 소설에서의 사랑이 보편적이면서도 난감한 대상이라는 점은, 주변에서 자주 접하는 대상을 글로 쓰는 일이 생각보다 어려운 일임을 느끼게 해 준다.

최문자의 「해동」은 인간의 보편적인 심성과 서정의 힘에 대해 다시금 생각하게 하는 작품이다. 이 시는 얼음이 풀릴 무렵의 자연의 변화를 소재로 삼는다. 인간마저 복제하는 첨단의 시대에 산과 들에 새잎이 돋아나는 정경을 노래하는 것은 고답적인 느낌마저 갖게 한다. 하지만 인간은 어떤 환경 속에서도 버릴 수 없는 내면의 세계와 감성을 간직하고 있다. 그것은 시대와 사회를 초월하여 인간의 마음속에 항존한다. 한마디로 말할 수 없는, 인간이 지닌 이러한 근원적인 심성이 서정(성)의 본질을 형성하는 것이다. 최문자의 시 「해동」을 읽으며 서정의 오랜 유래를 떠올려보는 것은, 이 시 역시 서정의 고전적인 범주에 속해 있으며 동시에 그것을 새로운 감흥으로 되살려내고 있기 때문이다.

제목 그대로 시 「해동」은 겨울에서 봄으로 넘어가는 자연의 시기를 노래한다. 아무런 수식 없이 단순하게 제시된 제목 '해동'은 많은 시인이 한 번쯤 써보았을 법한 소재이다. 이 시는 특별한 기교나 수사법을 사용하지 않고, 담담한 진술과 평범한 어휘의 연결로 일관한다. 대지, 나무, 바람, 산, 꽃, 별 등의 이미지들의 의미도 기존의 의미 체계에서 거의 벗어나 있지 않다. 최문자의 시 「해동」은 해동 무렵에 누구나 느끼는 감흥을 평이하게 형상화하고 있는 것이다. 하지만 이 시가 대지에서 은밀하게 피어나는 봄의 기운을 포착해내는 솜씨는 예사롭지 않다. 시의 앞부분을 음미해보자.

지금 매우 시끄럽습니다./대지의 열 손가락이/모두 분홍색입니다./대지는 자꾸 뭔가 해명하려 하고 있습니다./어디 갔나?/나무와 같이 서서 얼어붙던 산속의 정적/어제 불던 칼바람도/피를 녹이러 산을 떠났습니다./주검을 등 지고/서둘러 깨어난 몸들이여,/그렇게 한꺼번에/많은 말을 꺼내려 하지 마 오./사각사각 소리만 나도/이미 대지는 눈물로 번득입니다.

  독자들은 '해동'이라는 제목을 읽은 후 곧바로, "지금 매우 시끄럽습 니다"라는 진술을 접하게 된다. 그 순간 이것이 들리지 않는 소리라는 것을 알아채면서도, 삼라만상이 깨어나며 수런대는 소리를 듣는 듯한 환각에 사로잡히게 된다. 이 허구의 청각 영상은 선명한 시각 영상과 결합하여 더 생생한 실감을 낳는다. "열 손가락이/모두 분홍색"인 '대 지'는 촉각의 이미지를 동반하면서 생명의 발그레한 기운이 감도는 대 지를 실제로 만지는 듯한 착각을 불러일으킨다. 이를 통해 독자들은 갓 물이 오른 생명의 수줍은 열기 속으로 자연스럽게 빨려 들어가는 것이 다. 그런데 시인은 봄이 일으킨 생명의 약동을 "자꾸 뭔가 해명하려"는 행위로 해석한다. 생명이 탄생하는 봄의 움직임은 세상을 얼어붙게 한 겨울의 행위를 해명하려는 시도라는 것이다. 그것은 순환하는 자연의 질서에 있어 겨울이 꼭 필요한 존재라는 것을 내용으로 한다. 봄의 해 명은 겨울이 지배한 세상을 "시끄럽"게 하고, 따뜻하게 "녹이"고, 활활 "깨어나"게 하는 것으로 구체화된다. "나무와 같이 얼어붙던 산속의 정 적"은 시끄러운 움직임으로 빽빽하게 채워지고, "어제 불던 칼바람"은 "피를 녹이러 산을 떠났"으며, 세상의 모든 "몸들"은 "주검을 등지고 서 둘러 깨어나"고 있다. 첫 행의 "지금 매우 시끄럽습니다"는 진술은 약 동하는 봄의 움직임을 두고 '겨울의 침묵에 대한 봄의 해명'이라는 비 유를 이끌어내면서 숨가쁜 재생의 행위들로 전화(轉化)된다. 시인은 이 벅찬 순간을 감당할 수 없다는 듯 안타깝게 속삭인다. "그렇게 한꺼번 에/많은 말을 꺼내려 하지 마오……."
  봄의 왕성함이란 실은 너무도 여린 움직임들의 가득한 붐빔이다. 따

라서 "그렇게 한꺼번에/많은 말을 꺼내려"는 대지의 몸짓은 시인에게
는 위태로움으로 다가온다. 담담한 서술의 어투에 갑자기 "하지 마오"
라는 구어체가 끼어드는 것은 시인의 급박한 심정을 잘 보여준다. "사
각사각 소리만 나도/이미 대지는 눈물로 번득"인다는 것, 시인 최문자
가 느끼는 봄의 체감지수는 이처럼 예민한 종류의 것이다. 섬세하고 여
린 봄의 움직임은 극도의 격렬함을 함께 지니고 있다. 새로운 탄생과
재생의 현장에는 "살갗이 까지고" "피가 돋아나는" 고통이 넘쳐흐르기
때문이다. 고통은 새롭게 태어나는 생명의 환희를 위해 바치는 제물과
도 같다. 탄생의 순간을 둘러싼 복합적인 감흥은 다음의 장면에서 거의
날것의 형태로 진술된다.

> 누구나 뛰어들고 싶은 저 아래
> 지금 매우 시끄럽습니다.
> 악, 소리를 지르며 지하의 꽃들이 양수를 터뜨리고
> 뜻고 비린 냄새가 올라옵니다.

"누구나 뛰어들고 싶은 저 아래"란, 생명의 뿌리가 있는 보이지 않는
땅 속의 세계이다. 그 중심에서 시작된 "시끄러운" 생명의 행렬은 '나
무'와 '꽃'의 길을 따라 서서히 지상으로 올라온다. 땅 속에 잠복해 있
던 시끄러움은 지하와 지상의 경계를 통과하면서 "악," 하는 외마디의
비명 소리로 응집되어 폭발한다. 이 순간, 생명의 행렬은 "꽃들이 양수
를 터뜨리"는 분출과 "뜻고 비린 냄새가 올라"오는 상승을 달성한다.
최문자는 지하에서 지상에 이르는 생명의 길을 보여주면서 여기에 잇
달아 천상의 풍경을 제시한다.

> 별들은 오히려 조용합니다.

더 높은 데 저쪽에서

보석처럼 반짝이고 있습니다.

　해동 무렵, 활기에 찬 지하와 지상과는 달리 천상의 "별들은 오히려
조용"하다. 고요히 "보석처럼 반짝이"는 천상의 별들은 지상에서 벌어
지는 생명의 축제에 그림 같은 배경, 또는 은은한 조명의 역할을 하고
있다. 봄이 탄생의 불꽃을 터뜨리는 동안 천상은 지상의 후원자나 보조
자의 역할에 머문다. 지상에서 만발하는 생명의 신비와 자연의 섭리는
천상의 별들마저 고요하고 경건하게 만든다. 시인은 생명이 얼마나 크
고 위대한 것인가를 드높은 천상을 배경으로 삼아 우회적으로 역설하
고 있는 것이다.
　최문자의 「해동」은 지하와 지상, 천상의 수직의 통로를 상정하면서
겨울에서 봄으로 넘어가는 계절의 설레는 감흥을 시화한다. 이 시가 그
려 보이듯, 생명을 중심으로 생각할 때 지하〈지상〈천상의 수직적 상승
의 서열은 역으로 뒤집힌다. 생명의 근원인 지하, 그 분출과 상승의 장
으로서의 지상, 조용한 목격자로서의 천상은 정확히 반대의 순서로 재
배열된다. 그러나 이는 천상의 가치 저하나 배제를 의미하지 않는다.
오히려 시인 최문자는 지하와 지상에서 벌어지는 생명의 축제에 천상
의 자리를 마련하고 하나의 역할을 부여한다. 그것은 조용하고 경건한
관조자의 역할이다. 대지의 '시끄러운' 순환에 신성한 별빛의 시선이
더해지면서 생명의 만다라는 아름답게 완성되는 것이다.
　얼음이 풀리고 꽃이 피어나는 해동의 계절은 대지의 활기와 별빛의
고요가 융해된 확산과 응집의 시간이다. 이러한 인식은 "대지의 열 손
가락이/모두 분홍색"이라는 이 시의 첫 부분을 다시금 떠올리게 한다.
아직 무엇을 움켜쥐지도 빚어내지도 않은, 그러나 무엇이든 감싸안고
만들어낼 대지의 분홍빛 손가락! 그 손가락이 봄의 대기 속에 아지랑이

처럼 옴죽거리고 있는 풍경! 그것을 바라보는, 손끝까지 발그레하게 상기된 서정의 순간은 이렇게 얼음이 풀리고 꽃이 피어나는 계절에 풋풋한 열병과도 같은 시간을 우리에게 선사한다.

이 시의 결정적인 매력은 "대지의 열 손가락이/모두 분홍색입니다"라는, 단순하지만 강한 인상을 남기는 구절에 있다고 할 수 있다. 이 시는 또한 '낯설게 하기'의 효과를 살리는 데도 성공하고 있다. 해빙기가 주는 감동에 대해 "악,"이라는 단말마의 비명으로 일갈하는 것은 아름다움을 표현하는 감탄사에 대한 기존의 선입관을 뒤집는다. 20년의 시작(詩作) 생활 동안 뜨겁게 폭발하는 열정을 선보여온 최문자식의 독특한 화법이 단적으로 드러나는 지점이다. 자칫 범용함에 머물기 쉬운 평범한 제재와 어휘에 서정적 탄력을 부여하는 최문자의 시적인 힘이 이 부분에 있다. 그러나 이 시는 자연의 섭리에 대한 통찰을 인간의 삶의 현실과 연계시키는 점에 있어서는 아쉬움을 갖게 한다. 시인과 독자 모두 관조자의 역할에서 크게 벗어날 수 없는 시적 정황은 이 시의 미학적인 감흥이 구체적인 현실감각으로 전환되는 것을 어렵게 만들고 있다. 잘 빚어졌지만, 소품에 머물렀다는 안타까움을 주는 것은 이 때문이다.

| 더 생각해봅시다 |

1. 「해동」에서 발휘된 '낯설게 하기'의 효과가 어떤 것인지 설명하라.
2. 「해동」에서 '별들'은 어떤 시적 기능을 하고 있는가?

슬픔을 이겨낸 이의 아름다운 눈

이희중

김명수 무지개

무지개는 눈으로 볼 수 있는 것들 가운데 가장 아름답다. 거기에는 우리가 볼 수 있는 빛깔이 다 있을 뿐만 아니라 볼 수 없는 빛깔도 더 있다. 그러니 삼라만상이 자랑하는 빛깔의 근원이 바로 무지개라고 할 수 있겠다. 말하자면 이는 일종의 누설된 천기(天機)인 셈이다. 과학으로 설명하자면 무지개는 아주 규모가 큰 스펙트럼이다. 대기 중에 떠 있는 물방울, 곧 수증기가 거대한 프리즘 노릇을 해, 펼쳐낸 빛을 하늘의 스크린에 비춘다. 무지개는 해의 고도가 낮아진 아침과 저녁 무렵에 우리 눈에 쉽게 관찰된다.

김명수의 시 「무지개」는 이 자연의 아름다운 선물을 제재와 소재로 삼았다. 무지개에 대한 과학의 설명은 이 시를 제대로 이해하는 데 별 도움이 안 된다. 우리는 이 시를 읽으며, 자연의 현상조차도 사람의 일로 풀어내려는 사람의 각별한 마음에 일단 주목할 수 있다. 시인은 대개 그런 사람에 속한다. 그들은 때로 세월의 흐름을 거슬러, 아주 오래전 사람들이 들짐승과 물고기를 잡아먹으며 동굴에 모여 살던 시절에 가 머물기도 한다. 그때 사람들은 온갖 자연의 사물들을 살아 있는 것

김명수
1945년 경북 안동 출생.
1977년 서울신문 신춘문예 시 당선.
시집 『월식』 『하급반 교과서』 『피뢰침과 심장』 『침엽수 지대』 등.

으로, 살아 있는 무엇의 신호로 이해했다고 한다. 그들은 무지개를 무엇이라고 생각했을까. 자주 볼 수는 없는, 불현듯 나타났다가 순식간에 사라지기도 하는 그 지나치게 아름다운 것을 옛 사람들은 어떻게 보았을까. 김명수의 시는 지극히 아름다운 자연물을 통해 사람의 죽음을 떠올린다. 저렇게 아름답고 고운 것이 죽음과 관련되었다면 그것은 어떤 죽음일까. 시인은 "이 세상에서 때묻지 않은" 이의 죽음이라고 생각했다. 과연 그럴 것 같다. 이 세상에서 아직 때묻지 않은 사람은 바로 '아이'이다. 무지개의 오색 영롱한 아름다움을 '죽은 아이의 영혼이 하늘로 가는 모습'으로 해석한 것이다. 수만 년 전에 살았던 우리의 조상 가운데 어떤 이도 그렇게 생각했을 법하다. 모든 사람은 죽는다지만, 어린아이의 죽음은 우리를 어리둥절하게 하고 슬프게도 한다. 태어난 지 얼마 안 되는 어린아이들이 그렇게 짧은 시간을 살다 가야 하는 이유는 도대체 무엇일까. 그렇게 살고 말 사람을 왜 태어나게 한 것인가.

나는 이 시를 쓴 사람이 어린 자식의 죽음을 경험한 것이 아닌가 짐작해본다. 시를 읽는 데도 짐작은 유용하고 중요하다. 세상의 모든 일이 뚜렷하지만은 않은 것처럼 세상의 일을 담은 시도 다 뚜렷하지만은 않은 법이다. 이는 시에 쓰인 말이 뚜렷하지 않다고 말하는 것과 뜻이 전혀 다르다. 잘 알 수 없는 것은 알 수 없는 대로, 투명하지 않은 것은 투명하지 않은 그대로 그려내는 데에 시의 진정성이 있다. 아무튼 시인은, 세상을 살아가면서 누구나 몇 번은 겪게 마련인 사랑하는 사람, 이를테면 가족, 연인, 친구의 죽음을 경험한 모양이다. 더욱 시인을 슬프게 한 것은 그 사랑하는 사람이 어린 혈육이기 때문일 것이다. 하지만 이러한 극한의 슬픔과 절망 때문에 사람은 아주 못 일어나게 되지는 않음을 우리는 잘 알고 있다. 아주 적은 수의 사람을 빼고는. 시인은 바닥 모를 절망에서 서서히 벗어나면서 이 시를 지었을 법하다. 그래서 이 시는 슬프고 아름답다. 삶이란 그런 것이다.

첫 연에는 아름다운 하나의 동영상이 있다. "아이가 걸어가"고, "어여쁜 꽃신도 함께 간"다. 여기에 아직 죽음과 슬픔의 그림자는 뚜렷하지 않다. 단지 '혼자서'라는 부사만이 희미한 복선을 준비하고 있을 뿐이다. 이 시의 화자에게 '아이'와 함께 가는 '꽃신'이, 또 그 꽃신이 움직인 잔영(殘影)이 곧 '무지개'인 것이다. 아이가 꽃신을 신고 걸어가는 것을 다만 바라볼 수밖에 없는 화자의 마음이 이 그림에 잘 묻어 있다. 이 마음은 아이의 죽음을 이제 어쩔 수 없는 것으로 받아들여야만 하는 어른의 슬픔과 체념, 그리고 기원(祈願)이다. 첫 연에 나온 움직이는 그림은 다시 셋째, 다섯째, 일곱째 연에서 설명되고 변주되면서 이 시의 중심 심상이 된다.

둘째 연 첫 줄에 나오는 "이 세상에서 때묻지 않은 죽음"은, 앞서 밝혔듯이 세상을 오래 살지 않은 이의 죽음을 가리킨다. 이 시의 화자는, 삶의 한 끄트머리도 겪어보지 못하고 다시 온 곳으로 돌아가는 어린아이의 삶을 "때묻지 않은", 고결한 무엇으로 본다. 그렇다면 시인은 '삶'을 때가 묻어가는 과정이라고 보는 유의 사람이다. 곰곰이 생각하면,

무지개 / 김명수

아이가 걸어간다
혼자서
어여쁜 꽃신도 함께 간다

이 세상에서 때문지 않은 죽음이여
너는 다시 무지개의 七色으로 살아나는가

아이가 걸어간다
아이가

한밤중 불같은 머릿속 다 헹구고
간밤의 비바람 폭풍우 다 데리고

오늘은 다소곳이 걸어간다
눈물도 꽃송이도 다 데리고 걸어간다

아가야
네가 남긴 환한 미소
내 가슴에 남겨준 영롱한 기쁨
그런 것 모두 다 한데 모아

오늘은 비 개이고 맑은 언덕
아이가 걸어간다
혼자서
하늘 나라로 하늘 나라로
무죄의 층계를 밟아 오른다

우리의 삶은 순결한 바탕에 조금씩 때를 묻히고 사는 것도 같다. 세상에 왔다가 때를 묻히지 않고 다시 돌아가는 어린 영혼은 곱디고운 "무지개의 七色"으로 살아날지도 모른다. 곱고 아름다운 것은 언제나 한 편이니까.

넷째 연은 지난 시간의 시련을 말한다. "한밤중 불같은 머릿속"은 죽음 전에 아이가 겪은 육체적 고통을 가리키며, "간밤의 비바람 폭풍우"는 무지개가 뜨기 전 구름과 바람이 만든 거친 날씨를 가리킨다. 아이는 이 고통을 "다 헹구고", 무지개는 이 시련을 "다 데리고" 이제 저렇게 아름답게 떠나가고 있다. 다섯째 연에서 보듯이, "다소곳이" 걷는 걸음은 또 '눈물'과 '꽃송이', 곧 삶의 작은 슬픔과 기쁨도 "다 데리고" 걸어간다.

아이는, 여섯·일곱째 연에서 보는 바와 같이 세상에 "환한 미소"를 남겼고, 특히 화자 곧 시인의 가슴에 "영롱한 기쁨"을 남겼는데, 이제 이들을 "모두 다 한데 모아" "오늘은 비 개이고 맑은 언덕"을 걸어가고 있다. 어린 영혼이 지상에서 얻었던 '눈물'과 '꽃송이', 사랑하는 사람들에게 남겼던 '미소'와 '기쁨'들은 이제 무지개의 아름다운 색이 되어 빛을 낸다. 아이는 "혼자서 하늘나라"로 오른다. 이때 무지개가 "무죄의 층계"가 되는 것은 아주 자연스럽다.

이렇게 이 시는 슬픔을 이겨내는 인간 정신의 힘과 아름다움을 보여준다. 이 힘이 눈물겨운 까닭은 궁극적으로 사람이 이와 같은 죽음과 슬픔의 운명에서 완전히 벗어날 수 없기 때문이다. 우리는 그 죽음과 슬픔에 정면으로 맞싸울 수 없으므로 이를 내면화함으로써 운명을 이겨낸다. 시와 노래를 짓는 것도 이 내면화의 한 방법이다. 정말 이겨내는 것인가. 그렇다. 이때 이겨낸다는 말은 더 이상 슬퍼하거나 애달파하지 않음을 의미하지는 않는다. 이는 슬픔을 온전히 내 것으로 끌어안는 일과 다르지 않다.

사람은 누구나 죽는다. 어느 누구도 이 불행의 운명적 굴레에서 벗어날 수 없다. 그래서 죽음은 삶에서 떼어놓을 수 없는 문제가 되었다. 철학과 종교는 애당초 이 죽음으로부터 벗어나고 싶은 사람의 간절한 마음 때문에 생겼다. 아무리 사랑하더라도 영원히 같이 있을 수 없다는 사실을 우리는 잘 알고 있다. 알고 있으면서도 우리는 사랑하는 사람이 죽었을 때 운다. 아아, 죽은 자들은 도대체 어디에 있다는 말인가.

| 더 생각해봅시다 |

1. 「무지개」에서 '무지개'가 '무죄의 층계'로 비유된 근거는 무엇인가?
2. 자식처럼 어리고 가까운 사람의 죽음을 경험하고 쓴 대표적인 시들을 찾아보자.

서정적 연상과 시의 아름다움

이희중

송수권 山門에 기대어

1

「山門에 기대어」는 송수권 시인의 등단작이자 대표작이다. 나는 이십대 초반에, 시를 쓰던 선배의 소개로 이 아름다운 서정시를 처음 읽었고 같은 제목의 시집을 구했다. 그 무렵, 이 시의 골격을 그대로 빌려와 쓴 작품이 신춘문예에 당선되었다가 취소된 사연을 뒤늦게 알고 두 작품을 유치한 호기심에 사로잡혀 꼼꼼히 비교해본 적이 있다. 표절 작품 또한 아름다웠으나 막상 비교해보니 참으로 면밀히 계획된 장난의 결과라고 하지 않을 수 없었다. 이 시시한 이야기는 「山門에 기대어」가 무엇보다도 특별한 통사적 골격이 환기하는 정서적 분위기에 크게 힘입은 작품이라는 사실을 알려준다. 표절의 주인공이 단지 명사, 형용사 그리고 동사들을 기발하게 교체함으로써 그 자체로는 아름답기 짝이 없는 또 하나의 서정시를 만들어낼 수 있었던 것은 이 때문이다. 나는 이번 기회에 「山門에 기대어」를 자세히 뜯어 읽어보려 한다. 그리하여 서정시인이 드물게 만나는 문학적 연상과 계시의 길목을

송수권
1940년 전남 고흥 출생.
1975년 『문학사상』을 통해 등단.
시집 『山門에 기대어』『우리들의 땅』『자다가도 그대 생각하면
웃는다』 등.

추적해보고, 할 수 있는 만큼 그 계시의 순간과 연상의 내막을 그려보려고 한다. 짧지 않은 세월 동안 적지 않은 작품을 쓰면서 시업을 이어온 시인들의 작품세계는 예외 없이 한 가지의 척도로 분별하기 어려운, 입체적이며 다층적 면모를 가지게 마련이다. 그러나 순정하고 아름다운 서정시는 대부분의 경우 뛰어난 재능을 가진 시인에게조차 아주 적은 수에 그치며, 대개 젊은 나이에 쓴 것이라는 공통점이 있다. 이는 순정하고 신비로운 서정적 연상과 계시의 순간이 한 시인의 성숙에서 매우 짧은 시간에 스쳐가버리는 것이며, 이지와 경험의 축적으로 이루어지는 시의 본령에 비해 빛나는 감성과 예기에 의해 비교적 초기에 쓰이는 것이라는 점을 깨닫게 한다. 그러므로 송수권의 시편들이 모두 「山門에 기대어」가 이룬 서정의 성취를 보여주기를 기대하는 것은 합당한 일이 아니다. 첫 시집 『山門에 기대어』에만 국한해 보더라도 초기 송수권 시의 다채로운 지향 가운데서, 「山門에 기대어」는 매우 특별한 사례이다.

2

「山門에 기대어」는, 1980년에 문학사상사에서 펴낸 시집에서 24행으로 되어 있으나, 1991년 미래사에서 펴낸 선집 『지리산 뻐꾹새』에서는 23행으로 되어 있다. 이는 앞서 간행된 시집에 수록된 시형의 15, 16행을 선집에서 한 행으로 묶었기 때문이다. 명사와 이에 딸린 조사 사이에서 행을 나눈 것을, 시인의 의도가 아니라 한 행을 넘쳐 자연스럽게 밀린 두 행 걸친 조판을 선집의 교정자가 오식으로 판단했던 모양이다. 그러나 앞선 시집의 형태가 꼭 어색하다고만 볼 것은 아니며, 두 행을 이을 경우 이 행이 다른 행에 비해 지나치게 길어지는 점도 그냥 지나칠 수 없다. 시인 스스로 앞서의 잘못을 선집을 내면서 손수 고쳤을 가능성이 없지 않으나, 여기서는 시기상 앞선 시집에 수록된 형태를 텍스트로 삼는다. 그 밖에도 시집과 선집은 어형과 띄어쓰기에서 차이가 있으나 그 차이는 해석의 방향에 영향을 줄 만큼 크지는 않다고 판단된다. 「山門에 기대어」의 전문을 인용한다.

이 시에서 시인이 선택한 통사적 골격은, 대화의 상대를 부르고, 묻고, 물음의 대상을 열거하는 것으로, '—야, —는가, —을'로 요약된다. 전통적인 서정시에서 제2인칭의 대상을 부름으로써 대화의 상황을 극적으로 강화하고 장차 펼쳐질 진술에 대한 관심을 환기하는 방식은 언어와 시대를 넘어 두루 보편적이다. 우리 시가의 전통에서도 향가와 고려가요에서부터 시조를 거쳐 현대시까지 면면한 흐름을 확인할 수 있다. 이 방법은 화자의 눈앞에 존재하지 않는, 이를테면 이미 죽었거나 지리적으로 멀리 떨어진 대상을 불러오는 데에, 또는 무생물을 인격화해서 독특한 서정적·주술적·극적 정황을 장만하는 데 소용된다. 때로 역사적 시간을 초월하기도 하고 지리적 거리를 뛰어넘기도 하는 이 방법은 시의 화자가 마음속에 쌓아놓은 감정의 여러 층위를 일거에, 일

山門에 기대어 / 송수권

누이야
가을山 그리매에 빠진 눈썹 두어 낱을
지금도 살아서 보는가
淨淨한 눈물 돌로 눌러 죽이고
그 눈물 끝을 따라가면
즈믄밤의 江이 일어서던 것을
그 강물 깊이깊이 가라앉은 苦惱의 말씀들
돌로 살아서 반짝여 오던 것을
더러는 물 속에서 튀는 물고기같이
살아오던 것을
그리고 山茶花 한 가지 꺾어 스스럼없이
건네이던 것을

누이야 지금도 살아서 보는가
가을山 그리매에 빠져 떠돌던, 그 눈썹 두어 낱
을 기러기가
강물에 부리고 가는 것을
내 한 盞은 마시고 한 盞은 비워 두고
더러는 잎새에 살아서 튀는 물방울같이
그렇게 만나는 것을

누이야 아는가
가을山 그리매에 빠져 떠돌던
눈썹 두어 낱이
지금 이 못물 속에 비쳐 옴을

방적으로 토로하는 기회를 쉽게 마련한다. 송수권의 시에서 이같이 전통적 서정시의 방법이 준용되고 있음은, 이 시인이 실제 창작은 물론 시작 방법의 표백에서도 '민족 정서'와 '전통 서정'을 강조해왔다는 사실을 참고할 때 매우 자연스럽다. 이 시에서 '―야'라는 호격 조사의 앞에는 빠짐없이 '누이'가 선택되었다. 누구를 각별히 부르는 것으로 시의 지배적 상황을 부각한 작품은 이 밖에도 「續 山門에 기대어」와 「5월의 사랑」「우리들의 사랑노래」 등이 있다. 이 중 '직녀'를 부른 「우리들의 사랑노래」를 제외한 두 편은 이 작품처럼 누이를 부른다. '―는가'라는 의문형 활용의 자리에는 '알다'와 '보다'와 같은 인지 동사가 온다. 인지 타동사가 의문형으로 활용되면서, 목적어가 문장의 뒤로 도치되는 형식 역시 우리 서정시가 즐겨 사용해온 방법 가운데 하나이다. 시인은 '누이야, 아(보)는가'라는 반복된 기조에 그 인지 여부가 궁금한 내용인 목적어를 길게 병렬하는 방법을 취했다. 전자는 작중 상황과 분위기를 충분히 서정시에 적합하도록 제어하며, 후자는 여운이 길고 정서적 환기력이 강한 많은 말들이 무리 없이 올 수 있도록 배려한다.

　세 개의 연으로 이루어진 이 시의 행수는 각 연이 순서대로 12행, 7행, 4행이다. 각 연에서 질문은 한 번씩 앞부분에 자리잡으며, 연의 길이를 결정하는 것은 누이의 인지 여부가 궁금한 내용의 분량이다. 연의 배합은 각 연의 행수만을 비교할 때 앞이 무거워 안정과 균형과는 얼마간 거리가 있으나 의미의 비중은 대체로 균등하다고 보인다. 제1연의 첫 세 행에 걸쳐 완결된 정형적 문장으로, 이 시에서 뼈대를 이루는 의문이 제시되는 것을 눈여겨볼 만하다. 이 문장은 예외적으로 도치되지 않았다. 이 최초의 질문은 각 연에서 조금씩 변형·변주되는데, 제1연의 남은 행은 질문의 내용을 보완·병렬하는 내용으로 채워진다. 개괄하면 제1연은 시의 화자와 누이가 공유하는 과거의 기억을 환기하는 대목이며, 제2연은 시의 화자가 보는 현재의 정황을 드러내는 대목이며,

제3연은 과거와 현재를 포괄하는 간결한 마무리에 해당한다.

　제2행의 "가을山 그리매에 빠진 눈썹 두어 낱"은 이 시에서 가장 중요한 심상을 생산하는 구절로, 이 작품을 낳은 서정적 밑그림이다. 주지하는 바와 같이 '그리매'와 '눈썹'은 송수권이 초기 시에서 크게 아끼는 낱말들이다. '그리매'는 그림자의 고형(古形)이자 아형(雅形)인데, 응달 또는 반영(反影)을 의미한다. 제1연과 2연의 단계에서 '그리매'가 응달이 아니라 반영이라는 뜻으로 쓰였다는 확실한 축자적 증거를, 제2행의 '빠진'을 제외하고는 찾기 어렵다. 여기서 '빠진'은 눈썹이 피부에서 분리되었다는 뜻이 아니라, 우물이나 강물 등에 물건이 떨어져 가라앉았다는 뜻임이 자명하다. 눈물에서 강물로 이어지는 '물'의 숨겨진 변전이 이 시에서 중요하기는 하나, 굳이 그리매를 물에 비친 반영으로 읽을 뚜렷한 증거는 제3연 맨 끝 행에 이르러서야 '못물'에 의해 뒤늦게 드러난다. 제3연의 뒤늦은 정보를 제1연을 읽는 데에 소급하여 참고한다면, "가을山 그리매"는 "못물에 비친 가을山의 그림자"이다. 한편 '눈썹'은 아름다운 사람의 얼굴과 그 표정의 슬픔을 동시에 환기한다. 눈썹은 사람의 표정과 인상에 중요한 역할을 하는 부분이면서, 제유의 세계에서는 포괄적으로 특별한 상황에 대한 특별한 심리적 반응으로서 특별한 표정과 인상을 고스란히 저장한 물질적 징표가 된다. 시인이 추억하는 과거의 어느 순간에 눈물과 눈썹은 누군가의 얼굴에서 떨어져 나왔을 개연성이 있으며, 그 눈썹 두어 낱은 눈물처럼 쉽게 희석·증발되어 형태를 바꾸지 않고 어딘가에 온전히 남아 있을 법하다. 그러나 이를 확인하는 일은 현실적으로 불가능하다고 함이 옳다. 현실에서 볼 수 없는 '눈썹'은 추억의 다른 이름이며 이를 대표하는 이름일 뿐이다. 시 바깥의 현실에서 시인이 본 것은 가을산과 그것이 못물에 비친 모습에 지나지 않는다. 그러나 시인은 '눈썹'을 분명히 존재하는 사물로 취급하고자 하면서, 그것을 누이에게 "살아서 보는가"라고 묻는다.

제3행의 "살아서 보는가"라는 구절은 누이가 지금 화자의 곁에 없고 이미 헤어진 지 오래며 생사 여부를 모를 정도로 절연한 상황임을 암시한다. 또한 '지금도'는 오래 전 화자와 함께 한 공간에서 누이가 "눈썹 두어 낱"을 본 적이 있음을, 곧 과거에 그와 같은 풍경을 본 적이 있음을 알린다. 남은 아홉 행은 "물에 빠진 눈썹"이 겪는 변전의 국면을 표현하고 있다. 제4행의 "淨淨한 눈물"은 누이 또는 두 사람이 함께 겪던 곡절의 결과일 것이며, 이를 "돌로 눌러 죽"인다는 것은 곡절과 이로 말미암은 슬픔이 참고 견딜 수밖에 없었던 것이며, 두 사람이 참으려 무척 애썼다는 사실을 알려준다. 그러나 제5·6행은 '눈물'이 돌로 쉽게 눌러 죽일 수 있는 것이 아니며, '즈믄 밤'이 의미하는 오랜 세월과 관련이 있으며, 물의 집합인 '강(江)'과 이어져 있음을 환기한다. 문면 뒤에서는 강이 오랜 세월 동안 누이가 흘린 눈물의 집합이며, 나아가 이 땅의 수많은 누이가 흘린 눈물의 집합이 된다. 초기 송수권의 시는 강한 여성 지향성을 가졌다. 그의 초기 시에는 어머니, 여승, 누이 등 여러 모습의 여성이 등장한다. 이 시의 문면에서도 '누이'는 화자와 특별한 경험을 공유하는 구체적 인물로 등장하지만, 그가 이 땅에 살고 있거나 살다 간 수많은 여성의 다른 이름일 수 있다는 해석에는 위험할 정도의 비약이 필요하지 않다. 그래서 제6행에서 보듯이 삶의 곡절에 슬퍼하던 수많은 누이들이 스스로를 달래던 "苦惱의 말씀"이 "강물 깊이깊이 가라앉"아 오늘까지 남아 있는 것이다. 제7·8·9행은 이 말씀의 증표가 반짝이는 강가의 '돌'로, 물 위로 튀는 '물고기'로 선연히 남아 있음을 표현했다. 그러나 제10행의 "山茶花 한 가지"는 '돌'과 '물고기'와 같은 의미의 계열에서 선택·병렬되고 있는 것 같지는 않다. 문면이 모호한 채로 산동백꽃 한 가지를 "꺾어 스스럼없이 건네이던"의 주체는 과거의 화자라고 말할 도리밖에 없다. 아마 과거의 정황에서 화자가 보일 수 있었던 위로의 몸짓이었을 것이다. 요컨대 제1연은 "가을

山 그리매에 빠진 눈썹"이 붙잡고 있는 과거의 기억을 되새기고 있는 것이다. 화자가 누이에게 인지 여부를 묻는 내용이 모두 과거형의 수식어를 앞세우고 있기 때문이다. 그러므로 인지 여부가 궁금한 내용은 이미 시간과 함께 흘러가버린 정경인데, 그 정경을 되새기는 열쇠라고 할 '눈썹' 또한 충분히 상징적인 사실을 고려하면, 이 시에서 '가을山 그리매'를 제외한 모든 사물은 빠짐없이 시인의 속마음에서 생성 또는 재생된 것이다. 이러한 서정적 연상과 상상의 작용이 과거의 기억에만 그치지는 않는다.

제2연은 앞 연과 달리 현재의 정황을 누이에게 묻고 있다. 오래 전 "가을山 그리매에 빠져 떠돌던, 그 눈썹 두어 낱"은 지금도 화자의 눈 앞에서 변전을 계속하고 있다. 화자가 보는 풍경 속에서 강에 기러기가 날아다니고 있는데, 화자는 기러기와 강물 사이에서 이 문제의 '눈썹'을 다시 본다. 제1연에서 읽은 바처럼 이 시에서 '눈썹'은 서정적 연상의 결과이면서 동시에 그 계기이다. 또한 추억의 다른 이름이기도 하다. 기러기가 '눈썹'을 "강물에 부리고 가는 것"은 강과 기러기를 바라보면서 화자가 과거의 기억을 재생하고 있음을 뜻한다. 그래서 제18행에서 마련한 조촐하나 뜻깊은 술자리는 추억의 잔치이거나 제사가 된다. 그러나 제19·20행은 앞서 제11·12행처럼 모호하다. "잎새에 살아서 튀는 물방울같이 그렇게 만나는 것"은 어떻게 만나는 것일까. 잎새에 튀는 물방울들이 만나는 것인가. 물방울과 물방울이 공중에서 만나는 것이라면, 그렇게 어렵게 만나는 것이라면 이 비유는 괴이하다. 그렇지 않을 것이다. 물방울들이 결국 땅 위에서 강물로 만나는 것인가. 이 해석은 이 시에서 중요한 흐름을 이루는 '물'의 변전 또는 연상과 잘 어울리지만 문면이 충분히 뒷받침해주지 않는다. 그렇게 섭리로 추억과 만나는 것을 의미한다면 이 비유는 지나친 애상을 낳는다. 잎새에 물방울이 튀는 느낌을 빌린 것이 아닐까. 그 느낌은 깨끗하고 싱싱하다. 그래서 '살아서' 튀는 물방울이라고 했을 것이다. 술잔을 앞에 두고 화자는 누이의 추억과 그처럼 상쾌하게 만나고 있다.

　제3연에서 서정적 연상은 진폭이 잦아들어, 선명한 최초의 풍경을 드러내고 나서 이 아름다운 시는 마무리된다. 이 마지막 연에서 시인은 앞선 두 질문의 내용을 간결하게 바꾸었다. 그리고 앞서 두 차례 '보는가'로 마감했던 의문의 문장을 이번에는 '아는가'로 바꾸었다. '보는가'에 비해 '아는가'는 서정적 연상 또는 환상의 정도가 물러선 모양이다. 궁극적으로 '보는가'는 화자의 속마음이 꾸며낸 추억의 복잡한 변형과 변주의 결과를 지금 곁에 있지 않은 누이에게 "너도 보고 있는가"라고 묻는 것이었다. 이에 비해 '아는가'는, 제22·23·24행에 걸친, 인지 여부가 궁금한 내용을 염두에 둘 때 그 연상 또는 환상의 출발을 향해 있다. 요컨대 제3연에 나온 마지막의 질문은 "눈썹 두어 낱이/지금 이 못물 속에 비쳐 옴"을 누이가 아느냐는 것인데, 풀어보면 이는 '내가 너와 지내던 일을 이렇게 추억하고 있음을 아느냐'는 말이다.

　「山門에 기대어」는, '가을산이 못에 비친 모습을 보는 화자'라는 현재·실재의 기본적 상황에서 출발하여 '비친 모습(그리매)에서 연상되는 누이의 추억(눈썹)'이라는 일차적 연상, 나아가 '그 추억의 소상한 되새김'이라는 이차적 연상으로 이루어져 있다. 이 연상의 일련 과정이 시에서는 복합되고 전도되어 있음은 당연하다. 값진 성취를 이룬 예술 작품은 해석의 논리 이전에 자연스럽게 이미 그러한 형태로 예술가의 속마음에서 자리잡고 있는 법이다. 가을산과 연못의 만남에서 비롯한 이 시의 연상 체계에, 정서적 환기력이 강한 제목 '山門에 기대어'는 적확하게 삽입될 자리를 얻지 못한다. '산문(山門)'이 갖는 종교적 성격이 이 시의 의미에 구체적으로 개입하는 것 같지는 않다. 축자적으로 그것은 속(俗)과 비속(非俗)의 경계이겠지만, 과거와 현재, 실재와 환상의 경계로 읽을 수도 있다.

3

아름다운 서정시의 순정한 가치는 여유 있게 읽을 때 가장 고양된다. 이렇게 말한다면 「山門에 기대어」는 아름다운 서정시의 자격을 충분히 갖추고 있다. 분석과 해석의 쇠붙이 앞에서 서정시의 연약한 살갗은 재생이 불가능할 정도의 상처를 입을 수도 있다. 그러나 사람의 호기심은 아름답고 완전하게 보이는 구조 또는 전체의 내부를 향해 있다. 그래서 사람은 누구나 재미있는 물건을 열어 속을 보고 싶어 한다. 얼마간 모호하거나 느닷없는 구절, 이를테면 제7행의 "苦惱의 말씀들", 제11행의 "山茶花", 제17행의 "물방울", 마지막 행의 "못물" 등이 드러났다고 하더라도 서정시로서 「山門에 기대어」의 아름다움과 순정한 가치는 크게 줄어들지 않았다.

고운 우리말에 대한 시인의 각별한 노력과 애착은 이 시에서 특히 빛을 발하고 있으며, '가을―산―못―그리매―누이―눈물―눈썹―강'으로 순환하는 과거와 현재, 실재와 연상의 회로는, 도치된 질문의 반복이 가지는 강한 형식적 통어력과 함께 이 시가 불러일으키는 감동의 이유가 됨을 분석을 통해 알 수 있었다. 분석을 마친 후 다시 읽어도 여전히 「山門에 기대어」는 아름답다.

│ 더 생각해봅시다 │

1. 「山門에 기대어」처럼 제2인칭의 대상을 부름으로써 시적 효과를 높인 시들을 찾아보자.
2. 「山門에 기대어」의 시적 연상에 대해 요약해보자.

철저한 장인정신과 광활한 상상력

고형진

오탁번 白頭山 天池

오 탁번의 시 「白頭山 天池」는 시인의 투철한 예술혼과 장인정신이 유감 없이 발휘된 명편이다. 필자는 어느 문학개론서에서 인용 시를 자세히 분석하며 시의 본질을 설명한 적이 있다. 그만큼 인용시는 언어예술로서의 시의 본질을 극명하게 구현하고 있는 작품이다. 시인 은 모국어에 대한 한없는 애정과 손톱에 피가 돌도록 갈고 닦아낸 언어 의 조탁, 그리고 치밀한 형상력으로 백두산 천지에서 촉발된 광활한 상 상력을 장엄하게 펼쳐 나가고 있다.

세 개의 의미 단락으로 짜여져 있는 인용시는 두 개의 핵심 은유가 시의 중심을 잡고 있다. 그 하나는 백두산에 오르는 것을 '순례'하는 것 으로 표현한 것이다. '순례'란 성지를 참배하는 것을 뜻한다. 그리하여 백두산 천지는 성지가 되고, 그곳에 오르는 길은 성지를 참배하러 가는 길이 된다. 또 하나는 '백두산 천지'를 우리 민족 태초의 원형적 공간으 로 표현한 것이다. "내 어린 볼기에 푸른 손자국 남겨 첫 울음 울게 한 어머니의 어머니 쑥냄새 마늘냄새 삼베적삼 서늘한 손길로 손님이 든 내 뜨거운 이마 짚어주던 할머니의 할머니가 백두산 천지 앞에 무릎 꿇

오탁번
1943년 충북 제천 출생.
1967년 중앙일보 신춘문예 시 당선.
시집 『너무 많은 가운데 하나』 『생각나지 않는 꿈』 『겨울강』 등.

은 나를 하늘눈 뜨고 바라본다"라는 표현은 백두산 천지에서 단군신화
의 웅녀의 숨결을 느끼는 것이고, 또 "백두산 멧부리가 누리의 첫 새벽
할아버지의 흰 나룻처럼 어렵고 두렵다"라는 표현은 백두(白頭)의 의미
를 지닌 백두산 봉우리들에서 세상을 개벽시킨 흰 수염의 할아버지의
자태를 연상하는 것이다. 두번째의 은유는 첫번째 은유와 호응한다.
즉, 첫번째 은유인 '백두산, 천지＝성지'에서의 성지란 바로 우리 민족
의 성지를 뜻한다. 이 시는 이러한 두 개의 핵심적인 은유가 의미와 정
서의 본질을 이룬다. 그리고 이러한 이 시의 의미와 정서는 시의 제목
인 '白頭山 天池'가 담고 있는 은유, 즉, 하얀 머리와 하늘연못이라는
의미 속에 적절히 함축되어 있다. 그래서 시인은 제목을 특별히 한자로
표기하고 있다.

　이 시는 이러한 두 개의 은유를 핵심으로 마치 거미가 거미줄을 치듯
이 방사적으로 짜놓아 한 편의 시를 빚어내고 있다. 이 시의 모든 은유
와 진술들은 이러한 두 개의 핵심 은유로부터 파생되어간 것이고 각각
의 은유와 진술들은 서로 유기적으로 얽혀 있다. 이 시는 1연에서 백두

白頭山 天池 / 오탁번

1

하늘과 땅 사이가 너무 가까워 장백소나무 종비나무 자작나무 우거진 원시림 헤치고 백두산 천지에 오르는 순례의 한나절에 내 발길 내딛을 자리는 아예 없다 사스레나무도 바람에 넘어져 흰 살결이 시리고 자잘한 산꽃들이 하늘 가까이 기어가다 가까스로 뿌리 내린다 속손톱만한 하양 물매화 나비날개인듯 바람결에 날아가는 노랑 애기금매화 새색시의 연지빛 곤지처럼 수줍게 피어있는 두메자운이 나의 눈망울따라 야린 볼 붉히며 눈썹 날린다 무리를 지어 하늘 위로 고사리 손길 흔드는 산미나리아재비 구름국화 산매발톱도 이제 더 가까이 갈 수 없는 백두산 산마루를 나 홀로 이마에 받들면서 드센 바람 속으로 죄지은 듯 숨죽이며 발걸음 옮긴다

2

솟구쳐 오른 백두산 멧부리들이 온뉘 동안 감싸안은 드넓은 천지가 눈앞에 나타나는 눈깜박할 사이 그 자리에서 나는 그냥 숨이 막힌다 하늘로 날아오르려는 백두산 그리메가 하늘보다 더 푸른 천지에 넉넉한 깃을 드리우고 메꽃은 우레소리 지나간 여름 한나절 아득한 옛 하늘이 내려와 머문 천지 앞에서 내 작은 몸뚱이는 한꺼번에 자취도 없다 내 어린 볼기에 푸른 손자국 남겨 첫 울음 울게 한 어머니의 어머니 쑥냄새 마늘냄새 삼베적삼 서늘한 손길로 손님이 든 내 뜨거운 이마 짚어주던 할머니의 할머니가 백두산 천지 앞에 무릎 꿇은 나를 하늘눈 뜨고 바라본다 백두산 멧부리가 누리의 첫새벽 할아버지의 흰 나룻처럼 어렵고 두렵다.

3

하늘과 땅 사이는 애초부터 없었다는 듯 천지가 그대로 하늘이 되고 구름결이 되어 백두산 산허리마다 까마득하게 푸른하늘 구름바다 거느린다 화산암 돌가루가 하늘 아래로 자꾸만 부스러져내리는 백두산 천지의 낭떠러지 위에서 나도 자잘한 꽃잎이 되어 아스라한 하늘 속으로 흩어져 날아간다 아기집에서 갓 태어난 아기처럼 혼자 울지도 젖을 빨지도 못한다 온 가람 즈믄 뫼 비롯하는 백두산 그 하늘에 올라 마침내 바로 서지도 못하고 젖배 곯아 젖니도 제때 나지 못할 내 운명이 새삼 두려워 백두산 흰 멧부리 우러르며 얼음빛 푸른 천지 앞에 숨결도 잊은 채 무릎 꿇는다

산 천지를 향해 "죄지은듯 숨죽이며 발걸음 옮"겨서 마지막 3연에서 백두산 "푸른 천지 앞에 숨결도 잊은 채 무릎 꿇는" 것으로 끝을 맺는데, 이러한 진술은 바로 백두산 천지에 오르는 것을 민족의 성지를 순례하는 것으로 비유한 것에서 파생된 것이다. 죄지은 듯 숨죽이며 발걸음 옮기는 것은 원죄를 안고 경건한 마음으로 성지를 참배하러 가는 순례자의 태도에 해당하며, 백두산 천지 앞에서 무릎을 꿇는 것은 성지에서 참배(절을 올린다는 말뜻 그대로)하는 것에 해당한다. 그 사이에 표출되는 모든 진술과 은유도 마찬가지이다. 1연에서 백두산 천지를 향해 오르던 시인이 "내 발길 내딛을 자리는 아예 없다"라고 진술한 것은, 2연에서 백두산 천지를 보자 "내 작은 몸뚱이는 한꺼번에 자취도 없다"고 진술되고, 2연의 의미를 더욱 심화시킨 3연에서는 "아스라한 하늘 속으로 흩어져 날아간다"고 진술되고 있다. "내 발길 내딛을 자리는 아예 없다" "내 작은 몸뚱이는 한꺼번에 자취도 없다" "아스라한 하늘 속으로 흩어져 날아간다"라는 진술들은 모두 유기적으로 얽혀 있는 진술들로서 백두산 천지를 하늘로 비유한 것에서 파생된 진술들이고, 그러한 진술들이 심화되어간 것이다. 땅 위를 걸어가는 길이 아닌 하늘 위로 올라가는 길은 땅에 발을 딛고 올라가는 길이 아닐 것이고, 하늘과 대면하는 순간 인간의 존재는 너무나 작아서 자취도 없어질 것이고, 마침내 하늘 속에 당도하자 시인은 하늘 속으로 날아가는 것이라고 표현한 것이다. 또 1연에서 백두산 천지를 향해 "숨죽이고" 올라가던 시인은, 2연에서 백두산 천지를 보자 "숨막힌다"고 말하고, 2연의 의미를 심화시킨 3연에서는 "숨결도 잊은 채"라고 표현하고 있다. "숨죽이고" "숨막히고" "숨결도 잊은 채"라는 진술 역시 유기적으로 얽혀 있는 것으로서 하늘로 표상된 민족의 성지를 순례하는 시인의 태도를 진술한 것이고, 그러한 진술의 심화이다. "숨죽이고"는 경건한 마음으로 성지를 순례하는 태도이고, "숨막히고"는 하늘로 표상된 성지를 본 순간의 경이를 말하며, "숨결도 잊은 채"는 현실의 세속적인 자아를 잊고 하늘로 표상된 민족의 성지에 완전히 동화된 상태를 함축한다. 또 2연에서 하늘로 표상된 천지를 우리 민족의 태초의 원형적 공간으로 비유하여 단군신화의 웅녀의 숨결과 세상을 개벽시킨 할아버지의 자태를 느낀 시인은 3연에서 "아기집에서 갓 태어난 아기처럼 혼자 울지도 젖을 빨지도 못한다"고 진술한다. 이어서 시인은 "마침내 바로 서지도 못하고 젖배 곯아 젖니도 제때 나지 못할 내 운명이 새삼 두려워"라고 진술하고 있다. 이러한 진술 역시 유기적으로 얽혀 있는 것이다. '백두산, 천지＝우리 민족의 원형적 공간'이라는 비유가 '백두산, 천지＝아기집'이라는 비유로 변용, 승화된 것이다. 백두산 천지는 우리 민족의 원형적 공간이므로, 그곳은 곧 시인이 잉태된 공간이 된다(물, 우물, 연못은 본래 어머니의 자궁이라는 원형 상징을 지닌다. 그러니까 백두산 천지에서 우리 민족 태초의 어머니상, 즉 웅녀의 숨결을 느끼고, 이어서 아기집으로 변용되는 시적 은유는 원형 상징에 닿아 있다). 그리하여 우리 민족의 태초의 원형적 공간으로 표상된 백두산 천지에서 태고의 숭고한 어머니상으로서의 웅녀의 숨결을 느낀 시인은 마침내 태고의 자아로 돌아가 자신의 원형적 모습을 뒤돌아보고 거칠고 알 수 없는 이 세상에 던져진 '나'의 운명을 새삼 두려워하면서 그 성지 앞에 무릎 꿇고 경배하는 것으로 시상을 끝맺고 있다. 이처럼 이 시는 '백두산 천지 등정＝순례' '백두산, 천지＝우리 민족의 원형적 공간'이라는 두 개의 핵심 은유를 기본 골격으로 마치 거미가 거미줄을 치듯 진술과 은유를 방사적으로 짜나가면서 시상을 심화시키고 있는 것이다.

이러한 이 시의 의미구조에 보다 생기를 불어넣는 것이 바로 리듬이다. 이 시의 리듬에서 가장 주목되는 것은 행갈이를 하지 않는 산문의 형태를 띠고 있다는 점이다. 이 시에서 이러한 산문의 형태는 호흡이 길어지고 장중한 느낌을 준다. 이러한 형태는 백두산 천지를 '순례'하

고 있는 시인의 태도와 하늘이 내려와 생긴 연못의 장중함, 그리고 그
곳이 우리 민족의 원형적 공간임을 환기하는 이 시의 의미와 정서를
'실감' 시킨다. 만약 이 시가 행갈이를 한 짧은 형태의 시로 되어 있다고
보라. 그것은 이 시의 의미와 정서와는 전혀 맞지 않을 것이다. 호흡이
긴 산문의 형태가 이 시의 의미와 정서에 생명력을 불어넣고 있는 것이
다. 이 시는 호흡이 긴 산문의 형태이므로 근본적으로 규칙적인 리듬을
가질 수는 없게 되어 있다. 하지만 이 시의 리듬을 느껴보기 위해 편의
상 한 문장을 단위로 의미의 맥락에 따라 끊어서 보면 대체로 2음보, 3
음보, 4음보의 리듬이 교체되면서 반복되어 진행되고 있음을 알 수 있
다. 즉, 시의 내면에 은밀하게 리듬이 스며 있는 것이다. 그리고 그 리
듬은 기계적인 규칙성을 갖는 것이 아니라 다양한 리듬의 변주를 지니
고 있다. 우리는 이 시에서 어휘의 나열이나 반복이 빈번히 구사되고
있는 것을 발견하게 되는데, 이것은 산문의 형태를 띠면서도 내면의 리
듬을 조성하기 위한 것이다. 또한 마침표나 구두점이 전혀 사용되어 있
지 않은데, 이 역시 호흡이 끊어져 리듬이 막히는 것을 방지하기 위한
것이다. 이 모두가 이 시의 내면적 리듬에 기여하고 있다. 또한 한 음보
를 이루는 음절 수도 다양하게 조정되어 있고, 그리하여 박자의 변주에
의한 의미의 강세가 생기며, 이에 따라 시의 의미와 정서가 적절히 환
기되고 있다. 시의 내면에 은밀하게 스며서 다양한 리듬의 변주를 보이
는 가운데 장중하게 진행되는 이 시의 리듬이 바로 이 시의 의미와 정
서에 생명력을 불어넣고 있다. 그런데 이러한 이 시의 생명력에 더욱
활력을 불어넣는 것이 바로 운(韻)이다.
　이 시는 근본적으로 호흡이 긴 산문의 형태를 취하고 있기 때문에,
간명하고 함축적인 단형의 서정시에서만큼 운의 효과를 기대하기는 어
렵게 되어 있다. 그러나, 그러한 시 형태의 한계에도 불구하고 운의 묘
미가 곳곳에 살아 있으며, 그러한 운의 효과가 이 시의 조직에 생기를

불어넣고 있다. 가령, 1연의 "사스레나무도 바람에 넘어져 흰 살결이 시리고" "속손톱만한 하양 물매화 나비날개인듯 바람결에 날아가는 노랑 애기금매화"(상점 필자)라는 구절을 보자. 첫 구절은 'ㅅ'음이 반복되어 있다. 두운(頭韻)이 구사되어 있는 것이다. 'ㅅ'음은 서늘한 느낌을 주고, 그러한 느낌이 사스레나무가 바람에 넘어져 흰 살결이 시리다는 이 구절의 의미를 더욱 '실감' 시키고 있다. 소리와 의미의 조화는 언어에 대한 섬세한 감각과 각고의 노력을 통해 비로소 달성될 수 있다. 아마도 시인은 이러한 조화를 위해서 여러 나무들을 일별하고 각각의 나무 이름에 대한 소리감각을 실험한 끝에 '사스레나무'를 선택했고, 또 '살결'이라는 어휘를 찾아냈을지 모른다. 두번째 구절에서는 '하양'과 '노랑'에서의 'ㅇ'음이 운의 기능을 한다. 표준어로는 '노란' '하얀'이지만, 일부러 '하양' '노랑'이라는 말로 바꾸어 'ㅇ'음의 반복이 주는 효과를 겨냥하고 있다. '하양' '노랑'이라는 소리는 '하얀' '노란'이라는 소리보다 귀엽고 아기자기하고 부드러운 느낌을 준다. 그리고 그러한 느낌이 '물매화'와 '애기금매화'의 형상을 더욱 '실감' 시키고 있다. 이 구절에 나타난 운의 효과는 1연의 전체 의미에도 생기를 불어넣고 있다. 'ㅅ'음의 반복은 백두산으로 올라가는 길목에 울창한 나무들이 빼곡히 들어차 있어 찬 기운과 더불어 원시적인 신선함을 풍기는 느낌을 '실감' 시키고, 'ㅇ'음의 반복은 백두산 정상에 다다라 수목한계선을 넘어 간간이 피어 있는 풀꽃들을 보고 시인을 환하게 반기는 것으로 느끼는 정서를 '실감' 시킨다. 2연에서는 "쑥냄새 마늘냄새 삼베적삼 서늘한 손길로 손님이 든"(상점 필자)이라는 구절이 특히 눈길을 끈다. 역시 'ㅅ'의 두운이 구사되어 있고, 'ㅅ'음이 나타내는 서늘한 느낌이 이 구절의 의미에 적절히 기여한다. 열병을 앓았다는 의미를 '손님'이 들었다는 표현으로 구사한 것, '쑥' '마늘'이라고 하지 않고 굳이 '쑥냄새' '마늘냄새'라고 표현한 것, 여기에 '삼베적삼'이라는 어휘를 끌어들인 것 등은 모두 'ㅅ'음의 반복이 주는 효과를 잘 살려내기 위한 것이라고 할 수 있다. 이러한 운의 효과로 이 시의 의미는 더욱 생기를 띠고, 이 시의 조직은 더욱 싱싱하고 건강한 생명력을 갖게 되는 것이다.

한편 이 시는 제목을 제외하곤 전부 한글로 표기되어 있다. 뿐만 아니라 특별히 대치할 수 없는 경우를 빼곤 전부 순수 고유어로 표기되어 있다. '속손톱' '멧부리' '그리메' '메꽃은' 손님' '누리' '나룻' '온' '즈문' 등의 시어들은 모두가 시인이 의도적으로 구사한 아름다운 순수 고유어들이다. 이러한 순수 고유어의 언어 형식이 바로 이 시의 의미와 정서인 백두산, 천지의 민족적인 신성성을 더욱 실감나게 환기시키고 있다. 물매화, 애기금매화, 두메자운, 산미나리아재비, 산매발톱 등의 백두산 자생식물들을 무수히 표출시키고 있는 것도 우리 고유의 아름다운 풀꽃 이름에서 묻어나는 민족 고유의 정서를 '환기'시키기 위한 것이다.

이 시는 이러한 '치밀한 언어의 조직체'를 통해 백두산 천지의 민족적인 신성성을 감동적으로 빚어내고 있다. 이 시는 철저한 장인정신과 광활한 상상력으로 우리의 서정시 전통에서 지울 수 없는 매우 귀중한 시적 자산의 하나로 기록될 것이다.

| 더 생각해봅시다 |

1. 「백두산 천지」의 시적 구조와 특징에 관해 정리해보자.
2. 「백두산 천지」가 산문시이면서도 운(韻)의 효과가 잘 발휘된 경위를 설명해보자.
3. 행갈이된 단형 서정시와 산문시의 리듬과 특징과 그 효과에 대해 생각해보자.

대지의 평화, 생명의 축제

고형진

고재종 들길에서 마을로

들길에서 마을로 이어지는 풍경, 들판에서 저 멀리 보이는 마을을 배경으로 펼쳐지는 풍경은 우리나라 농촌의 가장 인상적인 그림이다. 어느 나라의 농촌인들 들판에서 마을로 이어지는 자연의 풍경을 뽐내지 않으랴만, 우리의 경우 그 풍경은 한결 인상적이고 사무치다. 그 풍경은 서양의 그림엽서 같은 깔끔하고 환상적인 아름다움으로부터는 멀리 벗어나 있다. 그 풍경은 투박하고 세련되지 못해 한 폭의 그림으로는 애당초 적절치 못한 소재이기도 하다. 그러나 그 풍경 속에는 눈물겨운 정감이 물들어 있고, 한국인의 땀과 체취가 아련히 배어 있으며, 대지의 평화가 스며 있고, 자연의 생명이 소리 없이 약동하고 있다. 그것은 자연과 더불어 생활했던 평화롭고 넉넉한, 그러나 고단한 농경 민족이 만들어낸 애틋한 풍경이리라. 농촌의 들녘에 서서 우리는 이 땅의 흙과 자연과 사람들에게 사무치게 된다. 만약, 그가 그 대지 위에 뿌리를 내리고 사는 이라면 그 풍경의 속살들이 더욱 절실하게 사무치리라.

고재종의 시 「들길에서 마을로」는 농촌에 뿌리를 내리고 살아가는 시

고재종
1957년 전남 담양 출생.
1984년 『시여 무기여』를 통해 등단.
시집 『바람 부는 솔숲에 사랑은 머물고』 『사람의 등불』
『날랜 사랑』 『앞강도 야위는 이 그리움』 등.

인이 절실한 마음으로 그려낸 우리 농촌의 사무치는 그림이다. 물론 이
그림은 단순한 소묘가 아니다. 농촌의 '풍경화'도 아니다. 농촌의 풍경
안에 내밀히 깃들여 있는 속살들—대지의 평화와 자연의 생명과 한국
인의 체취들—이 물씬 묻어나는 역동적인 그림이다. 그래서 그 그림은
차라리 노래에 가까워 우리의 가슴을 적신다. 그처럼 절실한 울림을 자
아내는 그림이 그려질 수 있는 것은 농촌에 뿌리를 내리고 사는 시인의
섬세한 관찰과 모국어에 대한 애틋한 애정이 동반되지 않고서는 획득
될 수 없는 것이다. 시인이 그려낸, 아니 노래한 그 사무치는 풍경의 내
밀한 구도를 더듬어보자.

그림의 바탕은 해가 저물어가는 황혼의 들녘이다. '들길에서 마을로'
이어지는 우리 농촌의 사무치는 풍경은 황혼을 배경으로 할 때 더욱 깊
은 느낌을 준다. 들녘의 황혼은 농촌의 풍경들이 모든 속살을 드러내는
가장 슬프고 아름다운 시간이다. 한낮의 이글거리는 태양 속으로 몸과
마음을 모두 쏟아낸 농촌은 서산으로 해가 넘어가면서 비로소 나른한
평화와 안식의 시간을 맞으며 감추어진 자신의 세계를 세상에 내비치

들길에서 마을로 / 고재종

　해거름, 들길에 선다. 기엄기엄 산그림자 내려오고 길섶의 망초꽃들 몰래 흔들린다. 눈물방울 같은 점점들, 이제는 벼 끝으로 올라가 수정방울로 맺힌다. 세상에 허투른 것은 하나 없다. 모두 새 몸으로 태어나니, 오늘도 쏙독새는 저녁 들을 흔들고 그 울음으로 벼들은 쭉쭉쭉쭉 자란다. 이때쯤 또랑물에 삽을 씻는 노인, 그 한 생애의 백발은 나의 꿈. 그가 문득 서천으로 고개를 든다. 거기 붉새가 북새질을 치니 내일도 쨍쨍하겠다. 쨍쨍할수록 더욱 치열한 벼들, 이윽고는 또랑물 소리 크게 들려 더욱더 푸르러진다. 이쯤에서 대숲 둘러친 마을 쪽을 안 돌아볼 수 없다. 아직도 몇몇 집에서 오르는 연기. 저 질긴 전통이, 저 오롯한 기도가 거기 밤꽃보다 환하다. 그래도 밤꽃 사태 난 밤꽃 향기. 그 싱그러움에 이르러선 문득 들이 넓어진다. 그 넓어짐으로 난 아득히 안 보이는 지평선을 듣는다. 뿌듯하다. 이 뿌듯함은 또 어쩌려고 웬 쑥국새 울음까지 불러내니 아직도 참 모르겠다, 앞강물조차 시리게 우는 서러움이다. 하지만 이제 하루 여미며 저 노인과 나누고 싶은 탁배기 한 잔. 그거야말로 금방 뜬 개밥바라기별보다도 고즈넉하겠다. 길은 어디서나 열리고 사람은 또 스스로 길이다. 서늘하고 뜨겁고 교교하다. 난 아직도 들에서 마을로 내려서는 게 좋으나, 그 어떤 길엔들 노래 없으랴. 그 노래가 세상을 푸르게 밝히리.

게 된다. 시인은 그 황혼의 들녘에서 농촌의 풍경이 드러내는 진정한 세계를 감지해 나간다. 강렬한 색깔의 태양이 빛을 잃어가는 것과 때를 맞춰 '산그림자'가 들녘을 서서히 덮어 나가 세상이 흑백의 풍경으로 채색되기 시작할 때, 농촌의 명암은 더욱 뚜렷이 드러난다. 그때 시인의 프리즘에는 하얀 '망초꽃'이 가장 먼저 인화된다. '망초꽃'은 우리 농촌의 길가와 산자락에 무더기로 피어 있는 꽃으로서 6월경에 하얀 꽃을 피워 우리의 들녘을 아련하게 수놓는다. 산그림자가 들녘을 덮어 세상이 어둑어둑해지는 시간에 하얀 '망초꽃'이 자신의 속살을 세상에 내비치는 것이다. 그 아련한 풍경을 시인은 "눈물방울 같은 점점들"이라고 표현한다. 그것은 우리의 농촌에 대한 시인의 애틋한 마음이 깊이 담겨 있는 표현이리라. 그런데 그 다음 구절에서 "망초꽃의 눈물방울"은 '벼 끝의 수정방울'로 전이된다. 망초꽃의 눈물방울이 어떻게 벼 끝의 수정 방울이 될 수 있는가? 이러한 의문은 망초꽃이 하얀 꽃망울을 만개시키는 6월의 농촌생활을 떠올릴 때 풀릴 수 있다. 농촌의 6월은 이모작 모내기로 한창 바쁜 계절이다. 그러니까 이 구절 속에는 '망초꽃'이 만개한 6월에 모내기를 하는 농촌의 풍경이 담겨 있는 것이다. 시인은 모내기로 분주한 시골의 들녘에 무수히 피어 있는 '망초꽃'을 농부의 모습에, 망초꽃의 눈물을 농부들의 눈물겨운 삶에 대한 시적 비유로 삼고 있는 것이며, 그러한 망초꽃을 벗삼아 땀을 흘리며 심은 모가 아름다운 결실을 맺는 것을 '벼 끝의 수정방울'로 비유하고 있는 것이다. 여기서 우리는 자연과 인간이 서로 어우러져 생활해 나가는 농촌의 건강하고 싱싱한 숨결을 느끼게 된다. 그것은 인간과 자연의 가장 아름다운 모습이기도 하다.

자연과 인간 사이의 교감에 이어 시인은 이제 자연과 자연 사이의 교감과 조화를 감지해낸다. "오늘도 쏙독새는 저녁 들을 흔들고 그 울음으로 벼들은 쭉쭉쭉쭉 자란다"라는 표현이 그것이다. 저녁이 들면 나타나는 '쏙독새'는 '쪽쪽쪽쪽' 하며 울어댄다. 그러니까 '쏙독새의 울음으로 벼들은 쭉쭉쭉쭉 자란다'라는 표현은, 새와 벼의 교감과 조화를 절묘하게 나타낸 표현인 것이다. 실제로 쏙독새는 '작은 곤충들을 잡아먹는 이로운 새'라고 하니, 시인의 표현은 시적인 느낌을 넘어 경험적인 사실에 닿아 있는 것이기도 하다. 자연과 인간이 서로 어우러져 수정 방울 같은 벼를 틔우고, 그 벼는 다시 새와 어우러져 건강하게 자라나는 아름답고 신비한 자연의 축제가 대지 위에 은밀히 펼쳐지고 있다. 하루 종일 온몸을 던져 대지 위에 땀을 쏟았던 농부들도 이제는 일손을 거두고 편안하고 나른한 휴식을 가져야 할 시간이다. "이때쯤 또랑물에 삽을 씻는 노인"이라는 표현 속에는 바로 이러한 농촌의 내밀한 풍경이 아련히 배어 있다. 이로써 치열하고 고단했던 농촌의 하루 일과는 마감된다. 하지만, 그렇다고 모든 일이 완전히 끝난 것은 아니다. 농사란 공장의 기계 작동과는 다른 법. 시간 단위로 모든 일이 맺고 끊어지는 것이 아니다. 농부의 하루 일과는 끝났으나, 자연은 여전히 유전하고 벼는 그 자연의 유전 속에 던져져 있다. 그래서 농부는 자신이 가꾼 벼가 자연의 조화 속에서 잘 자라는지 늘 근심하며 살아가야 하는 고단한 숙명을 안은 존재이다. "그가 문득 서천으로 고개를 든다"라는 시정(詩情)이 물씬한 표현 속에는, 바로 이러한 농부의 애틋한 마음이 배어 있다. 농부의 하루 일과는 끝났으되, 그는 다시 서천으로 넘어가는 해를 바라보며 자연의 유전과 조화로부터 마음을 뗄 수 없는 것이다. 그때 "붉새가 북새질을" 치는 광경이 펼쳐진다. 그것은 내일의 화창한 날씨를 예고하는 것이고, 이로써 '벼'는 더욱 치열하게 자라날 것이다. 6월의 자연 속에서 환희에 넘치는 생명의 축제가 계속 이어지는 것이다. 그 생명의 축제에 '또랑물'이 가담한다. 들녁의 '또랑물'은 '벼'의 생명수이다. 저녁이 되면 더욱 크고 싱그럽게 들리는 들녁의 '또랑물' 소리는, 그러므로 자연 속에서 울려 퍼지는 생명의 축가이다. 시인은 그

'또랑물' 소리를 "푸르러진다"라고 표현함으로써 대지의 푸른 생명력을 실감나게 환기시키고 있다.

　이제는 농부들도 더 이상의 근심을 덜고 마을로 돌아가 나른한 평화를 즐겨도 되리라. 그때 저 멀리 마을의 굴뚝 위로 '연기'가 피어오른다. 하루 일과를 끝내고 집집마다 저녁을 장만하면서 피어오르는 '저녁 연기'는 농촌의 따뜻하고 넉넉한 평화를 나타내는 애틋한 풍경이다. 더구나 6월의 화창하고 포근한 날씨 속에 생명의 축제가 이어지는 들녘의 대지 위에 서서 저 멀리 마을의 굴뚝 위로 피어오르는 저녁 연기를 바라보는 농부의 마음은 더없이 넉넉하고 평화롭다. 시인은 그러한 우리 농촌의 '전통'적인 풍경을 "오롯한 기도"라고 표현한다. 이러한 비유에서 우리는 프랑스의 화가 밀레가 그린 「만종」을 떠올리게 된다. 해 지는 들판에서 교회의 종소리를 들으며 합장을 하는 젊은 농민 남녀의 경건한 모습이 담긴 바로 그 그림. 물론 시인의 그림에는 교회가 등장하지 않으며, 젊은 농민 남녀가 등장하지도 않는다. 시인의 그림에는 젊은 농민 남녀 대신에 촌로(村老)가 서 있으며, 교회 대신에 저 멀리 마을의 굴뚝 위로 '저녁 연기'가 피어오르고 있다. 이 점에서 시인의 그림은 가장 '전통'적인 풍경이고, 우리를 사무치게 하는 풍경이다. 하지만, 그 '전통'적인 풍경을 "오롯한 기도"라고 표현한 시인의 비유는 풍경의 내밀한 속살을 환기시키는 매우 적절한 표현이라고 하지 않을 수 없다. 그러한 비유를 통해 인간의 노동과 자연의 오묘한 생명력이 조화를 이루며 살아가는 우리 농촌의 신성하고 경건한 삶의 풍경이 잘 환기되고 있다. 그 경건하고 엄숙한 농촌의 삶의 풍경은 '밤꽃'에 대한 후각적 이미지를 통해 다시 싱그럽고 원초적인 자연의 생명력으로 가득 차게 된다. 여기서 시인의 그림은 밀레의 그림과는 분명히 갈라진다. 인간의 노동과 자연의 생명이 공존하는 들녘의 황혼 풍경은 밀레에게서나 시인에게서나 엄숙하고 신성한 것으로 비쳐지지만, 밀레의 경우 그것이

종교적인 세계로 나아가는 데 비해, 시인의 경우 우리의 대지에 대한 한없는 애정과 자연의 생명력에 대한 끝없는 탐색으로 나아간다. '밤꽃 향기'는 남성을 연상시키는 매우 원초적인 향기이다. 남성의 그 강렬한 향기는 바로 대지를 풍요롭게 만드는 생명의 원천이다. 그래서 시인은 밤꽃 향기를 맡으며 그 "싱그러움에 이르러선 문득 들이 넓어진다"고 표현하고 있다.

이제 해는 완전히 기울고 저녁이 깊어져 모든 사물들이 어둠 속으로 사라져가는 시간에 하늘의 개밥바라기별이 어둠을 바탕으로 자신의 존재를 내비친다. 그리고 시인은 그 하늘의 별을 벗삼아 촌로와 마주하며 탁배기 한잔을 나누고자 한다. 따뜻한 인정의 교감, 또 지상과 천상의 교감이 이루어지는 아름답고 애틋한 풍경이 펼쳐지는 것이다. '개밥바라기별'은 '금성'을 지칭하는 것으로서 흔히 '샛별'로 불리는 별이지만, 특별히 저녁에 뜰 때 그렇게 불린다. 그 언어의 기표가 환기하는 정감이 이 시의 정서에 매우 적절히 기여한다. 그 점은 '탁배기'라는 기표에서도 마찬가지다. 이러한 언어의 사용을 통해 우리 농촌의 투박하고 애틋한 정감이 물씬 묻어난다(이 시에는 시각, 청각, 후각, 미각 등이 두루 등장하고 있어서 정서 환기를 위한 시인의 섬세한 배려가 엿보인다).

들길에서 마을로 이어지는 우리 농촌의 평화로운 대지를 바라보면서, 그 아늑한 풍경 속에 깃들여 있는 오묘한 생명의 축제와, 그 속에서 자연과 함께 땀을 흘리며 살아가는 농부의 내면 풍경을 읽어내는 시인의 눈은 섬세하기 그지없고, 그 내면 풍경을 정서적으로 환기시켜내는 시인의 언어감각은 눈부시다. 다만 욕심을 좀 부린다면, 산문시의 형태를 지닌 진술에 좀더 리듬이 실렸으면 하는 바람이 한편으로 들기도 한다. 하지만 구체적으로 그러한 시적 표현이 어떠한 것이 되어야 하는지 반문한다면 잘 모르겠다. 그만큼 이 시는 그 자체로 '완벽한 언어의 조직'을 통해 농촌 풍경의 내밀한 속살들을 실감나게 환기시키고 있으며,

우리는 그러한 이 시를 따라 읽어 내려가면서 우리 농촌의 들녘으로 한 없이 빠져 들어간다.

| 더 생각해봅시다 |

1. 고재종의 「들길에서 마을로」는 생기로 가득 차 있다. 그 이유를 다양한 시적 요소를 들어 설명해보자.
2. 고재종의 다른 시들을 찾아 읽어보고 그의 시에 형상화된 자연의 특징에 관해 말해 보자.

마음의 유적에 오르는 정신 역정

김수복

김명인 너와집 한 채 · 유적에 오르다

───────────────────────

○│ 시들은 김명인의 마음의 유적에 오르는 정신 역정을 담고 있다.
이 '마음의 유적'은 그가 현실의 고통과 삶의 숙명적인 자리를
떠나는 길 위의 역정이 다다르는 곳이다. 그동안 그는 첫 시집 『동두천』
(1979), 『머나먼 곳 스와니』(1988) 등에서 현실의 절망적인 상황 속에서
의 존재의 탐색과 극복을 위한 방법으로 원형적인 삶의 자리를 찾아가
는 길 위의 상상력을 꿈꾸어왔었다. 이 길 위의 상상력은 고통스런 삶
의 현실을 떠나는 통로이며, 또한 삶의 근원적인 과거, 혹은 원시적 그
리움과 회한이 소통하는 세계였다. 이 「너와집 한 채」와 「유적에 오르
다」가 실려 있는 『물 건너는 사람』(1992)에 중층적으로 자리잡고 있는
'華嚴' '天山北路' '유적' '물 속의 빈 집' '山門 밖' 등의 세계 또한, 길
위의 방황과 존재의 시원을 꿈꾸는 탐색의 과정이 점철되어 있다.

여기서 길은 '집이 없는 사람'들의 방황과 정처 없는 현실을 떠날 수
있는 일탈의 장소이며, 그리움과 회한이 점철된 공간으로 작용한다. 이
길의 현상학적 인식은 김소월을 비롯한 세계와의 동일성을 이룰 수 없
었던 시대와의 불화를 극복하려는 자아의식의 한 모습을 담고 있다.

김명인
1946년 경북 울진 출생.
1973년 중앙일보 신춘문예 시 당선.
시집 『동두천』 『머나먼 곳 스와니』 『물 건너는 사람』
『길의 침묵』 등.

김명인의 길의 상상력 또한 현실의 고통과 세속의 공간을 일탈하려는 의식의 통로이며, 존재의 절대적인 세계 탐색의 의식이 자리잡고 있다. 이 자리는 '너와집 한 채'와 '유적'이다. 그것도 버려진 너와집 한 채이거나, 돌아나갈 입구를 지워버린 어느 쾽한 생애 속으로 펑 뚫린 유적에 오르는 장소이다.

김명인의 이 절대적 세계로의 일탈은 "사무친 세간의 슬픔, 저버리지 못한 세월"(「너와집 한 채」)이나, "헛된 욕망의 주석으로 덕지덕지 얼룩이 되어 한 길을 난마로 헝클어 놓을까 두려워"(「유적에 오르다」)하는 세속적 삶의 현실을 벗어나고자 하는 정신주의적 행로이다. 이러한 삶의 행로는 「너와집 한 채」에서 세속의 슬픔을 지우고, 저버리지 못한 세월을 허물어버리고 아무도 기억하지 못하는 두천, 버팅길 남은 가을 산길에 접어들어 너와집 한 채 얻어들겠다고 하는 화자로 구체화되어 있다. 이는 「유적에 오르다」에서도 신열에 들뜬 세월을 끌고 유적에 오르는 것은 세속에 물든 단식원을 찾아서가 아니라 초입에 놓인 유적마저 제 그늘로 덮어버리고 캄캄한 미로를 더듬어 나가는 유적에 오르는 행위

로 나타나기도 한다. 이러한 그의 행로는 정신주의적 존재의식을 담고
있다. 그의 이러한 행로는 절대적 세계 지향이나 구도를 향한 체득을
꿈꾸는 자세로서가 아니라, 우리 삶의 궤적이 지나온 쓸쓸한 삶의 기억
과, '어느 퀭한 생애 속'의 유적과도 같은 지나온 삶의 자국을 벗어나고

너와집 한 채 / 김명인

길이 있다면, 어디 두천쯤에나 가서
강원남도 울진군 북면의
버려진 너와집이나 얻어 들겠네, 거기서
한 마장 다시 화전에 그슬린 말재를 넘어
눈 아래 골짜기에 들었다가 길을 잃겠네
저 비탈바다 온통 단풍 불 붙을 때
너와집 썩은 나무껍질에도 배어든 연기가 매워서
집이 없는 사람 거기서도 눈물 잣겠네

쪽문을 열면 더욱 쓸쓸해진 개옻 그늘과
문득 죽음과, 들풀처럼 버팅길 남은 가을과
길이 있다면, 시간 비껴
길 찾아가는 사람들 아무도 기억 못하는 두천
그런 산길에 접어들어
함께 불 붙는 몸으로 저 골짜기 가득
구름 연기 첩첩 채워 넣고서

자 하는 존재의식을 담고 있다.

그의 존재의식에는 먼저 「너와집 한 채」에서 "쪽문을 열면 더욱 쓸쓸해진 개옻 그늘과/문득 죽음과, 들풀처럼 버팅길 남은 가을"이 있는 현실적 삶, 즉 속세와도 단절된 공간의식이 자리잡고 있다. 다시 말하면,

사무친 세간의 슬픔, 저버리지 못한
세월마저 허물어버린 뒤
주저앉을 듯 겨우겨우 서 있는 저기 너와집,
토방 밖에는 황토흙빛 강아지 한 마리 키우겠네

부뚜막에 쪼그려 수제비 뜨는 나 어린 처녀의
외간 남자가 되어
아주 잊었던 연모 머리 위의 별처럼 띄워넣고

그 물색으로 마음은 비포장도로처럼 덜컹거리겠네
강원남도 울진군 북면
매봉산 너머 원당 지나서 두천
따라오는 등뒤의 오솔길도 아주 지우겠네

유적에 오르다 / 김명인

쥐불에 그을린 들판은 거뭇거뭇하다, 마음의 흉터처럼
타버린 것들이 온통 유적이 되는 산간 분지
메마른 땅이 거름을 얻으려고, 병든 몸이 병을 고치려고
경원가도, 봄이 온다고
제가끔 사려잡은 나무들이 막 피어오르는 물빛에 젖고 있다
덕진은 어디쯤일까, 이 길 끝에 있다는 楸哥嶺裂谷
찢긴 계곡은 쓸쓸히 물놀이져 입 안에서
맴돌아도 휴전선 이북이고
나는, 삼팔선을 넘으려니
그 경계에 드는 차를 검문소가 가로막는다, 차창 밖으로
봄풀인 듯 파릇파릇 한 아이가 무거운 가방을 메고
들길을 걸어간다, 그 뒤를
물색 없는 후생으로 따르는 저 만취한 아지랑이
눈 시린 세월을 흔들어 갈 길을 지우는 것은
그것조차 건너가는 것이기 때문,
눅눅히 젖어 흐르는 강물도 거기에서 빛깔을 얻었으리라
하나, 눈앞의 산맥을 보면
한 짐 서책을 짊어지고 산 속에 들었다가 영영
되돌아 나오지 못한 옛 친구
齊月이 생각난다, 그가 읽으려 했던 책 속의 길이
어떤 깨우침으로도, 단 한 줄 글로도 세상 里程 위에
겹쳐진 적은 없으나

나는 그가 산 속에서 길을 잃었다고는 믿지 않는다
스스로의 계곡이 깊어질 대로 깊어진 뒤에는
초입에 놓인 유적마저 제 그늘로 덮어버리고
웅숭그려 엎드리는 산세인 것을
헛된 욕망의 주석으로 나도 내 글이
덕지덕지 얼룩이 되어 한 길을 난마로 헝클어놓을까 두려웠다
꿈이 흔적을 남기겠느냐, 헤매고 다니던
자취가 자국으로 남겠느냐
병이 깊어지고, 몸이 약을 다스리지 못해 풍경을
허전한 책장처럼 넘겨다보는 지금
신열에 들뜬 세월을 끌고 여기까지 달려오는 것은
이 길 어딘가에 있다는 단식원을 찾아서가 아니라
어느 쾽한 생애 속
저렇게 펑 뚫린 유적에 올라
캄캄한 미로를 더듬어 나아가다 나도 어디쯤에서
돌아 나갈 입구를 지워버린 채
목 놓고 싶은 마음, 이렇게 온몸으로 아파오는 탓일까

길을 찾아가는 사람들도 아무도 기억 못하는 두천이라는 곳의 '너와집 한 채'이다. 그는 여기서 두천으로 가는 산길에 접어들어 함께 불붙은 몸으로 골짜기 가득 구름 연기를 첩첩이 채워 넣고서 사무친 세간의 슬픔과, 저버리지 못한 세월을 허물어버리고, 황토흙빛 강아지를 키우고, 나이 어린 처녀의 외간 남자가 되어 아주 잊었던 그리움을 머리 위에 별처럼 띄워놓고 살고자 한다. 이러한 그의 존재의식은 "따라오는 등뒤의 오솔길도 아주 지우겠네/마침내 돌아서지 않겠네"라는 단호한 문맥에 언표된 바대로 현실적 삶과는 절연된 자세를 보여준다. 이와 같이 그의 '너와집 한 채'는 속세와는 절연된, 즉 사무친 세간의 슬픔을 극복하는 삶의 자리로 의식되어 있다.

그의 현실을 떠난 길 위의 상상력은 '너와집 한 채'에서와 같이 「유적에 오르다」에서의, 스스로의 계곡이 깊어질 대로 깊어진 뒤 캄캄한 미로를 더듬어 나아가다 어디쯤에서 돌아갈 입구마저 지워버린 채 유적에 오르는 의식 행보로 나아가기도 한다.

그러나 '너와집 한 채'와 '유적'에서의 존재의식에는 사무친 세간의 슬픔을 지우려 하거나, 자신의 글이 헛된 욕망의 주석이 되어 유적으로 향하는 길을 난마로 헝클어놓을까 두려워하는 갈등의 모습이 점철되어 있기도 하다. 이러한 세속적 삶과의 자아의 갈등은 '따라오는 등뒤의 오솔길도 아주 지우겠네'라든가 '돌아갈 입구를 지워버린 채' 유적에 오르는 자아의 태도를 지향함으로써 절대적 세계로의 몰입을 통해 극복하고자 한다.

따라서 김명인의 「너와집 한 채」와 「유적에 오르다」에서의 길의 상상력을 통한 절대적 세계로의 일탈은 현실적 삶의 고통으로부터 벗어나 절대적 세계로의 행로를 통해 현실적 갈등을 초월하려는 정신적 태도를 지닌다. 이는 곧 자아와 세계, 즉 그에 있어서 세속의 슬픔과 욕망의 주석의 갈등 차원을 넘어서서, 보다 삶의 근원적인 세계로의 그리움의 저변과 일체화를 이루려는 의식 행로를 걸어가고 있는 셈이다.

| 더 생각해봅시다 |

1. 이 글에서 다룬 김명인 시들의 공통적인 정신은 어떤 것인가?
2. 김명인의 다른 시에서 '길' 이미지가 뚜렷한 시들을 찾아 이 글에서 다루고 있는 시들과 비교해보자.
3. 「너와집 한 채」의 시작 배경이 되는 지역을 지도에서 짚어보고, 다음 말을 풀이해보자. ─너와집. 화전. 개옻. 사무친 세간의 슬픔

세 편의 시 읽기

신덕룡

이은봉 조금나루 | 문인수 하늘수박 | 박용하 소풍

1. 희망 가꾸기의 시학: 이은봉의 「조금나루」

이 시는 버려진 포구의 쓸쓸한 한낮 풍경을 보여준다. 시인은 한여름 땡볕 속에 아무도 찾지 않는 조금나루란 포구를 거닐고 있다. 시의 제재인 조금나루는 무안에서 신안으로 가는 길에 있는 실제의 지명이기도 하다. 지금은 마을이 텅 비어버린 채, 간혹 찾아오는 여행객들을 맞는 횟집 서너 개가 있는 아주 조그만 포구이다. 이곳에 사는 사람들의 대부분은 떠났고, 그들이 살았던 흔적이 "버려진 나룻배들"처럼 여기저기 뒹굴고 있다.

시를 감상하기 전에, 이 시의 발상법부터 살펴보자. 이 시는 전통적인 서정시의 전경후정(前景後情) 기법을 따라 전개되고 있다. 풍경을 앞에 내세우고 나서 그 다음에 시인의 심경을 드러내는 방식이다. 이럴때, 풍경과 시인의 내면 사이의 줄다리기는 독자에게 시인이 말하고자하는 바를 하나하나 풀어가는 즐거움으로 이어진다. 시인은 자신의 내면을 감추려 하지만 독자는 그가 펼쳐놓은 풍경 속에서 그것을 들추어

이은봉
1953년 충남 공주 출생.
1984년 『창작과비평』을 통해 등단.
시집 『좋은 세상』 『무엇이 너를 키우니』 『봄 여름 가을 겨울』 등.

내려 하기 때문이다. 즉, 정수경생(情隨景生)의 방식으로 펼쳐진 시 속에 풍경과 시인의 내면이 함께 어울려 시의 맛과 깊이를 전해준다.

우선 이 시에 드러난 풍경을 보자. 시상 전개로 보아 시인은 원거리에서 마을 풍경을 조망하고 있다. 사람들의 흔적이라곤 없고 "버려진 나룻배들" "부러진 돛대들", 가지가 "찢겨나간 소나무"가 한여름 땡볕 속에 "졸고" 있을 뿐이다. 한때는 활기찬 삶의 터전이었고, 바다 저쪽의 섬으로 분주히 왕래했을 포구는 텅 비어 있다. 시인은 이런 풍경 속으로 걸어간다. 마을로 들어가 마을 사람들을 대신하고 있는 횟집 저수통(貯水桶) 속의 넙치, 바닷가를 첨벙대는 '소라게'를 본다. 마을 사람들이 떠나버린 공간을 메우는 존재들이다. 다행히 이것들은 저수통 안에서, 썰물진 바닷가에서 아직도 살아 있다. 마을이 완전히 비어버린 것은 아니다. 시인은 여기서 자그마한 위안을 받으며, 다시 고개를 든다. 그러나 마을 주변의 지키고 있는 여기저기 가지가 찢겨 나간 방풍림은 땡볕 아래 "여전히 숨결 허덕이며" 겨우 제 모습을 유지하고 있다. 폐허 위에 펼쳐진 한낮의 을씨년스런 풍경이다.

조금나루 / 이은봉

마을은 없지 한때는 포구를 떠나
언제라도 바다 건너 저쪽 섬들에 가 닿았을
버려진 나룻배들
몇몇 부러진 돛대들
태풍에 마구 찢겨나간 소나무 가지 데리고
한여름 땡볕 속, 까맣게
졸고 있지 마을 대신
몇몇 소금기에 절은 횟집들
횟집 貯水桶 속의 넙치들의 눈망울이며
시멘트로 쌓아올린 방파제 아래
썰물 진 바닷가를 첨벙대는
소라게의 앞발은 아직도 파아랗지
고개를 들면 함부로 찢겨 나간 방풍림들
여전히 숨결 허덕이고 있는 소나무들
운명이라고? 갯벌 속 깊이
뒹굴며 갯벌로 사는 일
묵묵히 닻을 내리고 갯벌로 삭는 일
때로는 투명한 행복이지 일생 동안
가 닿지 못할 섬들, 거느리고 사는 일
하지만 버려진 나룻배로는
바다 건너 저쪽 섬들 가 닿지 못하지
제 속 깊이 알뿌리 하나 옳게 키우지 못하지.

독자는 시인의 시선을 따라 이곳저곳의 풍경을 본다. 그러면서 텅 빈 마을이 주는 쓸쓸함과 고적감을 느끼게 된다. 그러다가 시인의 느닷없는 질문을 대한다. 나룻배가 갯벌에 박혀 삭아가는 일, 가 닿을 수 없는 섬을 바라보고 사는 일을 '운명'으로 받아들일 것이냐고 묻는다. 이는 독자가 아니라 시인 자신에게 하는 질문이다. 왜 그러한가? 이를 이해하기 위해서는 시인의 눈에 포착된 세계와 언어 사이의 관계를 살펴야할 것이다. 시인이 아무리 무심한 듯, 풍경을 언어로 옮기고 있어도 이미 재현된 세계에는 시인의 내면이 투영되게 마련이다. 사진으로 재현된 대상이 실제의 복사라 할지라도, 최소한 여기엔 이 대상을 선택한 사진사의 의도가 개입되어 있는 것과 같은 이치이다. 따라서 우리는 시인이 왜 홀로 텅 빈 포구를 떠돌고 있는가? 쓸쓸한 포구의 모습을 통해 무엇을 말하려고 하는가?라는 의문을 떠올리게 된다. 한마디로 포구의 모습은 자연스럽게 시인의 내면 풍경과 겹쳐지는 것이다. 더욱이 시인은 곳곳에 '아직도'나 '여전히' 등 심경의 일단을 비치고 있지 않은가?

　또한 그 근거는 "하지만 버려진 나룻배로는/바다 건너 저쪽 섬들 가 닿지 못하지/제 속 깊이 알뿌리 하나 옳게 키우지 못하지"라는 자문자답 속에 있다. 여기서 우리가 유추할 수 있는 것은 시인이 삶의 한고비에 서 있다는 사실이다. 무엇인지 모르지만 많은 상처로 인해 삶에 지쳐 있고 또 힘겨워하고 있다는 것이다. 그의 내면 역시 텅 빈 포구처럼 쓸쓸함으로 가득 차 있는 듯하다. 그렇기에 황폐해진 자신을 벗어나고자 여기저기 떠돌고 있으며, 또 이렇게 떠도는 것이 문제해결 방식은 아니라는 것을 확인하는 것이다. "버려진 나룻배들"처럼 갯벌 속에 삭아가는 일, "가 닿지 못할 섬들"을 바라보는 일과 같이 자신을 방기(放棄)한다면, 결코 현재의 상황을 벗어날 수 없다는 것을 알고 있기 때문이다. 따라서 "바다 건너 저쪽"이 실제의 거리를 의미하든, 현실 저편이라는 심리적 거리를 의미하든 희망으로 상징되는 '알뿌리' 하나 소중하게 간직하는 일이야말로 현재의 고통을 견디고 극복할 수 있는 유일한 힘이라는 믿음을 보게 되는 것이다.

2. 길이 끝난 자리: 문인수의 「하늘수박」

많은 서정시인들이 그러하듯, 이 시인도 자연에서 많은 시적 소재를 캐낸다. 그에게 있어 자연은 늘 펼쳐져 있는 교과서와 같다. 길거리에 나뒹구는 돌멩이 하나, 사람들의 발길에 짓이겨진 풀꽃 한 송이, 강가에서 한가롭게 날갯짓하는 물새—어느 하나 소중하지 않은 것이 없다. 이것들은 시인의 정서를 환기시키기도 하고, 각각의 존재 원리가 시인의 삶 속에 끼어들어 삶의 원리로 변용되기도 한다. 「하늘수박」은 후자의 경우를 잘 보여준다. 우선, 하늘수박의 사전적 의미부터 보자.

하늘수박의 본명은 하눌타리다. 또한 과루근, 괄루, 약과, 천선이라고도 불리는데 우리나라의 남부지방이나 중부지방의 산야지, 대개는 낮은 지대 동네 근처의 구릉이나 숲 가장자리에서 자란다. 덩굴식물로서 7~9월에 꽃피고 10월에 열매를 맺는다. 뿌리에서 전분을 빼내 식용으로 쓰기도 하고, 한방에서 열매와 씨, 뿌리를 해열, 중풍, 피부병 등에 쓴다.

군이 사전적 의미를 살펴보는 것은 그 소재가 주는 낯섦 때문이고, 시적 의미와의 연결고리를 찾기 위해서다. 그렇다면, 낯섦은 해결된 셈인데, 이제 하늘수박의 존재 원리가 시인의 삶 속에 어떻게 끼어들고 있는가를 살펴보자. 시인은 "작은 조롱박 같은 것이 새까맣게 쪼그라져 천둥지기 논두렁 찔레덤불 아래로 주렁주렁 매달려 있"는 하늘수박 열매를 보고 "지난 여름 장마가 얼어붙은 것일까"라고 표현한다. 첫 행부

하늘수박 / 문인수

지난 여름 장마가 얼어붙은 것일까

하늘수박이, 작은 조롱박 같은 것이 새까맣게 쪼그라져 천둥지기 논
두렁 찔레덤불 아래로 주렁주렁 매달려 있다.

차디찬, 맑은 하늘에서 뚝 뚝

듣는 것 같다.

자꾸 귀가 기울여진다.

가시투성이 찔레덤불과 얽히고설킨 하늘수박 넝쿨의 질긴, 그 기나
긴 형극의 세월이 또한 난마와 같구나.

그런 길의 끝이 이 산꼭대기 나곡마을이다.

허물어져 가는 저 빈집 여러 채와 겹치며 바람에 대롱거리는 하늘수
박은 박쥐 같다. 습하고 어두운 과거, 썩은 대들보를 물고 놓지 않는다.
말린 쓸개 같다.

말린 눈물, 말린 우레 소리가 오래 달그락거리는

사람의 늑골 안쪽이 쓰디쓰다.

터 긴장감이 돈다. 왜 하필이면 '장마가 얼어붙은 것'이라 했을까? 유
사성의 원리에 따른 비유이긴 한데 그 거리가 멀다. 그러나 이런 거리
는 시커먼 먹장구름들로 뒤덮인 장마철의 하늘을 연상하면 쉽게 해결
된다. 비를 머금은 시커먼 먹장구름이 어느 한순간에 얼어붙었다고 상
상해보자. 갑작스런 수축작용으로 구름은 새까맣게 쪼그라들어 하늘
여기저기 매달려 있지 않을까? 기발한 발상이다. 이런 형상들이 "차디
찬, 맑은 하늘"을 배경으로 매달려 있으니, 뚝뚝 떨어지는 소리가 들릴

만하다.

중요한 것은 그 소리에 "자꾸 귀가 기울여진다"는 사실이다. 바싹 쪼그라들어 볼품없이 매달려 있는 하늘수박의 모양이 예사롭지 않기 때문이다. "가시투성이 찔레덤불과 얽히고설킨 하늘수박 넝쿨의 질긴, 그 기나긴 형극의 세월이 또한 난마와 같"다는 형상에서, 온갖 잡사에 매달려 아웅다웅 다투며 억척스레 살아가는 인간의 삶을 연상했기 때문이다. 존재의 원리가 인간의 삶의 원리로 전환되는 지점이다. 여기서 시인은 이런 형극의 삶이 끝은 아니라고 말한다. 길이 다 끝났거니 하는 곳에서 또 다른 길이 시작되고 있다는 것이다. 다른 길의 초입에서 하늘수박은 '박쥐'와 '말린 쓸개'의 형상으로 나타난다.

박쥐는 "습하고 어두운 과거, 썩은 대들보를 물고 놓지 않는"다. 마을 사람들이 떠나버린 그래서 저 혼자 허물어져가는 빈집들이 지나온 삶을 보여주듯, '박쥐' 역시 습하고 어두운 과거를 놓지 않고 있다. 과거는 현재에 자리를 내주고, 현재는 미래의 삶에 자리를 내주면서 살아가는 것이 자연스런 삶의 이치라면, 삶은 늘 '습하고 어두운 과거'를 털어낼 수 있기에 가능한 것이리라. 그러나 시인은 과거의 쓸쓸함마저 끌어안고 있다. 과거의 슬픔이나 비애마저도 어느 하나 버릴 수 없다는 심경의 고백이 아닐 수 없다. 진정한 삶의 의미는 기쁨은 물론 잊고 싶은 상처와 슬픔까지도 끌어안을 수 있을 때 드러난다는 것이다.

이렇듯 "새까맣게 쪼그라"진 하늘수박의 형상에서 삶의 원리를 발견한 그는 과연 홀가분하게 길을 떠나고 있는가? 그렇지 않다. 삶의 원리를 발견하고 세상과 화해를 시도하지만 아직도 그는 "사람의 늑골 안쪽이 쓰디쓰다"고 한다. 지난 여름 거침없던 빗줄기와 같던 젊은 시절이 새까맣게 쪼그라들어서야 생의 의미를 알게 되었고, 비록 볼품없는 모습이지만 그 속에 삶의 의미와 이치를 간직하고 있는 하늘수박은 이제 시인의 삶 속에 대롱대롱 매달린 '말린 눈물' '말린 우레'가 되어 또 다

문인수
1945년 경북 성주 출생.
1985년 『심상』을 통해 등단.
시집 『늪에 늪이 젖듯이』 『세상 모든 길은 집으로 간다』
『불』 『홰치는 산』 등.

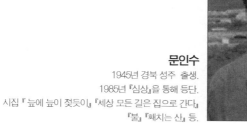

른 삶을 재촉한다. 이것들은 "주렁주렁 매달려 있다" "물고 놓지 않는다" "오래 달그락"거린다라고 하듯, 쉽게 털어지지도 털어낼 수도 없는 삶의 흔적들이다. '쓰디쓰'지만 함께 할 수밖에 없다. 그러나 이런 삶에 대한 인식에 절망이 스며 있지 않다. 오히려 삶의 여유와 사유의 깊이를 보여준다. 또한 하늘수박이란 서정적인 이름이 그 흉물스런 형상과 삶의 비애를 보완하는 것, 사물의 쓰임과 시의 내용이 자연스럽게 연결되고 있음을 보게 된 것도 즐거운 일이다. 이 시에서 무거운 짐을 털어 내려고 하기보다 끌어안고, 힘겹지만 보다 성숙한 삶을 탐색하는 자의 여정이 눈에 뜨이는 것은 이런 이유에서다.

3. '나'와 '우주'와의 교감: 박용하의 「소풍」

시인은 달빛을 받으며 해변을 걷고 있다. 해변에는 아무도 없다. 유일하게 달빛이 해변과 바다를 어루만지고 있다. 그래서 더욱 고요하다. '고요의 세계' 속에 움직임이 있다면, "달이 옮겨온 바다의 자손들"인 파도의 출렁임뿐이다. 그러나 그 움직임 역시 '오래된 침묵'

소풍 / 박용하

저녁 바다 내음은 눈으로 들어 온다―이승은 지구에 달라붙은 노래―

귀의 입술은 달을 본다

고요로 세계를 어루만지는 달은 아스라하다

달이 지배하는 세계, 달이 옮겨온 바다의 자손들을
그대는 오늘밤 알고 있는 것이다
이 오래된 침묵이 어느 生의 외출에서 시작된 것인지, 어느 生의 소풍인지

바다 자궁에서 태어난 그는
끝끝내 겸허하고 끝끝내 겸손한 영혼이 되어 육체를 거닐고 있다

나뭇잎 하나에도 우주의 항해가 만삭이듯
바람 한 갈피에도 생의 신비가 무진장 일어나는
이곳에서 명성은 해변의 모래 한 알 보다 못한 것,

발가벗은 천국이 마음의 알몸을 걷고 있는 것이다

어제도 오늘도 내일도, 또 그너머, 그 다음 生일지라도
슬픔은 무한으로 마실간다

오늘밤 보이지 저 짭조름한 집어등 향기―

그대는 알고 있는 것이다
이 오래된 아이들이 어느 어른의 나들이에서 시작된 것인지, 어느 죽음의 환생인지

을 흩뜨릴 정도는 아니다. 그저 조용히 제 몸을 일렁이고 있을 뿐이다.

이 시 속에 시인은 없다. 정확히 말하자면, 우주가 그의 몸을 차지하고 있다. 이 시의 뒷부분에서 "발가벗은 천국이 마음의 알몸을 걷고 있는 것"이라 하듯, 세속의 잡사에 얽매인 육체로서의 몸은 이미 사라지고, 우주가 그 속에 자리해 있는 것이다. 우주와 한 몸이 되었기에 '발가벗은 천국'이 된 것이고, 걸리적거림 없이 우주 속을 천천히 거닐 수 있는 것이다. 몸으로서의 육체를 버리고 우주의 품속에서 스스로 우주가 되어 자유롭게 거닌다는, 참으로 독특하면서 기발한 발상이 아닐 수 없다.

이런 자유를 가능하게 하는 것은 무엇인가? 한마디로 "귀의 입술은 달을 본다"는 것에서 시작된다. 물론 첫 행에 "바다 내음은 눈으로 들어온다"라는 시적 진술이 있지만, 이는 시적 표현의 유연성으로 보아 받아들일 만한 표현이다. 그러나 "귀의 입술은 달을 본다"는 표현을 받아들이는 것은 참으로 곤혹스럽다. 두 가지 모순이 중첩되어 있기 때문이다. 첫째는 '귀의 입술'이란 표현이다. 상식적으로 귀는 세상의 소리를 듣는 감각기관이다. 마찬가지로 입술은 맛을 감지하는 기관이다. 입술을 통해 사물을 받아들이고 혀를 통해 맛을 감지한다. 그런데 귀의 입술이라니? 둘째는 '입술은 달을 본다'는 표현이다. 맛을 감지하는 기관이 본다고 한다. 엉뚱하다. 보는 기관은 눈이기 때문이다. 눈은 사물의 모양을 식별하고, 귀는 소리를 듣고, 입술은 맛을 감지하는 기관인데, 그 기능이 서로 어긋나 있는 것이다.

그러나 조금만 생각을 달리하면, 이 표현은 나름대로 내적 논리를 갖춘 것임을 알게 된다. 우리의 몸을 생각해보자. 우리의 몸은 복잡하면서도 다양한 기능들이 조화를 이루고 있는 하나의 유기체요 우주다. 가령, 우리 몸에 간이나 신장, 폐나 위가 없다면 살아갈 수 있을까? 이들 중 어느 것 하나라도 없으면 우리 몸은 죽은 것이다. 죽은 몸이라면 보고, 듣고, 냄새 맡는 일이 가능할까? 이 질문을 뒤집어 생각하면, 우리 몸의 일부가 없어지면 우주의 조화와 균형이 깨지는 것이요 또 우주 자체가 사라지는 일이 된다. 각각의 부분들은 독립된 전체이면서 동시에 보다 큰 전체의 일부로 작용하고 있기 때문이다. 이런 논리라면, 폐가 있기에 볼 수 있고, 간이 있기에 들을 수 있고, 위가 있기에 맛을 알 수 있는 것이리라. 나아가 폐가 보고, 간이 듣고, 위가 맛을 본다는 발상이 언제든지 가능하다. 그렇다면, "귀의 입술은 달을 본다"는 표현은 고정된 생각의 경계를 없애고 무한한 상상의 세계로 우리를 이끌어가는 첫 관문인 셈이다.

이렇듯, 우리의 고정된 사고의 틀을 깨고 자유로운 상태로 거닐면서 시인이 본 것은 무엇인가? "나뭇잎 하나에도 우주의 항해"가 일어나는 생의 충만함, "바람 한 갈피에도 생의 신비가 무진장 이어나는" 생명의 비의이다. 나와 우주가 한 몸이라는 깨달음과 체험이 없으면 절대로 불가능한 일이다. 이런 세계에서 세속적인 '명성'은 그야말로 '해변의 모래 한 알'만도 못할 것임은 자명하다. 우주를 몸 안에 끌어들여 스스로 우주가 되어 거니는 자에게 인간적인 '슬픔' 역시 아무런 의미가 없다. 기쁨이나 슬픔을 벗어난 세계 속에 거닐고 있기 때문이다. 시인은 여기서 한 걸음 더 나아간다. 몸을 벗어나 우리의 생 자체를 노래한다. "이 오래된 아이들이 어느 어른의 나들이에서 시작된 것인지, 어느 죽음의 환생인지"라고 하듯 삶과 죽음의 경계조차 지우고 있다. 우주의 질서 속에 삶이 죽음의 연장이요 죽음 또한 삶의 연장이라는 발상인 셈이다.

참으로 불온하기 짝이 없는 시다. 고정관념으로 길들여진 우리의 삶을 부정하고, 평범 속에서 보다 큰 삶의 의미를 건져내고 있으니 말이다. 이는 형상에 집착해 있는 '나'가 아닌 본래의 '나', '나'를 초월해 궁극의 실체를 찾아 나선 자만이 맛볼 수 있는 '나'와 '우주'와의 교감일 것이다. 비록 "발가벗은 천국"에서의 교감이 한순간일지라도 궁극

의 세계와 '나'를 하나로 엮는다는 것은 참으로 값진 체험이다. 우주적
상상력으로 충만한 박용하의 시가 독자에게 낯설게 다가와서, 신선한
충격을 주는 것은 이런 이유에서다.

| 더 생각해봅시다 |

1. 이은봉의 시를 해설하면서 쓰인 '전경후정(前景後情)', '정수경생(情隨景生)' 등의
   시작 방식에 대해 말해보자.
2. 문인수의 다른 시에 다루어진 특이한 식물들을 조사해보자.
3. 박용하의 「소풍」에서 "귀의 입술" "입술은 달을 본다" 등의 표현이 시적 논리성을
   지닐 수 있는 이유를 설명해보자.